Zaufaj mi

Powieści Jayne Ann Krentz

Długa noc

Dom luster

Mężczyzna ze snu

Światło prawdy

JAYNE ANN

KRENTZ

Zaufaj mi

Przekład
Jan Kraśko

AMBER

Tytuł oryginału
Trust Me

Redaktor serii
Małgorzata Cebo-Foniok

Redakcja techniczna
Andrzej Witkowski

Korekta
Agata Goździk
Katarzyna Kucharczyk

Ilustracja na okładce
Corbis Stock Market/Zefa

Skład
Wydawnictwo Amber

Druk
Finidr, s.r.o., Český Těšín

ISBN 83-241-2434-9

Warszawa 2006. Wydanie I

WYDAWNICTWO AMBER Sp. z o.o.
00-060 Warszawa, ul. Królewska 27
tel. 620 40 13, 620 81 62

www.wydawnictwoamber.pl

Mojemu mężowi Frankowi,
którego kocham i któremu ufam

Rozdział 1

Jest pani kobietą, panno Wainwright. Proszę o szczerą opinię. – Sam Stark upił łyk brandy. – Czy myśli pani, że wystraszyła ją ta intercyza?

Desdemona Wainwright poszła za jego spojrzeniem. Stał przy oknie gabinetu ze wzrokiem wbitym w coś, co znajdowało się na dworze, piętro niżej, i raptem odniosła denerwujące wrażenie, że Stark patrzy na trzy wielkie łabędzie z lodu, topniejące w ascetycznie urządzonym ogrodzie.

Jej pracownicy musieli już chyba uprzątnąć większość pozostałości po nagle odwołanym przyjęciu weselnym i siedem kilogramów zimnej sałatki z tortellini, dwieście tartinek ze szparagami, trzy tace koziego sera z ziołami oraz sto pięćdziesiąt francuskich bułeczek wróciło do ładowni samochodu dostawczego Bon Appetite.

Natomiast weselny tort – pięciowarstwowe arcydzieło udekorowane pięknymi, bladofiołkowymi i kremowymi różami – spoczął bezpiecznie w specjalnym pojemniku.

Lecz lodowe łabędzie stanowiły nie lada problem. Były nie tylko straszliwie ciężkie, ale i śliskie – zwłaszcza teraz, gdy zaczynały topnieć.

Tak, Desdemona nie miała najmniejszych wątpliwości, łabędzie trzeba spisać na straty. Kilka minut temu, truchtając za Starkiem w stronę fortecy z żelazobetonu i szkła, którą nazywał domem, otaksowała je spojrzeniem: z dziobów kapała im woda, a kształty rzeźbionych piór na ogonach zaczynały się już zacierać. Nawet gdyby kazała załadować łabędzie do furgonetki i natychmiast przewiozła je do chłodni, to i tak by ich już pewnie nie uratowała. Wiedziała, że nie ma sposobu, by wykorzystać je na przyjęciu dobroczynnym, które Bon Appetite, jej mała firma, organizowała we wtorek.

Klapa. Totalna klapa. Jak przyjęcie weselne Starka.

Najłatwiej byłoby zostawić olbrzymie rzeźby na trawniku i pozwolić, by roztopiły się w promieniach późnowiosennego słońca. Mieli ostatnio dobrą pogodę, co w Seattle jest prawdziwą rzadkością, ale i tak trwałoby to długo, może nawet kilka dni.

Jednak na myśl o pozostawieniu łabędzi w eleganckim, aczkolwiek surowym ogrodzie Starka poczuła wyrzuty sumienia. Doszła do wniosku, że byłoby to rozwiązanie trochę gruboskórne, bo nieszczęsne ptaszydła stanowiły namacalną pamiątkę po upokarzającym przeżyciu, jakiego porzucony pan młody musiał tego dnia doświadczyć. Zwłaszcza że właśnie próbowała wcisnąć mu rachunek za kosztowne przyjęcie, które szlag trafił.

Zebrała się w sobie i zagryzła wargi. Nie mogła ulec wrodzonej empatii. Nie mogła pozwolić, by współczucie zachwiało racjonalnym zdecydowaniem. W grę wchodziło zbyt wiele pieniędzy: obsługa weselnego przyjęcia Starka poważnie nadszarpnęła firmowy budżet.

Spróbowała wybrnąć z tego dyplomatycznie.

– Trudno mi powiedzieć, czy pannie Bedford chodziło o intercyzę – odrzekła cicho. Pochyliła się jeszcze bardziej i usiadła na samym brzeżku fotela.

Wbiła wzrok w jego niesamowicie szerokie plecy i upewniwszy się, że Stark wciąż patrzy w okno, szybko wyciągnęła rękę w stronę biurka z chromowanej stali i szkła.

Odsunęła na bok list Pameli Bedford, w którym eks-narzeczona przepraszała za swój krok, i ostrożnie ułożyła na blacie rachunek, tak żeby Stark na pewno go zauważył, gdy usiądzie w fotelu.

Ale Stark wciąż patrzył na łabędzie.

– Po prostu się zastanawiam – odrzekł. – Gdy coś idzie nie tak, jak trzeba, zawsze przeprowadzam szczegółową analizę przyczyn krachu.

– Analizę przyczyn?

– Tak. To rutynowa procedura.

– Rozumiem. – Odchrząknęła. – Cóż, to chyba nie moja sprawa, panie Stark. Ja tylko obsługuję przyjęcia, nic więcej. A skoro już przy tym jesteśmy, myślę, że rachunek mówi sam za siebie. Czy zechciałby pan go przejrzeć?

Stark położył swoją wielką dłoń na parapecie i wpatrzony w łabędzie topniejące na trawniku przed domem, odparł:

– Stawiałem sprawę jasno, od samego początku. Uprzedzałem ją.

– Że nastąpi… krach?

– Że musimy spisać intercyzę. Myślała, że w ostatniej chwili zmienię zdanie czy co?

– Nie mam pojęcia, panie Stark. – Po chwili zastanowienia znów wyciągnęła rękę, szybko chwyciła list Pameli i odwróciła go zapisaną stroną do blatu. – Niestety, sałatki z tortellini nie da się ponownie zamrozić. Nikt inny nie zamówił w tym tygodniu tartinek ze szparagami, dlatego obawiam się, że będę musiała obciążyć pana kosztami całego menu ułożonego przez pannę Bedford.

– Cholera jasna, czy to naprawdę nierozsądne, że zażądałem spisania intercyzy? Czego się, do diabła, spodziewała? Że aż tak jej zaufam i uwierzę, że zostanie ze mną przez najbliższe pięćdziesiąt lat?

Powiedział to z tak lodowatą wściekłością w głosie, że zdumiona Desdemona odwróciła głowę i spojrzała w stronę okna. Zdała sobie sprawę, że Stark jest naprawdę zaskoczony zachowaniem byłej narzeczonej. Coś niesamowitego. Mówiono, że facet jest bystry. Słyszała, jak jeden z weselnych gości nazwał go komputerem w ludzkiej skórze. Najwidoczniej komputer nawalał, gdy przychodziło mu rozstrzygać ważne problemy życiowe.

Nawet Desdemona, której znajomość z Pamelą Bedford ograniczała się tylko do konsultacji w sprawach przyjęcia obsługiwanego przez Bon Appetite, dobrze wiedziała, co eks-narzeczona Starka myśli o przedślubnej intercyzie. Miesiąc wcześniej Pamela załamała się i rozpłakała w biurze firmy. Akurat rozważały, czy lepsze będą tartinki ze szparagami czy faszerowane grzyby.

– Intercyza – załkała Pamela w chustkę do nosa. – Przedślubna intercyza. Nie do wiary. On mnie nie kocha, wiem, że mnie nie kocha. I ja, jego narzeczona, odkrywam to na miesiąc przed ślubem. Czy to nie okropne? I co ja mam robić?

– Eee… Tartinki ze szparagami są bardzo popularne…

– Nie, proszę nie odpowiadać. To przecież nie pani problem, prawda? Przepraszam, nie powinnam tym pani obarczać, Desdemono. Ale muszę z kimś porozmawiać, a nie chcę martwić rodziców. Są tacy szczęśliwi, że wychodzę za mąż.

– Chce pani odwołać ślub? – spytała zaniepokojona Desdemona. – Jeśli tak, dobrze by było, gdyby zdecydowała się pani już teraz, bo muszę zamówić produkty i zatrudnić dodatkowych ludzi do pomocy.

– Oczywiście, że nie. – Pamela jeszcze raz wydmuchała nos, złożyła chustkę, wyprostowała się i niczym Joanna D'Arc prowadzona na stos posłała Desdemonie dzielne spojrzenie. – Nie ma rady, będę musiała przez to przejść. Uroczystości na tak wielką skalę nie odwołuje się w ostatniej chwili, prawda? Po prostu się tego nie robi. Rodzina byłaby przerażona.

– Może powinna pani wrócić do domu i spokojnie to sobie przemyśleć – poradziła Desdemona. – Małżeństwo to bardzo ważny krok. – Chryste, i co ja zrobię ze świeżymi szparagami?! Dostawca za Boga nie przyjmie ich z powrotem!

Pamela wydała krótkie, tragiczne westchnienie.

– To mózgowiec. Jajogłowy. A może raczej android. Tak, android, to lepiej do niego pasuje. Cielsko goryla z komputerem zamiast mózgu. Jaka szkoda.

– Panno Bedford, chyba nie powinnyśmy o tym rozmawiać. Cielsko… przepraszam, ciało pani narzeczonego nie ma nic wspólnego z decyzjami w sprawie menu.

– Kilka lat spędził w Kolorado, w Rosetta Institute. Wie pani, co to jest? Instytut dla największych mózgowców tego kraju. Specjalizował się w praktycznych zastosowaniach teorii chaosu. Niektóre z jego prac objęto najściślejszą tajemnicą.

– Rozumiem. – Desdemona nie miała pojęcia, co odpowiedzieć. Teoria chaosu? Chaos to stan, jaki ogarniał firmę, gdy któregoś z jej pracowników (wielu z nich było aktorami) wzywano na niespodziewane przesłuchanie tuż przed ważnym przyjęciem obsługiwanym przez Bon Appetite. Nic więcej o chaosie nie wiedziała.

– I w ogóle nie ma gustu – mówiła Pamela. – Do pracy chodzi w adidasach, w dżinsach i w starej sztruksowej kurtce. – Wytarła oczy. – A do tego te małe okularki. Chryste, i jeszcze to plastikowe pudełeczko na ołówki i długopisy. To takie żenujące…

– Mimo to chyba niezgorzej sobie radzi.

– Robiłam, co mogłam, żeby zmienić jego image, ale to syzyfowa praca. Nie ma pani pojęcia, jak trudno mi było namówić go do kupna ślubnego fraka. Uwierzy pani, że chciał dzwonić do wypożyczalni?

– Faszerowane grzyby też są wyśmienite, ale…

Pamela posłała jej żałobne spojrzenie.

– Wydarzenia towarzyskie koszmarnie go nudzą. Nienawidzi koktajli i przyjęć na cele dobroczynne. Nie chodzi do opery ani do teatru. Jeśli może, unika nawet przyjęć służbowych.

– Myślę jednak, że tartinki ze szparagami będą ładniej wyglądały – dokończyła szybko Desdemona.

– Nie to, że nie próbowałam. Przeciwnie, próbowałam ze wszystkich sił. Jakkolwiek by na to patrzeć, to mnie z nim będą oglądać. – Pamela pociągnęła nosem i znów otarła łzy. – Ale nie wiem, czy można go zmienić. Jego to po prostu nie interesuje, i tyle, bo żeby coś go naprawdę zainteresowało, musi się na tym całkowicie skoncentrować.

– Z drugiej strony, moglibyśmy zdecydować się na coś zupełnie innego – zaproponowała Desdemona. – Na przykład na grzanki z krewetkami. Efekt murowany.

– Przepraszam, to nie pani zmartwienie – powtórzyła Pamela. – Muszę tylko pamiętać, że ślub to przecież nie dożywocie. Jeśli nie będzie się między nami układało, zawsze mogę wystąpić o rozwód. Życie toczy się dalej, prawda?

– Owszem. Jutro też jest dzień – mruknęła Desdemona.

– Zatem spójrzmy na menu. Jak pani uważa: tartinki ze szparagami czy faszerowane grzyby?

– Tartinki – zdecydowała natychmiast Desdemona. – Są wyrazistsze, ale trochę droższe.

– Koszty nie mają znaczenia. Mówiłam już, to Stark będzie płacił. Bardzo na to nalegał. – Wykrzywiła usta w gorzkim grymasie. – Chciałabym powiedzieć, że chce zapłacić za przyjęcie, bo dręczą go wyrzuty sumienia w związku z tą przeklętą intercyzą, ale tak naprawdę to chyba nic go nie dręczy. Przecież komputer nie wie, co to uczucia.

Wspominając scenę, która rozegrała się przed miesiącem w biurze Bon Appetite, Desdemona żałowała, że nie usłuchała podszeptów intuicji i nie zrezygnowała z obsługi przyjęcia. Nie, Stark nie był androidem i na pewno targały nim silne emocje. Bo czuła, jak się w nim kotłują, tak samo jak na długo przed ulewą wyczuwa się nadciągającą burzę.

I mimo wątpliwości zaczęła przygotowywać ich weselne przyjęcie. Była przedsiębiorcą, właścicielką firmy, i żeby odnieść wymierne korzyści z obsługi wielkiego wydarzenia towarzyskiego, musiała zapomnieć o intuicji. Rozległe koneksje rodzinne panny młodej oraz szybko rosnąca fortuna pana młodego sprawiały, że ich ślub miał być ślubem sezonu. Dla Desdemony zaś tak wielka gala była prawdziwą kopalnią złota, ponieważ zapewniała znakomitą reklamę i nowe kontakty handlowe.

Cóż, jakkolwiek by na to patrzeć, interes to zawsze interes.

Poniewczasie uświadomiła sobie, jak wielki popełniła błąd, lekceważąc wrodzoną intuicję cechującą wszystkich Wainwrightów. Tak, intuicja Wainwrightów nigdy ich nie zawiodła.

Stark zdjął okrągłe okulary w złotej oprawie i potarł je machinalnie o rękaw plisowanej koszuli.

– Próbuję przeanalizować ten problem w sposób logiczny, panno Wain-wright. Pani wnioski bardzo by mi pomogły.

Desdemona zdusiła w sobie jęk rozpaczy.

– Może panna Bedford uważała, że intercyza jest czymś... powiedzmy, mało romantycznym?

Łagodniej tego ująć nie umiała. Nawet ślepiec by zauważył, że Pamela – piękna blondyneczka, oczko w głowie rodziców – wyrosła w nader uprzywilejowanym świecie. W tym świecie zawsze dostaje się to, na co ma się ochotę. Świadomość, że mężczyzna, którego miała poślubić, nie zamierza obdarzyć ją nieograniczoną miłością i zaufaniem, musiała być dla niej miażdżącym ciosem.

Zbliżała się data ślubu i Pamela żyła w coraz większym napięciu. Desdemona widziała, że panna młoda jest mocno zestresowana – często naradzała się z nią na temat szczegółów organizacyjnych przyjęcia – ale optymistycznie rzecz zlekceważyła. Ostatecznie przyszłe szczęście narzeczonych nie było jej sprawą.

Powiedziała sobie, że musi tylko odnieść błyskotliwy sukces kulinarno-organizacyjny i że sukces ten położy kres wszelkim troskom i obawom związanym z obsługą przyjęcia weselnego Pameli Bedford i Sama Starka.

Niestety, przeliczyła się: Pamela w ostatniej chwili spanikowała i pozostawiła Starka własnemu losowi. Nie tylko Starka – Desdemonę i jej firmę też.

– Mało romantycznym? Mało romantycznym?! – Stark nałożył okulary, odwrócił się do Desdemony i przeszył ją spojrzeniem. Jego zielone oczy lśniły niepokojącym blaskiem – A cóż to, do diabła, znaczy?

– Sama nie wiem – przyznała cicho.

– Nie może pani wiedzieć, bo to odpowiedź nielogiczna, tym samym bezsensowna i zupełnie bezużyteczna. – Zdjął czarny frak i z porażającą odrazą cisnął go na fotel.

Desdemona kurczowo zacisnęła palce na poręczach fotela. Fakt, że Stark dławił emocje pod pancerzem żelaznej samokontroli, sprawiał, iż wydawały się jeszcze niebezpieczniejsze.

Już wiedziała, że porzucony pan młody okazuje uczucia inaczej niż mężczyźni z rodziny Wainwrightów. Mężczyźni z jej rodziny byli zmienni, wylewni i jowialni. Kobiety też. Nic dziwnego, bo Wainwrightowie to ludzie teatru. A ludzie teatru emocje smakują, rozkoszują się nimi i delektują.

Natomiast Stark to człowiek zupełnie inny. Emocje skrywał w głębinach duszy, mrocznych i niezbadanych. Trudno go było rozgryźć.

I nagle nie wiadomo dlaczego stwierdziła, że jest w nim coś fascynującego. Czuła, że pod wieloma względami różnią się jak woda i ogień, mimo to – dziwna rzecz – miał w sobie coś. I właśnie to coś ją pociągało. Kto wie, co by się mogło stać, gdyby los zetknął ich w innym miejscu i w innych okolicznościach. Pogrążyła się w zadumie.

Na dobrą sprawę zauważyła Starka dopiero godzinę wcześniej, gdy do wszystkich zebranych na ceremonii ślubnej dotarło, że panna młoda porzuciła go przed ołtarzem. Przedtem była zbyt zajęta przygotowaniami, żeby zwracać na niego uwagę. Właściwie to spostrzegła go dopiero wówczas, gdy drużba, niejaki Dane McCallum, przyniósł tę straszliwą wieść, po ogłoszeniu której goście rozjechali się do domów.

Ale co do jednej rzeczy była absolutnie pewna: we fraku Stark wyglądał znakomicie.

Przypominał jej średniowiecznego rycerza. Choć niezbyt wysoki – mierzył niecałe metr osiemdziesiąt – był mężczyzną dobrze zbudowanym, szczupłym i znakomicie umięśnionym.

Poruszał się z wdziękiem i z instynktownym wyczuciem własnego ciała, jak dobry aktor. Należał do tych, którzy natychmiast zwracają na siebie uwagę. Ale czuła, że robi to nieświadomie, że nie jest to starannie obrana taktyka czy wyreżyserowana gra. Nie, wprost przeciwnie. Stark zupełnie nie zdawał sobie sprawy, że bije z niego tak wielka moc. Był po prostu sobą: człowiekiem obdarzonym przez naturę niepospolitą siłą i charyzmą.

Na plisy sztywno wykrochmalonej koszuli zwisały końce czarnej muszki. Rozwiązał ją kilka minut wcześniej, zaraz po wejściu do gabinetu, a teraz jednym szarpnięciem rozpiął kołnierzyk, odsłaniając szyję.

Zalękniona i zdumiona zaniemówiła z wrażenia. Tymczasem Stark wysupłał z rękawów złote spinki i niecierpliwym gestem cisnął je na biurko. Złote półkule zatańczyły na szklanym blacie. Stark podwinął rękawy. Miał silne ramiona, a nadgarstek lewej ręki zdobił duży zegarek z nierdzewnej stali, wyposażony w dziesiątki miniaturowych przycisków. Wyglądał na taki, co to nie tylko wskazuje godzinę, ale i potrafi przepowiedzieć pogodę, przekazuje bieżące wiadomości giełdowe, a na dokładkę wyświetla najważniejsze nagłówki gazet. Zegarek idealny dla miłośnika skomplikowanych elektronicznych cacek.

Z tego, co do tej pory zauważyła, cały dom Starka był naszpikowany elektroniką. Światła zapalały się automatycznie w chwili, gdy ktoś wchodził do pokoju. Kuchnię projektował elektroniczny arcymistrz. Komputer regulował dosłownie wszystko, począwszy od temperatury powietrza i okiennych żaluzji zamykających się i otwierających zależnie od kąta padania promieni słonecznych, na skomplikowanym systemie alarmowym skończywszy.

Nawet obrazy na ścianach wyglądały tak, jakby wygenerował je komputer. Biła z nich feeria światła i olśniewających kolorów układających się w złożone, surrealistyczne wzory.

Desdemona spróbowała zmienić temat rozmowy.

– Przecież intercyza sprowadza małżeństwo do zwykłego interesu, prawda? Ale to chyba niczego nie zmienia. Natomiast z pewnością ucieszy pana wiadomość, że szampana mogę zwrócić dostawcy. Jak pan widzi, odjęłam tę kwotę od rachunku.

– A cóż w tym złego, że traktuję małżeństwo jak zwykły interes? Małżeństwo to poważna operacja finansowa, a nie jednorazowy wydatek. To długoterminowa inwestycja, panno Wainwright, i właśnie w ten sposób powinno się do tego podchodzić.

Desdemona żałowała, że nie ugryzła się w język. Było oczywiste, że Stark chce się na kimś wyładować. Popełniła błąd i zrobił z niej swój piorunochron. Spiesznie zrejterowała.

– Racja – mruknęła. – To poważna inwestycja.

– A żeby pani wiedziała. Myślałem, że Pamela to rozumie. – Podszedł do biurka i opadł na fotel. Fotel nawet nie zaskrzypiał. Dziwne, bo jego właściciel nie należał do mężczyzn lekkich jak piórko. Rachunek leżał na samym wierzchu, lecz Stark nie raczył na niego zerknąć. – Uważałem, że tym razem dokonałam dobrego wyboru. Wyglądało na to, że Pamela jest kobietą zrównoważoną i rozsądną, że jest przeciwieństwem tych kapryśnych, wybuchowych histeryczek, które urządzają jedną psychodramę po drugiej i doprowadzają mężczyzn do szaleństwa.

Desdemona uniosła brew.

– Tego nie wiem. Ale owszem, powiedziałabym, że w scenach dramatycznych panna Bedford wypada całkiem nieźle. Porzucenie narzeczonego przed ołtarzem to bardzo efektowne zejście ze sceny.

Stark puścił tę uwagę mimo uszu.

– Z jej ojcem dobrze mi się pracowało. Zeszłej jesieni zabezpieczaliśmy jego sieć. Wtedy poznałem Pamelę.

– Ach, tak... – Desdemona wiedziała, że Stark Security Systems, znakomicie prosperujące przedsiębiorstwo specjalizujące się w opracowywaniu systemów zabezpieczeń sieci komputerowych, weszło przebojem na rynek i w bardzo krótkim czasie zyskało czołowe miejsce wśród najlepszych firm tego typu w północno-zachodnim rejonie kraju.

Przedsiębiorstwo Starka doradzało najpoważniejszym i największym zakładom oraz instytucjom, a porady dotyczyły bardzo szerokiego wachlarza spraw, od zabezpieczeń systemów komputerowych począwszy, na szpiegostwie przemysłowym skończywszy. Fama głosiła, że trzydziestoczteroletni Stark, który przed trzema laty zaczynał od niczego, dorobił się fortuny i że jest człowiekiem równie bogatym jak wielu jego klientów.

– Miałem wszelkie powody przypuszczać, że Pamela nie jest egzaltowaną romantyczką o smutnych, rozmarzonych oczach. Odebrała znakomite wykształcenie. Jest spokojna, opanowana i rozsądna. – Sięgnął po kieliszek i jednym łykiem dopił koniak. Jego zielone oczy niebezpiecznie się zwęziły. – Zaczynam myśleć, że celowo mnie zwiodła.

– Jestem przekonana, że to tylko straszliwe nieporozumienie.

– Nie, zwiodła mnie, na pewno. Udawała, że jest kobietą rozsądną i trzeźwo myślącą. Gdy omawialiśmy z prawnikiem sprawę intercyzy, nie odezwała się słowem.

– Może przeżyła szok i musiała się z niego otrząsnąć?

Łypnął na nią spode łba.

– Jaki znowu szok? Od początku wiedziała, że chcę spisać intercyzę. W tych okolicznościach to jedyna rozsądna rzecz, jaką mogłem zrobić.

– Oczywiście. Racja. To bardzo rozsądne rozwiązanie. – Zerknęła na pusty kieliszek stojący przy wielkiej dłoni Starka. Kto wie, może następny łyk koniaku pomoże mu przebrnąć etap rozgoryczenia?

– Jest pani kobietą interesu, panno Wainwright. Pani rozumie, dlaczego chciałem spisać intercyzę, prawda?

– Szczerze mówiąc, spraw związanych z intercyzą nigdy dokładnie nie rozważałam.

– Nie wyszła pani za mąż?

– Nie. Wracając do rzeczy. Część jedzenia ofiaruję pensjonariuszom schroniska dla bezdomnych, część rozdam moim pracownikom, niestety większość...

– Ja też się jak dotąd nie ożeniłem. Nie sądziłem, że tak dużo wymagam.

Desdemona wstała, wzięła butelkę koniaku stojącą na rogu biurka i napełniła kieliszek Starka.

– Dzięki – mruknął.

– Proszę. – Zanim usiadła, przysunęła rachunek o kilka milimetrów bliżej jego dłoni. – Myślę, że sporządzenie intercyzy ma sens. Taki dokument jest jak umowa na zorganizowanie i obsługę przyjęcia weselnego.

– Otóż to. – Odniosła wrażenie, że jej celna uwaga wprawiła go w stan posępnego zadowolenia. – Jak umowa.

– Skoro już mówimy o umowach, panie Stark, to chciałabym...

– Umowa to rzecz logiczna i rozsądna. Wszyscy wiedzą, że przysięga ślubna jest dzisiaj guzik warta. Natomiast umowa to co innego, to coś, co można wziąć do ręki. – Zacisnął palce w potężną pięść. – Coś, co każdy widzi. Umowa ma konkretną treść. Umowa to rzecz wiążąca.

– Jak najbardziej, panie Stark. Zechce pan zauważyć, że umowa oraz rachunek leżące przed panem są podpisane przez pannę Bedford, która wielokrotnie podkreślała, że pokryje pan koszt przyjęcia.

Stark spojrzał na Desdemonę, jakby widział ją pierwszy raz w życiu.

– O czym pani, do diabła, mówi?

– O rachunku za przyjęcie. Wszystkie koszty są zsumowane, tutaj, na samym dole. Zechce pan wypisać czek i już uciekam. Miał pan dzisiaj niezbyt udany dzień i na pewno wolałby pan zostać sam.

Stark zerknął na rachunek i groźnie zmarszczył brwi.

– Co to jest? Sześć tysięcy dolarów? Sześć tysięcy dolarów za przyjęcie, którego nie było?

– Tylko sześć tysięcy dolarów, ponieważ odjęłam już zaliczkę, którą otrzymałam w dniu podpisania umowy, oraz pierwszą ratę, którą przyjęłam w zeszłym miesiącu, gdy złożyłam zamówienie u dostawców.

– Nie pamiętam, żebym cokolwiek pani płacił.

– Panna Bedford twierdziła, że ma pańską zgodę na pobieranie dowolnych kwot z kasy Stark Security Systems. Dwa pierwsze czeki wystawiono właśnie tam, w księgowości. Już je zrealizowałam.

– Szlag by to trafił. Wszystko wymyka mi się z rąk. Proszę mi podać choć jeden dobry powód, dla którego miałbym dopłacić pani jeszcze sześć tysięcy dolarów.

Desdemona zrozumiała, że wreszcie skupiła na sobie całą uwagę Starka. W jego oczach dostrzegła wojowniczy błysk, który nie wróżył nic dobrego.

– Ponieważ mam umowę, a według umowy dokładnie tyle jest mi pan winien – odparowała. – Panie Stark, jest mi naprawdę przykro, że doszło dzisiaj do tego, do czego doszło, i szczerze panu współczuję. Wiem, że bardzo pan to przeżywa.

– Czyżby?

– Tak, bo mogę sobie wyobrazić, jak czuje się ktoś, kogo porzucono przed ołtarzem.

– Już do tego przywykłem.

Desdemona wytrzeszczyła oczy.

– Słucham?

– Powiedziałem, że do tego przywykłem. – Przysunął rachunek bliżej i zaczął się w niego wpatrywać. – Drugi raz przez to przechodzę. Jak pani widzi, jestem w tej dziedzinie prawdziwym zawodowcem.

Desdemonę zamurowało.

– Drugi raz? – spytała przerażona.

– Pierwszy raz spotkało mnie to dwa lata temu. Nazywała się Lindsay Mills. Zamiast mnie poślubiła jakiegoś lekarza.

– Dobry Boże… – wyszeptała. – Nie wiedziałam.

– Nic dziwnego. Rzadko poruszam ten temat w trakcie towarzyskich pogawędek.

– Doskonale pana rozumiem.

– Ona też przysłała list. Napisała, że jestem człowiekiem zimnym, pozbawionym uczuć i mam obsesję na punkcie wzajemnego zaufania i lojalności. – Wyszczerzył zęby w smutnym uśmiechu. – Miała doktorat z psychologii.

Desdemona zadrżała. Z oczu Starka bił tak intensywny chłód, że było jej zimniej niż w kuchennej chłodni Bon Appetite.

– Wtedy też sporządził pan intercyzę?

– Oczywiście. Zgodziła się ją podpisać w dniu ślubu. Ale nie stanęła przed ołtarzem. Za to przysłała ten cholerny list. Napisała, że musi wyjść za mąż z miłości.

– Rozumiem.

– Jeden z naszych wspólnych znajomych powiedział mi niedawno, że pół roku temu wystąpiła o rozwód.

– Ach, tak…

– Bo zakochała się w jakimś tenisiście.

– To się zdarza.

– Tak wyglądają małżeństwa z miłości – dodał z ponurą satysfakcją w głosie.

– Chyba nie powinno się tego uogólniać – skontrowała ostrożnie.

– Miałem szczęście. Tak to przynajmniej widzę.

– Być może.

– Przynajmniej nikt nie żądał ode mnie sześciu tysięcy dolarów za przyjęcie. – Wziął pióro i zaczął metodycznie przeglądać poszczególne pozycje rachunku.

Desdemona odetchnęła. Co za ulga. W końcu się do tego zabrał. Wypisze ten czek czy nie? Jakkolwiek by na to patrzeć, była o krok bliżej celu.

W głębi duszy doszła do wniosku, że doskonale rozumie, dlaczego Pamela Bedford i Lindsay Mills spanikowały i zrezygnowały z małżeństwa. Poślubienie Starka wymagało wielkiej odwagi.

Stark. Krótkie, ostro brzmiące nazwisko. Pasowało do niego jak ulał. Bo drzemało w nim coś twardego, żywiołowego, coś, na co każda inteligentna kobieta musiała zwrócić uwagę.

Średniowieczny rycerz. Tak, przypominał jej rycerza nie tylko budową ciała, ale i rysami twarzy. Włosy miał bardzo ciemne, prawie czarne. Długie, zaczesane do góry, odsłaniały wysokie czoło. Szeroka, wyrazista twarz i mocno zarysowana szczęka były stworzone do noszenia stalowego hełmu. A z jego zielonych oczu bił blask jak od starych klejnotów. W oczach tych płonęła inteligencja drapieżnika.

Desdemona dziękowała Bogu, że jak tylko dostanie swój czek, będzie mogła natychmiast stąd wyjść, a wtedy Stark zniknie z jej życia i przestanie być jakimkolwiek problemem.

Jednak z drugiej strony, nigdy nie spotkała człowieka porzuconego przed ołtarzem, w dodatku porzuconego dwukrotnie.

– Kilogram... ta... pe... nady? – Podniósł wzrok. – Tapenada? Co to, do licha, jest?

– Rodzaj pasty oliwkowej. Do smarowania krakersów.

– Kosztuje fortunę. Nie taniej byłoby podać kilka miseczek zwykłych oliwek?

– Na pewno, ale panna Bedford zażyczyła sobie tapenadę.

– A te paluszki serowe? Czterysta paluszków serowych?! Po cholerę aż tyle?

– Na przyjęcie zaprosiliście państwo dwustu gości. Panna Bedford chciała podać po dwa paluszki serowe dla każdego.

Stark sunął wzrokiem w dół kartki.

– Faszerowane grzyby? Przecież ja nie lubię faszerowanych grzybów.

– Najwyraźniej panna Bedford je lubi.

– Jak widać, bardziej lubi te przeklęte grzyby niż mnie... Łabędzie? Po pięćdziesiąt dolarów sztuka? Na miłość boską, kto dzisiaj jada łabędzie?!

– To nie są prawdziwe łabędzie, panie Stark, to lodowe rzeźby. Są naprawdę piękne. Rafael, jeden z moich pracowników, bardzo się starał.

Stark zerknął w stronę okna.

– Chce pani powiedzieć, że płacę pięćdziesiąt dolarów za każdy z tych lodowych bloków, które topnieją w moim ogrodzie?

– Niech pan myśli o nich jak o dziełach sztuki. Rafael uważa się za artystę.

– Ale one są z lodu! Muszę wybulić sto pięćdziesiąt dolarów, żeby podlać ogródek wodą z topniejących łabędzi? Chryste.

– Zdaję sobie sprawę, że przeżywa pan ciężkie chwile, panie Stark. Chętnie omówię z panem poszczególne pozycje rachunku, ale zapewniam, że wszystkie ceny zostały skalkulowane bardzo rozsądnie.

– Pani kalkulacja i moja kalkulacja to dwie różne kalkulacje, panno Wainwright. – Znów spojrzał na rachunek. – A to co? Kozi ser z ziołami?

– Tak, jest bardzo popularny.

– Popularny? Przy tej cenie?

– To specjalny ser. Wytwarza go tylko jedna firma.

– W jaki sposób? Hodują te kozy w ogrodach swoich willi na Bermudach?

Desdemona już otworzyła usta, by odparować, że kozy są tego warte, ale w ostatniej chwili ugryzła się w język. Dotarło do niej, że analizując rachunek, Stark daje upust wściekłości, że jego zaczepne uwagi łagodzą ból, jaki musi odczuwać.

Zerknęła na wielką pięść, w której kurczowo ściskał złote pióro. Mięśnie przedramienia miał twarde i napięte.

– Zdaję sobie sprawę, że cena koziego sera z ziołami jest dość wysoka – powiedziała łagodnie. – Ale ser jest naprawdę pyszny i bardzo dobrze się przechowuje. Czy mamy go panu zostawić?

– Tak. Zjem go dzisiaj na kolację. I niech pani zostawi trochę krakersów, a do tego dwie butelki szampana.

Desdemona zmarszczyła brwi.

– Panie Stark, wiem, że to nie moja sprawa, ale czy jest pan pewien, że... że jakoś pan sobie poradzi? Wieczorem będzie pan sam, a...

Poderwał głowę i przeszył ją spojrzeniem.

– Proszę się nie martwić, nie zamierzam zrobić nic głupiego. Mam tylko kozi ser i szampana, a tego na pewno nie przedawkuję.

– To był bardzo ciężki dzień. Po tak wyczerpujących przeżyciach nie powinien pan być sam. Nie ma pan kogoś, kto mógłby panu towarzyszyć? Może kogoś z rodziny?

– W Seattle nie mam rodziny.

Doznała prawdziwego szoku.

– Nikt z rodziny nie przyjechał na pański ślub?

– Nie utrzymuję z nimi bliskich kontaktów, panno Wainwright.

– Ach, tak... – Nie wiedziała, co odpowiedzieć. Myśl, że ktoś może żyć bez rodziny, przerażała ją, wywoływała zimne dreszcze. Członkiem licznego klanu Wainwrightów została w wieku pięciu lat i od tamtej pory rodzina była dla niej wszystkim. Czasy odleglejsze, te sprzed ślubu matki z Benedyktem Wainwrightem, okrywał mroczny całun niebytu, pod który rzadko zaglądała. – W takim razie może zadzwoni pan do któregoś z przyjaciół?

– Mógłbym kazać sobie przysłać jedną z tych nadmuchiwanych lalek, jakie sprzedają w sex-shopach. To coś w sam raz dla mnie. Mechanicznie posłuszna, anatomicznie idealna, tylko że przy moim szczęściu zeszłoby z niej powietrze, zanim zdążyłbym przeczytać instrukcję obsługi.

Uśmiechnęła się lekko.

– Cieszę się, że poczucie humoru pana nie opuszcza. To dobry znak.

– Tak pani myśli?

– Oczywiście. – Pochyliła się i oparła ręce na blacie biurka. – Ale mówmy poważnie. Panie Stark, naprawdę uważam, że nie powinien pan być dzisiaj sam.

Spojrzał na nią nieprzeniknionymi oczyma.

– Co pani proponuje? Nie mam nastroju na wydawanie kolejnego przyjęcia.

Pod wpływem nagłego impulsu odrzekła:

– Wie pan co? Zrobimy tak. Najpierw skończymy przeglądanie rachunku, a potem mógłby pan pojechać ze mną do Bon Appetite. Usiądziemy w kuchni, zjemy kolację z moimi pracownikami i pójdziemy razem do teatru.

– Do teatru?

– Tak, do Limelight na Pioneer Square. To taka mała buda pod wiaduktem. Wie pan, gdzie to jest?

– Nie. Rzadko chodzę do teatru.

Już we wczesnym dzieciństwie uświadomiono jej, że ludzie dzielą się na dwie grupy: na tych, którzy kochają teatr, i na barbarzyńców. Niezbyt często zadawała się z tymi ostatnimi, lecz tego dnia coś ją natchnęło i nie wiedzieć czemu, chciała zrobić wyjątek.

– Limelight jest bardzo mały. Wystawiają mnóstwo sztuk współczesnych, eksperymentalnych. Dzisiaj występuje moja kuzynka Julia.

Wyglądało na to, że Stark ma wątpliwości.

– Czy to jedna z tych dziwacznych sztuk bez treści i scenografii, w których aktorzy biegają nago po scenie i rzucają czymś w publiczność?

Obdarzyła go szyderczym uśmiechem.

– Widzę, że otarł się pan o teatr eksperymentalny.

– Trochę o tym słyszałem. Nie przypuszczam, żeby mi to odpowiadało.

– Niech pan spojrzy na to z innej strony. Myślę, że dla mężczyzny, którego czeka samotna noc poślubna, żywa aktorka biegająca nago po scenie jest zjawiskiem znacznie bardziej interesującym niż anatomicznie idealna, lecz nadmuchiwana lalka z sex-shopu.

Stark posłał jej zadumane spojrzenie.

– Chyba zrozumiałem.

Rozdział 2

Chała. Klapa. Chcieli nas wygwizdać. – Julia Wainwright, ubrana w czarne obcisłe body i dżinsy, usiadła ciężko obok Starka. Potrząsnęła głową, zamiotła włosami i dodała: – Już po nas.

Stark ujął małą filiżankę z kawą, szybko odsunął ją poza zasięg włosów Julii i otaksował spojrzeniem nowo przybyłą. Była bardzo podobna do innych członków licznego klanu Desdemony, których poznał tego wieczoru.

Prawie wszyscy Wainwrightowie mieli w sobie coś kociego. Byli wysocy, szczupli, poruszali się z wystudiowanym, dramatycznym i przyciągającym uwagę wdziękiem, natura obdarzyła ich wyrazistymi twarzami, bursztynowymi oczyma i kasztanowymi włosami. Tworzyli bardzo malowniczą grupę.

O ile zdołał zauważyć, Desdemona stanowiła jedyny wyjątek. Patrząc na nich z technicznego punktu widzenia, musiał przyznać, że dziewczyna nie jest tak bardzo absorbująca jak reszta jej rodziny. Po pierwsze, była o wiele niższa. Po drugie, poruszała się energicznie, z entuzjazmem, a nie z wyreżyserowaną, omdlewającą słabością, jak tamci.

Doszedł do wniosku, że jest też chyba dużo łagodniejsza. Tak, łagodniejsza i o całe niebo atrakcyjniejsza. Miała pełne, delikatnie wykrojone usta, wielkie turkusowe oczy i rude włosy, rozwichrzone i puszyste. Otoczona gromadką rozdramatyzowanych krewniaków, rzucała się w oczy niczym ruda kotka wychowana w rodzinie leopardów.

Było późno. Emote Espresso, małą przytulną kawiarenkę, gdzie siedzieli, wypełniali rodzina Wainwrightów oraz inni ludzie teatru. Większość z nich przyszła tu zaraz po spektaklu w Limelight, w teatrzyku odległym stąd ledwie o przecznicę. Aktorzy rozmawiali z zapalonymi teatromanami, którzy dzielnie wytrwali do ostatniego aktu przedstawienia.

– Nieprawda, Julio – pocieszała ją Desdemona. – Po prostu nie zrozumieli sztuki.

Julia zamknęła oczy.

– Nie podobała im się – odrzekła z ciężkim westchnieniem. – Siedzieli jak w kostnicy, jakby oglądali sekcję zwłok. Recenzje będą okropne. Za tydzień sztuka padnie. Czuję to.

W głębi ducha Stark się z nią zgadzał, więc popijał kawę i milczał. Zresztą nie musiał nic mówić. Wainwrightowie świetnie radzili sobie sami i rozmowa nie ustawała ani na chwilę. Szczerze powiedziawszy, trudno by mu było wtrącić choć jedno słowo.

– A kogo obchodzą recenzje? – mruknęła z drugiego końca stołu Kirsten Wainwright. – To jest teatr eksperymentalny. Gryzipiórki od teatru tradycyjnego nigdy tego nie zrozumieją. Gdyby zrozumieli, cały eksperyment by się skończył.

Jej uwaga podniosła Starka na duchu. A więc nie tylko on nie zrozumiał *Muchy na ścianie* – to już coś. Spojrzał na Kirsten. Budową ciała Wainwrightów nie przypominała, lecz reszta mówiła sama za siebie: wyrazista twarz, kasztanowozłote włosy, brązowe oczy – pasowała do nich jak ulał. Przedstawiono mu ją jako żonę Henry'ego, jednego z kuzynów Desdemony, który też z nimi siedział.

Wokół stołu było tłoczno, ale nikomu to nie przeszkadzało. Z wyjątkiem Desdemony, wszyscy Wainwrightowie przybierali nonszalanckie i artystyczne pozy, walcząc o więcej miejsca i o uwagę pozostałych. Desdemona siedziała naprzeciwko Starka, wciśnięta między Henry'ego i Kirsten, którzy nad nią górowali.

– Złe recenzje to mniej sprzedanych biletów i klapa przedstawienia – zawodziła Julia. – I znów będę bez pracy. – Dramatycznym gestem ukryła głowę w skrzyżowanych na stole ramionach. Jej bujne włosy spłynęły kaskadą na blat.

– No dobra, było parę niedociągnięć – skonstatowała Desdemona. – Ale przecież to premiera, więc czego się spodziewałaś? – Wyciągnęła rękę i dla dodania otuchy poklepała rozszlochaną kuzynkę po ramieniu. – To nie twoja wina, że publiczność nie zrozumiała, jak wielkie znaczenie dla sztuki ma packa na muchy.

– Julio, co z tobą? Rozchmurz się. – Henry Wainwright, przystojny mężczyzna o kasztanowych włosach, posłał zrozpaczonej kuzynce współczujące spojrzenie. – Dzisiaj na sali siedzieli sami plebejusze z Eastside. Nic nie mogliśmy na to poradzić.

– Henry ma rację – weszła mu w słowo Kirsten. – Wszyscy wiedzą, że ci z przedmieść uwielbiają teatr tradycyjny. Mieliśmy złą publiczność, i tyle.

– No jasne – burknął Henry. – Właściwie to co oni u nas robili? Powinni wylądować w teatrze na Piątej Alei. Tam mogliby sobie potupać do taktu piosneczek nowej wersji *Południowego Pacyfiku*.

– Limelight ma kłopoty finansowe – wyznała ze smutkiem Julia.

– To ci dopiero nowina – mruknął Henry. – Limelight ma kłopoty finansowe od dnia, kiedy wystawiono w nim pierwszą sztukę. Większość teatrów cienko przędzie.

– Dlatego Ian Ivers wpadł na ten pomysł – wyjaśniła Julia. – Myślał, że to genialne posunięcie, idealny sposób na zapełnienie widowni. Zorganizował tym z Eastside zbiorówkę. No wiecie, kolacja, a potem przedstawienie w centrum Seattle. Nawet transport załatwił.

Desdemona uniosła brew.

– Transport?

Julia zrobiła kwaśną minę.

– Wynajął autobus, żeby przewieźć ich wokół jeziora.

Henry cicho zagwizdał.

– Proszę, proszę. Ian Ivers w najlepszym wydaniu. Banda miłośników teatru tradycyjnego przyjeżdża autobusem do Limelight na sztukę czysto eksperymentalną. Niesamowite. Musiało go nieźle przycisnąć.

– Kto to jest Ian Ivers? – spytał lekko zaciekawiony Stark.

– Właściciel naszego teatru – wyjaśniła Desdemona. – Limelight bez niego nie istnieje. Ten teatr to on. Jest producentem, menedżerem, dyrektorem artystycznym, praktycznie wszystkim.

– Limelight to jego oczko w głowie – dodał Henry. – Powołaniem Iana jest zostać człowiekiem, który stworzył najwybitniejszą scenę teatralną w Seattle.

– Po co? – zapytał Stark.

Wszyscy Wainwrightowie spojrzeli na niego jak na ostatniego głupka. Stark doświadczył czegoś nowego. Dotychczas nikt tak na niego nie patrzył.

Desdemona chciała oszczędzić mu przykrości.

– Oczywiście po to, żeby wyjechać do Nowego Jorku i zostać kimś naprawdę ważnym.

– Rozumiem – odrzekł potulnie Stark.

Obdarzyła go dobrotliwym uśmiechem i na powrót zajęła się pocieszaniem Julii.

– Zapomnij o tych z przedmieść. Grałaś znakomicie. Fenomenalnie. Prawda, Stark?

Stark, który nigdy nie czuł się dobrze w towarzystwie, zdał sobie sprawę, że musi wydusić z siebie coś w miarę inteligentnego na temat roli Julii w sztuce bardziej zawiłej i trudniejszej do rozszyfrowania niż najtrudniejszy kod komputerowy.

– Była pani najniezwyklejszą packą na muchy, jaką kiedykolwiek widziałem – wykrztusił w końcu.

Julia uniosła głowę i popatrzyła na niego z iskierką nadziei w bursztynowozłotych oczach.

– Tak pan uważa? Naprawdę?

– Nie mam co do tego żadnych wątpliwości.

Desdemona spojrzała na niego z wyraźną aprobatą.

– Zwłaszcza pod sam koniec, kiedy rozgniatam tę muchę na ścianie, prawda? Czyż to nie wspaniała scena?

Czujny Stark szybko zabrał filiżankę spod wzburzonych włosów Julii.

– Poczucie płaskości doskonałej, a raczej ostatecznego rozpłaszczenia, jakiego w chwili uderzenia packi musiała doświadczyć ta nieszczęsna mucha, było niemal namacalne.

W oczach Desdemony dostrzegł coś w rodzaju niejasnej podejrzliwości. Leciutko wzruszył ramionami. Robił, co mógł, ale doskonale wiedział, że gra na zupełnie obcym boisku.

Dziwiło go, że choć nie zrozumiał ani jednego fragmentu tej zwariowanej sztuki, a tym bardziej znaczenia nieszczęsnej packi, dobrze się w teatrze bawił. Przyjemność, jaką odczuwał, była może nieco perwersyjna, mimo to spędził całkiem miły wieczór.

Wiedział, że zawdzięcza to Desdemonie.

Wciąż nie miał zielonego pojęcia, dlaczego dał się jej wyciągnąć do Bon Appetite, gdzie w towarzystwie malowniczej grupy jej pracowników, w większości bezrobotnych aktorów, zjedli kolację. Nie wiedział też, jak wytłumaczyć fakt, że po kolacji poszedł z nimi na tę dziwaczną sztukę wystawianą w teatrze tak małym, że scena, aktorzy, dekoracje oraz cała publiczność zmieściliby się w jego gabinecie.

Jednak z drugiej strony nie miał wielkiego wyboru. Gdyby nie wylądował z Wainwrightami w teatrze, a potem w Emote Espresso na Pioneer Square, siedziałby w domu z butelką mocno przepłaconego szampana, z kozim serem i z lapidarnym listem od byłej narzeczonej. Dokładnie w taki sposób spędził swoją pierwszą noc poślubną dwa lata temu.

Przywykł do samotności, gdy życie wystawiało go do wiatru. I do tego, że gdy łapał wiatr w żagle i wszystko szło, jak trzeba, też był samotny.

Sam przeżywał swoje porażki, sam świętował zwycięstwa. Tak było zawsze. Po prostu tak żył.

I w chwili, gdy z lodowatą pewnością uświadomił sobie, że Pamela zrejterowała, znów zapragnął zostać sam. Chciał jak najszybciej pozbyć się dwustu gości, przepędzić kelnerów i kelnerki, by zaszyć się w domu i zapomnieć o klęsce.

Dosłownie wszyscy, łącznie z Danem McCallumem, jego przyjacielem, drużbą i wiceprezesem Stark Security Systems, zrozumieli, w czym rzecz i wyszli. Wszyscy z wyjątkiem właścicielki firmy obsługującej przyjęcie, niejakiej Desdemony Wainwright. Po raz pierwszy zwrócił na nią uwagę, gdy depcząc mu po piętach i wymachując rachunkiem, ruszyła za nim do domu.

Przyjrzał się jej dopiero w gabinecie. Miała na sobie krótki, dobrze dopasowany żakiet, bardzo podobny do jego fraka, z tym że na Desdemonie leżał o wiele lepiej i wyglądał bardziej interesująco. Popatrzył na nią i trochę zdumiony stwierdził, że mimo parszywego humoru, jest w stanie docenić tak powabny widok.

Desdemona nie należała do kobiet wysokich. Piersi miała niewielkie, dyskretnie zarysowane, za to biodra, kształtne i apetycznie zaokrąglone, wyglądały nader zachęcająco. Stark zawsze uważał, że właśnie ten rodzaj krągłości liczy się u kobiet najbardziej.

Początkowo zaskoczyła go swoim zdecydowaniem i determinacją. Chciała wyrwać mu czek, i to na wszelkie sposoby, tymczasem Stark myślał, że Pamela, która zajmowała się szczegółami weselnego przyjęcia, wszystkie rachunki dawno zapłaciła. Pamela dobrze wiedziała, że jej przyszły mąż nie ma zielonego pojęcia, jak załatwia się tego rodzaju sprawy, i wcale nie chce się tego nauczyć. Życie towarzyskie i związane z nim sprawy organizacyjne mało go obchodziły.

Niestety, szybko rosnąca fortuna, jaką dane mu było zdobyć, cisnęła go w zupełnie obcy świat, gdzie zobowiązania natury towarzyskiej i służbowej nieodłącznie się z sobą wiązały. Szybko doszedł do wniosku, że potrzebna mu żona, i zaczął szukać odpowiedniej kandydatki.

Od dawna wiedział – a wiedzę tę przypłacił licznymi porażkami – że najlepiej radzi sobie z kobietami chłodnymi, nieskłonnymi do wzruszeń i nieabsorbującymi, właśnie takimi jak Pamela Bedford. Z tym że, sądząc po ostatnich wydarzeniach, znów trafił kulą w płot, bo ta najlepsza okazała się najgorszą.

Wysoka, zwiewna, złotowłosa i niebieskooka Pamela była jedną z tych kobiet, które określa się mianem „zimnych blondynek". Natura obdarzyła ją spokojem i wyniosłym opanowaniem, jakim obdarza przedstawicielki rodzin tak starych, że aż pokrytych patyną. Była dla Starka uosobieniem kobiety kulturalnej i wyrafinowanej.

Poznali się i już po trzech minutach rozmowy doszedł do przekonania, że właśnie takiej żony szuka. Ze swoim pochodzeniem i rozległymi koneksjami rodzinnymi nadawała się idealnie na partnerkę, która stawiłaby czoło jego zobowiązaniom towarzyskim. Na pewno wiedziałaby, jak zabawić potężnych i wpływowych klientów Stark Security Systems, jak poradzić sobie z miejscowymi politykierami i paniami z rozlicznych towarzystw dobroczynnych, którzy robili wszystko, żeby tylko wydrzeć mu pieniądze.

Prowadzenie zdawkowej rozmowy na przyjęciu czy koktajlu było dla Starka prawdziwym koszmarem. Natomiast Pamela wyrosła w świecie, gdzie tego rodzaju umiejętności uczono od kołyski. Wiedziała, co należy robić, kiedy i jak. Stark nie mógł doczekać się chwili, gdy wreszcie będzie mógł przekazać żonie nieznośne obowiązki związane z życiem towarzyskim.

Tak, Pamela sprawiała wrażenie kobiety cudownie przewidywalnej...

Porzucenie narzeczonego przed ołtarzem było prawdopodobnie pierwszym czynem w jej życiu, którym ośmieliła się urazić wielce czcigodnych rodziców i szacownych kuzynów.

Natomiast Desdemona Wainwright stanowiła dla Starka doskonały przykład chaotycznego dynamizmu. Wyraz jej twarzy zmieniał się tak szybko, jak szybko zmieniała się pogoda w Seattle. Niedobry znak. Przez całe życie unikał kobiet zmiennych i emocjonalnych. Wiedział, że z takimi sobie nie poradzi i że jest dla nich równie frustrujący.

Doszedł do wniosku, że jedyną rozsądną rzeczą, jaką może zrobić, jest unikanie Desdemony Wainwright. Miał kiepską intuicję, z czego doskonale zdawał sobie sprawę. Jasne, potrafił natychmiast rozpoznać komputerowego szpiega – zwłaszcza gdy szpieg miał zbyt tajemnicze albo zbyt przebiegłe oczy – ale dobry Bóg nie obdarował go talentem do pojmowania dynamiki skomplikowanych związków międzyludzkich. Uważał, że to właśnie związkom międzyludzkim, a nie nowym horyzontom matematyki czy fizyki, należałoby przypisać popularne miano teorii chaosu.

Firma Desdemony Wainwright mieściła się na Pioneer Square w starym, przebudowanym magazynie z cegły. Właśnie tam, siedząc przy stole razem z pracownikami Bon Appetite, skonsumował zaskakującą ilość zimnej sałatki z tortellini oraz tartinek ze szparagami, które tyle go kosztowały.

W trakcie kolacji dowiedział się, że cała rodzina Desdemony jest od trzech pokoleń związana z teatrem.

Zawsze uważał, że tego rodzaju ludzie są przewrażliwieni, pozbawieni stałych dochodów i wybuchowi. Jak dotąd nie zaobserwował nic, co by zmieniło jego opinię.

Lecz z jakiegoś dziwnego powodu tego wieczoru nie miało to najmniejszego znaczenia. Pewnie dlatego, że chciał zająć czymś myśli, by zapomnieć o swoich problemach, a Desdemona i jej krewniacy doskonale się do tego celu nadawali.

Ba! Powiedział nawet to, co powiedział: że *Mucha na ścianie*, mętna, zagmatwana i całkowicie niezrozumiała sztuka współczesna, miała bardze dobre momenty.

– Poczucie ostatecznego rozpłaszczenia… – powtórzył w zadumie Henry i kiwnął głową. – Wie pan co, Stark? To piekielnie wnikliwa uwaga. O tym aspekcie roli Julii zupełnie nie myślałem. Ale rzeczywiście. Ona naprawdę to odegrała, co?

Stark zorientował się, że jeszcze chwila i wkroczy na wielce niebezpieczny grunt. Natychmiast zaczął się wycofywać.

– Byłem pod wrażeniem – mruknął dyplomatycznie.

Kirsten błysnęła oczyma.

– Tak, rozpłaszczenie – wyszeptała natchniona. – Byłaś absolutnie doskonała, Julio.

– Naprawdę tak myślicie? – spytała z ożywieniem Julia.

– Oczywiście – zapewniła ją entuzjastycznie Desdemona. Chciała coś dodać, lecz nie zdążyła, bo na blat stołu padł cień. Podniosła głowę. – Cześć, Ian! Wspaniałe przedstawienie.

– Mona! – wykrzyknął nowo przybyły. – Tak się cieszę. Kim jest twój przyjaciel?

– To jest Sam Stark. Wszyscy mówią mu Stark. Stark, to jest Ian Ivers.

– Witam – powiedział Stark.

Ian odegrał rolę człowieka zaskoczonego.

– Ale chyba nie ten Sam Stark ze Stark Security Systems.

Stark uznał, że pytanie jako takie nie padło, więc nie odpowiedział i upił łyk kawy.

Niezręczną ciszę przerwał Henry.

– Dokładnie ten, Ian, nie kto inny.

– Proszę, proszę. – Ian wyszczerzył zęby i wyciągnął do Starka rękę. – Cieszę się, że mogę pana poznać. Nie wiedziałem, że lubi pan teatr.

– Bo nie lubię. – Miał przeczucie, że nie będzie za Iversem przepadał.

Ian był mężczyzną niskim i mógł mieć najwyżej trzydzieści trzy, trzydzieści pięć lat. Gdy Stark niechętnie uścisnął mu rękę, stwierdził, że dłoń Iversa jest nieprzyjemnie wilgotna. Poza tym robił się pulchny zarówno na twarzy, jak i w pasie – a może zawsze taki był? Związane w kucyk włosy, nieco już przerzedzone na czubku głowy, sięgały mu ramion. W uchu nosił złoty kolczyk, a jego szykowne, luźne i mocno plisowane oliwkowe spodnie zakrywały mu buty. Lśniąca, czarno-zielona koszula opalizowała w neonowym świetle.

– Poczucie ostatecznego rozpłaszczenia... – powtórzył Ian z głębokim podziwem w głosie. – Wybaczy pan, niechcący podsłuchałem. Fakt, Henry ma rację. To niezwykle wnikliwa uwaga, Stark. Julia była naprawdę wspaniała, odegrała to po mistrzowsku. I niech pan jeszcze zauważy, że w chwili uderzenia packi widz ma poczucie ekstatycznego spełnienia seksualnego.

Stark wziął serwetkę, schował ją pod stół i ukradkiem wytarł rękę.

– Musiałem to przeoczyć – odrzekł.

– Wrażenie było bardzo subtelne, zakamuflowane – zapewnił go Ivers. – No, muszę już lecieć. Czekają na mnie. Obiecałem, że pogadam z nimi zaraz po przedstawieniu. Ale chciałbym się z panem wkrótce spotkać, Stark. Teatr potrzebuje ludzi takich jak pan.

Stark spojrzał na niego spode łba.

– Wątpię.

– Mówię poważnie. Nie każdy człowiek z pańską pozycją docenia znaczenie współczesnej sztuki. Skontaktuję się z panem. – Puścił do Desdemony oko. – Do zobaczenia, Mono.

Podniósł rękę w pożegnalnym geście i szybko odszedł w stronę stolika w rogu sali.

Desdemona spojrzała na Julię, zmarszczyła nos, nachyliła się ku niej i szepnęła:

– Nie mogę uwierzyć, że ty i ciotka Bess chcecie, żebym się z nim spotykała. Dobrze wiesz, że nie umawiam się z facetami, którzy nazywają mnie Moną.

– Daj mu szansę – odszepnęła Julia. – To naprawdę miły chłopak. Macie z sobą dużo wspólnego.

– Bzdura. – Desdemona wywróciła oczyma, spojrzała na Starka i zrobiła kwaśną minę. – Julia i ciotka Bess są niepoprawnymi swatkami.

– Ach, tak... – odrzekł i zapamiętał sobie, żeby nigdy nie nazywać jej Moną. – Ale musi pani przyznać, że w dzisiejszych czasach Desdemona jest imieniem raczej niezwykłym.

– Sama je wybrałam, kiedy miałam pięć lat – odparła z nieukrywaną dumą.

Kiwnął głową.

– A jak brzmi pani prawdziwe imię?

– Desdemona, naprawdę.

– Ale jak się do pani zwracano, zanim je pani sobie wybrała?

– Susan albo jakoś tak – odrzekła niechętnie. – Nawet już nie pamiętam.

Popatrzył na nią zdumiony. Nikt z siedzących przy stole nie wykazywał zainteresowania tematem. Przypomniał sobie, że aktorzy często zmieniają imiona, a nawet nazwiska i uznał to za kolejny przejaw ich mało stabilnej psychiki.

Julia wydała z siebie ponure westchnienie.

– Ekstatyczne spełnienie seksualne – mruknęła. – Rzecz w tym, że wcale nie próbowałam tego odegrać.

Oczy Desdemony zalśniły.

– Jesteś pewna?

– Na sto procent – odburknęła Julia.

– To by wyjaśniało, dlaczego ten problem mi umknął – wtrącił Stark.

– Może powinnam była spróbować – zastanawiała się Julia. – Może ci z Eastside okazaliby większe zainteresowanie.

– Nic się nie martw – pocieszał ją Henry. – Upłynie co najmniej tydzień, zanim Ivers zdejmie przedstawienie.

– Poza tym masz przecież dzienną pracę – dodała wesoło Desdemona.

Henry wybuchnął śmiechem.

– Właśnie! – Objął Desdemonę ramieniem i po przyjacielsku przytulił. – Dzięki Bogu, chociaż jeden członek naszej rodziny osiągnął finansową stabilizację.

Julia oparła się z wdziękiem o ścianę.

– Czasami myślę, że los skaże mnie na wieczne faszerowanie grzybów.

Desdemona zerknęła na Starka znad krawędzi filiżanki. Spotkała jego wzrok.

– Możesz mu podziękować, że możemy to jeszcze robić – powiedziała. – Zachował się po rycersku i zapłacił za odwołane przyjęcie, dzięki czemu w tym kwartale Bon Appetite może zapłacić wszystkie podatki.

Nie wiadomo dlaczego Stark poczuł się nagle zażenowany.

– Nie ma o czym mówić.

– Porzucony przed ołtarzem. – Julia zapomniała na chwilę o swoich troskach. – Nieprawdopodobne. Nigdy nie poznałam człowieka, którego by to spotkało. Szkoda, że mnie tam wtedy nie było. Miałam próbę.

– Z kolei ja żałuję, że tam byłem – wymamrotał Stark.

– Mieliśmy z Kirsten podawać szampana – oznajmił Henry. – Wszystko widzieliśmy. Bardzo ciężka scena. Do tego co najmniej dwustu widzów.

Julia wytrzeszczyła oczy i spojrzała na Starka.

– Żartujesz. Wystawiła cię do wiatru na oczach dwustu widzów?

Stark kiwnął głową.

– Pełna sala – mruknął.

Henry pochylił się nad filiżanką i przeszył Starka wnikliwym spojrzeniem.

– Czy mogę cię o coś spytać?

– To zależy – odrzekł Stark.

– Jak się poczułeś, gdy uświadomiłeś sobie, że cię wykiwała? To znaczy, o czym najpierw pomyślałeś?

– Pewnie o tym samym, o czym pomyślała wasza mucha na sekundę przed śmiercią z rąk Julii.

– Czyżbyś doświadczył ekstatycznego spełnienia seksualnego? – spytała z uśmiechem Kirsten.

Stark zerknął na Desdemonę.

– Niezupełnie – odrzekł. – O ile dobrze pamiętam, pomyślałem sobie, co ja tu, do diabła, robię? Przecież mógłbym siedzieć spokojnie w biurze.

Desdemona wykrzywiła usta we współczującym uśmiechu.

– A zaraz potem musiał chyba zdać sobie sprawę, że czeka go uregulowanie rachunku za weselne przyjęcie, którego nie będzie.

– Narzeczona dała nogę i zostawiła klienta z długami, hę? – skonstatował Henry. – Wycyckała cię, stary, nie ma co.

– Można by to tak określić – mruknął Stark.

– Mimo to cieszymy się, że zapłaciłeś – powiedziała Julia. – Desdemona musiała zaciągnąć kredyt, żeby kupić niezbędne produkty. Gdybyś nie zapłacił, ci z banku oskubaliby ją do czysta.

– Co wszyscy Wainwrightowie przyjęliby z prawdziwą rozpaczą – dodał Henry. – Dzięki Desdemonie mamy pracę, gdy, jak mawia mój ojciec, „odpoczywamy między angażami".

– Od trzech pokoleń nikt z naszej rodziny nie miał stałej pracy – wyjaśniła Julia. – Desdemona jest pierwsza. I szczerze mówiąc, starsze pokolenie Wainwrightów trochę się tego wstydzi.

Desdemona uniosła filiżankę jak do żartobliwego toastu.

– Jestem czarną owcą w rodzinie.

– Ale bardzo użyteczną owcą – dodała Kirsten i spojrzała na Starka. – Zamierzam pójść w jej ślady.

– I znaleźć stałe zajęcie? – spytał.

– Chciałabym założyć małą firmę, jak Desdemona.

Upił łyk kawy.

– Obsługa przyjęć?

– Niezupełnie. – W oczach Kirsten zabłysły ogniki podniecenia, jakie ogarnia początkujących przedsiębiorców. – Chcę otworzyć ekskluzywny i bardzo stylowy butik. Tutaj, na Pioneer Square.

Stark zerknął na jej długi szkarłatny sweter przypominający tunikę i na obcisłe szkarłatne spodnie.

– Niech zgadnę. Butik z ekstrawagancką odzieżą?

– Ależ skąd. W Seattle są miliony butików z ubraniami. Zamierzam otworzyć sklep bardzo szczególnego rodzaju. Sklep, dzięki któremu kobiety mogłyby spełnić swoje fantazje seksualne i zaspokoić najskrytsze pragnienia.

Stark doszedł do wniosku, że chyba czegoś nie zrozumiał albo przeoczył jakąś zakamuflowaną aluzję. Zdarzało mu się to cały czas.

– Fantazje seksualne... – powtórzył niepewnie.

– Ot, choćby prezerwatywy w żywych, atrakcyjnych kolorach. Kobiety kupują bardzo dużo prezerwatyw. Wiedziałeś o tym?

– Eee... Nie, nie wiedziałem – przyznał.

– Albo piękna bielizna, nocna i dzienna. Do tego coś dla miłośniczek wyrobów skórzanych, wibratory, kasety z filmami instruktażowymi, erotyki pisane przez kobiety dla kobiet. Tego rodzaju rzeczy.

– Rozumiem.

– Ważna jest atmosfera panująca w sklepie – wtrącił z dumą Henry. – Liczy się dobry gust i smak. To najważniejsze.

– Tak, dobry gust i smak – powtórzył ostrożnie Stark.

– Nazwę go Exotica Erotica – dodała Kirsten. – Butik, którego właścicielką jest kobieta, w którym pracują same kobiety, sklep, który na pewno zaspokoi potrzeby kobiet. Oczywiście mężczyźni zainteresowani kupnem podniecających upominków dla swoich pań będą mile widziani.

Stark podniósł głowę.

– Naprawdę?

– Exotica Erotica będzie miejscem, gdzie zarówno kobiety z klasą, jak i prowincjuszki poczują się wyśmienicie.

– Nawet te z Eastside? – spytał Stark.

– Zwłaszcza one – odrzekła z naciskiem Kirsten. – Chciałabym, żeby mój butik przypominał im najelegantsze sklepy, w których tak lubią kupować, szykowne magazyny, wytworne salony...

– Nie ma mowy o żadnej wulgarności – wtrąciła Julia, na wypadek gdyby Stark nie zrozumiał wizjonerskich zamysłów Kirsten.

– Wykluczone – dodał szybko Henry.

W oczach Kirsten błyszczały zapał i żarliwość średniowiecznego krzyżowca.

– Czy zdajesz sobie sprawę, że nie ma w tym kraju dosłownie ani jednego przyzwoitego miejsca, gdzie kobieta mogłaby nabyć produkty przeznaczone do zaspokajania jej zmysłowych potrzeb?

– Szczerze mówiąc, nigdy się nad tym nie zastanawiałem – wyznał Stark.

– Kto wie? – marzył Henry. – Jeśli pomysł wypali, Kirsten mogłaby sprzedać licencję.

Stark popatrzył na żonę Henry'ego.

– Kiedy zaczynasz? – spytał.

– Jak tylko zdołam przekonać Desdemonę, żeby wzięła z banku kredyt – odrzekła, uśmiechając się do kuzynki.

Stark odstawił filiżankę. Zrobił to powoli i z wielką precyzją.

– A więc to tak... – mruknął.

Henry zmarszczył brwi.

– To znaczy jak? – spytał.

Desdemona wykrzesała z siebie sztuczny uśmiech.

– Daj spokój, Henry. Człowiek miał ciężki dzień. Już późno. Chyba powinniśmy wracać do domu.

Henry spojrzał na wielki zegarek z myszką Miki, wstał i wysunął się zza stołu.

– Dopiero wpół do pierwszej.

Desdemona poszła w jego ślady.

– Rano mam spotkanie w sprawie obsługi kolejnego przyjęcia. Tylko nie zapomnijcie, że ci, którzy jutro pracują, mają stawić się w firmie najpóźniej o dziesiątej. O dwunastej mamy imprezę dobroczynną.

– Nie zapomnimy – obiecała Julia. – Naprawdę myślisz, że dobrze dzisiaj wypadłam?

– Wspaniale – zapewniła ją Desdemona.

– Wybaczcie, ale ja też już pójdę – powiedział Stark. – Miałem koszmarny dzień.

– Oczywiście. – Henry obdarzył go współczującym spojrzeniem. – Rozumiemy.

Julia wstała i zrobiła Starkowi przejście.

– Przykro mi, Stark. Szkoda, że tak się to skończyło.

– Jakoś przeżyję. – Wstał i znieruchomiał, nie wiedząc, jak pożegnać obcych ludzi, którzy go tego wieczoru przygarnęli. – Dzięki za przedstawienie. I za kawę.

– Nie ma za co – odrzekł Henry. – Wejściówki były darmowe, za kawę zapłaciłeś.

– Fakt – zgodził się Stark. – Mimo to dziękuję za towarzystwo.

Henry wzruszył ramionami.

– Nie wiem, czy cię to pocieszy, ale zagrałeś dzisiaj jak prawdziwy zawodowiec. Porzucony przed ołtarzem: mieszanka cynicznej pogardy i aroganckiej dumy. Wszystko we właściwych proporcjach. Publiczność cię podziwiała.

– Mam wprawę – odrzekł Stark, zdejmując z wieszaka sztruksową kurtkę. Spojrzał na Desdemonę. – Odprowadzę panią do domu.

Uśmiechnęła się.

– Dziękuję, nie trzeba. Mieszkam trzy przecznice stąd i jestem samochodem.

– W takim razie odwiozę panią, a potem złapię taksówkę.

Popatrzyła na niego dziwnie, lecz nie zaprotestowała. Wziął ją pod ramię – miłe wrażenie. Przeprowadził Desdemonę przez zatłoczoną kawiarenkę i wyszli w chłodną wiosenną noc.

Była sobota i po Pierwszej Alei przecinającej Pioneer Square spacerowały tłumy ludzi.

Z otwartych drzwi i okien przepełnionych tawern oraz barów grzmiał jazz i ciężki rock. Na wysokich stołkach przed drzwiami siedzieli potężnie zbudowani bramkarze. Flirtowali z młodymi, wiotkimi dziewczynami, których było tam pełno. Usta dziewczyn pokrywała gruba warstwa czerwonej szminki. W ich nosach tkwiły kryształowe kolczyki.

Czerwona toyota stała przy krawężniku. Desdemona usiadła za kierownicą i otworzyła drzwi od strony pasażera. Starkowi nie przychodziło do głowy nic dowcipnego, więc milczał, gdy jego towarzyszka uruchomiła silnik. Samochód włączył się do ruchu.

Kiedy minęli pierwszą przecznicę, z ulgą uświadomił sobie, że nie odczuwa zwykłego w takich okolicznościach przymusu prowadzenia rozmowy.

Dwie przecznice dalej Desdemona skręciła w boczną ulicę, objechała stary ceglany budynek, uruchomiła pilotem mechanizm zdalnie otwieranych drzwi, wjechała do dużego podziemnego garażu i zaparkowała.

Stark wysiadł i odprowadził ją do windy.

– Chce pan wejść na górę i zadzwonić po taksówkę? – spytała.

Nagle zdał sobie sprawę, że niczego innego w życiu bardziej nie pragnął. Przecież miała to być jego noc poślubna.

– Nie, wyjdę przez hol. Taksówkę złapię na ulicy.

Przyjechała winda. Otworzyły się drzwi i Desdemona weszła do kabiny. Za nią Stark. Gdy drzwi się zamknęły, odniósł wrażenie, że dziewczyna zesztywniała. Obserwował ją kącikiem oka i mógłby przysiąc, że Desdemona robi coś w rodzaju ćwiczeń oddechowych. Zanim zdążył dociec, w czym rzecz i spytać ją delikatnie, czy wszystko w porządku, winda zatrzymała się na parterze.

Desdemona wcisnęła guzik unieruchamiający drzwi. Stark wysiadł. Zbadała wzrokiem jego twarz.

– Na pewno pan sobie poradzi?

– Na pewno.

– Przykro mi, że musiał pan przez to przechodzić.

– Mówiłem już, zdążyłem przywyknąć.

– Nie wierzę. – Musnęła palcami rękaw jego kurtki. – Niech pan na siebie uważa.

– Postaram się. – Chwilę milczeli. – Czy można dać pani pewną radę?

– W sprawie zabezpieczenia sieci komputerowej?

– Nie. W sprawach rodzinnych.

Przechyliła głowę. W jej rudych włosach zagrały refleksy światła.

– Jaką? – spytała.

– Niech pani nie bierze tego kredytu.

– Dla Kirsten? Przecież jestem jedyną osobą z całej rodziny, która ma w banku dobre notowania.

– To zbyt ryzykowne. To tak, jakby pani te pieniądze jej pożyczyła.

– A nawet jeśli, to co?

– Nie należy pożyczać pieniędzy rodzinie. To niezbyt mądre posunięcie.

Na jej twarzy zagościł dziwny smutek.

– Pańska rodzina nie utrzymuje zbyt ścisłych kontaktów, prawda?

– Co to ma do rzeczy?

– Nic. Szkoda, że nie poznał pan moich rodziców i brata. Tony kręci teraz w Los Angeles.

– Ma zakład powroźniczy?

Parsknęła śmiechem.

– Nie, dostał rolę, kręci jakiś serial. A rodzice występują w *My Fair Lady* w Tucson.

– Ma pani bardzo dużą rodzinę.

– Mam szczęście.

Popatrzył na nią w zamyśleniu.

– Z tego, co widzę, to raczej oni mają szczęście. Jest pani ich finansową podporą.

W jej oczach dostrzegł błysk szczerego zdziwienia.

– Nic pan nie rozumie. Jesteśmy rodziną. Prawdziwą rodziną. Trzymamy się razem. Stare powiedzenie mówi, że Wainwright może polegać wyłącznie na Wainwrighcie.

A wszyscy do kupy polegają na tobie, pomyślał.

– Nigdy tego powiedzenia nie słyszałem.

– Bo to rodzinne motto. Byłabym zapomniała. Zanim pan pójdzie, proszę to wziąć. – Sięgnęła do torebki przewieszonej przez ramię i wyjęła z niej wizytówkę. – Wiem, że wydawanie kolejnego przyjęcia jest ostatnią rzeczą, jaką chciałby pan teraz zrobić, ale nigdy nie wiadomo.

Wziął wizytówkę.

– Dziękuję.

Zdjęła palec z przycisku.

– Dobranoc, Stark.

– Dobranoc. – Drzwi się zamknęły, ale chwilę przedtem dostrzegł, że na twarz Desdemony powraca to dziwne napięcie.

Zawahał się, w końcu skręcił do holu i wyszedł na ulicę.

Taksówkę złapał niemal natychmiast. Wsiadł i opadł na siedzenie. W ręku wciąż trzymał wizytówkę. Przesunął po niej czubkiem palca, wyczuwając wypukłości drobnych liter układających się w napis BON APPETITE. Po dłuższej chwili wsunął sztywny kartonik do kieszeni.

Czuł się stary i zmęczony.

Pomyślał o Pameli. Ciekawe, co teraz robi?

Westchnął. Może tak jest lepiej? Czuł w kościach, że ich związek nie przetrwałby dłużej niż kilka lat. Małżeństwo to bardzo delikatna sprawa. Niewielu ma tyle sił, żeby w nim wytrwać. Większość rezygnuje, gdy coś zaczyna się psuć.

Znał to z autopsji. Jego rodzice rozwiedli się, gdy miał dziesięć lat. Został z matką, która wyszła za mąż i założyła drugą rodzinę. Przez jakiś czas ojciec odwiedzał go regularnie, co tydzień, ale w miarę upływu lat wizyty stawały się coraz rzadsze i rzadsze, w końcu zupełnie ustały.

Ilekroć wspominał tamte czasy, musiał przyznać, że mocno zalazł matce za skórę. Ojczymowi też. Zrobił się ponury, był wrogo nastawiony do świata, ogarnął go jakiś buntowniczy duch, nie chciał z nikim współpracować. Matka i ojczym, zajęci własnym dzieckiem, stracili cierpliwość.

Wysłali go do psychologa, za co się na nich zemścił i podczas licznych spotkań z biedaczkiem nie wypowiedział ani jednego słowa. Psycholog też stracił cierpliwość i zrezygnował, wtedy ojczym, bogaty biznesmen wychowany na wschodnim wybrzeżu, wpadł na pomysł, żeby wysłać pasierba do szkoły z internatem. Spakowano jego rzeczy i wyekspediowano Starka prawie pięć tysięcy kilometrów od domu.

Urodzony i wychowany na zachodzie, Stark nie znalazł w szkole wielu przyjaciół. Trzymał się na uboczu, unikał towarzystwa, ale pod kierunkiem dobrych nauczycieli, którzy pod maską gniewu i buntu dostrzegli wrodzoną inteligencję, odkrył matematykę, fizykę, wreszcie komputery.

Wkrótce stwierdził, że w tym spokojnym, uporządkowanym świecie, gdzie króluje logika i zdrowy rozsądek, gdzie emocje nie mają wstępu, czuje się najlepiej.

Po rozwodzie jego ojciec żenił się jeszcze dwukrotnie. Stark zdawał sobie sprawę, że oprócz przyrodniej siostry i przyrodniego brata ze strony matki, ma w Portland dwóch przyrodnich braci, jakimi obdarzył go ojciec. Nigdy ich nie widział, tak samo jak ich matki, trzeciej żony Hudsona Starka. Po prostu nie odczuwał takiej potrzeby.

Po szkole trafił do college'u, po college'u do Rosetta Institute. Skończywszy Rosetta Institute, założył własną firmę: Stark Security Systems.

Życie toczyło się dalej i z czasem rodzina o sobie zapomniała. Ale nikogo to nie obchodziło, nikt tego nie zauważył.

Nie to, żeby w ogóle nie utrzymywali kontaktów. Dzwonił do rodziców i składał im życzenia urodzinowe. Oni przysyłali mu kartki bożonarodzeniowe.

Wysłał do nich zaproszenie na ślub, ale ani ojciec, ani matka nie mieli czasu, żeby przyjechać. Stark był im za to wdzięczny. Wystarczyło, że przeżył to, co przeżył – nie wiedział, czy dałby radę stawić czoło rodzicom.

W zakamarkach umysłu zaświtała mu nagle pewna myśl, która wyrwała go ze świata wspomnień i wróciła rzeczywistości. Sięgnął do wewnętrznej kieszeni kurtki i wyjął z niej maleńki komputer. Włączył go i elektronicznym pisakiem zrobił krótką notatkę: zawiadomić rodziców, że wciąż jest kawalerem.

Miał nadzieję, że tym razem nie zawracali sobie głowy wysyłaniem prezentów. Przed dwoma laty matka przysłała mu kryształową wazę – jej odesłanie okazało się nie lada utrapieniem. Srebrnego półmiska na słodycze, który dostał od trzeciej żony ojca, w ogóle nie odesłał.

Rozdział 3

Gdy w poniedziałek rano wszedł do holu Stark Security Systems w centrum Seattle, powitała go nabrzmiała, poważna i pełna napięcia cisza, jaka zwykle panuje w domu pogrzebowym, gdy rodzina staje przed trumną drogiego zmarłego.

Rose Burns, recepcjonistka, uśmiechnęła się do niego drżącym uśmiechem, z którego biła litość i trwoga, zaprawiona dawką niewysłowionego przerażenia, a może nawet grozy. Takim samym uśmiechem obdarzyła go przed dwoma laty, gdy Lindsay Mills puściła go w trąbę.

– Dzień dobry, panie Stark – wymamrotała. Jej oczy mówiły wszystko.

– Dzień dobry, panno Burns.

I znów nastąpiła chwila posępnej ciszy, a zaraz potem Rose spuściła wzrok, jak żałobnik nad grobem nieboszczyka.

– Mamy dzisiaj cudowną pogodę.

Stark otaksował ją spojrzeniem.

– Tak pani myśli?

Rose spurpurowiała i szybko podniosła słuchawkę telefonu, który akurat zadzwonił, wybawiając ją z opresji.

Korytarz wiodący do gabinetu był, niestety, kiszkowaty. Stark westchnął i ze stoicką rezygnacją ruszył przed siebie. Za otwartymi drzwiami po obu stronach korytarza krążyły stada ciekawskich. Mijając pomieszczenie z kserografem, wyczuł na sobie ukradkowe spojrzenia pracowników. Kilku odważniejszych wymamrotało słowa niezręcznego powitania i czym prędzej zniknęło za drzwiami toalety, żeby poplotkować i na gorąco wymienić spostrzeżenia.

Lecz najgorsze było jeszcze przed nim. Zacisnął zęby, otworzył drzwi i wszedł do środka.

Maud Pitchcott, jego osobista sekretarka, zerknęła na niego znad okularów i otaksowała spojrzeniem swych bladoniebieskich oczu. Stark zebrał się w sobie.

Maud miała sześćdziesiąt kilka lat i jej głowę zdobił hełm stalowoszarych loków. Włosy pasowały kolorem do szarego kostiumiku. A kostiumiki nosiła niezwykłe, solidne jak polowy mundur, dwurzędowe, z dwoma kieszeniami na piersi. Lubiła ten styl. Pasował do jej krępej figury tudzież do osobowości i sprawiał, że wszyscy pracownicy Stark Security Systems bardzo się z nią liczyli.

Stark odkrył, że jej głównym hobby jest chodzenie po sklepikach z pocztówkami i kartkami świątecznymi. Odwiedzała te sklepiki w porze lunchu, a na kartkach szukała inspirujących powiedzonek czy przysłów na każdą okazję.

Jej dzieci, wnuki, siostrzeńcy, siostrzenice, przyjaciele i koleżanki z pracy otrzymywały od Maud kartki z okazji wszystkich mniejszych i większych świąt. Starkowi wysłała kiedyś pozdrowienia w Dniu Szefa, dorocznego święta, którego istnienia był rozkosznie nieświadom do chwili, gdy Maud zaczęła u niego pracować. Nieprzerwany strumień kartek sprawiał mu nie lada kłopot, bo wciąż miał paskudne uczucie, że powinien się sekretarce w jakiś sposób zrewanżować. Dławił je w sobie i tolerował ekscentryczne hobby Maud, ponieważ była osobą nadzwyczaj zorganizowaną.

Niestety, ciągłe obcowanie ze świątecznymi kartkami nie pozostawało bez wpływu na jej poczucie rzeczywistości.

– Dzień dobry, panie dyrektorze. Nie sądziłam, że pan dzisiaj przyjdzie. Jest mi niezwykle przykro, że doszło do tego drobnego incydentu.

No tak, pomyślał. Tylko Maud nazwałaby to drobnym incydentem.

– Nie ma o czym mówić.

– Proszę pamiętać, panie dyrektorze, że wędrując drogą życia, od czasu do czasu potykamy się o kamienie. Trzeba wtedy wstać, otrząsnąć się, otrzepać ubranie i ruszać dalej.

– Istotnie, sobota nie należała do najbardziej udanych dni. Niemniej cieszę się, że zdołałem zachować równowagę i nie tylko nie upadłem, ale się nawet nie potknąłem. Dlatego nie musiałem wstawać i otrzepywać ubrania.

– Ależ nie mówiłam tego dosłownie, panie dyrektorze – strofowała go łagodnie.

Udał zdziwienie.

– Naprawdę?

– Oczywiście, że nie. Użyłam metafory.

– Nigdy nie umiałem ich rozgryźć.

– Naprzód, panie dyrektorze – zachęcała dziarsko – naprzód. – To przecież pierwszy dzień reszty pańskiego życia.

– Będę o tym pamiętał.

– Musi pan odwrócić się plecami do chmurnych dni złej przeszłości i spojrzeć przed siebie, na łuk tęczy słonecznego jutra.

– Dzięki za radę, Maud. – Szybko minął jej biurko. Do drzwi gabinetu miał tylko kilka kroków, wybawienie było tuż-tuż.

– Bo każdy dzień to jutrzenka nowej nadziei, panie dyrektorze.

– Racja. – Z westchnieniem ulgi otworzył drzwi. – Niech pani poprosi do mnie McCalluma, dobrze?

– Oczywiście, panie dyrektorze. I pragnęłabym jeszcze dodać, że każda pokonana przeszkoda pomaga nam kwitnąć i wzrastać w promiennym blasku szczęścia.

– Jeśli tak naprawdę uważasz, to zaraz wyleję cię z pracy. – Wszedł do środka i zamknął drzwi. Bynajmniej nie delikatnie.

Rzucił teczkę na biurko, powiesił kurtkę na brązowym wieszaku w kącie gabinetu i niespiesznie podszedł do okna. Stał nieruchomo przez kilka minut i w zadumie podziwiał widok roztaczający się z piętnastego piętra strzelistego biurowca.

Widział stamtąd stalowoszare wody Zatoki Elliotta i śniegowe czapy na szczytach odległych Gór Olimpijskich. Na niebie nie było ani jednej chmurki, ale na północnym wschodzie pogoda szybko się zmienia i w każdej chwili od Pacyfiku mogła nadciągnąć potężna nawałnica.

Promy przeciążone tłumami turystów oraz dojeżdżających do pracy sunęły tam i z powrotem przez zimne, ciemne wody Puget Sound. Przypominały Starkowi ruchliwe pająki snujące niewidzialne sieci. Nieco dalej płynął olbrzymi kontenerowiec, a przy brzegu zmaterializowało się stadko żaglówek; żeglarze korzystali z ładnej pogody.

Przyszło mu na myśl, że niewiele brakowało i siedziałby teraz na piaszczystej plaży Bora Bora. To Pamela wpadła na pomysł, żeby miesiąc miodowy spędzić na wyspach południowego Pacyfiku. Stark nie protestował. Zdał się na nią, bo i tak zamierzał przekazać żonie sprawy związane z organizacją ich życia towarzyskiego.

Pamela załatwiła wszystko, łącznie z wyborem odpowiedniego hotelu i biletami lotniczymi. Zastanawiał się, czy warto zawracać sobie głowę odwoływaniem rezerwacji. Kto wie, może każą mu płacić za miesiąc miodowy, którego nie było?

Otworzyły się drzwi. Stark odwrócił głowę. Do gabinetu wszedł Dane McCallum.

Wysoki, szczupły, wyglądający na arystokratę trzydziestopięcioletni blondyn był z wyglądu zupełnym przeciwieństwem Starka. Uwielbiał drogie garnitury i nosił je z gracją i lekkością zawodowego modela. Nie chodził do fryzjera – strzygł się i układał włosy w salonie piękności. Zamiast rozchodzonych adidasów nosił włoskie skórzane buty i nigdy nie widziano, by przychodził do pracy w wypłowiałych dżinsach.

Od Starka różniło go coś jeszcze. Dane prowadził bogate życie towarzyskie i czuł się znakomicie w sytuacjach, których jego wspólnik i przyjaciel nienawidził. Poza tym interesowały go sztuka, dobre stare wina, a nawet opera.

Był bardzo dobrym organizatorem i menedżerem. Umiał kierować ludźmi, zarządzać finansami, słowem miał kwalifikacje, które sprawiały, że był dla Starka pracownikiem bezcennym.

Poznali się przed kilku laty w Rosetta Institute. Stark pracował tam jako informatyk i programista. Dane McCallum studiował zarządzanie i finanse.

Gdy Stark podjął decyzję o założeniu samodzielnego przedsiębiorstwa, zaproponował Dane'owi coś, co wyglądało na czysty hazard. Nie mógł go skusić pieniędzmi, ponieważ jego pierwszy produkt, skomplikowany program szyfrujący, działał tylko w jego głowie, a nie w tysiącach komputerów, za to obiecał Dane'owi wiceprezesostwo spółki i udziały w Stark Security Systems. Ku jego zdziwieniu McCallum chętnie na propozycję przystał.

Wkrótce okazało się, że zdobywa zamówienia dla firmy z równą łatwością i skutecznością, z jaką wcześniej zdobywał fundusze dla Rosetta Institute.

Stark od początku wiedział, że różnią ich zainteresowania i gusty, mimo to zostali przyjaciółmi. Łączył ich wspólny cel, a celem tym było uczynienie ze Stark Security Systems najlepszego przedsiębiorstwa w branży. Ciężka praca – i sukces, jaki szybko odnieśli – zbliżyła ich, tak że tworzyli zgraną parę.

– Jak tam niedzielny kac? – zapytał spokojnie Dane.

Stark wzruszył ramionami.

– Nie miałem kaca.

– Nie miałeś? – Dane uśmiechnął się lekko, usiadł w fotelu i wyciągnął swoje długie nogi. – Wiem, że mało pijesz, ale pomyślałem sobie, że w sobotę wieczorem zrobisz wyjątek. Skoro się nie urżnąłeś, to co robiłeś? Dzwoniłem do ciebie koło ósmej, ale nikt nie podnosił słuchawki.

– Byłem w teatrze.

Dane uniósł brwi.

– Nie wiedziałem, że chodzisz do teatru.

– W sobotę poszedłem, do Limelight. Grali *Muchę na ścianie*.

– Nie wierzę. Poszedłeś do teatru eksperymentalnego? Chryste, musiałeś być w gorszym stanie, niż myślałem. Jak tam, do diabła, trafiłeś? Przecież to trzeciorzędna buda.

– Nie miałem nic lepszego do roboty. Zaprosiła mnie szefowa Bon Appetite, ta od mojego przyjęcia weselnego. Ona i jej pracownicy.

Dane aż zamrugał ze zdziwienia.

– Szefowa Bon Appetite?

– Daj spokój. To długa historia.

– No dobra. W sobotę byłeś w teatrze. A co robiłeś wczoraj? Dzwoniłem do ciebie, i to kilka razy.

– Wyłączyłem telefon. Pracowałem nad ARCANE.

Dane'owi rozbłysły oczy.

– By zacytować Maud: „Gdy życie częstuje cię cytrynami, zrób z nich lemoniadę". O to chodzi?

– To niezbyt dobra pora na cytaty – warknął ostrzegawczo Stark.

ARCANE, niezwykle wszechstronny program komputerowy oparty na zasadach teorii chaosu, jak popularnie nazywano nowe i jeszcze niezbadane obszary wiedzy leżące na pograniczu matematyki i fizyki, był najnowszym oczkiem w głowie Starka. Stark wolał inną nazwę i nadał teorii chaosu miano nauki o strukturach złożonych albo scalonych.

Nie lubił słowa „chaos". Dla większości uczonych chaos kojarzył się z gmatwaniną pozornie swobodnych czy też zupełnie przypadkowych sygnałów i ruchów, których losowość i sterujące nią wzorce należało w jakiś sposób określić. Tymczasem dla Starka prawdziwy chaos był pustym wszechświatem spowitym w mroku bezdennej nocy, miejscem gdzie nic nie ma znaczenia, gdzie nurzał się w zupełnej, absolutnej samotności, w samotności doskonałej. Tak, chaos bulgotał w wielkim czarnoksięskim kotle, parującym w zakamarkach jego duszy.

Dane splótł palce i zmierzył przyjaciela pełnym zadumy spojrzeniem.

– Nie chciałbym sprawiać ci bólu, ale umieram z ciekawości. Pamela się odezwała?

– Nie.

– To chyba lepiej.

– Owszem. W tej chwili nie mamy sobie nic do powiedzenia.

– Spójrz na to z innej strony. Odwołany ślub musi być o niebo tańszy od rozwodu.

– Nie widziałeś rachunku za przyjęcie.

Dane zachichotał.

– Fakt, nie widziałem, ale wiem, co mówię, mam doświadczenie. Nie zapominaj o mojej Alicji. Do dzisiaj wypisuję czeki i głowę daję, że rachunek za twoje przyjęcie to w porównaniu z nimi betka.

Stark się z nim nie sprzeczał. Alicja była drugą żoną McCalluma. Małżeństwo przetrwało niecały rok. Zgodnie z umową rozwodową Dane musiał jej zapłacić prawdziwą fortunę.

– Radziłem ci, żebyś spisał intercyzę – odrzekł. – Po odejściu Elizabeth sam powinieneś był na to wpaść.

– W głębi duszy jestem chyba niepoprawnym romantykiem. – Dane wykrzywił usta w uśmiechu. – W przeciwieństwie do ciebie.

Stark usiadł za biurkiem.

– Widziałeś, dokąd zaprowadziło mnie logiczne i rozsądne podejście do małżeństwa – mruknął.

– Przyznaję, widok był niezbyt piękny. Dwie próby masz za sobą? Kiedy trzecia?

– Zrobisz coś dla mnie? – wymamrotał Stark. – Nawet o tym nie wspominaj.

Dane podciągnął nogawkę idealnie zaprasowanych spodni.

– W taki razie co teraz? – spytał.

Stark wzruszył ramionami.

– Interesy, jak zwykle. Siedzę nad ARCANE. Nie muszę wyjeżdżać na Bora Bora, więc jestem dziesięć dni do przodu. Myślę, że do sierpnia wprowadzę wszystkie poprawki i usunę z programu błędy. Powinienem skończyć przed czasem.

Dane ściągnął usta.

– Owszem, i to nawet sporo przed czasem. Przewidywałeś, że skończysz na początku października.

– Dobrze mi idzie. To niezły program, bardzo elastyczny. Powiedz Lancasterowi, żeby zaczął opracowywać ofertę promocyjną.

– Jasne.

– Tylko pamiętaj – mruknął Stark – nie chcę cen z sufitu. Niech Lancaster uczciwie je skalkuluje.

– Przekażę mu – odrzekł z uśmiechem McCallum. – Ale nie zwalaj na mnie winy, jeśli przesadzi. Chyba podkochuje się w Maud i jak ona, widzi naszą przyszłość w różowych kolorach.

– Panie, miej nas w opiece.

Przez kilka następnych dni Stark robił to, co robił, ilekroć życie płatało mu figla: pogrążył się w pracy.

Wszystko szło dobrze do chwili, gdy dwa tygodnie po tym, jak Pamela Bedford porzuciła go przed ołtarzem, w drzwiach gabinetu stanęła Maud. Stanęła i chrząknęła. Bardzo znacząco, co nie zapowiadało nic dobrego.

Musiała chrząknąć dwa razy, ponieważ Stark ślęczał nad nowym harmonogramem, który Dane, rozparty w swoim ulubionym fotelu naprzeciwko biurka, przed chwilą mu wręczył. Po drugim chrząknięciu Stark podniósł głowę i spojrzał na sekretarkę.

– O co chodzi, Maud?

– O harmonogram imprez towarzyskich na następne trzy miesiące, panie dyrektorze.

Stark poczuł w krzyżu niepokojące mrowienie.

– Jaki znowu harmonogram?

Maud pokazała mu notatnik.

– Ten, który opracowała panna Bedford.

– Szlag by to trafił. – Musiał natychmiast coś wymyślić. – Wszystko odwołaj.

– To chyba niezbyt dobry pomysł, panie dyrektorze. – Zerknęła na Dane'a, szukając u niego wsparcia.

– Maud ma rację – odezwał się McCallum. – Pamela omawiała ze mną ten harmonogram miesiąc temu. To ważne biznesowe imprezy, Stark. Zapomniałeś już, że miała się tym zajmować?

Stark poczuł się jak w pułapce.

– Do diabła, przecież Pamela nie jest moją żoną! To było miesiąc temu, sam mówiłeś!

– Wiem – odrzekł Dane. – Ale interes to interes.

Stark zerknął podejrzliwie na Maud.

– Co ona tam nawypisywała? – spytał.

Maud spojrzała na listę.

– Co miesiąc seminarium na temat nowych rodzajów zabezpieczeń sieci komputerowych. Po każdym seminarium koktajl z zimnym bufetem. Pierwsze seminarium odbędzie się za dwa tygodnie. Poza tym trzy przyjęcia dla klientów, przemysłowców i finansistów, kilka przyjęć na cele dobroczynne…

– Na cele dobroczynne?! – Gdyby Stark mógł zabijać wzrokiem, Maud padłaby trupem. – Co przyjęcia na cele dobroczynne mają wspólnego z interesami?

Dane poruszył się niespokojnie w fotelu.

– To są przyjęcia, na które przychodzą same grube ryby, Stark. Nawiązuje się na nich nowe kontakty, zawiera umowy. Pamela o tym wiedziała. Dlatego umieściła je w harmonogramie.

– Cholera jasna. – Stark zdjął okulary i potarł nos. – Muszę pomyśleć. Dajcie mi chwilę czasu.

Maud zamilkła. Dane zesztywniał w napięciu.

I nagle Starka olśniło. Powoli nałożył okulary.

– Potrzebujemy profesjonalistki.

Maud przekrzywiła głowę.

– Profesjonalistki, panie dyrektorze?

– Tak, profesjonalistki. – Otworzył szufladę biurka, wyjął portfel pękający w szwach od wizytówek i z plastikowej koperty wysunął wizytówkę Desdemony. – Niech pani zadzwoni do właścicielki tej firmy. Proszę jej powiedzieć, o co chodzi, i spytać, czy zechce podpisać z nami trzymiesięczny kontrakt na obsługę wszystkich imprez towarzyskich organizowanych przez Stark Security Systems. Będzie czymś w rodzaju hostessy albo gospodyni.

Maud podeszła do biurka i obejrzała wizytówkę.

– Bon Appetite. Rozumiem, panie dyrektorze.

Dane uniósł brew.

– Bon Appetite? Firma, która obsługiwała twoje weselne przyjęcie?

– Przyjęcie, którego nie było.

– Kontrakt na organizację przyjęć... – dumał McCallum. – Niezły pomysł.

– Dziękuję. – Nie wiadomo dlaczego Stark poczuł się nagle wspaniale. – Szkoda, że wcześniej na to nie wpadłem.

Dane się uśmiechnął.

– Zawsze byłeś mózgiem firmy.

Maud promieniała.

– Gdy życie częstuje cię cytrynami...

W poniedziałek o dziesiątej drzwi do przeszklonego gabineciku Desdemony otworzyły się i w progu stanął Rafael Crumpton, artysta rzeźbiarz.

Miał na sobie biały, idealnie czysty kitel, a jego głowę zdobiła biała czapka; identyczne czapki musieli nosić pracownicy Desdemony zatrudnieni w kuchni.

Rafael przybrał dramatyczną pozę i oświadczył:

– Desdemono, pewnie mnie znienawidzisz, ale niestety muszę cię opuścić. Odchodzę.

Desdemona zmarszczyła czoło.

– Dokąd?

– Idę za wewnętrznym głosem, czuję powołanie. Kiedy zaczynałem u ciebie pracować, ostrzegałem cię, że zostałem stworzony do rzeczy ważniejszych, wybitniejszych niż rzeźbienie lodowych krasnali. Wiem, że będzie ci beze mnie ciężko, ale przetrwasz. Jesteś silna, Desdemono.

– Rafaelu, zamknij drzwi, usiądź i wszystko mi opowiedz.

Rzeźbiarz wyprostował się, zamknął drzwi i opadł na fotel naprzeciwko biurka Desdemony.

– Mam nową pracę – oznajmił.

Desdemona jęknęła.

– Cholera jasna.

– Dostałem angaż do Fountains. To nowy hotel w Bellevue.

Na chwilę zaniemówiła.

– Chcesz powiedzieć, że zostawiasz mnie dla tych bubków z Eastside?! Przecież będziesz tam robił dokładnie to samo co tutaj, będziesz im rzeźbił łabądki na niedzielne lunche. I nazywasz to swoim powołaniem?!

Rafael obrzucił ją posępnym spojrzeniem.

– Wiedziałem, że bardzo to przeżyjesz. To nie była łatwa decyzja, Desdemono. Ale widzisz, przyrzeczono mi całkowitą swobodę artystyczną. – Rozłożył ręce. – Jak mogłem odmówić?

– Wszystko dlatego, że kazałam ci wyrzeźbić te łabędzie na weselne przyjęcie Starka, prawda? Masz pretensję, że nie dałam ci wolnej ręki, tak?

– Mój projekt był znakomity – odparował Rafael. – Natchnienie czerpałem z Kamasutry. Te rzeźby byłyby ozdobą nawet najelegantszej uroczystości.

– Rafaelu, porozmawiajmy szczerze. Naprawdę myślisz, że rzeźby przedstawiające nagie pary w wymyślnych pozycjach seksualnych nadawałyby się na dekorację weselnego stołu?

– Mój projekt był doskonałym ucieleśnieniem rozkoszy nocy poślubnej.

– Co ty wiesz o rozkoszach nocy poślubnej? Przecież nie jesteś żonaty. Tak czy inaczej, przyjęcie weselne Starka miało być ekskluzywne i wytworne. Twoje rzeźby zaszokowałyby gości.

Rafael spojrzał na nią z wyrzutem.

– Prawdziwy artysta nie może dać się zakuć w łańcuchy pośednich, plebejskich gustów. Ani też pozwolić, żeby jego mecenas narzucał mu artystyczne wizje.

– Nie jestem twoim mecenasem, Rafaelu. Jestem twoją chlebodawczynią.

– Już nie.

– Naprawdę myślisz, że ci z hotelu pozwolą ci rzeźbić, co tylko zechcesz?

– Taką złożyli obietnicę.

Desdemona straciła cierpliwość.

– Dobrze, proszę bardzo, idź sobie. Zobaczymy, jak długo będziesz się cieszył tą artystyczną swobodą. Kiedy zamierzasz odejść?

– Dzisiaj.

Ogarnęła ją wściekłość.

– Dzisiaj?! Dzisiaj nie możesz. W czwartek mamy lunch u Consinich, a w piątek ślub Lambetha. Musisz coś wyrzeźbić, stoły mają być udekorowane.

– Przykro mi, Desdemono. – Rafael wstał. – Niech ktoś inny rzeźbi te głupie łabądki czy delfiny. Nie zamierzam iść na kolejne kompromisy i niszczyć integralności tkwiącego we mnie artysty. Muszę kroczyć własną drogą, drogą prawdziwie twórczą.

– Zaczekaj. – Zerwała się z fotela i obeszła biurko. – Porozmawiajmy.

– Nie mamy o czym, Desdemono. Muszę zrzucić z siebie okowy komercjalizmu. – Otworzył drzwi.

– Zobaczysz, jeszcze pożałujesz. Jeśli uważasz, że twój nowy pracodawca pozwoli ci ozdabiać salę pornograficznymi rzeźbami, to się grubo mylisz.

Zadzwonił telefon. Podniosła słuchawkę.

– Bon Appetite. Słucham.

– Z panią Desdemoną Wainwright proszę.

Trudno, najpierw interesy. Zagryzła wargi i siląc się na uprzejmość, odrzekła:

– Przy telefonie. Czym mogę pani służyć?

– Mówi Maud Pitchcott. Dzwonię w imieniu dyrektora Starka ze Stark Security Systems.

Ścisnęła kurczowo słuchawkę. Nie wiadomo dlaczego, nagle zabrakło jej tchu.

– Tak, słucham.

– Pan Stark chciałby wiedzieć, czy interesowałby panią kontrakt z jego firmą. Chce zaangażować panią jako konsultantkę do spraw obsługi imprez organizowanych przez Stark Security Systems.

– Konsultantkę do spraw imprez? – Machnięciem ręki wyprosiła Rafaela za drzwi i powoli usiadła.

– Przejęłaby pani obowiązki towarzyskie i reprezentacyjne związane z działalnością naszej firmy i byłaby pani kimś w rodzaju gospodyni tych imprez. Czy to panią interesuje?

– Żartuje pani? – Chwyciła długopis. – To znaczy, tak, oczywiście, i to bardzo.

– W takim razie pan dyrektor Stark oczekuje pani dziś po południu.

Patrzył, jak Desdemona podpisuje umowę, i z satysfakcją, tudzież narastającą niecierpliwością, wyglądał chwili, gdy będzie mógł zrzucić z siebie te przeklęte obowiązki. Doskonale. Idealnie. Tak, powinien był na to wpaść już dawno temu, w dniu, kiedy Pamela zostawiła go przed ołtarzem. Do diabła, dlaczego nie uświadomił sobie wcześniej, że Desdemona jest idealnym rozwiązaniem wszystkich problemów?

Odłożyła długopis i podniosła oczy. Spotkała jego wzrok. Uśmiechnęła się. Przestał oddychać. Coś w nim drgnęło.

Doskonale...

Zaczerpnął tchu. Przypomniał sobie, że to tylko zwykły interes, nic więcej. Wziął się w garść.

– Nie ma pani nic przeciwko temu, żeby mi na tych wszystkich przyjęciach towarzyszyć i odgrywać rolę gospodyni albo...

– Nie, skądże. Wielu ludzi na pańskim stanowisku potrzebuje kogoś do pomocy. Powierzają tę rolę żonie, mężowi albo... Albo komuś innemu. – Zaczerwieniła się.

Czuł, że Desdemona wciąż pamięta o ślubnym koszmarze sprzed dwóch tygodni. Widział w jej oczach współczucie i to go drażniło. Nie chciał współczucia. Pragnął... czegoś innego.

Pragnął jej.

Świadomość, że jej pragnie, dosłownie go poraziła.

– Komuś innemu – powtórzył cicho.

– Tak – dodała szybko – bo kiedy ktoś nie ma żony czy męża i znajdzie się w pańskiej sytuacji, czasami zatrudnia profesjonalistę.

– Świetnie. Znakomicie. – Patrzył na nią i nie wiedział, co powiedzieć. Bardzo chciał opóźnić chwilę pożegnania, ale nie miał pojęcia, jak to zrobić. Nic, absolutnie nic nie przychodziło mu do głowy. – No, tak – wykrztusił. – Chyba wszystko już załatwiliśmy...

– Tak. – Zerwała się na równe nogi, jakby siedziała na krześle elektrycznym, przez które nagle popłynął prąd. – Cieszę się, że będę dla pana pracowała. Jestem przekonana, że Bon Appetite zaspokoi pańskie potrzeby.

– Potrzeby… – Owszem, miał potrzeby, i to bardzo wielkie. Dziwne, że zdał sobie z tego sprawę dopiero w tej chwili.

– Wierzę, że je zaspokoimy – dodała poważnie.

– Tak, oczywiście. Byłoby miło.

– Osobiście dopilnuję, żeby nie żałował pan tej decyzji. – Wyciągnęła do niego rękę.

Wstał i uścisnął jej dłoń. Mocno.

– Jestem pewien, że nie pożałuję. – Patrzył jej w oczy. Nagle poczuł, że palce Desdemony spoczywające w jego wielkiej dłoni drgnęły i poruszyły się jak skrzydła usidlonego ptaka. Zdał sobie sprawę, że pożegnanie trwa za długo.

Obdarzyła go promiennym uśmiechem i spróbowała uwolnić rękę.

Puścił ją bardzo niechętnie.

– Do widzenia, Desdemono.

Ściskając w maleńkiej dłoni podpisaną umowę, pobiegła do drzwi.

Patrzył, jak się za nią zamykają.

Doskonale. Idealnie.

Dwie godziny później wróciła triumfalnie do siedziby Bon Appetite. Juliet, Kirsten i Henry czekali na nią w progu kuchennych drzwi.

– Masz? – spytała niecierpliwie Julia.

– Mam. – Pomachała im przed oczyma umową. – Przyjaciele, oto początek naszej świetlanej przyszłości. Kiedy się rozniesie, że mamy wyłączność na obsługę imprez towarzyskich Stark Security Systems, nic nas nie powstrzyma. Całe Seattle będzie nas błagało, byśmy zechcieli dla nich pracować.

Kirsten wybuchnęła śmiechem.

– Dość o sprawach służbowych. Mam ciekawsze pytanie. Czy ta Bedford nie zmyślała?

– To znaczy? – Desdemona napawała się widokiem umowy.

– Czy Stark naprawdę przychodzi do pracy w dżinsach i w adidasach?

– Naprawdę. – Przyjrzała się podpisowi Starka pod bezcennym kontraktem. Był duży, zamaszysty, bardzo męski. – I nosi w kieszeni fikuśny plastikowy przybornik na długopisy.

Henry położył rękę na sercu i jęknął.

– Jak możesz pracować dla faceta z tak podłym gustem?

Desdemona przeszyła ich ostrym spojrzeniem.

– Moi drodzy, od razu coś sobie wyjaśnijmy. Koniec z obgadywaniem. Od tej chwili obowiązuje całkowity zakaz obmawiania pana Starka. Dyrektor Stark to nasz najcenniejszy klient i dopóki nie okaże się, że jest zwyrodniałym mordercą odpowiedzialnym za śmierć setek ludzi, należy go traktować z należytym szacunkiem. Czy to jasne?

Henry zasalutował.

– Rozkaz, najjaśniejsza pani.

Kirsten parsknęła śmiechem.

– Jasne.

Julia uśmiechnęła się podejrzliwie.

– Oczywiście.

– Znakomicie. – Desdemona obróciła się na pięcie. – Gdyby ktoś mnie potrzebował, jestem w gabinecie, gdzie zamierzam podziwiać naszą umowę ze Stark Security Systems. – I zastanawiać się, dlaczego tam, w gabinecie Starka, ogarnęło ją to dziwne, aczkolwiek nader przyjemne uczucie.

Miała intuicję Wainwrightów. Intuicja Wainwrightów nie opuszczała jej ani na chwilę i Desdemona wyraźnie słyszała jej podszepty. Nie, drugie spotkanie ze Starkiem nie było dziełem przypadku. Gdy przeznaczenie pukało do drzwi, Wainwrightowie je otwierali, bo wiedzieli, że nikt inny pukać w ten sposób nie może.

Przed dwoma tygodniami, gdy zobaczyła go po raz pierwszy, zastanawiała się, co by było, gdyby los zetknął ich w innych okolicznościach.

Teraz miała okazję to sprawdzić.

Rozdział 4

Dwa tygodnie później Stark i Dane McCallum patrzyli na ożywiony tłum kotłujący się w salonie.

Stark odczuwał wielką ulgę. Wyglądało na to, że wszyscy są na luzie, że absolutnie nikt się nie nudzi. Tak, po prostu dobrze się bawili. Jedzenie było wspaniałe, obsługa idealna.

Pierwsze przyjęcie wydawane przez Stark Security Systems, na mocy kontraktu z Bon Appetite obsługiwane przez pracowników Desdemony, wypadło znakomicie.

Odbywało się po całodziennym seminarium na temat sposobów zabezpieczania komputerowych systemów przemysłowych, które firma Starka zorganizowała dla potencjalnych klientów. Jeśli chodzi o samego Starka, uważał, że seminarium to pestka w porównaniu z tym, co czekało go potem: z przyjęciem i z rozmowami o niczym. Perspektywa socjalizowania się z gośćmi napawała go przerażeniem.

Teraz już się nie bał. Desdemona zadbała o wszystko.

– Nie mam pojęcia, jak się ich pozbędziesz – zauważył Dane. – Nikt nie będzie chciał wyjść. Za dobrze się bawią.

– Mówię ci, McCallum, decyzja o zatrudnieniu profesjonalistki była moim najlepszym pomysłem od chwili, gdy mnie olśniło i wypracowałem podstawy teorii, dzięki którym napisałem ARCANE.

– Możliwe, choć tak daleko bym się nie posunął.

– A ja tak. – Stark wpadł w euforię. – Spójrz, pracują jak szwajcarski zegarek. Nie popełnili ani jednego błędu, nie mieli ani sekundy opóźnienia. A ja muszę tylko podpisać czek. Czyż to nie wspaniałe? Tak to trzeba robić, McCallum. Nie mam pojęcia, dlaczego nie pomyślałem o tym wcześniej.

Dane wykrzywił usta.

– Taka żona na papierze, co?

Określenie przypadło Starkowi do gustu.

– Właśnie. Same plusy.

– Ale żadnych uciech, co?

– Małżeńskich? A skąd mam wiedzieć? – Stark upił łyk wina. – Ja ich nie znam. Jeszcze się nie ożeniłem, nie wyszło.

– Nie wiesz, co tracisz. – Dane odszukał wzrokiem Desdemonę zajętą gośćmi po drugiej stronie salonu. – Zresztą kto wie, może nic nie tracisz. Może masz wszystko.

– Co chcesz przez to powiedzieć?

Dane wzruszył ramionami.

– Jesteś inteligentnym człowiekiem, Stark. A wiadomo, że człowiek inteligentny może dzisiaj dostać wszystko za półdarmo...

Stark poszedł za jego wzrokiem. Desdemona rozmawiała z poważnie wyglądającym biznesmenem z Eastside. Niepewny swej ogłady, Stark prosił ją, żeby pełniła rolę gospodyni domu i w miarę konieczności zabawiała gości rozmową. Robiła to bardzo umiejętnie, nie narzucała się, mimo to zauważył, że nikogo nie zaniedbuje.

Patrzył, jak prowadzi biznesmena do małej grupki gości, jak im go przedstawia. Dokonawszy prezentacji, odeszła i z promiennym uśmiechem zaczęła wypatrywać następnej zbłąkanej owieczki.

Jej uśmiech działał na Starka jak silny afrodyzjak, aż go w środku skręcało. I to nie pierwszy raz.

Miała na sobie czarną, obcisłą sukienkę, która podkreślając krągłości jej ciała, sprawiała wrażenie bardzo skromnej. Włosy związała czarną aksamitką, lecz kilka ogniście rudych pukli zdołało wymknąć się spod kontroli, by tańczyć wokół jej małych, kształtnych uszu, ozdobionych błyszczącymi kolczykami. Oprócz kolczyków nie nosiła żadnej biżuterii. Była elegancka i ekscytująca. Kusząca i kusicielska.

W dolnych partiach ciała poczuł znajome mrowienie. Mrowienie coraz intensywniejsze, coraz natarczywsze. Był podniecony jak nigdy w życiu, jak mężczyzna, jak samiec. Podnieceniu towarzyszyły prymitywne i jakże zaborcze poczucie własności i wściekłość, że Dane obserwuje Desdemonę z takim samym zainteresowaniem jak on. Zjeżyły mu się włosy na karku.

– Znajdź sobie inną, McCallum – warknął ostrzegawczo.

Dane uśmiechnął się ze zrozumieniem.

– A więc to tak?

Stark nie odpowiedział. To pytanie nie dawało mu spokoju od dwóch tygodni. Nawet dłużej, jeśli miał być szczery. Od ich pierwszej rozmowy tamtego wieczoru nie mógł przestać o niej myśleć.

Myślał i myślał, a gdy uświadomił sobie, że myślenie przeszkadza mu w koncentracji, doszedł do wniosku, że sprawa jest poważna. Bo dotąd nic ani nikt nie był w stanie go rozproszyć.

Patrzył na Desdemonę, zastanawiając się, czy dobrze odczytał ciepły błysk, jaki dostrzegł w jej oczach. Wiedział, że interpretacja seksualnych sygnałów wysyłanych przez kobiety nie jest jego najmocniejszą stroną, niemniej mógłby przysiąc, że interesuje ją tak samo jak ona jego.

– Nie to, żebym chciał zmienić temat – mruknął Dane – ale czy miałeś jakieś wiadomości od Pameli?

– Od kogo?

Trzy godziny później Desdemona wypuściła kuchennymi drzwiami ostatnich pomocników. Pierwszy wyszedł Henry z koszem naczyń i szkła.

Vernon Tate, jej nowy rzeźbiarz i posłaniec, przystanął na schodach i uśmiechnął się do niej nieśmiało. Wszystko co robi, robi nieśmiało, pomyślała. Miał zupełnie inny temperament niż Rafael, co powitała z prawdziwą radością i ulgą.

– To już chyba wszystko, panno Wainwright – oznajmił. – Dwa razy sprawdzałem kuchnię, a Henry obszedł salon. Czy będzie nas pani jeszcze potrzebowała?

– Nie, na dzisiaj koniec. Wracajcie do firmy i rozładujcie wóz. Przyjadę samochodem.

Zacisnął palce na kartonowym pudle z talerzami.

– Wszystko poszło dobrze, prawda? Chciałem powiedzieć, że goście dobrze się bawili.

– Poszło wspaniale. – Uśmiechnęła się do niego z wdzięcznością. – Nie wiem, co bym bez ciebie zrobiła, Vernon.

Nie przesadzała. Vernon był dla niej darem niebios. Tydzień wcześniej wszedł do biura Bon Appetite i nieśmiało spytał o pracę. Zerkęła na podanie, które z sobą przyniósł, ujrzała magiczne słowa „Rzeźbię w lodzie" i zatrudniła go bez chwili namysłu.

Wkrótce udowodnił, że jest bardzo pracowity i chętnie wykonuje wszystkie polecenia, a najważniejsze, że nie uważa się za uduchowionego artystę. Miał chęć do pracy, nie grymasił i rzeźbił, co mu kazała. Chciała łabędzie – rzeźbił łabędzie. Chciała delfiny – miała delfiny.

Poza tym nie odwoływano go nagle na przesłuchania, bo teatr i aktorstwo go nie pociągały.

Był człowiekiem spokojnym i nierzucającym się w oczy. Ubierał się skromnie, rysy twarzy miał regularne, choć nie zauważyła w nich nic charakterystycznego. Dobijał czterdziestki i zaczynał już lekko łysieć. Rzadko się uśmiechał, rzadko też marszczył brwi. Chodził lekko pochylony, jakby dużo pracował przy biurku.

Niezdarnie skłonił głowę, wyraźnie zażenowany jej szczerym podziękowaniem.

– Bardzo tej pracy potrzebowałem. Cieszę się, że dała mi pani szansę, panno Wainwright. Do zobaczenia.

– Do zobaczenia.

Zszedł stopień w dół i znów przystanął.

– Tak przy okazji, skończyłem już te rzeźby, o które pani prosiła. Delfiny, według życzenia.

– Jeśli są równie piękne jak te, które wyrzeźbiłeś na niedzielne przyjęcie u Sumnerów, na pewno będą mi się podobały – zapewniła go Desdemona.

– Proszę się nie martwić. Dałem z siebie wszystko.

W przeciwieństwie do Rafaela, który tworzył swe arcydzieła w chłodni Bon Appetite, Vernon wolał pracować u siebie. Z przepraszającym uśmiechem na twarzy wyjaśnił jej, że aby uzyskać najlepsze efekty, musi pracować w zupełnej ciszy i odosobnieniu.

– Świetnie. Do zobaczenia, Vernon. – Pomachała na pożegnanie Henry'emu, który właśnie uruchamiał silnik furgonetki.

Henry odmachał jej, zaczekał, aż Vernon wsiądzie do szoferki i pojechali.

Za Desdemoną stanął Stark.

– Bez obrazy – zauważył – ale ten nowy pracownik zupełnie nie pasuje do reszty pani zespołu. Jest trochę za normalny.

– Wiem. To miła odmiana. – Zamknęła drzwi i odwróciła się do swego klienta.

W pierwszym odruchu chciała się cofnąć, bo stał o wiele za blisko. Przytłaczał ją, tym bardziej że nie mogła nigdzie uciec, bo za plecami miała drzwi.

Podniosła wzrok i wstrzymała oddech. Nosił okulary w złotej oprawie i za szkłami dostrzegła jego zielone oczy. Były tak rozpalone, jakby płonęły w nich węgle.

I w tym momencie uświadomiła sobie, że Stark jej pożąda. Nie, nie miała co do tego żadnych wątpliwości.

Zmysłowe mrowienie, które odczuwała, ilekroć był w pobliżu, rozstrajało ją i trochę irytowało. Im częściej go widywała, tym wrażenie było intensywniejsze. Nie wiedziała, jak na nie zareagować, ponieważ z tak silnymi bodźcami nigdy nie miała do czynienia. Intuicja, ta słynna intuicja Wainwrightów, podszeptywała jej, żeby zapomnieć o ostrożności i dać się ponieść nastrojowi chwili, mimo to Desdemona wciąż się wahała.

Nie to, żeby w ogóle nie miała doświadczenia w sprawach męsko-damskich, nie – jakkolwiek by na to patrzeć, skończyła dwadzieścia osiem lat. To prawda, rodzina zawsze ją chroniła, by nie powiedzieć pilnowała, zwłaszcza jej przyrodni brat Tony, ale Julia i ciotka Bess, te niepoprawne swatki, zaaranżowały dla niej kilka randek ze starannie dobranymi kandydatami.

Jednak w ich obecności intuicja Wainwrightów nigdy nie dawała o sobie znać: ani zaszeptała, ani choćby mruknęła, a już na pewno nie sformułowała równie zdecydowanej opinii, jaką wyartykułowała na temat Starka. Poza tym w obecności wyselekcjonowanych przez Julię i ciotkę kandydatów nie rozklejała się tak jak w obecności szefa Stark Security Systems.

Tak, uczucie było irytujące. Podniecające, lecz bardzo irytujące.

Na domiar złego poza chaosem myśli i wrażeń, z którymi musiała sobie jakoś poradzić, poza intuicją, której zupełnie odbiło, dręczyło ją coś jeszcze.

Była w pełni świadoma faktu, że jest stanowczo za wcześnie, by oczekiwać od Starka angażowania się w trwały i poważny związek. Powtarzała sobie, że jest mężczyzną bardzo wrażliwym, że potrzebuje czasu, by ochłonąć po ciężkich przeżyciach, na jakie naraziła go Pamela Bedford.

Odetchnęła głęboko i żeby zamaskować niepewność oraz skrywane pragnienia, posłała mu promienny uśmiech.

– Posprzątane. – Machnęła ręką w stronę czyściutkiej kuchni. – Poszło nieźle, prawda?

– Znakomicie. – Zamyślony, spojrzał na jej usta. – Poszło znakomicie. Dzięki pani. Jest pani... – urwał. – W każdym razie lepszego pomysłu dawno nie miałem.

– Cieszę się, że jest pan zadowolony z naszych usług – odrzekła wesoło. – To bardzo dobrze. Według mojego harmonogramu najbliższe przyjęcie wydaje pan dopiero za półtora tygodnia.

– W czwartek wieczorem mam koktajl. Będzie mi pani towarzyszyć?

Zdębiała.

– W czwartek wieczorem? Chryste, w harmonogramie tego nie ma.

– Ponieważ to nie ja je wydaję – wyjaśnił Stark. – Zostałem zaproszony. Potrzebuję partnerki. To jakby taka... randka.

– Randka? – powtórzyła bez tchu. Boże, zaprasza mnie na prawdziwą randkę! Z podniecenia zakręciło jej się w głowie. Randka. On i ona. Razem. Teraz albo nigdy. Musiała podjąć decyzję. Nie, jest za wcześnie, myślała. Stanowczo za wcześnie. Ale wiedziała, że mu nie odmówi. Nie mogła, nie była w stanie.

Czarne brwi Starka tworzyły nad jego nosem wyraźną linię.

– Coś w tym rodzaju. Wolałbym nie iść tam sam, a nie mam ochoty nikogo zapraszać. Potrzebuję kogoś do towarzystwa, i tyle.

– Ach, tak… – Tym ją dobił. Zrobił z niej hostessę z agencji towarzyskiej.

– Wciąż czuję się trochę niezręcznie – wyjaśnił, zupełnie nie zauważywszy jej reakcji. – Wszyscy znajomi wiedzą, co zaszło między Pamelą a mną. Nie chcę spędzać wieczoru, odpowiadając na głupie pytania i wysłuchując kondolencji.

– Rozumiem.

– Szlag by to. Szczerze mówiąc, wcale nie mam ochoty tam iść, ale McCallum i moja sekretarka uważają, że powinienem się na tym koktajlu pojawić.

– Aha. Służbowo.

– Otóż to. – Wielką ręką przeczesał włosy. – Gdybym był żonaty, poszedłbym z żoną.

– Naturalnie. – Nagle poczuła, że zaschło jej w gardle.

– Ale nie mam żony.

– Wiem.

– Mam tylko panią. Na kontrakcie. – Odwrócił się bez ostrzeżenia, zdjął marynarkę i rzucił ją na stołek przy barku. – Oczywiście zapłacę pani według umowy, od godziny.

Desdemonę zatkało. Doznała szoku. I wpadła w prawdziwą furię.

– Bon Appetite to nie agencja towarzyska, panie Stark. Nie prowadzimy tego rodzaju usług.

Poluźniając krawat, zerknął na nią przez ramię i obrzucił ją nieprzeniknionym spojrzeniem.

– Nie podoba się pani ten pomysł?

– Nie podoba mi się, że chce mi pan zapłacić. – Nie, nigdy, przenigdy. Nie była panienką z ogłoszenia.

Uśmiechnął się smutno.

– To może zrobi to pani za darmo?

– Słucham?

– Proszę ze mną pójść. Nie zapłacę pani, ale postaram się, żeby nie była pani stratna.

Zmarszczyła brwi.

– Nie rozumiem.

– Mogłaby pani wykorzystać ten wieczór na zawarcie nowych znajomości i nawiązanie kontaktów służbowych, tak samo jak ja. Kto wie, może znajdzie pani bogatych klientów? Przecież tak to działa, prawda? Kontakty towarzyskie prowadzą do kontaktów służbowych.

Zmusiła się do zachowania spokoju. Nie, nie mogła pokazać po sobie, że jest wściekła. Jest kobietą opanowaną. Nie chwyci popielniczki i nie ciśnie nią w ścianę. Albo w niego. Prędzej umrze.

– Będę musiała zajrzeć do kalendarza i sprawdzić, czy jestem wolna – odrzekła ponuro.

– Proszę to zrobić. – Zesztywniał. Raptem odwrócił się, przeszedł przez kuchnię i stanął przed nią. Z rozwiązanym krawatem i rozpiętym kołnierzykiem koszuli sprawiał wrażenie o wiele mniej układnego niż przedtem. – Niech pani sprawdzi, czy zdoła mnie pani jakoś upchnąć.

Zamrugała, szybko się cofnęła i znów dotknęła plecami drzwi.

– Chryste, jest pan zły tylko dlatego, że nie wiem, czy będę mogła panu towarzyszyć?

– Dlaczego miałbym być zły, do diabła? Zrobił krok do przodu, oparł wielkie dłonie o futrynę i zamknął Desdemonę w pułapce bez wyjścia. – Nie mam prawa być zły, prawda?

– Oczywiście, że nie. – Kącikiem oka widziała jego silne, muskularne przedramię. Nie miała wątpliwości, że w sprzyjających okolicznościach Stark może być człowiekiem bardzo niebezpiecznym, mimo to ze zdziwieniem stwierdziła, że nie odczuwa strachu, tylko podniecającą bliskość jego ciała. – Jeśli któreś z nas ma prawo wpaść w złość, to tylko ja.

– Nie ma powodu. Przecież daję pani okazję do nawiązania bardzo korzystnych kontaktów służbowych.

– Nie narzekam na ich brak.

– Notowania Bon Appetite stale rosną, prawda? Dzięki komu? Dzięki mnie.

– Nie prosiłam pana o przysługę.

– Jeśli pójdzie pani na to czwartkowe przyjęcie, ja zrobię przysługę pani, a pani mnie. Coś za coś. I będziemy kwita.

– Coś za coś?

– Właśnie. Co pani na to? – Wykrzywił usta w zimnym uśmiechu. – To znaczy, o ile ma pani wolny czwartek.

Bardziej jej sprowokować nie mógł.

– Dobrze. – Dumnie zadarła głowę. – O ile będę wolna.

– Czy kiedykolwiek mówiono pani, że ciężko się z panią targować?

– Szczerze powiedziawszy...

Przywarł ustami do jej ust i wdarł się w nie jak rozpalona lawa w śnieg. Na kilka sekund znieruchomiała, zesztywniała. Świat stanął w miejscu, a jej zmysły prowadziły rozpaczliwą walkę z porażającym wrażeniem, jakie wywarł na niej pocałunek Starka.

Bo całował ją, jakby była jedyną kobietą na ziemi, jakby nic i nikt poza nią nie istniał. Szokujące, wstrząsające przeżycie.

Podczas gdy racjonalna część jej umysłu usiłowała znaleźć w miarę sensowne wyjście z sytuacji, intuicja Wainwrightów oszalała. I wygrała, bo w tym samym momencie do boju włączył się kobiecy instynkt.

Desdemona zarzuciła mu ręce na szyję i oddała pocałunek.

Stark jęknął, objął ją i mocno przytulił. Potwór. Czuła się tak, jakby połykał ją żywcem.

Wsunął rękę w jej włosy i rozwiązał aksamitną wstążeczkę. Potem odchylił jej głowę, przytrzymał i zaczął całować ją jeszcze namiętniej.

Przylgnęła do niego ze wszystkich sił, niemal tracąc zmysły. Wiedziała, czuła, że właśnie tak ją będzie całował, że jego pocałunek to przeżycie szokujące, wstrząsające niczym potężne, wszechniszczące trzęsienie ziemi.

W króciutkim przebłysku świadomości doszła do zwariowanego wniosku, że takie samo, a w każdym razie bardzo podobne podniecenie musiały odczuwać trzy pokolenia Wainwrightów przed wyjściem na scenę. Jako jedyny członek rodziny niezwiązany profesjonalnie z teatrem nigdy czegoś takiego nie doświadczyła. Do dzisiaj. Do tej chwili.

Stark przesunął rękami po jej plecach, położył dłonie na jej pośladkach i dźwignął Desdemonę z podłogi.

Zabrakło jej tchu. Był taki silny, taki potężny. I tak rozkosznie męski. Jęknęła cichutko, wdychając zapach jego ciała. Mydło.

Dobre mydło. Mydło i nic więcej. Nie, mydło i Stark. Spętana w niej kobiecość zrzuciła kajdany.

Jak przez mgłę dotarło do niej, że ściany kuchni nagle zawirowały. Zdała sobie sprawę, że Stark ją niesie. Dokąd? Nie wiedziała. Może na kozetkę w salonie.

A może do sypialni, do tego ciemnego, tajemniczego pomieszczenia, którego jeszcze nie widziała?

Za wcześnie. O wiele za wcześnie. Nie jest na to przygotowany. Niech upłynie trochę więcej czasu, Chryste, trochę więcej czasu…

Wiedziała, że musi coś zrobić, zanim oboje ulegną nieokiełznanej namiętności.

Raptem przystanął. Poczuła silny wstrząs, który przeszył ich ciała. Domyśliła się, że idąc, natrafił na drewnianą ladę rozdzielającą kuchnię.

– Szlag by to… – wymamrotał.

Ratunek przyszedł w samą porę, choć nie powiedziałaby, że bardzo tego pragnęła. Ciężko westchnęła i niechętnie otworzyła oczy. Była zamroczona i zdezorientowana.

– Może tak będzie lepiej – szepnęła.

– Masz rację.

Zanim odgadła jego zamiary, odwrócił się i posadził ją na krawędzi lady.

– Co ty robisz?!

Rozsunął jej nogi i stanął między nimi. Szybkimi, wprawnymi ruchami rozpiął jej sukienkę i stanik. Sekundę później wielka dłoń zamknęła się na jej miękkiej piersi. Poczuła dreszcz tak silnego pożądania, że aż nią wstrząsnęło.

– Stark! – Przywarła do niego, gdy całował ją w szyję. – Boże, nie to miałam na myśli…

– W porządku, jest czysta. Widziałem, jak ten nowy ją polerował.

– Wiem, ale… – Urwała, bo musnął dłonią wewnętrzną stronę jej uda. Skóra paliła ją przez cienki materiał sukienki. – Chryste, Stark…

Leciutko ugryzł ją w ucho. Zadrżała. Wtedy włożył rękę pod sukienkę i zaczął przesuwać ją wyżej. Owinęła go nogami. Uda miał twarde jak skała.

– Lubię to – szepnął. Uniósł jej głowę i zanurzył twarz we włosach. – To też lubię. Wspaniale pachniesz...

Zmysłowość, z jaką to powiedział, i bijące z głosu pożądanie sprawiły, że zaczęły się z nią dziać bardzo niebezpieczne rzeczy. Usłyszała, jak coś spadło na podłogę. To jeden z jej czarnych bucików.

Pchnął ją ostrożnie i ułożył na plecach, tak że nogi zwisały jej z lady.

Nachylił się, przygniótł ją i znów musnął wargami jej szyję. Był bardzo podniecony, wyraźnie czuła napór jego wzwiedzionego członka. Wsunął rękę między jej uda, dotknął majteczek i najwyraźniej oszołomiony niespodziewanym odkryciem, wyszeptał:

– Jesteś mokra...

Niestety, była tego boleśnie świadoma i z niewiadomego powodu ów dowód podniecenia przywrócił ją do rzeczywistości.

– Stark, proszę cię. Posunęliśmy się za daleko.

Podniósł głowę i spojrzał na nią błyszczącymi oczyma.

– Co?

– To wszystko... – Podparła się łokciem i odgarnęła włosy z czoła. – To wszystko dzieje się za szybko.

– Przepraszam – wykrztusił chrapliwie. – Zwolnię, jeśli chcesz. Fakt, mamy przed sobą całą noc.

– Zaczekaj. – Oparła rękę na jego masywnym ramieniu. – Nie to chciałam powiedzieć. Miałam na myśli nas, ciebie i mnie. Na miłość boską, przecież ledwie miesiąc temu o mało co nie poślubiłeś Pameli Bedford.

To go zupełnie zdezorientowało. Myślał chwilę. Zmarszczył brwi.

– Ale jej nie poślubiłem. Pamela mnie nie powstrzyma. Chcę się kochać z tobą, nie z nią.

– Tak, wiem, ale nie o to mi chodzi. Rozważmy powody, które doprowadziły do tego... do tego małego incydentu.

– Incydentu?

– Musimy spróbować zrozumieć, co się tu dzieje. I dlaczego. Miałeś ostatnio ciężkie przeżycia. Zostawiła cię narzeczona...

– Była narzeczona.

– Wszystko jedno. Przypuszczam też, że musiałeś być bardzo zły. To zupełnie normalna reakcja.

– Tak myślisz? – spytał nienaturalnie łagodnym głosem.

– Oczywiście. – Z trudem usiadła. Stark ani drgnął. Wciąż stał między jej rozłożonymi nogami. – Takie doświadczenia źle działają na ego.

– Chcesz zrobić z tego seans psychoanalityczny? – spytał z niedowierzaniem.

– Mówiłam już, powinniśmy rozważyć motywacje, jakie tobą kierują.

– Daj spokój. Moje motywacje są bardzo proste.

Puściła tę uwagę mimo uszu.

– Obawiam się, że jedynym powodem, dla którego chciałeś mnie dzisiaj pocałować, była chęć sprawdzenia, czy działasz jeszcze na inne kobiety.

Spojrzał jej w oczy.

– Ale na ciebie działam, prawda? Chyba dobrze to odebrałem.

– To nie ma z tym nic wspólnego – zapewniła stanowczo.

– Mój błąd – warknął. – Myślałem, że wilgotne majteczki mają jednoznaczny związek z tym małym incydentem, jak to raczyłaś nazwać.

Poczuła, że się czerwieni.

– Stark, na litość boską...

– Uważasz, że próbuję kochać się z tobą na tej cholernej ladzie, żeby udowodnić sobie, że nie skończyłem się jeszcze jako mężczyzna?

– Nigdy nie sugerowałam, że skończyłeś się jako mężczyzna ani że chcesz coś sobie udowodnić. Po prostu nie jestem pewna, czy robisz to z właściwego powodu.

– No nie, nie wierzę. Ty pragniesz mnie, ja pragnę ciebie. Oboje jesteśmy dorosłymi ludźmi, oboje tego chcemy. I nie jesteśmy z nikim związani. Czy trzeba lepszego powodu?

Desdemona goniła ostatkiem sił.

– Mniejsza o to. Skoro sam nie możesz na to wpaść, nie zamierzam tracić czasu na wyjaśnienia. Czy będziesz tak dobry i pozwolisz mi stąd zejść?

– Cholera jasna, jak ja tego nienawidzę.

– Czego?

– Nienawidzę, kiedy kobieta unika bezpośredniej odpowiedzi na proste, bezpośrednie pytanie i jeszcze się wścieka, że te pytanie w ogóle jej zadano.

– No to bomba. Skoro nie podoba ci się sposób, w jaki odpowiadam na twoje pytania, to przestań je zadawać. A teraz pozwól mi zejść. Nie umiem prowadzić rzeczowej rozmowy z mężczyzną stojącym między moimi nogami.

– Dostrzegasz w tej rozmowie coś rzeczowego?

– Odsuń się. Powiedziałam, odsuń się.

Spojrzał na jej nogi i powoli, z wyraźną niechęcią cofnął się o krok. Szybko zacisnęła uda, zgrabnie zeskoczyła z lady...

I natychmiast straciła równowagę, bo nie miała jednego buta. Kolana się pod nią ugięły – co było niewątpliwym rezultatem namiętnych poczynań Starka – zachwiała się i przytrzymała kuchennej lady.

Stark zareagował błyskawicznie.

– W porządku, trzymam cię. – Zaczekał, aż Desdemona odzyska równowagę. – Nic ci nie jest?

Chciało jej się wyć. Przywołała na pomoc całą siłę woli i odrzekła:

– Oczywiście, że nie. Po prostu się potknęłam, to wszystko.

– Oczywiście. – Puścił ją i zabrał ręce tak szybko, jakby jej ciało parzyło.

Męczyła się z zatrzaskami sukienki. Stark stał przy ladzie i z założonymi rękami obserwował jej wysiłki. Nie zaproponował pomocy.

Kiedy skończyła, podniosła głowę. Spotkała jego wzrok.

– Przykro mi – wyszeptała.

– Mnie też.

– Po prostu uważam, że nie jesteś jeszcze przygotowany do następnego związku.

– Dziękuję, że zechciałaś podzielić się ze mną swymi cennymi spostrzeżeniami – odparł niebezpiecznie zjadliwym tonem. – Czy pozwolisz, że zadam ci jedno pytanie? Kiedy dojdziesz do wniosku, jeśli w ogóle do takiego wniosku dojdziesz, że jestem już przygotowany, czy będziesz skłonna wejść w taki związek ze mną?

I znów wezbrało w niej niecierpliwe pożądanie.

– Jeśli pomyśleć o tym racjonalnie, nie stanowilibyśmy dobranej pary.

– Wiem – odrzekł jakby nigdy nic. – Zdążyłem to sobie przemyśleć.

Aż zamrugała z wrażenia.

– Zdążyłeś to sobie przemyśleć?

– Naturalnie. Pochodzisz z teatralnej rodziny. To znaczy, że cechują cię określone skłonności. Masz duży temperament, łatwo ulegasz nastrojom, jesteś bardzo zmienna. To, co się przed chwilą wydarzyło, potwierdza moje spostrzeżenia.

– Rozumiem – odrzekła zjadliwie. – Kobieta taka jak ja wprowadziłaby w twoje uporządkowane życie element chaosu. A tego byśmy, rzecz jasna, nie chcieli, prawda? Teoria chaosu jest wspaniała, gdy pracuje się nad nią na komputerze, ale kto by chciał tracić cenny czas i zawracać sobie głowę chaosem namacalnym.

– Pracuję nad strukturami złożonymi i scalonymi, nie nad chaosem. – Spojrzał na nią ostrzej. – Zwykle unikam kobiet takich jak ty. Są trudne.

– Naprawdę? Pozwól, że coś ci powiem. Z kolei ja unikam zimnych, cynicznych i superlogicznych samców, słowem mężczyzn twojego pokroju. Są koszmarnie nudni.

– Czy aby na pewno? Czy fakt, że twoje majteczki są wilgotne, temu nie zaprzecza?

– Zostawisz moje majtki w spokoju czy nie? – syknęła przez zaciśnięte zęby. – To niegrzeczne.

– Przepraszam. Ale w tej chwili o niczym innym nie mogę myśleć.

– Mam tego dość. Absolutnie. Koniec. Kropka. – Obróciła się na pięcie i poszła w stronę drzwi. – Rezygnuję. Znajdź sobie inną firmę.

Ruszył za nią.

– Nie możesz zrezygnować. Jesteś na kontrakcie. Podpisałaś umowę.

– No i co z tego? – Otworzyła szafę w przedpokoju i na jednej z półek, gdzie panował wzorowy porządek, znalazła swoją torebkę. – Możesz sobie wierzyć w umowy, ale mam dla ciebie nowinę: umowy są po to, żeby je zrywać.

– Miesiąc temu, gdy tak bardzo nalegałaś, żebym zapłacił za przyjęcie, miałaś do tego inny stosunek.

Poczuła wyrzuty sumienia.

– To nie ma z tym nic wspólnego – odrzekła.

– Umowa to umowa. – Dopadł ją przy drzwiach. – Do diabła, Desdemono, przysięgam, że już nigdy w życiu nie powiem ani słowa na temat twoich majtek.

Spojrzała na niego spode łba.

– Jesteś chyba najmniej wyrobionym towarzysko człowiekiem, jakiego kiedykolwiek spotkałam.

– Ale i najbardziej inteligentnym, co znaczy, że łatwo się uczę. Daj mi szansę, Desdemono.

Była tak sfrustrowana, że aż jęknęła.

– Przecież to czyste szaleństwo.

– Posłuchaj. Przyznaję, że kiepski ze mnie partner. Moje związki z kobietami kończyły się tym, że porzucano mnie przed ołtarzem. Tak, w obu przypadkach musiałem coś zawalić. Ale długo nad tym myślałem i wierz mi, doskonale wiem, co robię.

– Chyba nie chcę tego wysłuchiwać – odrzekła.

Nie zwrócił na to uwagi.

– Za bardzo nastawiałem się na rezultat końcowy. Ale to we mnie tkwi, taki już jestem.

– A co to, do diabła, znaczy?

Oczy mu się zwęziły.

– To prawda, specjalizuję się w praktycznych zastosowaniach teorii wywodzących się z nauki o strukturach złożonych. Badam je, bo coś każe mi znaleźć rządzące tymi złożonościami prawa. Chcę je wykorzystać w praktyce. Rozumiesz?

– Chyba tak. Chciałbyś znaleźć w chaosie pewien porządek.

– Można to tak ująć. Rzecz w tym, że tak samo podchodzę do wszystkiego, co robię. Lubię ustalać schematy, wzorce. Ustanawiać cele. Osiągać konkretne rezultaty.

Niepewnie zmierzyła go wzrokiem.

– I tak samo podchodziłeś do swoich związków z kobietami?

Wzruszył ramionami.

– Chyba tak.

– Jak widać, nie wypaliło.

– Nie wypaliło – przyznał. – Ale z tobą chciałbym spróbować podejścia zupełnie innego.

– Co to znaczy? Że mam być czymś w rodzaju doświadczalnej świnki morskiej?

Wyglądało na to, że jest zadowolony z jej bystrości umysłu.

– Tak jakby. Dam się ponieść fali. Po raz pierwszy w życiu wszedłbym w związek, nie zastanawiając się nad jego logicznością i sensownością.

– Ach, ucisz się, me rozradowane serce.

– Cholera, znowu coś nie tak. Wiedziałem. Nie powinienem był zaczynać tej rozmowy. Jestem w tym beznadziejny.

– Zauważyłeś?

– Masz prawo się wściekać – odrzekł. – Wszystko spieprzyłem, co?

– Hm.

Oparł się ręką o ścianę i spojrzał na nią z dzikim skupieniem w oczach.

– Słuchaj, już cię przeprosiłem. Jeśli przysięgnę, że nie będę cię ponaglał, że dam ci tyle czasu, ile tylko zechcesz, że zapomnę o natarczywości, czy pójdziesz ze mną na to czwartkowe przyjęcie?

Zawahała się. Gdyby powiedziała „tak", zrobiłaby pewnie najgłupszą rzecz w życiu. Z drugiej strony, majteczki wciąż miała mokre. Nigdy nie spotkała mężczyzny, który wywierałby tak porażający efekt na jej zmysły. A we krwi czuła syreni zew świętej intuicji Wainwrightów.

– No dobrze – zdecydowała.

W jego oczach dostrzegła namacalną ulgę.

– Naprawdę?

– Tak. Pod warunkiem, że dotrzymasz przyrzeczenia.

– Dotrzymam. I wciąż dla mnie pracujesz?

– Interes to interes, prawda? – Uśmiechnęła się do niego nonszalancko z nadzieją, że nie zauważy, jak bardzo jest roztrzęsiona.

– Jasne. – Na twarzy Starka malował się wyraz głębokiego zadowolenia. – Interes to interes.

Rozdział 5

O mały włos.

Tak, niewiele brakowało, pomyślał następnego wieczoru. Miał bardzo rzadki talent do rujnowania życia osobistego.

Siedział w ciemnym gabinecie i przyglądał się z uwagą eleganckim, kolorowym, na pierwszy rzut oka bezładnym wzorom falującym na ekranie komputerowego monitora.

Ten pozorny chaos był dla niego czymś najpiękniejszym w świecie. Wzory nieustannie płynęły, układały się w kształty, kształty się zmieniały i posłuszne matematycznym nakazom ciągle ewoluowały, by w końcu, obróciwszy kształt pierwotny w nicość, utworzyć kształt zupełnie do niego niepodobny.

Lecz Stark wiedział, jak odzyskać pierwowzór – na tym polegał sekret, dzięki któremu ARCANE miał stać się najlepszym programem kodującym i dekodującym w świecie. Przynajmniej na jakiś czas.

Informatyka i technika komputerowa rozwija się tak szybko, że żaden program nie może pozostać arcydziełem po wsze czasy. ARCANE będzie musiał podlegać ciągłym modyfikacjom, by sprostać nowym wyzwaniom rynku, lecz Stark dawał głowę, że upłynie dużo czasu, zanim ktoś wymyśli program równie elastyczny i uniwersalny.

Jego firma zamierzała zarobić na ARCANE dużo pieniędzy. Największym klientem miał być rząd Stanów Zjednoczonych, który zamierzał wykorzystać produkt Starka do zabezpieczenia najnewralgiczniejszych systemów komputerowych oraz aparatury badawczej w największych laboratoriach naukowych.

Natomiast Stark planował zainwestować zysk ze sprzedaży licencji w prace nad nowymi systemami, przeznaczonymi dla odbiorców z sektora prywatnego.

Wszystko było tak cudownie skomplikowane, mimo to tak zdumiewająco proste. Idealny przykład dynamiki struktur złożonych.

Żałował, że tych samych wzorów matematycznych nie może zastosować w przypadku Desdemony.

Była zupełnie inna niż kobiety, które kiedykolwiek trzymał w ramionach. Nie to, żeby było ich tak wiele. Jak dotąd, jego życie miłosne cechowały długie okresy celibatu przeplatane nielicznymi romansami. Nie podobał mu się brak stabilności tego wzorca. Pragnął związku funkcjonującego na zasadach równie przewidywalnych jak programy komputerowe, które opracowywał.

Dlatego jedynym logicznym rozwiązaniem było małżeństwo. Zamysł świetny – tylko jak go wcielić w życie?

Robił, co mógł, żeby wyselekcjonować najodpowiedniejszą kandydatkę. Gdy już taką wybrał, dokładał wszelkich starań, by ją zdobyć, posługując się przy tym siłą logiki i racjonalnego myślenia. Ale nie wiadomo dlaczego, zawsze coś się w ostatniej chwili psuło.

Z Desdemoną chciał przeprowadzić eksperyment i dziewczyna natychmiast to odgadła. Miała rację: zupełnie nie pasowała do schematu żony idealnej. Lecz pragnął jej pragnieniem silnym i dojmującym, które było dla niego doświadczeniem nowym i aż boleśnie intensywnym.

Z góry założył, że nie będzie to związek trwały, bo założenie przeciwne prowadziło do całkowitej klęski. Ale postanowił, że choć raz w życiu ulegnie kaprysom losu i pożegluje tam, dokąd uniosą go fale przeznaczenia.

Była to niepokojąca, lecz dziwnie ekscytująca myśl.

Patrzył na rozjarzony ekran monitora w pełni świadom, że nie może się doczekać czwartkowego wieczoru. Duszą i ciałem.

Przeszło mu przez myśl, że romans z Desdemoną może być zwykłym efektem ubocznym seksualnego wyposzczenia. Bo szczerze mówiąc, od chwili gdy robił to ostatni raz, upłynęło sporo czasu.

Przez co najmniej dwa miesiące poprzedzające ich ślub Pamela była zbyt zajęta, żeby zawracać sobie głowę seksem. A i przedtem to, co robili w łóżku, nie należało do poczynań ani atrakcyjnych, ani zbyt urozmaiconych.

Przypominając sobie te niekończące się wymówki, jakie od niej słyszał przed ślubem, do którego w rezultacie nie doszło, musiał ze smutkiem przyznać, że znowu coś przegapił. Ale, jak to on, uświadomił to sobie poniewczasie, w chwili gdy stwierdził, że stoi przed ołtarzem sam.

W czwartek rano, gdy Desdemona siedziała przy komputerze, w drzwiach przeszklonego gabinetu stanęli Henry i Kirsten.

– Już, już, zaraz się wami zajmę. – Zagryzła dolną wargę i wcisnęła klawisz, by zapisać na dysku ostatnią wersję menu składającego się ze szpinakowego sera i z drobiowych pasztecików. – Cholera jasna!

– Co się stało? – zapytała Kirsten.

– Chyba skasowałam poprzednią wersję jadłospisu. Chciałam ją zatrzymać na wypadek, gdybym zmieniła zdanie. – Spojrzała na ekran monitora. – Szkoda, że nie ma Tony'ego. Tylko on rozumie tę durną maszynę.

– Zostaw ten komputer – powiedziała wesoło Kirsten. – Mam dla ciebie niespodziankę.

Desdemona nie odrywała wzroku od ekranu. Nie przepadała za komputerami. Zainstalowała komputer w swoim gabinecie tylko dlatego, że namówił ją do tego Tony. Tony był nimi zafascynowany. Ilekroć ją odwiedzał, zawsze wpadał do gabinetu i spędzał nad klawiaturą długie godziny.

– Urodziny mam dopiero w przyszłym tygodniu – odrzekła.

– To nie jest prezent urodzinowy – poinformował ją oficjalnie Henry. – Przychodzimy ci podziękować. To prezent dziękczynny.

Desdemona podniosła głowę i zobaczyła, że Kirsten dźwiga wielkie pudło.

Oboje, ona i Henry, uśmiechali się od ucha do ucha. Nic nowego – przybierali takie miny od dwóch tygodni, od chwili gdy Desdemona zgodziła się wziąć z banku kredyt na otwarcie wymarzonego butiku Kirsten.

– Prezent? Dla mnie? – Zapomniała o komputerze i z zainteresowaniem spojrzała na wielkie pudło. – Jesteście bardzo mili, ale naprawdę, niepotrzebnie wydajecie pieniądze. Powinniście inwestować w sklep.

– To nie jest drogie – zapewniła ją Kirsten.

– Większość to darmowe próbki dla klientów – dodał Henry i otworzył pudło.

– Próbki czego? – spytała Desdemona.

– Akcesoriów, które zamierzamy sprzedawać w Exotica Erotica. – Kirsten sięgnęła do pudła i wyciągnęła czarny pas do pończoch, nabijany stalowymi ćwiekami. – Gdzieś na dnie jest jeszcze stanik do kompletu. A tu masz przepiękną maskę i czerwono-czarną uprząż.

Desdemona wybałuszyła oczy.

– O Boże...

– I dwa wibratorki na baterie. W dwóch rozmiarach, oczywiście. – Henry wyjął z pudła wierne repliki męskich organów płciowych i zademonstrował je teatralnym gestem. – Do tego szeroki wybór olejków i balsamów do masażu.

Desdemona czuła, że się czerwieni.

– Nie wiem, co powiedzieć...

– Dorzuciłam jeszcze zgrabny komplecik z piór, kilka aksamitnych pejczyków i coś takiego. – Kirsten pokazała jej urządzenie składające się z dwóch niewielkich kulek nanizanych na sznureczek. Do urządzenia dołączona była niewielka karteczka. – Jak widzisz, jest instrukcja obsługi. Poza tym, masz tu kilka paczek kolorowych prezerwatyw i płyn nawilżający o smaku truskawkowym.

Desdemona oniemiała. Patrzyła na to wszystko i nie wiedziała, jak się zachować.

– Eee...

– Nie dziękuj – przerwała jej ciepło Kirsten. – To dowód wdzięczności. Chcę, żebyś te rzeczy miała.

Desdemona odchrząknęła i z trudem odzyskała głos.

– Nie lepiej wyłożyć je na... na sklepową wystawę? – spytała niepewnie. – Albo na jakieś stoisko?

Henry przeszył ją zdecydowanym spojrzeniem.

– Kirsten chce, żebyś je sobie zatrzymała – oświadczył. – I ma rację. Czas, żebyś zaczęła czerpać z życia pełnymi garściami, Desdemono. Żyjesz jak zakonnica. Wyszłaś za mąż za Bon Appetite.

– Jestem z tego zupełnie zadowolona – odrzekła szybko. – Naprawdę.

– Niemożliwe – odparł Henry. – Należysz do rodziny Wainwrightów. Namiętność masz we krwi.

– W dzisiejszych czasach namiętność może być niebezpieczna.

Pokazał jej paczkę prezerwatyw.

– Więc będziesz ostrożna.

– Walca tańczy się we dwoje – zauważyła nieśmiało.

– Julia i ciotka Bess mają dla ciebie kogoś nowego – odrzekła Kirsten. – To aktor z Eastside. Gra w *Camelocie*.

Desdemona zakryła rękami twarz.

– Znowu randka w ciemno. Nie, tylko nie to.

– Zgoda, to tylko przedpotopowy musical i skłamałbym, mówiąc, że facet gra główną rolę – dodał Henry nie bez współczucia. – Ale nie można mieć wszystkiego.

– Wiem.

– Julia mówi, że to równy gość. Jest kawalerem i ma pracę – wtrąciła Kirsten. – Ciotka zna jego rodzinę. Są aktorami, jak my. Czy można chcieć czegoś więcej?

– To zaczyna być żenujące – odparła Desdemona. – Te ich randki nigdy nie wypalają. Poza tym nie potrzebuję pomocy w organizacji życia intymnego.

Krokiem statecznym i dumnym, jakby wychodziła na scenę, do gabinetu wparadowała Julia.

– Jeśli zorganizujesz sobie jakiekolwiek życie intymne, wszyscy zejdziemy ze sceny w niskich ukłonach – oświadczyła.

– Na miłość boską, dajcie mi święty spokój – mruknęła Desdemona.

Zanim ktokolwiek zdążył podchwycić wątek życia intymnego Desdemony, do jej zatłoczonego gabineciku zajrzała ciotka Bess. Wysoka, postawna kobieta po pięćdziesiątce, miała błyszczące ciemne oczy i gęste siwe włosy.

W swej długiej karierze Bess Wainwright grała chyba wszystkie możliwe postacie kobiece, od Lady Makbet zaczynając, na królowej Ginewrze kończąc. Ona i jej mąż August byli oficjalnie na emeryturze, mimo to – podobnie jak rodzice Desdemony – wciąż grywali w jakimś przedstawieniu.

Stare rodzinne powiedzenie mówiło: „Wainwrighta można wyrzucić z teatru, ale teatru z Wainwrighta wyrzucić się nie da".

– Moja droga Desdemono – oświadczyła zdecydowanie – ty po prostu masz tremę. Dla nas, aktorów, to rzecz normalna.

Desdemona wytrzeszczyła oczy.

– Tremę? To śmieszne. Nie mam żadnej tremy. Jeśli nie liczyć tych kilku lekcji aktorstwa, nigdy nie występowałam na scenie.

– Wystarczy na ciebie spojrzeć, kochanie. Natychmiast rozpoznaję objawy. Moja droga, odbyliśmy z Augustem długą rozmowę. Doszliśmy do wniosku, że całą energię i pasję, z jakiej słyną Wainwrightowie, trawisz na prowadzenie Bon Appetite, zamiast wykorzystać ją w życiu osobistym. Tylko nie wiemy, dlaczego tak się dzieje. Musi być jakiś powód.

Desdemona straciła cierpliwość.

– Powód jest taki, że prowadzenie firmy wymaga energii i pasji, ciociu. Ale przynajmniej mam efekty.

– To nienormalne – skonstatowała ciotka Bess. – Jak na kogoś z rodziny Wainwrightów.

– Nie zauważyłam, żeby ktoś z was narzekał – odcięła się Desdemona.

Ciotka Bess westchnęła.

– Wszyscy przyznajemy, że to wielce korzystne, gdy ktoś z rodziny prowadzi firmę, w której może zatrudnić krewnych. Korzystne, ale nienormalne.

– Na miłość boską, ciociu...

– Marnujesz najlepsze lata życia na prowadzenie interesu – zagrzmiała ciotka Bess.

Julia przysiadła na rogu biurka.

– Albo jesteś zbyt wymagająca i za bardzo przebierasz, albo ciocia ma rację: to trema. Musisz wyjść zza kulis i stanąć pośrodku sceny, w świetle jupiterów, Desdemono. Jesteś jedną z nas, jedną z Wainwrightów.

Choć krewniacy mieli dobre intencje, przeciągnęli strunę. Desdemona zerwała się na równe nogi i odważnie stawiła im czoło.

– W takim razie może zainteresuje was wiadomość, że dziś wieczorem mam randkę.

Zupełnie zbaranieli.

Pierwsza doszła do siebie Julia.

– Z kim? – spytała.

Desdemona spiekła raka.

– Ze Starkiem.

Henry'emu opadła szczęka.

– Z tym ze Stark Security Systems?

– Tak.

– Jezu, z tym androidem? – spytała przerażona Julia.

Desdemona spiorunowała ją spojrzeniem.

– Tylko bez epitetów – warknęła ostrzegawczo. – Powiedziałam, koniec z tym.

– Przepraszam – wymamrotała Julia. – Pozwól, że spytam inaczej. Czy masz na myśli naszego superklienta?

– Tak, mówimy o Starku – burknęła. – Wyłącznie o Starku, nie o Starku i jego firmie.

Henry jęknął.

– Stark, ten chodzący komputer...

– On nie jest chodzącym komputerem – odparowała Desdemona.

Henry pojednawczo uniósł rękę.

– Przepraszam, przepraszam, przepraszam.

– Jestem pewna, że to bardzo miły człowiek – łagodziła ciotka Bess – i bardzo cenny klient. Ale ty jesteś jedną z nas, jedną z Wainwrightów, Desdemono. Wainwrightowie nie angażują się emocjonalnie w związki z ludźmi, którzy nie mają nic wspólnego z teatrem. To po prostu nienaturalne.

– Nie do wiary – westchnęła Julia. – Co ty w nim widzisz?

Desdemona podniosła głowę.

– Jest uczciwy. Szczery. Godny zaufania.

– A skąd wiesz? – zaatakowała zdradliwie ciotka Bess.

– Dzięki intuicji Wainwrightów – odrzekła dumnie Desdemona.

Ciężki argument, argument nie do zbicia – niewiele mogli na to powiedzieć.

– Uczciwy, szczery i godny zaufania. – Henry zrobił minę. – Święty?

– Nudziarz – mruknęła Julia. – No ale cóż, od kogoś trzeba zacząć. Tylko uważaj, Desdemono, dobra? Nie angażuj się za bardzo, bo nie widzę dla was przyszłości.

– Racja – dodała szybko ciotka Bess. – Nie jest w twoim typie, kochanie.

Kirsten trąciła pudło z próbkami akcesoriów.

– Weź to do domu i miej pod ręką. Kto wie? Może jak poeksperymentujesz trochę z robotem, zechcesz poznać mężczyznę z krwi i kości?

Krótko po północy Desdemona siedziała na przednim siedzeniu samochodu Starka. Patrzyła, jak podnoszą się drzwi jej garażu i doświadczała takiego samego uczucia, jakie ogarniało ją w teatrze, gdy tuż przed rozpoczęciem nowej sztuki kurtyna wędrowała do góry.

Po raz pierwszy w życiu miała wrażenie, że jest na prawdziwej scenie, że jest bohaterką spektaklu, aktorką, a nie widzem. Doszła do wniosku, że właśnie do takich odczuć zostali stworzeni wszyscy Wainwrightowie.

Przeszył ją zimny, ale podniecający dreszcz. Trema?

Miała nadzieję, że nie popełniła błędu, zapraszając Starka na kawę.

Wskazała wolne miejsce parkingowe oznaczone napisem DLA GOŚCI i powiedziała:

– Możesz zostawić samochód tutaj.

– Dobrze.

Ustawił wóz. Milczeli. W drodze z przyjęcia milczeli prawie cały czas. Mieli związane języki, byli jak para nastolatków wracających z pierwszej randki.

– Tu będzie zupełnie bezpieczny – zapewniła go Desdemona.

Kiwnął głową i wyłączył silnik. Wysiadł, obszedł samochód i otworzył jej drzwi.

Stanęła przed nim, zbadała wzrokiem jego twarz i się uśmiechnęła.

– Wieczór był chyba udany, prawda?

– Tak. – Zatrzasnął drzwi, wziął ją za rękę i poprowadził do windy.

Milczeli. Znowu. Jak przedtem.

Przyjechała winda. Desdemona weszła do kabiny i natychmiast zaczęła ćwiczenia oddechowe. Stark wszedł za nią. Wcisnął przycisk piątego piętra i zastygł bez ruchu.

Drzwi się zamknęły. Desdemona skupiła wzrok na migoczących nad nimi światełkach.

Stark zmarszczył brwi.

– Dobrze się czujesz?

– Tak, tylko nie cierpię wind – odrzekła spięta.

– Klaustrofobia?

– Uhm.

– Od dzieciństwa?

– Odkąd skończyłam pięć lat. Wytrzymuję tylko dlatego, że mogę liczyć piętra i wiem, że jazda trwa krótko. Zawsze ogarnia mnie irracjonalny strach, że kiedyś utknę jak w pułapce.

Objął ją. Ciepło jego ciała i ciężar ręki na ramieniu podziałały dziwnie kojąco.

Razem patrzyli na mrugające światełka.

Na piątym piętrze Desdemona jak zwykle wydała westchnienie ulgi i czym prędzej wyskoczyła z kabiny.

Stark wyszedł za nią.

– Którędy?

– W lewo. Numer 506.

Wyciągnął rękę po klucz. Zawahała się, lecz uległa. Zdumiała ją intymność tak niewinnego gestu.

Wziął klucz, ujął jej dłoń i ruszyli korytarzem. Otworzył drzwi. Weszła do ciemnego holu, pomacała po ścianie w poszukiwaniu włącznika, ale zanim go znalazła, wyczuła, że w mroku coś się poruszyło.

Trzasnęła włącznikiem i przeraźliwie krzyknęła, gdyż zmaterializowała się przed nią zamaskowana postać.

– Witaj w domu, skarbeńku – wychrypiało indywiduum.

Odruchowo rzuciła się do tyłu i wpadła na Starka, który ani drgnął, mimo impetu, z jakim go potrąciła.

Zamaskowany osobnik wyciągnął przed siebie ręce i ruszył za nią. Miał na sobie coś w rodzaju czarno-czerwonej, bardzo obcisłej skórzanej kamizelki nabijanej stalowymi ćwiekami, czarne dżinsy i długie buty. Oczy błyszczały mu pod skórzaną maską. W rękach osłoniętych skórzanymi rękawiczkami dzierżył mały pejcz.

– Co to jest, do diabła? – mruknął Stark.

Odsunął Desdemonę na bok tak szybko i z tak zadziwiającą zwinnością, że oszołomiona nie zdążyła zareagować. Jednym silnym ruchem wypchnął ją na korytarz, zaszedł drogę zamaskowanemu potworowi, wyrzucił wysoko nogę i kopnął go w klatkę piersiową.

– Kurwa mać! – Straszydło zwinęło się wpół i z trudem chwytając powietrze, grzmotnęło na podłogę.

Desdemona chwyciła się framugi.

– Stark, nic ci nie jest?

– Nie. – Nawet na nią nie spojrzał. Podszedł do leżącego. – Dzwoń na policję.

– Chryste – wycharczało indywiduum – zwariował pan czy co?! Desdemona, to ja. Zrób coś, zanim ten idiota ściągnie tu gliny.

Weszła do środka i przyjrzała się zamaskowanemu osobnikowi.

– Ki diabeł? Tony, to ty?

– No pewnie, że ja. A myślałaś, że kto? – Przez otwory w czarnej masce obrzucił Starka wściekłym spojrzeniem. – Zabierz stąd tego osiłka, dobra?

Stark popatrzył na Desdemonę.

– Znasz go? – spytał.

– Tak, to mój przyrodni brat. Mam nadzieję, że nie zrobiłeś mu krzywdy.

– Mógł mi połamać żebra – wystękał Tony.

– Boże. – Podeszła bliżej, gdy wtem z korytarza dobiegł ją szczęk zamka.

Zerknęła przez ramię i ujrzała dwoje sąsiadów.

Przez szczelinę w uchylonych drzwiach wyglądała zaniepokojona Miriam Ackerby z różowymi wałkami w siwych włosach. Przytrzymując poły niezapiętego szlafroka, patrzyła na Tony'ego.

– Co się tu dzieje? Mam wezwać policję?

– Nie, nie, wszystko w porządku – zapewniła ją Desdemona z przepraszającym uśmiechem. – Ktoś mi zrobił niespodziankę i trochę się przestraszyłam.

– Mnie już nikt nie robi niespodzianek – mruknęła Miriam. – Od śmierci Clive'a, mojego świętej pamięci męża, nie przeżyłam prawdziwej niespodzianki. On też lubił takie skórzane fidrygałki. – Zatrzasnęła drzwi.

Christopher Peters, lokator spod numeru 508 i właściciel galerii sztuki mieszczącej się niedaleko Bon Appetite, miał na sobie czarny szlafrok z bogato zdobionego jedwabiu. Na jego rękach błyszczały wielkie pierścienie.

– Nic ci się nie stało, kochanie? – spytał ze sztucznym angielskim akcentem.

– Nie, nic. To tylko mój brat – wyjaśniła Desdemona. – Nie oczekiwałam go. Przepraszam za zamieszanie.

Trzasnęła drzwiami, obróciła się na pięcie i spojrzała na Tony'ego.

– Co ty wyprawiasz, do ciężkiej cholery?

– To miał być żart. – Ostrożnie usiadł, skrzywił się z bólu i nie zdjąwszy rękawiczek, pomacał się po żebrach.

– Co ty na sobie masz? – spytała.

– Znalazłem to w twojej sypialni. – Wciągnął powietrze i z trudem wstał. – Skąd to wytrzasnęłaś? Bez obrazy, ale takie coś zupełnie do ciebie nie pasuje.

– To długa historia. Och, Tony, tak się cieszę, że cię widzę. – Podbiegła do niego i zarzuciła mu ręce na szyję. – Trzeba było zadzwonić. Nie wiedziałam, że przyjedziesz.

Syknął z bólu i delikatnie ją przytulił.

– Powoli, siostrzyczko, uważaj na moje żebra. Bóg mi świadkiem, podam faceta do sądu.

– Ten facet nazywa się Stark. – Cofnęła się z uśmiechem. – Stark, to jest mój przyrodni brat Anthony Wainwright.

Stark milczał. Tony go zignorował. Nie podali sobie ręki.

Tony zdjął maskę, spod której ukazała się twarz o klasycznych rysach Wainwrightów, i celowo odwrócił się plecami do Starka.

– Właśnie wróciłem z Los Angeles.

– Myślałam, że kręcisz ten serial. – Niespokojnym wzrokiem zbadała jego twarz. – Boże, Tony, znowu coś nie wypaliło?

– Opowiem ci później. – Otaksował Starka czujnym spojrzeniem i popatrzył z uśmiechem na siostrę. – Masz coś przeciwko temu, żebym się dzisiaj u ciebie przekimał? Przed wyjazdem odstąpiłem kumplowi mieszkanie.

Desdemona uświadomiła sobie, że Stark obserwuje ją ze stoickim spokojem i wyraźnie czeka na decyzję: jeden z nich musiał wyjść, drugi – zostać.

– No wiesz...

– Jeśli to problem – przerwał jej ironicznie – nie ma sprawy, pójdę gdzie indziej. Nie chcę wam przeszkadzać.

Zaczerwieniła się.

– Przepraszam cię, Tony. Może przenocujesz u rodziców? Jeszcze nie wrócili z Arizony.

Popatrzył na nią spode łba, najwyraźniej zdumiony jej odpowiedzią.

– Coś cię z tym byczkiem łączy? Nie do wiary. On nie jest w twoim typie.

– Stark jest klientem Bon Appetite – wyjaśniła szybko.

– Odkąd to sprowadzasz klientów do domu?

Stark założył ręce, oparł się ramieniem o ścianę i przeszył Tony'ego zimnym spojrzeniem.

– Odkąd doszła do wniosku, że kobieta mieszkająca samotnie powinna na siebie uważać.

– I pewnie myślisz, że ty ją ochronisz, co? – Szarpnął zapięciem czerwono-czarnej kamizelki. – Tylko się zastanów, panie kolego. To ja uratowałem jej życie, kiedy miała pięć lat, nie ty. Od tamtego czasu nie spuszczam jej z oka. Ona nie potrzebuje rycerza w lśniącej zbroi. Ona ma mnie.

– Proszę cię, Tony, nie rób sceny – błagała go Desdemona. – Sytuacja jest już i tak niezręczna.

– Ano owszem, jak widać na załączonym obrazku. – Ruchem głowy wskazał skórzaną kamizelkę, maskę i pejcz. – Lubisz to?

– Tony…

– Przez te kilka miesięcy bardzo się zmieniłaś, siostrzyczko. – Odrzucił ze wstrętem skórzane akcesoria. – To ten bysior namówił cię na te zabaweczki?

– Wystarczy, Tony – ucięła krótko Desdemona.

– Które z was macha pejczem?

– Lubimy robić to na zmianę – odrzekł Stark.

Rozdział 6

Zamknął drzwi za naburmuszonym Wainwrightem. Odczuwał niejaką satysfakcję, że Tony zniknął na jakiś czas ze sceny, choć czuł, że bitwa dopiero się rozpoczęła. Obserwował Desdemonę, która spiesznie zbierała porozrzucane po saloniku przybory.

– Jestem tak zażenowana, że nie wiem, co powiedzieć – szepnęła.

Spojrzał na stos skórzanych akcesoriów w jej ramionach.

– Powiedz, że jutro zmienisz zamki w drzwiach.

Spojrzała na niego zdumiona.

– Ze względu na Tony'ego? Nie ma potrzeby. To mój brat.

– Ale przyrodni, prawda?

– Tak.

– Więc nie jest twoim krewnym? – spytał ostrożnie.

Nachmurzyła czoło.

– W ścisłym tego słowa znaczeniu, nie.

– Zwykle wysławiam się ściśle.

– Pod każdym innym względem Tony jest moim prawdziwym bratem – oznajmiła stanowczo. – Wyrośliśmy razem.

Zrozumiał, że poruszył czułą strunę.

– Nie miałem zamiaru wszczynać kłótni. Po prostu pytałem, to wszystko.

Niepewnie sondowała go wzrokiem, ale po chwili odprężyła się i oczy jej złagodniały.

– Matka wyszła za jego ojca, gdy miałam pięć lat. Tony miał wtedy dziewięć. Jego matka umarła, gdy był małym dzieckiem.

– Powiedział, że kiedy miałaś pięć lat, uratował ci życie.

Jej twarz zasnuły mroczne cienie, takie same, jak te, które dostrzegł, gdy jechali na górę ciasną windą.

– To prawda. – Szybko odwróciła wzrok. – Ale to zupełnie inna historia. Dzisiaj wolałabym o tym nie mówić. Przepraszam cię na chwilę. Muszę to gdzieś schować.

Patrzył, jak idzie spiesznie przez salonik, jak rozsuwa półprzezroczyste *shoji*, rodzaj japońskiego parawanu, jak za nim znika. Wtedy zlustrował całe mieszkanie.

Pierwszą rzeczą, jaką zauważył, było to, że w kawalerce Desdemony nie ma ściśle wytyczonych pomieszczeń. Z trzech stron wznosiły się ściany z surowej czerwonej cegły, a ścianę czwartą zastępował szereg dużych okien. Sypialnię izolowały matowe *shoji*, a kuchnię i łazienkę wydzielały wysokie do pasa lady ze szklanych kafelków i półprzezroczyste parawany.

Mieszkanie było duże, przestrzenne i nieprzytłaczające. W sam raz dla kogoś, kto nie lubi przebywać w małych, ciasnych klitkach. Albo w windach.

Stark podszedł do niskiej lady ze szklanych kafelków i zobaczył na niej czarny, lśniący ekspres do kawy. Mocno paloną kawę znalazł w słoju obok.

Chwilę przyglądał się urządzeniu. W domu miał podobne. Ze skomplikowanymi gadżetami elektronicznymi zawsze radził sobie znakomicie.

Więc wziął się do roboty.

– O rany, piękne zakończenie wieczoru, nie ma co. – Desdemona wyszła zza parawanu z przepraszającym uśmiechem na twarzy. – Jak na Wainwrighta, Tony ma fatalne wyczucie sytuacji. Pozwól, zrobię ci kawę. Przecież masz być moim gościem.

– Już prawie gotowa. – Stark pociągnął za dźwignię. Ekspres zasyczał i niczym mały elektroniczny smok wyrzucił z siebie strumień gorącej pary.

– Widzę. – Uśmiechnęła się z zażenowaniem. – Dziękuję. – Usiadła na wysokim stołku przy szklanej ladzie.

– Twój przyrodni brat wspominał, że właśnie wrócił z Los Angeles.

– Tak. Wyjechał, bo dostał rolę w jakimś serialu. Wrócił ledwie po trzech miesiącach, co znaczy, że znowu coś nie wypaliło. Nowy serial jest bardzo ryzykownym przedsięwzięciem.

– Nie wiedziałem.

– Dla prawdziwego aktora Hollywood to straszliwe miasto – skonstatowała Desdemona. – To nie miejsce dla Wainwrightów. Wainwrightowie są aktorami teatralnymi, nie telewizyjnymi czy filmowymi.

– To jakaś różnica? – spytał Stark.

Wyglądało na to, że Desdemona doznała prawdziwego szoku.

– Ależ oczywiście. Wainwrightowie zawsze występowali na prawdziwej scenie, i to od trzech pokoleń. Noga żadnego z nich nigdy nie postała w Hollywood.

– Tony spróbował pierwszy?

Desdemona westchnęła.

– Rodzina tego nie aprobowała, ale tak bardzo chciał wyjechać. Nigdy nie miał szczęścia, więc wszyscy trzymaliśmy kciuki, żeby tym razem się odnalazł.

– W Hollywood? – Stark rozlał kawę do filiżanek. – Mało prawdopodobne. Zawsze myślałem, że Hollywood to miejsce, gdzie ludzie się gubią.

Desdemona zmarszczyła nos.

– Wuj August też tak twierdzi. Mimo to mieliśmy nadzieję. Tony jest bardzo sfrustrowany, bo od lat nic mu się nie udaje. Martwię się o niego. Wszyscy się martwimy.

Stark postawił filiżanki na ladzie.

– A ty? Uprawiałaś kiedyś aktorstwo?

– Próbowałam. Bóg mi świadkiem, że próbowałam. Studiowałam sztuki piękne. Brałam lekcje aktorstwa. Ale w końcu musiałam spojrzeć prawdzie w oczy i stwierdzić, że jestem jedynym członkiem rodziny, który nie ma talentu. Długo nie mogłam się z tym pogodzić. Bardziej niż czegokolwiek w świecie pragnęłam kontynuować nasze rodzinne tradycje.

– Ale Wainwrightowie nie są twoją prawdziwą rodziną – zauważył łagodnie Stark.

Spiorunowała go wzrokiem.

– Są – odpowiedziała z naciskiem. – Od chwili, gdy skończyłam pięć lat, są moją prawdziwą rodziną.

– Spokojnie, nie chciałem cię zdenerwować. Próbowałem tylko ustalić fakty, to wszystko. Adoptowali cię?

– Tak – odrzekła lodowato. – Moje nazwisko zostało sądownie zmienione.

– Mówiłaś, że twoja matka i ojczym pobrali się, kiedy byłaś małym dzieckiem. A ojciec? Zmarł?

– Zanim się urodziłam. – Upiła łyk kawy. – Zginął w wypadku samochodowym.

Więc dopóki nie skończyłaś pięciu lat, byłyście z matką same?

– Nie. Niezupełnie. – Wbiła wzrok w filiżankę pełną czarnej, aromatycznej kawy.

Wyraźnie czuł, że Desdemona unika wyjaśnień, co zaintrygowało go jeszcze bardziej.

– Matka wyszła za mąż drugi raz, prawda? – spytał.

Zawahała się. Wzruszyła ramionami.

– Dwa lata po śmierci ojca wyszła za mąż za jego wspólnika, George'a Northstreeta. Był psychicznie chory, ale wtedy o tym nie wiedziała. – Po jej filiżance spłynęła kropla kawy. – Często dostawał napadów szału. Leczył się. Lekarze twierdzili, że robi postępy. Ale zaczął bić mamę.

Stark zesztywniał.

– I ciebie?

Ścisnęła filiżankę tak mocno, że zbielały jej palce.

– Kiedy mnie uderzył, mama zrezygnowała z terapii. Spakowała mnie i uciekłyśmy w środku nocy. Pamiętam, jak mówiła, żebym zachowywała się bardzo cicho. Byłam przerażona.

– O Chryste…

– Tak się bałam. Bałam się, że nie potrafię obronić przed nim matki, bałam się bicia. Jedyne, co z tego okresu życia wyraźnie pamiętam, to ciągły strach. Nie lubię o tym myśleć.

– Chaos – skonstatował chłodno Stark.

– Co?

– Myślę, że dla małego dziecka strach jest jak poczucie całkowitego chaosu.

– Chyba tak.

– Dokąd wyjechałyście?

– Do Kalifornii. – Jej twarz złagodniała, a w oczach zagościł nikły uśmiech. – Mama jest projektantką mody i aktorką. Dostała pracę w małym teatrze, gdzie organizowano festiwal sztuk Szekspirowskich.

– I tam poznałyście Wainwrightów?

– Tak. Wzięli nas pod swoje skrzydła, potraktowali jak członków rodziny. Mama i Benedykt Wainwright zakochali się w sobie.

– I dali ci nowe nazwisko.

Skinęła głową.

– Chciałam zacząć nowe życie z nowym nazwiskiem. Chciałam należeć do Wainwrightów, być jedną z nich. Wszyscy nowi członkowie rodziny otrzymują imiona bohaterów sztuk Szekspirowskich, więc wybrałam Desdemonę.

– Z jakiegoś konkretnego powodu?

– Nie, po prostu mi się podobało.

– Niezbyt się na tym znam – wyznał Stark – ale o ile mnie pamięć nie myli, Desdemona była niewinną i wierną żoną, której Otello nie ufał. I chyba źle skończyła, prawda?

– Tak, wiem. – Zrobiła kwaśną minkę. – Mówiłam ci, miałam wtedy tylko pięć lat i podobało mi się brzmienie tego imienia. Fakt, gdybym musiała wybierać jeszcze raz, pewnie wybrałabym inne. Na przykład Helena z *Wszystko dobre, co się dobrze kończy*.

– Więc jednak matka rozwiodła się w końcu z tym Northstreetem.

– Wniosła o rozwód, złożyła papiery, ale Northstreet umarł, zanim sprawa weszła na wokandę – odrzekła cicho Desdemona.

– Jak umarł?

– Popełnił samobójstwo, strzelił sobie w głowę. – Poruszyła się niespokojnie, jakby chciała zrzucić z siebie całun mrocznych wspomnień. – Wiesz co? Wolałabym zmienić temat. Porozmawiajmy o czymś innym.

– Jasne. – To jeszcze nie koniec tej historii, pomyślał. Ale jak na jeden wieczór wystarczy. Nie chciał posuwać się za daleko.

Z niejakim zdziwieniem odnotował, że w ogóle zadawał Desdemonie takie pytania. Wtykanie nosa w czyjeś życie osobiste zupełnie do niego nie pasowało. Zawsze bronił swojej prywatności i szanował prywatność innych. Lecz z jakiegoś powodu chciał wiedzieć o niej wszystko. Obiecał sobie, że wcześniej czy później wyciągnie z niej odpowiedzi na niezadane pytania.

Uśmiechnęła się do niego i stanowczym głosem oznajmiła:

– Wystarczy o mnie. Gdzie nauczyłeś się takich ciosów? Biedny Tony. Wyglądało to tak, jakbyś znał karate czy inne walki wschodnie.

– Bo znam.

Przechyliła głowę.

– Nie sądziłam, że jesteś mężczyzną tak bardzo... fizycznym.

Patrzył na nią bez słowa.

Zaczerwieniła się.

– To znaczy tak, sprawiasz wrażenie bardzo silnego fizycznie, ale nie myślałam, że uprawiasz walki wschodnie. Jakoś mi to tego nie pasowałeś. Zawsze uważałam, że jesteś typem naukowca. Intelektualisty i naukowca.

– Uprawiam też podnoszenie ciężarów – poinformował ją oschle Stark.

Z błyskiem otwartej, kobiecej aprobaty w oczach musnęła wzrokiem jego szerokie bary.

– Teraz w to wierzę.

Nie wiadomo dlaczego zrobiło mu się nagle bardzo ciepło.

– Nie siedzę przed komputerem dniami i nocami – wychrypiał posępnie.

– Właściwie to co robiłeś, zanim przyjechałeś do Seattle? Twoja była narzeczona wspomniała, że pracowałeś w zespole dla szczególnie uzdolnionych naukowców.

Uniósł brew.

– Rozmawiałyście o mnie?

– Tak, tak jakby. Bardzo pobieżnie, jeśli wiesz, co mam na myśli.

– Nie, nie wiem.

Uśmiechnęła się sztucznie.

– Nieważne. Panna Bedford wspomniała o tym w trakcie rozmowy. Rozmowy czysto służbowej.

– Ach, tak. W trakcie rozmowy służbowej – powtórzył obojętnie.

– Właśnie.

– Rozmowy służbowej o mnie.

– Nie, nie o tobie. Rozmawiałyśmy o waszym przyjęciu. – Machnęła ręką, chcąc zmienić temat. – Lepiej opowiedz mi o tym zespole.

– Pracowaliśmy w Rossetta Institute.

Dopiero teraz to do niej dotarło.

– Rosetta? Od tego słynnego kamienia z napisami, na podstawie którego rozszyfrowano egipskie hieroglify?

– Zgadza się. Rosetta Institute to mała, luźno związana grupa ludzi pracujących nad strukturami złożonymi.

– Nad teorią chaosu? Chyba coś o tym słyszałam.

– Chwytliwa nazwa, ale nie oddaje treści – odrzekł lekko poirytowany. – Wolę nazywać to nauką o strukturach złożonych albo scalonych. Słowo „chaos" sugeruje absolutny brak sensu, całkowitą bezznaczeniowość. Tymczasem na granicy chaosu istnieje to, co nazywam „złożonością scaloną". Najbardziej skomplikowane, najbardziej złożone systemy można opisać matematycznymi wzorami. Owszem, trudno te wzory ustalić, ale to możliwe.

– Co robiłeś w tym instytucie?

– Prowadziłem badania nad nowymi technikami kodowania albo szyfrowania, jak wolisz. Robiłem to głównie na zamówienie wywiadu wojskowego, ale myśleliśmy również o zastosowaniach cywilnych.

– Imponujące. Byłeś kimś w rodzaju agenta? Albo szpiega? Pomagałeś tropić terrorystów i porywaczy samolotów?

– Gdzież tam – mruknął Stark. – Co najwyżej konsultowali się ze mną w sprawach technicznych.

– Aha.

Uśmiechnął się.

– Rozczarowana?

– Nie, bardzo zaciekawiona. – Znów przechyliła głowę. – W takim razie po co uprawiałeś podnoszenie ciężarów i walki wschodnie?

– Instytut położony jest u stóp Gór Skalistych, tam gdzie diabeł mówi dobranoc – tłumaczył cierpliwie Stark. – Do Denver czy do Boulder był kawał drogi, więc oprócz pracy nie mieliśmy praktycznie nic do roboty. Ale czasami trzeba zrobić sobie przerwę, bo ile można harować. I właśnie podczas takich przerw podnosiłem ciężary i zaliczyłem kurs walk wschodnich.

Spojrzała na niego z nieukrywanym zainteresowaniem.

– Robiłeś to dla rozrywki?

– Nie. Dla rozrywki pracowałem.

– No jasne. Dla rozrywki pracowałeś.

– Ćwiczenia fizyczne uprawiałem dla odświeżenia umysłu.
– Antidotum na stres?
– Właśnie.
Zerknęła na niego z figlarną złośliwością.
– Czy było tam dużo kobiet? Naukowców albo techników?
– Kobiet? Tak, ale niewiele. Dlaczego?
– Żyliście jak w klasztorze?
– Jak w klasztorze? – Miał uczucie, że Desdemona się z niego naigrywa, ale nie był pewien, jak zareagować. – Chyba czegoś nie załapałem.
– Dobrze, w takim razie wyłożę kawę na ławę. – Podparła się pod brodę. – Czy miałeś tam jakąś przyjaciółkę? Taką specjalną przyjaciółkę.
Wreszcie uświadomił sobie, że Desdemona pyta go o związki z kobietami. Tak bezpośrednie pytanie nieco go zaskoczyło, ponieważ nie przywykł do rozmów na tego rodzaju tematy.
– Chwileczkę – odrzekł niepewnie. – Nie wiem, czy dobrze cię zrozumiałem. Chcesz wiedzieć, czy miałem romans z którąś z moich koleżanek z instytutu, tak?
Desdemona wydała z siebie dziwny dźwięk, jakby się zakrztusiła.
– Co się stało? – spytał.
– Nie, nic – wychrypiała. Chwyciła serwetkę i szybko zakryła usta. – Naprawdę nic. – Gwałtownie potrząsnęła głową. Oczy zaszły jej łzami.
– Naśmiewasz się ze mnie? – Wyciągnął rękę i lekko poklepał ją między łopatkami.
Delikatne klepnięcie przygniotło ją do kuchennej lady.
– Przepraszam – szepnęła. – Po prostu wydawało mi się, że to śmieszne.
– Moje życie seksualne? Mnie nigdy nie śmieszyło.
– Nie, nie życie seksualne. Twoje odpowiedzi. Czy pytania osobiste zawsze sprawiają ci tyle kłopotu? Zawsze traktujesz je tak dosłownie?
– Zawsze – warknął. – Taki już jestem. Wszystko traktuję dosłownie. Inaczej nie umiem.
– To pewnie w związku z twoją pracą, prawda? – Opanowała się, ale oczy wciąż miała roześmiane. – Słyszałam, że naukowcy są ludźmi bardzo dokładnymi, precyzyjnymi.

– Tak, chyba tak.

– Przypuszczam, że to wynik nacisku na krytyczny i analityczny sposób myślenia, jakiego od was wymagano w trakcie zdobywania wykształcenia.

Chwilę to rozważał.

– Nie, to rzecz wrodzona. Ludzie myślący kategoriami precyzyjnymi mają skłonności do nauk ścisłych, ponieważ nauki te odpowiadają sposobowi ich myślenia.

– Czyli co było najpierw: jajko czy kura? – Zachichotała. – Może Wainwrightów ciągnie do teatru, bo myślą w sposób teatralny?

– Wygląda na to, że jesteś wyjątkiem – zauważył. – Twój kuzyn Henry twierdzi, że tylko ty masz głowę do interesów. Jedyna spośród Wainwrightów, która nie umie grać.

– Nie daj się oszukać. Nie jestem dobrą aktorką, ale jestem pierwszej wody Wainwrightem. – Spoważniała. – Wiesz, naprawdę się różnimy, ty i ja.

– Wiem.

– Powinno cię to martwić.

– Owszem. – Wstał. – Ale z jakichś powodów zupełnie nie martwi. Dobranoc, Desdemono.

Popatrzyła na niego tajemniczo. Oczy miała nieprzeniknione.

– Idziesz?

– Już późno. – Obszedł szklaną ladę i stanął przed nią. Bez słowa pochylił głowę i musnął ustami jej wargi. – Nie zapomnij zamknąć zasuwy.

– Nie zapomnę.

– Zadzwonię jutro.

– Dobrze. – Zawahała się. – Spędziłam dzisiaj naprawdę miły wieczór, mimo że zaprosiłeś mnie tylko służbowo.

– Nie tylko.

Jej oczy zapłonęły.

– Cieszę się.

– Sekretarka zawiadomiła mnie, że w przyszłym tygodniu mam bal na cele dobroczynne. Koszmar. To przez Pamelę. Nie dość, że muszę tam być, to jeszcze przyjdzie mi wyłożyć kilka tysięcy dolarów na fundusz wspierania sztuk pięknych. Chciałem to sobie odpuścić, ale Maud i McCallum nalegają. Chcesz ze mną pójść?

Uśmiechnęła się.

– Żeby razem powęszyć i nawiązać kilka cennych kontaktów?

– Dzisiaj chyba wypaliło – mruknął oschle.

– Jak najbardziej – odrzekła szybko. – I chętnie z tobą pójdę.

Odprężył się.

– Dzięki. Przekażę ci szczegóły.

– Koniecznie. Przepraszam za tę scenę z Tonym.

– Nie ma o czym mówić.

Podejście do drzwi wymagało nieludzkiego samozaparcia i siły woli, ale Stark zdołał tego dokonać. Przed przyjęciem coś sobie zaplanował i żeby się waliło i paliło, zamierzał to zrealizować.

Uświadomił sobie, że czego jak czego, ale siły woli mu nie brakuje. Umiał cierpliwie czekać. Nauczyła go tego długotrwała samotność. Tak, w tej dziedzinie był prawdziwym mistrzem. Miało to swoje plusy, bo odłożona na później gratyfikacja smakuje o niebo lepiej.

Desdemona zsunęła się ze stołka i ruszyła za nim. Zaczekała, aż otworzy drzwi i leciutko dotknęła jego ramienia.

– Dobranoc, Stark.

Przystanął.

– Zanim wyjdę, chciałem ci zadać jedno pytanie.

– Jakie?

– Chodzi mi o te rzeczy, które Tony znalazł w twojej sypialni.

Spiekła raka.

– Dała mi je Kirsten. To próbki akcesoriów, jakie chcą sprzedawać w butiku. Chciała mi podziękować.

– Tak myślałem – mruknął z posępną rezygnacją w głosie. – Więc jednak wzięłaś ten kredyt.

– Oczywiście. Kirsten i Henry są moimi krewniakami. Wainwrightowie sobie pomagają, Stark. Zresztą, miałam wobec nich dług wdzięczności. Kiedy uruchamiałam firmę, nie stać mnie było na płatnych pracowników. Pracowali za darmo.

– Jeszcze jedno. Dasz sobie radę, jeśli będziesz zmuszona ten kredyt spłacić?

Zacisnęła usta.

– Kirsten wyjdzie na swoje. Jest bardzo podobna do mnie. Nie tylko znakomicie projektuje wnętrza, ale i ma głowę do interesów.

– Oczywiście. – Jeszcze raz lekko ją pocałował, wyszedł i zamknął za sobą drzwi.

Odczekał, aż Desdemona zatrzaśnie zasuwę i ruszył korytarzem do windy.

Czekając na windę, analizował w myśli dwa nowe czynniki, które – był o tym przekonany – zaważą na jego związku z Desdemoną. Pierwszy czynnik to bezdyskusyjna zaborczość i niechęć bijąca z oczu Tony'ego Wainwrighta.

Drugi to wysokie prawdopodobieństwo faktu, że Exotica Erotica podpadnie pod nieubłagane statystyki i bardzo szybko splajtuje, jak większość startujących przedsiębiorstw. Bo plajta groziła każdej nowej firmie. Jej widmo nie ominęło Stark Security Systems, ale w przeciwieństwie do wielu innych, jego firma jakoś przeżyła. Wiedział, że jeśli Kirsten pójdzie na dno, pociągnie za sobą Desdemonę i Bon Appetite.

Lecz czuł też, że nic, absolutnie nic nie powstrzymałoby Desdemony przed zaciągnięciem kredytu. Pamiętał zawziętość bijącą z jej oczu, gdy zapewniała go, że należy do rodziny, że jest jedną z nich, jedną z Wainwrightów. Była większą rojalistką niż sama królowa. Nie wiedział, co się wydarzyło, gdy miała pięć lat, ale wydarzenie to sprawiło, że poczuciem przynależności do klanu przebiła Wainwrightów z krwi i kości.

Więzy rodzinne. Zastanawiał się, jakich wrażeń doznaje człowiek silnie związany z krewnymi, człowiek, który wie, że bez względu na okoliczności nigdy nie jest na świecie sam.

Upłynęło sporo czasu, nim dotarło do niego znaczenie świateł migających na dachach dwóch radiowozów parkujących przed jego stalowo-szklaną fortecą.

I nagle zdał sobie sprawę, że policja musiała przyjechać w odpowiedzi na sygnał wysłany przez jego cichy system alarmowy.

– Cholera jasna. – Zatrzymał samochód na podjeździe, wyłączył silnik i spojrzał na zmierzającego ku niemu policjanta.

Pięknie. Parszywy koniec w miarę porządnego wieczoru.

Otworzył drzwi i wysiadł.

Policjant stanął przed nim z notatnikiem w ręku.

– To pański dom?

– Tak. Nazywam się Sam Stark.

– Obawiam się, że usiłowali się do pana włamać.

– Ale do środka nie weszli, prawda? – Zadał to pytanie z zimną pewnością siebie. System alarmowy, który u siebie zainstalował, był unikalny. Osobiście go zaprojektował.

– Nie, na szczęście to nie zawodowcy. Głupie dzieciaki, i tyle. Próbowali otworzyć okno od podwórza, ale nie zdążyli. Przyjechaliśmy, gdy się z nim mocowali.

– Rozumiem. – Skomplikowany, lecz starannie zaprojektowany system alarmowy zadziałał prawidłowo. Stark odczuł niejaką satysfakcję. Zainstalowanie dobrze obmyślonego systemu zawsze się opłaca.

– Dzieciaki, powiada pan?

– Tak. – Mundurowy pokręcił głową. – Coraz wcześniej zaczynają. Choćby ci tu. Jeden ma dziesięć, drugi dwanaście lat. Pewnie szukali czegoś, co można łatwo i szybko sprzedać. Wideo, stereo, tego rodzaju rzeczy. Na szczęście nie zdążyli stłuc szyby, wejść do środka, zwinąć towaru i zwiać.

– Nawet gdyby mieli młotek, zbicie tej szyby zajęłoby im co najmniej dwadzieścia minut – odrzekł Stark. – Do tego czasu na pewno byście przyjechali. Pokryłem szyby folią antywłamaniową. Działa jak pajęczyna. Szkło się tłucze, ale folia utrzymuje fragmenty na miejscu.

Policjant wykrzywił usta w uśmiechu.

– U siebie założyłem podobną.

– Żyjemy w niebezpiecznych czasach. – Stark zerknął w stronę radiowozów. Na tylnym siedzeniu jednego z nich dostrzegł sylwetki skulonych chłopców. – I co teraz?

– Niestety, kupa papierkowej roboty.

Podszedł do nich drugi policjant.

– Przed chwilą odbyłem z nimi ciekawą rozmowę. Twierdzą, że są krewnymi właściciela domu. Kiedy zobaczyli, że nie ma go w domu, próbowali wejść do środka, żeby na niego zaczekać. Przysięgają, że nie chcieli kraść.

Stark poczuł się tak, jakby wepchnięto mu do żołądka ciężki głaz.

– Mówił pan, że jak się nazywają?

– Nie mówiłem. – Mundurowy zajrzał do notatnika. – Dwunastolatek nazywa się Kyle Stark. Dziesięciolatek to Jason, też Stark. Mówią, że przyjechali z Portland. Zna ich pan?

Ogarnęło go dziwne poczucie rezygnacji.

– Nigdy ich nie widziałem, ale wiem, kim są. To moi przyrodni bracia.

Policjant uniósł brew.

– Silne więzy rodzinne, hę?

– Zdążył pan zauważyć? – spytał grzecznie Stark.

Godzinę później wyszedł do gabinetu, zostawiając chłopców w kuchni, gdzie pałaszowali kanapki z tuńczykiem, które im przygotował. Nakarmił ich, ale co dalej, nie wiedział, więc postanowił to spokojnie przemyśleć.

Na automatycznej sekretarce były trzy wiadomości, wszystkie od Alison Stark, trzeciej żony ojca. Według Jasona już eks-żony. Stark jej nie znał.

Z głosu Alison biło napięcie, zaprawione złością.

- Sam, mówi Alison. Nie znamy się, ale jestem ostatnią eks twego ojca. Czy widziałeś moich synów, Kyle'a i Jasona? Zostawili list, w którym piszą, że jadą szukać cię w Seattle. Proszę, koniecznie zadzwoń.

W następnej wiadomości pytanie „Czy widziałeś moich synów?" brzmiało jeszcze rozpaczliwiej.

- Sam, to znowu ja, Alison Stark. Zadzwoń natychmiast po powrocie do domu.

Trzecie nagranie było nagraniem głosu kobiety na skraju wytrzymałości nerwowej.

- Sam, tu Alison. Chyba zadzwonię to twego ojca. To jego wina. Sukinsyn, choć raz w życiu mógłby wziąć na siebie odpowiedzialność za własne dzieci. Od pół roku chłopcom zdrowo odbija, a terapeuta twierdzi, że to przez ten rozwód. Ale przysięgam, dłużej nie mogłam tego wytrzymać. Kyle i Jason zdrowo załazili mi za skórę, a teraz wykręcili ten głupi numer. Mam tego dość, słyszysz? Dość. Na miłość boską, zadzwoń do mnie.

Wcisnął przycisk przewijania taśmy. Tylko tego mu brakowało.

Długo zastanawiał się, jaki ma wybór. W końcu przysunął bliżej telefon i wystukał numer.

Zdesperowana Alison Stark podniosła słuchawkę, nim przebrzmiał pierwszy dzwonek.

– Najwyższa pora, Hudson. Odchodzę od zmysłów. Twoi synowie pojechali autobusem do Seattle. Sami, rozumiesz? Na miłość boską, są tam sami! Pewnie już tego nie pamiętasz, ale jeden ma dopiero dziesięć, a drugi ledwie dwanaście lat i są sami w wielkim mieście. Nie znajdą swego przyrodniego brata. Jest środek nocy i pewnie wałęsają się gdzieś po ulicach z tymi wszystkimi narkomanami, handlarzami i szajbusami. Co w związku z tym zamierzasz zrobić?

– Alison, mówi Sam Stark. Kyle i Jason są u mnie. Nic im nie grozi.

– Sam! Myślałam, że to Hudson. Boże, Sam, tak się martwiłam. Gdyby nie Cliff, postradałabym zmysły. Cliff twierdzi, że przesadzam, ale...

– Kto to jest Cliff?

– Przyjaciel, doktor Clifford Titus. Jest psychoanalitykiem, terapeutą moich synów. Kiedy Kyle i Jason wyjechali, byłam u niego. Wróciłam do domu i zastałam ten głupi list, w którym piszą, że jadą autobusem do Seattle. Na pewno nic im nie jest?

– Są trochę głodni, ale poza tym czują się świetnie. Mieli mój adres. Przyjechali, wysiedli na dworcu głównym, przestudiowali plan Seattle i złapali autobus, który wyrzucił ich przecznicę stąd. Nieźle jak na dwóch chłopaków nieznających miasta.

– Jak tylko chcą, umieją myśleć, chociaż nie powiedziałbyś tego, widząc ich stopnie za ubiegły semestr – odrzekła rozgoryczona Alison. – Jeszcze niedawno przynosili piątki i czwórki, a od rozwodu łapią same tróje i dwóje. Wierz albo nie, ale robią to celowo. A przecież są tacy inteligentni. Tak, na pewno robią to celowo.

– Rozwód jest dla dzieci silnym przeżyciem.

– Co ty powiesz? Nie tylko dla dzieci, dla dorosłych też. Jeśli myślą, że tylko oni cierpią, odkąd ich ojciec zostawił mnie dla swojej cycatej sekretarki, to się grubo mylą. Mnie też nie jest lekko.

– Fakt.

– Jakbym nie miała nic innego do roboty. Kyle i Jason zrobili wszystko, żeby zmienić moje życie w prawdziwe piekło. Cliff twierdzi, że ich postępowanie to rezultat bólu i złości po odejściu ojca. Pomyślałby kto, że tylko oni mają problemy emocjonalne.

Nie okazali mi dotąd ani odrobiny współczucia. Ani odrobiny, rozumiesz?

– Hm.

– Powinnam była posłuchać Marlene.

– Drugiej żony ojca?

– Zadzwoniła do mnie, kiedy dowiedziała się, że Hudson zamierza ją zostawić. Ostrzegała mnie, mówiła, że tego pożałuję. A ja, ciężka idiotka, ja jej nie uwierzyłam. Myślałam, że zdołam go zmienić.

– Posłuchaj, Alison, wiem, że masz problemy, ale to nie są moje problemy – rzekł Stark spokojnie, lecz stanowczo. – Co zamierzasz zrobić w związku z Kyle'em i Jasonem?

– Teraz, skoro już wiem, że są bezpieczni, nie zamierzam robić absolutnie nic – odparowała rezolutnie. – I tak nie daję sobie z nimi rady. Jestem zupełnie wypalona. Nie zostało we mnie nic, żadnych uczuć. Rano porozmawiam z moim psychoanalitykiem.

– Więc mamy tu siedzieć i trzymać kciuki, czekając, aż twój psychoanalityk oświeci cię mądrą radą?

– Przez jakiś czas chłopcy mogą u ciebie zostać, prawda? Do szkoły i tak nie chodzą, bo zaczęły się wakacje.

– Chwileczkę, Alison...

– Ostatecznie jesteś ich bratem, prawda?

– Przyrodnim bratem. Widzę ich pierwszy raz w życiu.

– No i co z tego? Przez cztery lata Hudson opowiadał im, jaki to z ciebie wielki naukowiec, wybitny ekspert rakietowy, spec od tajnych programów badawczych. Oni też mają hyzia na punkcie gier komputerowych i komputerów. Jesteś dla nich superbohaterem.

– Alison, Kyle i Jason mogą u mnie przenocować, to wszystko. Nie wiem, jak to zrobisz, ale jutro będziesz musiała tu przyjechać i zabrać ich do domu.

– Nigdzie nie zamierzam jechać, tym bardziej do Seattle. Mam spotkanie z psychoanalitykiem i tylko Bóg wie, jak bardzo tego potrzebuję. Mam nadzieję, że Kyle i Jason zdają sobie sprawę, na jakie przeżycia mnie narazili. Przekaż im to ode mnie. Dobranoc, Sam.

– Zaczekaj, Alison, chwileczkę...

Za późno. Trzask odkładanej słuchawki uświadomił Starkowi, że Alison przerwała połączenie.

– Niech to szlag trafi – zaklął, patrząc beznamiętnie na telefon.

W drzwiach zamajaczyła sylwetka jednego z chłopców.

– To była mama?

Stark odwrócił się powoli. W progu stał Jason z kanapką w ręku.

– Tak. Bardzo się o was martwi.

– Jak pogada z tym świrołapem, poczuje się lepiej. – Jason wbił zęby w bułkę.

Stanął za nim Kyle.

– Zawsze tak jest – dodał.

– To dobrze.

– Pozwolisz nam dzisiaj zostać?

Stark przyjrzał się dziwnie znajomym rysom twarzy obu braci. Niesamowite wrażenie. Jakby patrzył w lustro odległej przeszłości.

Obaj mieli prawie czarne włosy, błyszczące, zielone i bardzo inteligentne oczy i obaj nosili okulary. Po ojcu odziedziczyli wystające kości policzkowe i samą twarz – już teraz, mimo młodego wieku, byli do Starka niesamowicie podobni. Szczupli, bladzi i lekko przygarbieni, sprawiali wrażenie spłoszonych i zamkniętych w sobie.

Pomyślał, że cała różnica między braćmi a nim sprowadza się do tego, że kiedy jego rodzice brali rozwód, nie miał dokąd uciec.

– Dzisiaj przenocujecie u mnie. Rano pomyślimy, jak odwieźć was do domu.

– Nie chcemy wracać do domu.

– Porozmawiamy o tym przy śniadaniu – odrzekł Stark.

Miał nadzieję, że przy odrobinie szczęścia, rano obaj chłopcy zatęsknią za Portland.

Rozdział 7

Miał też nadzieję, że rano dozna olśnienia i wpadnie na jakiś genialny pomysł, lecz olśnienie najwyraźniej nie wiedziało, że Stark na nie czeka. Gdy kilka minut przed siódmą wszedł do kuchni, stwierdził, że Kyle i Jason już tam są. Mieli na sobie to samo ubranie, w jakim widział ich już poprzedniego wieczoru: szare podkoszulki, dżinsy i adidasy. Siedzieli za czarnym, stalowo-szklanym stołem przy oknie wychodzącym na ascetycznie urządzony ogród.

Zauważył, że znowu jedzą. Stały przed nim pudełko płatków kukurydzianych i karton mleka.

Kyle spojrzał na niego znad talerza.

– Dzień dobry, Sam. – Powiedział to pozornie obojętnym głosem, lecz ani swoboda, z jaką jadł, ani szkła okularów nie mogły ukryć napięcia i niepewności czającej się w jego oczach.

– Dzień dobry. – Stark podszedł do kuchennej lady i skupił się na przyrządzaniu kawy, co przypomniało mu miniony wieczór, gdy robił kawę dla Desdemony.

– Dzień dobry, Sam – wymamrotał cichutko Jason.

Stark kiwnął głową i włączył ekspres. Może Alison doszła już do siebie, myślał. Kto wie, może nawet już po nich jedzie?

Po nich. Po jego przyrodnich braci.

Świadomość, że z tymi dwoma młodymi samcami łączą go więzy krwi, uderzyła go z siłą parowego młota.

– Przepraszamy, że uruchomiliśmy alarm – zaczął nieśmiało Kyle.

– W Portland, jak zapomnimy kluczy do domu, to wchodzimy przez okno – dodał Jason. – Myśleliśmy, że ten sam numer przejdzie tutaj.

– Nie przejdzie. – Stark sięgnął po dzbanek z kawą.

Przy stole zaległa pełna napięcia cisza.

– Jesteś na nas zły? – spytał Kyle.

– Nie. – Stark wyjął z kredensu talerz i nalał sobie mleka. – Po prostu nie oczekiwałem was.

– Mówiłem Kyle'owi, że będziesz wściekły. – Jason przełknął wielki łyk soku pomarańczowego. – Wiedziałem, że wsadzisz nas rano do autobusu.

Owszem, Stark tę możliwość rozważał. To było wyjście. Ale zdecydował, że zafunduje im przelot samolotem. Lot do Portland trwa bardzo krótko. Gdyby odwiózł ich na lotnisko zaraz po śniadaniu, wczesnym przedpołudniem byliby w domu.

– Jak długo zamierzaliście zostać w Seattle?

Chłopcy wymienili spojrzenia.

– Niedługo – odrzekł Kyle i zajął się swoimi płatkami.

– Kyle mówił, że zostaniemy tu na całe lato – wypaplał Jason.

– Na całe lato? – Stark zerknął na braci. – Chcieliście zostać tu na całe lato?!

Kyle skinął bez słowa głową.

– I ze wszystkich miejsc... – Nagle urwał. Dolał sobie mleka, usiadł wygodniej i zaczął jeść.

Miałby im pozwolić spędzić tu całe lato?! Wykluczone. Owszem, zastanawiał się, czy nie zatrzymać ich na dzień lub dwa, ale na całe lato? Na trzy miesiące?! Przecież nawet ich nie znał. Byli dla niego obcymi ludźmi.

Obcymi ludźmi, którzy przez przypadek mają tego samego ojca.

– Odkąd mama i tato wzięli rozwód, wszystko się zmieniło – powiedział cicho Kyle.

– Tato mówi, że się z mamą rozminęli – dodał Jason głosem dziecka powtarzającego za dorosłym słowa, których jeszcze nie rozumie. – Mówi, że są teraz innymi ludźmi, że jak się żenili, to byli inni.

– No tak... – mruknął Stark, przeżuwając płatki. Słyszał to samo wyjaśnienie, kiedy miał dziesięć lat.

– Wcale nie są inni – oświadczył stanowczo Jason. – Wyglądają tak samo.

Na ustach Kyle'a zagościł słaby uśmiech.

– Mama mówi, że tatuś się nami zmęczył, że nie ma poczucia odpowiedzialności. Mówi, że ciupcia tę swoją sekretarkę.

Rozzłoszczony Jason poderwał głowę.

– No i co z tego? Mama ciupcia naszego świrołapa.

Kyle wzruszył ramionami.

– Doktor Titus twierdzi, że to nie szkodzi, że może ją sobie ciupciać, bo się u niego nie leczy. Fakt, mama chodzi do doktora Lachlana.

Jason spojrzał na Starka.

– Doktor Titus mówi, że rozwód jest problemem mamy i taty, nie naszym, ale to głupie. No bo niby dlaczego? To tak, jakby nas w ogóle nie było. A my jesteśmy, dla nas też się wszystko zmieniło, więc to nasz problem, nie tylko ich.

Argument nie do zbicia. Stark zamieszał łyżką płatki.

– Doktor Titus mówi, że rozwód może być krokiem pozytywnym, że może mieć zbawienny wpływ na całą rodzinę. – Kyle powiedział to tak, jakby dokładnie to zdanie zapamiętał. – Że dla wszystkich członków rodziny stwarza szanse rozwoju i uzyskania pełnej niezależności.

Jason wykrzywił usta.

– Mówi, że jak kobieta i mężczyzna cały czas się kłócą, to lepiej się rozejść, bo wtedy w domu nie będzie stresów.

– Zupełnie nie rozumiem, dlaczego się kłócą – mruknął Kyle. – Gdyby przestali się żreć, nie byłoby żadnych problemów, i po krzyku.

Stark żuł płatki.

– Dużo dzieci ma rozwiedzionych rodziców – zauważył.

– Tatuś też tak mówi – odrzekł Kyle. – Mówi, że to zupełnie normalne.

– Doktor Titus powiedział mi, że ponad połowa mojej klasy ma rozwiedzionych rodziców – wtrącił Jason. Wbił wzrok w talerz z niedojedzonymi płatkami. – Wiedziałem o tym. Ale nie myślałem, że mama i tato też się rozejdą.

– Ale się rozeszli – burknął Kyle nieoczekiwanie szorstkim głosem. – Doktor Titus mówi, że trzeba to zaakceptować. A ty się stawiasz. Jesteś... przyblokowany. Albo zablokowany. Chyba tak to nazwał.

– Przepraszam. – Jason szybko wstał. – Muszę wyjść do łazienki.

Gdy chłopak mijał go, pędząc do ubikacji, Stark dostrzegł w jego oczach łzy.

Kyle odczekał, aż brat zniknie w korytarzu.

– Doktor twierdzi, że Jason jeszcze się z tym nie pogodził.

– To musi potrwać.

– Chyba tak.

Stark spojrzał na pusty talerz.

– Dlaczego postanowiliście mnie odszukać?

– Nie wiem. Myśleliśmy o tym, odkąd tatuś przyjechał, żeby zabrać swoje rzeczy.

– Kiedy to było?

– Dwa miesiące temu. – Mówił tak cicho, że Stark ledwo go słyszał. – Kiedy się wyprowadzał, przysięgał, że będzie nas odwiedzał dwa albo trzy razy tygodniowo. I rzeczywiście, przez jakiś czas odwiedzał. Potem przestał. Widocznie jest zajęty.

Stark już to kiedyś słyszał. Te same obietnice, te same słowa. Przez kilka miesięcy Hudson odwiedzał go regularnie, a później zaczęły się wymówki: „Musimy odłożyć tę wyprawę na ryby, synu. W przyszłym tygodniu mam wyjazd za miasto. Przyjeżdżają do mnie tacy jedni. Jak będziesz starszy, wszystko zrozumiesz".

Wrócił Jason. Był markotny, miał zaczerwienione policzki. Usiadł, nie patrząc na Starka.

Kyle spróbował zmienić temat rozmowy.

– Tata mówi, że pracowałeś dla rządu. Mówi, że wymyśliłeś specjalny program do zabezpieczania komputerów, że terroryści i różni tacy nie mogą się teraz do nich włamać. To prawda?

– Już nie pracuję dla rządu. Prowadzę własną firmę.

– Ach tak… – Kyle robił wrażenie trochę rozczarowanego. – Ale dalej pracujesz nad tajnymi szyframi?

– Tak.

Twarz mu pojaśniała.

– Jason i ja mamy w domu komputer.

– Naprawdę? – spytał z grzecznym zainteresowaniem Stark.

– Tatuś nam go kupił, rok temu – wtrącił Jason. – W szkole też mamy komputery. Uczyli nas obsługi, takich prostych rzeczy, a tatuś pokazał nam, że na komputerze można robić prawdziwe cuda. Dzieciaki tych sztuczek nie znają, bijemy ich na łeb.

Stark nie był zaskoczony. Starkowie zawsze mieli smykałkę do techniki. Taki rodzinny talent. Lata temu Hudson, inżynier elektryk z zawodu, opracował nowatorski system sterowniczy dla lotnictwa. Teraz był wiceprezesem wielkiej spółki konsultingowej zajmującej się doradztwem technicznym.

– Nie pozwolisz nam zostać, prawda? – spytał wreszcie Kyle.

– Wątpię, czy wasza matka wyrazi na to zgodę. Całe lato w Seattle to jednak…

– Zgodzi się, na pewno się zgodzi – skwapliwie zapewnił go Jason. – Chętnie by się nas pozbyła. Mówi, że bardzo utrudniamy jej życie.

– Głowę daję, że łatwo mógłbyś ją do tego namówić – dodał Kyle. – Doktor Titus powiada, że mama żyje w silnym stresie. Jak by spędziła bez nas lato, to by jej ulżyło.

Zadzwonił ścienny telefon. Ekranik wbudowany w aparat wyświetlił numer telefonującego, ale Stark tego numeru nie znał. Miał nadzieję, że to Alison z Portland.

Podniósł słuchawkę.

– Stark. Słucham.

– To ty, Sam? – zadudnił jowialny głos. – Mówi Hudson, twój stary. Odkąd zadzwoniłeś do mnie na urodziny, nie mieliśmy okazji pogadać. Cholera, ile to już czasu minęło? Będzie z siedem miesięcy, co? Tak, chłopcze, czas szybko płynie. Powiedz, jak ci leci, synu.

Pokrywa kotła bulgoczącego w zakamarkach duszy Starka uniosła się na ułamek sekundy, ale to wystarczyło, by dostrzegł czarne chmury chaosu wirujące w bezdennym naczyniu.

Z wieloletnią wprawą szybko tę pokrywę zatrzasnął.

– Są u mnie Kyle i Jason – odrzekł bez cienia emocji w głosie.

– Tak, wiem – powiedział niecierpliwie Hudson. – U mnie jest czwarta nad ranem, dopiero co wróciliśmy do hotelu. Alison dzwoniła trzy razy. Ta kobieta mnie dobija. Zachowuje się tak, jakby to była moja wina, że chłopcy dali nogę do Seattle. Spodziewa się, że coś w tej sprawie zrobię.

– No i? – Stark zauważył, że Kyle i Jason przestali jeść. Siedzieli bez ruchu i z dziecinną niezdarnością udawali całkowitą obojętność.

– No i co? – spytał Hudson, nie zrozumiawszy pytania.

– Zrobisz coś?

– A co ja, do diabła, mogę zrobić? – Ciężko westchnął, co miało oznaczać, że jest mu bardzo przykro. – Dzwonię z Maui. Ledwo co przyjechaliśmy. Oboje, Jennifer i ja, musimy się od tego wszystkiego oderwać.

– Oczywiście.

– Wiesz, jak to jest. Szesnaście godzin na dobę, do tego ciągły stres. Te zarwane noce, te weekendy…

– Noce i weekendy z Jennifer – zauważył chłodno Stark.

– Nie wiem, co bym bez niej zrobił – odrzekł Hudson. – To fantastyczna dziewczyna. W zeszłym tygodniu pomogła mi dobić największy interes w moim życiu. Więc zafundowałem jej wycieczkę na Hawaje. Byłem jej to winien.

– Co będzie z Kyle'em i Jasonem?

– A co ma być? Mają się dobrze, nie?

Stark żałował, że nie odebrał telefonu w gabinecie. Nie opuszczała go ponura świadomość, że bracia chłoną każde słowo. Znowu to samo. Jeszcze jeden dorosły podejmuje decyzje, które mogły zaważyć na ich życiu.

– Świetnie.

– Tak myślałem. Alison mówi, że przyjechali autobusem do Seattle i w środku nocy znaleźli twój dom. Bystrzy chłopcy. Przypominają mi ciebie, kiedy byłeś w ich wieku.

– Posłuchaj, Hudson…

– Co? Co mówisz? – Coś rozproszyło jego uwagę. – Chwileczkę, Sam. Jennifer chce mi coś powiedzieć.

Stark ścisnął słuchawkę. Dobiegł go kobiecy głos Jennifer. Mówiła, że jest późno, że najwyższa pora spać.

Usłyszał stłumione dudnienie Hudsona:

– Już już, kochanie, już kończę. Zaraz do ciebie przyjdę. Do diaska. Ten mały czerwony trójkącik wygląda na tobie wspaniale. No, już jestem, Sam. O czym to mówiliśmy?

– Rozmawialiśmy o Kyle'u i Jasonie. O tym, że są tutaj, w Seattle.

– Ano właśnie. Nie wiem, jak ci to powiedzieć, Sam. Jak tylko zażądałem od Alison rozwodu, natychmiast wysłała ich do psychoanalityka. Nic tak nie porąbie dzieciakom we łbie jak psychoanaliza. – Zachichotał. – Fakt, że ich matka z tym facetem sypia, też nie polepsza sprawy. Ale Jason i Kyle dadzą sobie radę.

– Tak myślisz?

– Wierz mi, potrzeba im tylko trochę czasu. Cholera, przecież rozszedłem się z twoją matką, kiedy miałeś… Czekaj, ile ty miałeś lat? Dziesięć albo jedenaście…

– Dziesięć.

– Wszystko jedno. Chodzi mi o to, że mimo naszego rozwodu wyszedłeś na ludzi.

– Jasne. – Pomyślał o długich latach samotności, o całkowitym wyobcowaniu z rodziny, o szkole z internatem, o dwóch zerwanych zaręczynach. – Wyszedłem na ludzi.

– No właśnie. Wbrew temu, co twierdzi Alison, problemy nurtujące Kyle'a i Jasona nie mają nic wspólnego z naszym rozwodem.

– Nie?

– Oczywiście, że nie. Jeden ma dziesięć, drugi dwanaście lat, tak? Cała rzecz sprowadza się do tego, że lada dzień obaj będą nastolatkami. Po prostu przeżywają taki okres, to normalne. Dorastają.

– Tak uważasz?

– No pewnie, że tak. Wszystko przez tego przeklętego łapiducha. Nagadał Alison bzdur, powinna z niego czym prędzej zrezygnować. No, muszę już kończyć, Sam. Jennifer na mnie czeka. A takim kobietom mężczyzna czekać nie pozwala. Uściskaj ode mnie Kyle'a i Jasona, dobra?

– Zaraz ci ich dam. Są tutaj.

– Chciałbym z nimi pogadać, ale nie mam czasu. Mówiłem, Jennifer na mnie czeka. Do usłyszenia, Sam. Chwileczkę, byłbym zapomniał. Dwa miesiące temu dostałem twoje zaproszenie. Przez brak czasu nie wysłałem ci prezentu, ale wszystkiego najlepszego, chłopcze. Jak będę w Seattle, musisz mnie koniecznie przedstawić swojej połowicy.

– Ślubu nie było, Hudson. Panna młoda się nie pokazała.

– Ki diabeł? Chcesz powiedzieć, że i ta dała nogę?

– Tak, ta też.

– Chryste, Sam. Chyba muszę udzielić ci kilku lekcji na temat postępowania z kobietami. I tę wystraszyłeś? Czym, na Boga?

– Prosiłem ją, żeby podpisała intercyzę.

– Cóż, spójrz na to tak – odrzekł Hudson bez odrobiny współczucia. – Odwołany ślub jest imprezą o wiele tańszą niż rozwód. Wierz mi, mam w tych sprawach doświadczenie.

– Wiem.

– Trzymaj się, synu. Musimy się kiedyś spotkać. – Trzask odkładanej słuchawki.

Koniec rozmowy.

Stark powoli odwiesił słuchawkę na widełki. Spojrzał na Kyle'a i Jasona. Obserwowali go ze stoickim milczeniem.

„Chodzi mi o to, że mimo naszego rozwodu wyszedłeś na ludzi".

Założył ręce.

– Jeśli wasza matka... – zaczął niepewnie i urwał. – Jeśli wasza matka się zgodzi, możecie tu spędzić lato.

Alison się zgodziła.

Godzinę później Stark usiadł przy biurku w gabinecie i wykręcił numer telefonu jedynej osoby, która – przynajmniej taką miał nadzieję – mogła mu pomóc.

– Bon Appetite, słucham. – Desdemona. W jej ciepłym, wibrującym głosie słyszał nutkę entuzjazmu i optymizmu, charakterystyczną dla przedsiębiorcy sposobiącego się do załatwienia nowego interesu.

– To ja. Stark.

– Dobry Boże, przecież dopiero ósma rano. Co się stało, że dzwonisz o tej porze?

– Mam problem.

– Jaki?

– Przyjechali do mnie dwaj przyrodni bracia. Zostają na całe lato.

– Nie wiedziałam, że masz braci.

– Mam. Ich rodzice rozwiedli się pół roku temu. Jason i Kyle ciężko to przeżywają.

Westchnęła. Cicho, z prawdziwym współczuciem.

– Naturalnie. Lekko się tego przeżyć nie da.

– Tak czy inaczej, Alison, ich matka, jest koszmarnie zestresowana. Ma dość własnych synów i własnych problemów. Hudson jest na Hawajach z nową przyjaciółką...

– Hudson?

– Mój ojciec.

– Rozumiem. Więc chłopcy zostają u ciebie, tak?

– Na to wygląda. Przed chwilą rozmawiałem z Alison. Wyraziła zgodę chętniej, niż się spodziewałem. Twierdzi, że pobyt w Seattle będzie dla nich nowym i ciekawym doświadczeniem. Chyba wmówiła sobie, że to tak, jakby wysłała ich na obóz albo coś w tym rodzaju.

– Obóz chorągwi Starka.

– Właśnie. Na szczęście mam wolną sypialnię. Alison wyśle im ubranie.

– Ciekawe. Stark obozowym druhem.

– Otóż to – mruknął. – Nie mam zielonego pojęcia, co z nimi robić, w tym cały sęk. Kyle ma dwanaście, a Jason dziesięć lat. Nie znają miasta. Nie mają tu żadnych znajomych ani przyjaciół, nie mają nic do roboty. Ja pracuję. Do domu wracam wieczorem. Muszę ich czymś zająć, do diaska.

– Witaj w cudownym świecie małych niewiniątek. I co dalej?

– No właśnie, co dalej. Nie mogą być sami przez cały dzień. Mają problemy z przystosowaniem się do nowej sytuacji po rozwodzie rodziców. Potrzebują towarzystwa. I opieki.

– Tak więc szukasz kogoś, za kogo każdy pracujący rodzic oddałby duszę diabłu: dobrego, solidnego opiekuna. Takiego, na którym można polegać.

– Nie są małymi dziećmi, nie potrzebują niańki. Potrzebują kogoś, kto miałby na nich oko, kiedy nie będzie mnie w domu. Kogoś, kto pokaże im miasto, kto ich czymś zajmie. – Spochmurniał i spojrzał w okno. – Cholera jasna, jestem ostatnią osobą, która się do tego nadaje. To szaleństwo. Nie mam pojęcia, jak się dałem w to wrobić.

– Pozbądź się obaw, o panie. Trafiłeś pod właściwy adres.

– Naprawdę?

– Masz szczęście. – Jej uśmiech ogrzał słuchawkę w dłoni Starka. – Do miasta zawitał kuzyn Makbet. Miałam go zatrudnić przy faszerowaniu grzybów, ale coś mi mówi, że będzie robił za piastunkę.

– Kuzyn... Makbet? Kto to jest?

– Będzie kimkolwiek albo czymkolwiek zechcesz – odrzekła. – Jest znakomitym aktorem. Szczerze mówiąc, jednym z najlepszych w rodzinie, a skoro rodzina tak twierdzi, to nie śmichy-chichy.

– Posłuchaj, Desdemono. Nie obraź się, ale nie szukam dla nich aktora. Szukam kogoś, komu można ufać, kto tych chłopców przypilnuje i będzie ich krótko trzymał. Przechodzą trudny okres.

– Nie ma problemu. Makbet ma cudowne podejście do dzieci i można na nim polegać. Natychmiast go do ciebie przyślę.

Stark zmarszczył czoło.

– Sam nie wiem. Kyle i Jason to jeszcze dzieci. Nie potrzebują niańki.

– Pomyśl o nim jak o wspaniałym mentorze nastolatków.

– Słuchaj, może byśmy jeszcze to przedyskutowali...

– Chętnie, ale nie mam czasu. Muszę przygotować menu na lunch połączony ze zbiórką pieniędzy na jakiś fundusz. Aha, byłabym zapomniała. Chcesz przyjść na moje urodzinowe przyjęcie? Wydaję je w przyszły piątek.

Stark zaczynał się w tym wszystkim gubić.

– Twoje urodzinowe przyjęcie?

– Nie to, żebym liczyła, ale kończę dwadzieścia jeden lat.

– Rozumiem. Dobrze. Przyjdę.

– Wspaniale. O siódmej wieczorem w pizzerii tuż za rogiem budynku, gdzie mieści się Bon Appetite. – Szybko wyrecytowała nazwę lokalu. – Znasz tę knajpkę?

– Znajdę. Ale posłuchaj, wracając do tego Makbeta...

– Spokojnie. Masz problem z głowy.

Odwiesiła słuchawkę, zanim zdążył odpowiedzieć.

– Za dnia nikt nie musi się nami opiekować – gderał Kyle. – Jak wracamy ze szkoły do domu, zawsze jesteśmy sami. Przywykliśmy. Nie jesteśmy małymi dziećmi.

Stark rozparł się w fotelu za biurkiem i przeszył ich ostrym spojrzeniem.

– Jest lato – skonstatował. – Nie chodzicie do szkoły. Będziecie mieli mnóstwo czasu i nie znacie Seattle. Nie mogę być z wami cały dzień. Prowadzę firmę.

– W mieście damy sobie radę – zapewnił go szybko Jason. – Jesteśmy za starzy na niańkę.

Stark uniósł brew. Od dwóch godzin, a dokładnie od chwili, gdy Alison wyraziła zgodę na ich pobyt w Seattle, chłopcy przeszli zadziwiającą transformację: jak za dotknięciem czarodziejskiej różdżki, z niewinnych i zalęknionych owieczek szukających schronienia przed życiowymi burzami zmienili się w małych zawadiackich tyranów.

– Dopóki mieszkacie ze mną – odrzekł łagodnie – będziecie przestrzegać ustalonych przeze mnie reguł. A moje reguły mówią, że musicie mieć towarzystwo.

– Daj spokój, Sam. Jesteśmy twoimi braćmi, nie twoimi dziećmi. – Twarz Kyle'a nagle pojaśniała. – Moglibyśmy chodzić z tobą do pracy.

– Nie potrafię was zabawiać i jednocześnie pracować.

Jason rozciągnął usta w promiennym uśmiechu.

– Wcale nie musisz nas zabawiać. Rozejrzałem się po domu. Masz tu niezły sprzęt. Komputery, stereo, telewizja, wideo, nawet odtwarzacz płyt kompaktowych.

– Fakt, chatę masz niezgorzej wyposażoną – przyznał Kyle. – Skombinujemy kilka gier telewizyjnych i nawet nie zauważysz, że tu jesteśmy.

– A jak nie chcesz kupować nam gier – podpowiedział usłużnie Jason – zajrzymy do książki telefonicznej i poszukamy numeru najbliższej wypożyczalni.

– Nie ma mowy – zdecydował Stark z nagłą determinacją. – Nie będziecie spędzać lata, siedząc przed telewizorem albo przed monitorem komputerowym.

– Ale takie gry uczą logicznego myślenia – odparował bez zająknienia Kyle. – Poza tym, rozwijają koordynację ruchową. Ręka robi się pewniejsza, oko celniejsze.

Stark zmierzył go wzrokiem.

– Kto ci to powiedział?

– Doktor Titus, nasz świrołap – poinformował go z nabożeństwem Kyle. – Powiedział mamie, że w grach wideo nie ma nic złego. Twierdzi, że są lepsze niż telewizja, bo są intro... intra...

– Interaktywne? – podpowiedział Stark.

– Właśnie, interaktywne. – Kyle był wyraźnie ucieszony, że Stark przejawia takie zdolności percepcyjne. – A gry wirtualne są najlepsze. To jakby podróż do innego świata.

Z jednego świata samotności w drugi, pomyślał Stark.

– Wiem – odparł powściągliwie. – Ale myślę, że lepiej by było, gdybyście tego lata zostali na tym świecie.

Rozmowę przerwał stłumiony ryk potężnego silnika dochodzący z podjazdu.

– Słyszeliście? – spytał Kyle. – Co to jest? Brzmi jak czołg albo jakaś ciężarówa.

Zadzwonił dzwonek do drzwi. Stark wstał i ruszył w głąb korytarza.

– Zobaczę, kto to.

Kyle i Jason potruchtali za nim. Betonowymi, oprawionymi w chromowaną stal schodami, które tworzyły główną oś domu, zeszli do holu.

Stark otworzył drzwi.

Na schodach stał ponury olbrzym w wypłowiałej dżinsowej koszuli. Na nosie miał czarne, lustrzane okulary, na głowie motocyklową apaszkę, a na nogach wysokie buty z bladoszarej wężowej skóry. Przegub prawej ręki, gruby i żylasty, ozdobił szeroką bransoletą z nierdzewnej stali, a przez potężną pierś przerzucił skórzany pas na amunicję; amunicji w nim na szczęście nie było, niemniej już sam widok pasa robił piorunujące wrażenie. Na podjeździe stał czarny dżip, lśniący w słońcu chromem i stalą.

– Chyba pomylił pan adres – rzekł Stark.

– Stark? – burknął tamten.

– Tak.

– Przysyła mnie Desdemona – zadudnił tamten jak silnik dżipa. – Jestem Makbet.

– Ach, tak… – Stark uśmiechnął się i zerknął na swoich braci. – Jason, Kyle, przedstawiam wam waszego opiekuna.

Kyle głośno przełknął ślinę i wybałuszył oczy.

– O żesz kurczę…

Jason milczał. Zamurowało go na amen.

Makbet łypnął na nich spode łba. W jego okularach odbijały się ich znieruchomiałe twarze.

– Powiadają, że mamy się tego lata trochę zabawić – wychrypiał. – I git. No to migiem, chłopaki. Wskakujcie do bryczki.

Desdemona stanęła w progu chłodni i objęła wzrokiem rzeźbę lodową Vernona Tate'a. Gdy nie było to absolutnie konieczne, nigdy nie wchodziła do chłodni głębiej, ani też nie przebywała w jej ciasnym wnętrzu dłużej, niż zajmowało jej ustawienie lub zdjęcie z półki pojemnika z żywnością. Przytłaczające wnętrze chłodni przypominało jej windę i miało podobne wymiary.

Najnowsze arcydzieło Vernona było wielką lodową wazą ustawioną między skrzydłami lodowego łabędzia. Kształt miała wdzięczny, nawet elegancki, a lód lśnił w elektrycznym świetle niczym rzadki kryształ.

– Jest doskonała, Vernon – orzekła z entuzjazmem. – Napełnimy ją żelatyną, a całość ustawimy pośrodku stołu z deserami.

Vernonowi wyraźnie ulżyło i był lekko zażenowany, jak zawsze, gdy Desdemona wychwalała jego pracę.

– Cieszę się, panno Wainwright. Kończę delfiny, które zamówiła pani na to wielkie przyjęcie u pana Starka. Jeszcze trochę to potrwa.

– Nie spiesz się. Jestem przekonana, że będą piękne. Na pewno nie chcesz przenieść ich do naszej chłodni?

Vernon się zaczerwienił.

– Wolałbym przechowywać je w chłodni mojego przyjaciela i pokazać je pani, gdy skończę.

– Rozumiem. Broń Boże nie nalegam i nie chcę cię popędzać, Vernon. Artyści są jak aktorzy. Nie lubią, gdy ludzie podpatrują ich w trakcie prób.

– Chyba tak. – Uśmiechnął się. – Wie pani, nigdy przedtem nie uważałem się za artystę. Dopiero kiedy zacząłem u pani pracować, pomyślałem sobie, że coś w tym jest. Dzięki pani czuję się kimś wyjątkowym.

– Bo jesteś kimś wyjątkowym, Vernon. Bez ciebie nie dałabym sobie rady. – Spojrzała na zegarek. – Muszę sprawdzić, czy Julia i ciocia Bess skończyły już te paluszki serowe. Trzeba je załadować do furgonetki.

– Zajmę się szkłem. – Wyszedł za nią i zatrzasnął grube drzwi.

– Dzięki, Vernon.

Szła wykładaną białymi płytkami podłogą, między dwiema długimi ladami z nierdzewnej stali, pod którymi biegł rząd metalowych pojemników do przechowywania półproduktów. Jak zawsze oglądała swoje królestwo okiem dumnej posiadaczki. Kuchnia lśniła nieskazitelną czystością. Tak, firma była jej sceną, na której ona, Desdemona Wainwright, grała główną rolę. To miłe uczucie.

Ciotka Bess poprawiła siateczkę przytrzymującą jej siwe włosy i spojrzała na Desdemonę znad sterty serowych paluszków.

– Już prawie skończyłam, kochanie. Julia wyjęła z pieca ostatnią tacę.

– Świetnie. Wszystko zgodnie z planem. – Desdemona spojrzała na drugą stronę pomieszczenia, gdzie Henry i Vernon ustawiali na wózku pudła ze szkłem. – Nie zapomnijcie talerzyków deserowych! – zawołała.

– Spokojna głowa! – odkrzyknął Henry. – Niczego nie zapomnimy, mam listę.

– Idę się przebrać – oznajmiła Desdemona. – Zaraz wracam.

Pospiesznie weszła do gabinetu, zamknęła drzwi, opuściła żaluzje w oknach wychodzących na kuchnię i sięgnęła po czarno-biały żakiet, w którym występowała na przyjęciach.

Żakiet, podobnie jak czarno-białe mundurki dla reszty pracowników zatrudnionych przy obsłudze gości, zaprojektowała i uszyła jej matka. Elegancki strój był jedynym znakiem firmowym Bon Appetite.

Gdy zaczęła rozpinać bluzkę, drzwi do gabinetu otworzyły się bez ostrzeżenia.

Obróciła się i uśmiechnęła, widząc w progu przyrodniego brata.

– Tony? Co ty tu robisz?

– Muszę z tobą pogadać, siostrzyczko. – Zerknął przez ramię, wszedł do środka i zamknął drzwi.

– Teraz nie mogę, Tony. O pierwszej mam lunch. Już ładujemy furgonetkę. Jak wrócę, możemy pójść na kawę. Opowiesz mi o Hollywood.

– Szukam roboty. Możesz mnie wciągnąć na listę płac?

Serce w niej zamarło.

– Boże, Tony, co się stało?

Oparł się o drzwi i spojrzał na nią zmartwionymi oczyma.

– To, co zwykle. Klapa. Ci, co mieli wyłożyć forsę, olali sprawę. Wytwórnia straciła zainteresowanie, a faceci, którzy to wszystko organizowali, zwinęli interes. I cześć pieśni. To już koniec, siostrzyczko.

– Tego się obawiałam. Tak mi przykro, Tony.

Wykrzywił usta w gorzkim uśmiechu.

– Dla mnie to nie pierwszyzna. Tak mi się w życiu układa, i tyle.

– Jesteś dobrym aktorem. Po prostu nie trafiłeś jeszcze na swoją rolę.

– Wiem, wiem. – Znużony, przeczesał ręką włosy. – Czasami myślę, że nigdy na nią nie trafię.

– Trafisz, Tony, na pewno trafisz.

– Miło wiedzieć, że we mnie wierzysz.

– Cała rodzina w ciebie wierzy, dobrze o tym wiesz.

– Jak powiada wuj August, prawdziwy Wainwright może polegać tylko na Wainwrighcie. – Z wdziękiem wzruszył ramionami. – Słuchaj, potrzebuję roboty na krótko, żeby jakoś przeżyć. Kiedy czekałem, aż ci z Los Angeles skończą te swoje przechery, napisałem scenariusz albo raczej sztukę.

– Sztukę?

– Zatytułowałem ją *Rozpad*. Pogadam z Ianem Iversem i namówię go, żeby wystawił ją w Limelight.

– Limelight ma kłopoty, Tony – odrzekła niepewnie Desdemona.

– W takim razie będziemy musieli znaleźć innego anioła, który zechce wesprzeć moje dzieło. – Zaczął chodzić po gabinecie. –

Uda nam się, zobaczysz. Ian potrzebuje dobrej sztuki, żeby uratować teatr, a je tę sztukę mam. Ale zanim ją wystawimy, muszę gdzieś pracować. Co ty na to, siostrzyczko?

Desdemona się uśmiechnęła.

– Dobra. Wciągnę cię na listę.

– Dzięki. – Przestał chodzić i spojrzał na nią. – Przepraszam za wczorajszą scenę. Wprawiłem cię w zakłopotanie. Nie miałem pojęcia, że masz randkę.

– Nie szkodzi.

– Ale skąd mogłem wiedzieć, że sprowadzisz do domu faceta? Zwłaszcza takiego. To on kupił ci te zabawki? Te skóry, pejcze i tak dalej?

– Nie bądź niemądry. To żartobliwy prezent od Kirsten. Kilka dni temu przyniosła mi całe pudło akcesoriów, które zamierzają sprzedawać w Exotica Erotica. Niedługo otwarcie sklepu.

– Prawda, zupełnie zapomniałem o tym jej butiku. – Sondował wzrokiem twarz Desdemony. – Łączy was coś poważnego? Ciebie i tego mózgowca.

– Nie nazywaj go mózgowcem.

– Przepraszam. Czy łączy cię coś poważnego z szanownym panem Starkiem? – spytał z przesadnym sarkazmem w głosie.

Zaczerwieniła się.

– Jeszcze nie wiem, ale taką mam nadzieję. Tony, muszę się przebrać. Jeśli chcesz u mnie pracować, nałóż mundurek i pomóż Henry'emu i Vernonowi.

– On nie jest w twoim typie – dodał cicho. – Nie jest jednym z nas.

– Tak powiadają.

Rozdział 8

Zatrudniłaś swego przyrodniego brata? – Stark znieruchomiał pośrodku parkietu i spochmurniały, przeszył Desdemonę wzrokiem. – Co ty wyprawiasz? Musisz zatrudniać wszystkich bezrobotnych krewniaków? Czy żaden z nich nie może znaleźć porządnej roboty?

– Ciiicho, nie rób sceny – syknęła, zerkając niespokojnie na roztańczonych gości. – Praca w Bon Appetite nie jest pracą fikcyjną. Za taką nie płacę.

Była środa. Minęła dziesiąta wieczorem i bal wydawany przez Stowarzyszenie Artystów na rzecz Przyszłości nabierał rumieńców. W lśniącej sali balowej jednego z hoteli w centrum miasta kłębił się gęsty tłum: dziwaczny zlepek wytwornej elegancji i zwariowanej awangardy, zamożnej elity towarzyskiej Seattle oraz artystów, aktorów, muzyków i pisarzy. Czarne fraki i błyszczące jedwabne suknie mieszały się z wypłowiałymi dżinsami i kurtkami ze skóry nabijanej stalowymi ćwiekami.

Wyglądało na to, że Stark nie zdaje sobie sprawy z niestosowności swego zachowania. Całą uwagę skupiał na przedmiocie rozmowy: na Tonym Wainwrighcie.

– Wiem, że jest twoim przyrodnim bratem, ale to jeszcze nie powód, żeby go zatrudniać.

– Daj spokój, Stark. Tony należy do rodziny. Potrzebuje tej pracy chwilowo, do czasu, aż znajdzie fundusze na wystawienie swojej najnowszej sztuki.

– Nie obchodzi mnie, czy należy do rodziny, czy nie. To nie ma z tym nic wspólnego.

– Nie? I twierdzisz tak po tym, jak przygarnąłeś na lato dwóch przyrodnich braci? – Pchnęła go w ramię, próbując zmusić go do tańca, ale równie dobrze mogła próbować ruszyć z miejsca pociąg towarowy.

– To zupełnie co innego.

– Nie widzę żadnej różnicy. – Żałowała, że nie mogła się powstrzymać i wspomniała Starkowi o Tonym i jego pracy w Bon Appetite. Bo do tej chwili wieczór był bardzo miły.

– Kyle i Jason nie mieli dokąd pójść – mruknął.

– Tony też nie ma.

– Ile on ma lat? Trzydzieści dwa? Czas, żeby nauczył się sobie radzić.

– Wainwrightowie polegają na Wainwrightach.

– Wainwrightowie polegają na tobie.

– Ale wszyscy na tym korzystamy.

– Wiesz, co jest z tobą nie tak?

– Nie, ale pewnie zaraz mi powiesz.

– Rodzina cię wykorzystuje, a ty im na to pozwalasz. Spójrz prawdzie w oczy, Desdemono. W rodzinie nie ma nic świętego. Każdy przestępca, każdy złodziej i malwersant ma rodzinę.

Poczuła się nieswojo. Niespokojnie zbadała wzrokiem jego twarz, tłumacząc sobie, że to niemożliwe, że Stark nie może wiedzieć o tym niefortunnym incydencie sprzed lat, kiedy Tony musiał bronić się przed niesłusznymi oskarżeniami o sprzeniewierzenie funduszów małego teatru.

– Co za wnikliwe spostrzeżenie – odparowała. – I całkowicie bezsensowne. A wiesz, na czym polega twój problem? Za długo zajmowałeś się elektronicznymi systemami szyfrującymi i zabezpieczającymi. Pracujesz nad nimi od tak dawna, że masz paranoidalne poczucie stałego zagrożenia.

– Nieprawda, to nie paranoja. Rozważam tę sytuację z chłodną i logiczną bezstronnością, na jaką ty nie potrafisz się zdobyć.

Zmierzyła go wzrokiem.

– Nie lubisz mojego brata, prawda?

– Tony nie jest twoim prawdziwym bratem. Jest bratem przyrodnim. I tak, masz rację, nie przepadam za nim.

– Przecież nawet go nie znasz! – wykrzyknęła doprowadzona do ostateczności.

– Uspokój się. Spróbuj poskromić emocje.

– Pochodzę z rodziny Wainwrightów. Emocje to u mnie rzecz wrodzona. Wainwrightowie ich nie poskramiają.

– Nie pochodzisz z Wainwrightów, Desdemono. Urodziłaś się w innej rodzinie – przypomniał jej posępnie.

– Sposób, w jaki zostałam członkiem rodziny Wainwrightów, nie ma żadnego znaczenia. Znaczenie ma tylko to, że jestem jedną z nich.

– W takim razie lepiej poszukaj sobie dobrego księgowego, zanim stracisz ostatnią koszulę, zatrudniając wszystkich bezrobotnych krewnych.

– Naprawdę? – Przestało ją obchodzić, że goście zaczynają zwracać na nich uwagę. – Skoro nie podoba ci się sposób, w jaki prowadzę firmę, może lepiej by było, gdybyś zrezygnował z moich usług i podpisał umowę z kimś innym. Z kimś, kto podchodzi do życia logicznie i analitycznie.

Oczy Starka zalśniły jak lodowate szmaragdy.

– Mów ciszej. Zaraz zaczniesz krzyczeć i zrobisz scenę. – Wziął ją pod ramię i sprowadził z parkietu.

– Mam dla ciebie nowinę, Stark – oświadczyła z sadystyczną determinacją. – Posunąłeś się za daleko. Tak daleko, że przestało mnie obchodzić, co sobie ludzie pomyślą, gdy zrobię ci scenę.

– W takim razie zabieram cię do domu.

Posłała mu uśmiech, którym chciała przyćmić blask bijący z kryształowych żyrandoli.

– Ejże, chyba tego nie zrobisz. Zapomniałeś, że to nie zwykła randka? Przyszliśmy tu, żeby zapolować na klientów, a o ile mnie pamięć nie myli, ani ty, jako reprezentant Stark Security Systems, ani ja, przedstawicielka Bon Appetite, nie nawiązaliśmy jeszcze żadnych pożytecznych kontaktów.

– Chcesz robić interesy? – Przystanęli przy stole z przystawkami. – W taki razie dam ci radę: zacznij zachowywać się jak kobieta interesu.

– Jesteś świetny w udzielaniu rad. Ty to wszystko zacząłeś.

– Skoro zacząłem, to i skończę. Oświadczam, że temat jest chwilowo wyczerpany. – Wziął ze stołu małą okrągłą grzankę posmarowaną serkiem z ziołami.

– Kto ci dał prawo kończyć roz... – Urwała, bo Stark zatkał jej usta grzanką. Żuła ją w milczeniu, piorunując go wzrokiem.

Była tak wściekła, że upłynęło kilka sekund, zanim zdała sobie sprawę, że Stark już na nią nie patrzy. Spoglądał na kogoś, kto stanął za jej plecami.

– Jak się masz, Pamelo – rzekł spokojnie. – Nie wiedziałem, że tu będziesz.

– Dobry wieczór, Stark – powiedziała cicho Pamela Bedford.

Mało brakowało i kawałek grzanki stanąłby Desdemonie w gardle.

– Desdemona? – Pamela spojrzała na nią ze szczerym zdumieniem w oczach. – Nie miałam pojęcia, że twoja firma obsługuje dzisiejszy bal.

– Bo go nie obsługuje. – Z trudem przełknęła ostatni kęs grzanki. – Jestem tu nieoficjalnie.

– Desdemona jest ze mną – wyjaśnił Stark.

– Rozumiem. – Pamela uśmiechnęła się drżącym uśmiechem i spojrzała na Desdemonę wyraźnie zaintrygowana.

Miała na sobie prostą szafirową suknię odsłaniającą kształtne ramiona i podkreślającą bladozłoty kolor jej włosów, a długą szyję ozdobiła brylantową kolią pasującą do małych brylantowych kolczyków w uszach. Bił z niej blask starego złota, księżyca i pereł.

Rozjątrzona Desdemona, ubrana w czarną, obcisłą suknię – na szyi miała czarną aksamitkę – poczuła się przy niej jak kipiąca wściekłością wiedźma.

Milczeli. Atmosfera była napięta, lecz twarz Starka pozostała nieprzenikniona.

Pamela uśmiechnęła się do niego przepraszająco.

– Pomyślałam sobie, że będzie lepiej, jeśli dojdzie w końcu do pierwszego publicznego spotkania. Nie możemy się ciągle unikać. Bywamy w tych samych kręgach.

Stark wziął z tacy grzankę z serem.

– Szczerze mówiąc, wcale nie zamierzałem cię unikać.

– Cieszę się. – Zerknęła na Desdemonę. – Wiem, że postawiłam cię w bardzo niezręcznej sytuacji. Ostatecznie to przecież ślub i…

– Jaki ślub? – spytał Stark.

Policzki Pameli przybrały buraczkowy kolor.

– Bałam się tego spotkania. Wiedziałam, że będzie trudne. – Znowu spojrzała na Desdemonę. – Czy mogłabym cię prosić, żebyś zostawiła nas na chwilę samych? Chyba powinniśmy dokończyć tę rozmowę na osobności.

– Właśnie wychodziliśmy – rzekł Stark.

– Nonsens – mruknęła Desdemona. – Porozmawiajcie sobie. Pójdę do toalety. Muszę się trochę odświeżyć.

– Desdomono – warknął ostrzegawczo Stark.

– Zaraz wracam. – Pomachała im wesoło, obróciła się na pięcie, weszła między gości i wchłonął ją roztańczony tłum.

Przepychała się w stronę najbliższych drzwi. Dzieliły ją od nich niecałe trzy metry, gdy drogę zaszedł jej McCallum.

– Uciekamy z miejsca wypadku? – spytał z błyskiem ironicznego rozbawienia w oczach.

Desdemona wykrzywiła usta w uśmiechu.

– W głębi duszy jestem tchórzem. Nie cierpię widoku krwi.

– Wcale ci się nie dziwię. – Dane powiódł wzrokiem po zatłoczonej sali balowej. – Wcześniej czy później musiało do tego dojść. Nie mogli się bez końca unikać.

– Panna Bedford jest podobnego zdania. – Poszła za jego wzrokiem, lecz tłum gości przesłaniał jej widok.

– To był chyba jej pomysł.

– Co? To wymuszone spotkanie? Chyba tak.

– Stark na pewno nie zawracałby sobie tym głowy. On traktuje wszystko jak komputer. Włączony albo wyłączony, i tyle. Jak coś się kończy, pstryk, to się kończy. Zwłaszcza związek z kobietą.

Desdemona popatrzyła na niego bez słowa. Widziała McCalluma na odwołanym przyjęciu ślubnym Starka i rozmawiała z nim krótko na koktajlu wydawanym przez Stark Security Systems, lecz dobrze go nie znała. Ale jedno wiedziała na pewno: Dane należał do nielicznych ludzi, których Stark uważał za swoich przyjaciół.

McCallum był od niego wyższy i wzrostem dorównywał Tony'emu. Dostrzegła w nim dziwne podobieństwo do Wainwrightów, bo poruszał się z gracją, miał patrycjuszowskie rysy twarzy, był mężczyzną szczupłym i obiektywnie patrząc, przystojniejszym od Starka. Jednak na Desdemonie wrażenia nie wywarł. Ku swemu wielkiemu zdziwieniu odkryła, że nie wiadomo dlaczego ma wyraźne skłonności do mężczyzn przypominających średniowiecznych rycerzy.

– Takie spotkanie musi być dla nich czymś bardzo niezręcznym – zauważyła.

Dane uśmiechnął się leciutko.

– Dla Pameli na pewno tak, ale wątpię, czy Stark widzi w tym jakiś problem. A nawet jeśli, nie jest to problem większy niż zwykła rozmowa towarzyska.

– Jestem pewna, że przeżywa to tak samo jak Pamela. – Stanęła na palcach i próbowała zobaczyć coś ponad głowami ludzi, ale stołu z przekąskami nie widziała. – Mam nadzieję, że nie zrobi jej sceny.

McCallum zachichotał.

– Nie martw się. On nie z tych, co to wybuchają w miejscach publicznych. Zresztą na osobności też nie. Stark nie daje się ponieść emocjom. Nigdy. Taki już jest.

Zmarszczyła czoło.

– Na miłość boską, przecież zostawiła go przed ołtarzem.

– Wierz mi, od tamtej chwili traktuje ją jak zwyczajny błąd. Dzisiaj Pamela jest dla niego punkcikiem migającym na ekranie monitora. Punkcikiem oznaczającym, że przez pomyłkę wcisnął nie ten klawisz.

– Mówisz tak, jakby był komputerem.

– Wielu ludzi tak uważa.

– To idiotyczne. Stark ma duszę jak wszyscy i wie, co to uczucia. Po prostu dobrze je ukrywa.

– Znam go dłużej niż ty, Desdemono. Stark jest człowiekiem zimnym, analitycznym i podchodzi do świata z wielkim dystansem. I zdradzę ci pewien sekret. Czasami mu tego zazdroszczę.

– To śmieszne. Przepraszam cię, Dane. – Odwróciła się i pomaszerowała do otwartych drzwi.

Po jazgotliwym hałasie panującym w zatłoczonej sali balowej cisza wyłożonego dywanami korytarza przyniosła jej ulgę. Ruszyła w stronę toalet, zastanawiając się, ile czasu dać im na dokończenie rozmowy.

Myślała też, co zrobi, jeśli Stark nie zechce zostawić Pameli samej.

A może Pamela zmieniła zdanie? Może ma ochotę do niego wrócić?

Pchnęła drzwi, weszła do środka, rozejrzała się wokoło i stwierdziła, że w toalecie nikogo nie ma. Westchnęła z ulgą i usiadła na pluszowym stołeczku przed lustrem.

Przez chwilę przyglądała się swemu odbiciu. W jej dużych, ocienionych rzęsami oczach płonęła intuicja Wainwrightów.

– Cholera jasna. Ja się w nim zakochałam.

W pustym pomieszczeniu słowa zabrzmiały jak ledwo słyszalny szept.

Biorąc pod uwagę wagę odkrycia, wypowiedziała je stanowczo za cicho.

Zerwała się na równe nogi, położyła ręce na marmurowej półeczce i przytknęła nos do lustra.

– Zakochałam się w nim!

Tym razem prawie krzyknęła. Krzyk odbił się echem od ścian i zadudnił w pustych kabinach.

Tak, to zabrzmiało o wiele lepiej. Wypowiedziała te słowa jak Ryszard III stawiający czoło tragicznemu przeznaczeniu.

– Niemożliwe – powiedziała do kobiety w lustrze. – Zgoda, podoba mi się. Ale przecież nie mogłabym się w nim zakochać. Jest moim przeciwieństwem. Kto wie, może McCallum ma rację? Może Stark jest w stanie pokochać tylko jedno: obwód scalony? Tak, rodzina też ma rację. Na miłość boską, przecież Stark nawet nie chodzi do teatru! Wainwrightowie takich nie poślubiają!

Otworzyły się drzwi. Do toalety weszła Pamela Bedford. Spojrzała w lustro. Spotkały się wzrokiem.

– Nie przeszkadzam? – spytała łagodnie Pamela.

– Nie. Mówiłam do siebie. – Desdemona opadła na miękki stołeczek.

– Pomyślałam sobie, że cię tu znajdę. – Pamela podeszła bliżej, nie spuszczając wzroku z oczu Desdemony w lustrze. – Stark cię szuka.

Desdemona zaczerpnęła tchu.

– Skończyliście rozmowę?

– Nie wiem, czy można to nazwać rozmową – odrzekła Pamela z oschłym uśmiechem. – Jak na rozmowę, była trochę zbyt jednostronna. Jak dialog z komputerem.

– Nie mów tak – szepnęła Desdemona.

– Dlaczego? To prawda. Przepraszam go, a on na to „Nie szkodzi". Mówię mu, że chyba nie nauczyliśmy się z sobą porozumiewać, a on na to „Nie szkodzi". Tłumaczę mu, że mi przykro, że mi żal, on na to „Nie szkodzi". Wyjaśniam... – Westchnęła. – I tak dalej. Trudno z nim rozmawiać. Ciągle to...

– Nie szkodzi.

– Właśnie. – Zaszeleściła szafirową suknią i usiadła na stołeczku obok. – Przynajmniej mam to już za sobą. Odkąd zostawiłam mu ten list, na myśl o spotkaniu ze Starkiem dostawałam gęsiej skórki. A przecież wcześniej czy później musieliśmy się spotkać.

– Chyba tak.

Wykrzywiła usta.

– Dziś wieczorem uświadomiłam sobie natychmiast, że tylko ja dostałam rozstroju nerwowego, rozważając, jak przebiegnie nasze spotkanie. Stark z trudem przypomniał sobie, jak mam na imię, nie wspominając już tego, że byliśmy zaręczeni.

– Przesadzasz. Na pewno wiedział, z kim rozmawia.

– Nie jestem tego pewna. Myślę, że zdążył wetknąć mnie do jakiegoś pliku archiwalnego razem z innymi przestarzałymi i niepotrzebnymi programami. To dziwny człowiek.

– Stark nie okazuje po sobie uczuć.

– Kiedyś w to wierzyłam, ale na miesiąc przed ślubem doszłam do wniosku, że jedynym powodem, dla którego nie okazuje po sobie uczuć, jest to, że nie ma co okazywać. – Zawahała się. – Nie mam prawa pytać, ale czy zdradzisz mi, jak się poznaliście?

– Przez interesy.

Pamela lekko uniosła brew.

– Nie rozumiem.

– Dosłownie, przez interesy. Zostawiłaś go z rachunkiem za wasze ślubne przyjęcie, pamiętasz? Musiałam mu jakoś powiedzieć, że chociaż do ślubu nie doszło, za przyjęcie zapłacić musi.

– Oczywiście. – Pamela spuściła oczy i się zarumieniła. – Przepraszam. Zupełnie o tym zapomniałam.

– Nie szkodzi. Wszyscy o mnie zapominają. Pewnie miałaś na głowie ważniejsze sprawy.

– Nie gniewaj się. Byłam wtedy bardzo zdenerwowana, mocno to przeżyłam. Poza tym musiałam jeszcze stawić czoło rodzicom. Doznali szoku, miałam przez to wyrzuty sumienia. To było straszne.

– No tak... Ale życie toczy się dalej, prawda? – Desdemona wstała. – Przepraszam cię, muszę poszukać Starka. Pewnie zachodzi w głowę, gdzie zniknęłam.

– Chyba tak. Mówił, że chciałby już wyjść. Nie znosi takich imprez.

– Wiem.

– Myślę, że między innymi właśnie dlatego chciał się ze mną ożenić. – Zagryzła kształtne i pełne wargi. – Miałam być jego sekretarką i hostessą.

– Nonsens.

– Nie, to prawda. – Wyjęła chusteczkę i delikatnie wydmuchała nos. – Nie obwiniam go za to. Zaczęłam ten romans głównie przez tatusia. Nalegał, żebym była dla Starka miła.

Desdemona zesztywniała.

– Nie rozumiem.

Pamela wybuchnęła płaczem.

– Tatuś powiedział, że Stark świetnie sobie radzi w interesach, że za kilka lat zrobi prawdziwą fortunę. Tatuś ma ostatnio kłopoty finansowe. Dużo stracił na papierach wartościowych... O Boże, nie powinnam o tym mówić.

– Chyba nie.

– To prywatna, ściśle rodzinna sprawa.

– Na to wygląda.

Pamela wstała. Ogarnęła ją panika.

– Desdemono, obiecaj mi, że nikomu o tym nie powiesz. Nigdy, przenigdy. Mama i tatuś umarliby ze wstydu.

– Nawet przez myśl mi to nie przeszło. – Nie miała zamiaru dobijać Starka, mówiąc mu, że Pamela chciała go poślubić dla jego obecnej i potencjalnej fortuny.

Zresztą, kto wie, może brał tę możliwość pod uwagę i dlatego kazał sporządzić intercyzę?

– Nie chodziło tylko o pieniądze – wyznała cicho Pamela. – Tatuś twierdzi, że rodzina potrzebuje świeżej krwi. Mówi, że nadszedł czas odnowić i przemieszać nasze geny z genami kogoś z nizin, ale kogoś inteligentnego i utalentowanego. Zbyt wiele pokoleń Bedfordów wychodziło za mąż i żeniło się z przedstawicielami tej samej klasy społecznej, co doprowadziło do ogólnego osłabienia linii rodowej.

– Widzę, że twój ojciec jest zwolennikiem darwinistycznego podejścia do małżeństwa.

– Chyba tak. – Pamela westchnęła. – Mama wierzy tylko w pieniądze i uważa, że od czasu do czasu fortuny powinno się łączyć. Nie zgadzała się z ojcem co do mieszania krwi, mimo to postanowił zrealizować swój plan do końca. Ale wierz mi, bez względu na to, z jakich powodów zostaliśmy sobie przedstawieni, zawsze uważałam, że Stark jest mężczyzną interesującym.

– Interesującym – powtórzyła beznamiętnie Desdemona.

– W sensie fizycznym – wyjaśniła Pamela.

– Rozumiem. W sensie fizycznym.

– Wiesz, co mam na myśli. – Pamela zmięła chusteczkę i wrzuciła ją do kosza na śmieci. – To człowiek nieobyty towarzysko i pozbawiony taktu, ale ma w sobie coś zmysłowego i seksownego.

– Chyba rozumiem. Pociągał cię fizycznie, więc myślałaś, że zniesiesz go jako męża.

– Myliłam się. Pociąg fizyczny szybko minął i zaczęłam się przy Starku denerwować.

– Denerwował cię? Stark?

– W tych sprawach był taki... – Szukała słów. – Robił to tak... intensywnie, że... – Zaczerwieniła się. – Nie będę zanudzała cię szczegółami.

– Słusznie.

– Powiem tylko, że jak na mój gust, był trochę za prymitywny. – Lekko zadrżała. – Tak czy inaczej, w końcu zdałam sobie sprawę, że nie mogę za niego wyjść.

– Czy ty go w ogóle kochałaś? – spytała, zanim zdążyła ugryźć się w język. – Choć trochę?

Pamela zmarszczyła czoło.

– Zadawałam sobie to pytanie wiele razy i wciąż nie jestem pewna. Bo jak zdefiniować miłość?

– To chyba niemożliwe. Miłość jest jednym z tych uczuć, które rozpoznaje się dopiero wtedy, gdy się ich doznaje. Lepiej już pójdę. – Desdemona otworzyła drzwi.

– Wiesz – rzekła Pamela, kontemplując swoje lustrzane odbicie – moje dzisiejsze przeprosiny chyba go nudziły.

Desdemona łypnęła niecierpliwie na piękną księżniczkę w lustrze.

– Wątpię. Powiedziałabym raczej, że nie wiedział, jak na nie zareagować.

Pamela rozważała to chwilę w głębokiej zadumie.

– Powinnam się była tego spodziewać. Stark nigdy nie miał dużo do powiedzenia, nawet wtedy, gdy było między nami względnie dobrze. No, chyba że rozmowa schodziła na komputery.

– Cóż, ostatecznie jest w tej dziedzinie ekspertem.

Wyglądało na to, że panna Bedford puściła tę uwagę mimo uszu.

– Najbardziej irytowało mnie to, że jak kończyliśmy... no wiesz, te sprawy, nie miał mi nic do powiedzenia. Wstawał z łóżka, mówił dobranoc i wychodził. Ciebie to nie denerwuje?

– Cholernie – odrzekła Desdemona i uciekła z toalety.

Z hotelu do mieszkania miała niedaleko. W drodze milczeli. Stark najwyraźniej nie poczuwał się do obowiązku prowadzenia rozmowy, a Desdemonie żaden stosowny temat nie przychodził do głowy.

Wciąż była na niego zła za tę wstrętną uwagę o Tonym, mimo to rozumiała go i mu współczuła. Musiał to przeżyć, myślała. Spotkanie z Pamelą na pewno go rozstroiło. Nikt nie przeszedłby przez to bez bólu.

Padał drobny kapuśniaczek. Ulice były mokre, światła na skrzyżowaniach lśniły i migotały. Stark prowadził samochód spokojnie i pewnie, co zdradzało, że ma niespożyte pokłady samokontroli i opanowania.

– Dobrze się czujesz? – spytała, gdy wprowadził wóz do garażu.

– Dobrze. – Zmarszczył czoło. – Dlaczego pytasz?

– Tak, po prostu.

– Sprawiam wrażenie chorego?

– Nie, oczywiście, że nie. Wyglądasz świetnie. – Nawet więcej niż świetnie, pomyślała. We fraku naprawdę było mu do twarzy.

– To dlaczego pytasz? – Wcisnął hamulec i wyłączył silnik.

– Żeby nawiązać rozmowę. Jak tam twoi bracia? Polubili Makbeta?

Nagła zmiana tematu go zaskoczyła. Nachmurzył się, ale tylko wzruszył ramionami.

– Są nim zafascynowani. Pewnie myślą, że zawitał do nich prosto ze świata rzeczywistości wirtualnej. Jest jak bohater gier telewizyjnych.

– Makbet wywiera na dzieciach duże wrażenie, i to na dzieciach w różnym wieku. Ilekroć przyjeżdża do miasta, zawsze organizuje coś dla dzieci ze schronisk i sierocińców. Uwielbiają go.

– Znalazł dla nich zajęcie. Pomagają jakiejś trupie teatralnej, Wędrownym Kuglarzom albo coś w tym stylu. O dziwo, robią to dobrowolnie.

– To grupa aktorów, techników i ludzi związanych z teatrem, którzy wystawiają sztuki dla dzieci – wyjaśniła Desdemona. – To pomysł Makbeta. Założył ten zespół dwa lata temu. Wszyscy, począwszy od oświetleniowca, na kierowniku pracowni kostiumów skończywszy, pracują za darmo.

– Rozumiem.

– My, Wainwrightowie, bierzemy bardzo czynny udział w pracach zespołu. Nawet ja. Przed spektaklem Bon Appetite urządza przyjęcie dla dzieci.

Stark kiwnął głową, ale tego nie skomentował. Otworzył drzwi, wysiadł i obszedł samochód, żeby pomóc wysiąść Desdemonie.

– Zaprosili mnie na sobotę rano. Mam obejrzeć *Potwora pod łóżkiem*. To chyba jakaś sztuka.

– Będę tam przed przedstawieniem. Robię dla dzieci pizzę. – Wysiadła. – Ciotka Bess też występuje. Gra jednego z potworów. Wujek August robi za oświetleniowca.

– Miejmy nadzieję, że zrozumiem tego *Potwora* lepiej niż *Muchę na ścianie*. – Wziął ją pod ramię i poprowadził do windy.

Kiedy drzwi się otworzyły, Desdemona wsiadła do kabiny i od razu spojrzała na światełka z numerami pięter.

– Masz czas wstąpić na kawę?

Spojrzał na zegarek.

– Mam. Chłopcy są z Makbetem. Powiedziałem mu, że wrócę koło pierwszej. – Przyjrzał się jej uważnie i bez słowa ją objął.

Poczuła, że klaustrofobiczne napięcie powoli ustępuje.

Dojechali na piąte piętro. Desdemona szybko wysiadła z windy i poprowadziła go korytarzem.

Stark wyjął z jej rąk klucz i otworzył drzwi, jakby robił to od lat.

– Chciałem cię o coś spytać.

– Tak? – Zapaliła światło, weszła do mieszkania i pochyliła się, żeby zdjąć szpilki.

– Pamiętasz, kiedy pocałowałem cię pierwszy raz? To było po tym koktajlu dla klientów i uczestników seminarium.

Zerknęła na niego z bucikiem w ręku.

– Oczywiście, że pamiętam.

Zamknął drzwi i zaczął przypatrywać się jej w głębokiej zadumie. Wzrok miał skupiony i przeszywający.

– Powiedziałaś wtedy, że zanim pójdziemy do łóżka, musimy się lepiej poznać, że potrzeba na to czasu.

Desdemona głośno przełknęła ślinę.

– Tak, pamiętam. Potrzebowałeś czasu, żeby dojść do siebie po przeżyciach z Pamelą. Odrzucenie jest dla osoby wrażliwej ciężkim doświadczeniem.

– Wyłączmy z tego problem mojej wrażliwości czy też jej braku. Chciałbym wiedzieć, czy mogłabyś ująć to bardziej precyzyjnie?

– Precyzyjnie? – wychrypiała Desdemona. – Co miałabym ująć precyzyjnie?

Stark spojrzał na klucz, który ściskał w dłoni. Gdy podniósł głowę, jego oczy zalśniły jak dwa wielkie szmaragdy.

– Okres czasu, jaki musi upłynąć. Innymi słowy, jak długo muszę czekać?

– Trudne pytanie.

– Naprawdę?

– Tego rodzaju problemu nie można ująć w ramy czasowe. – Zdjęła drugi bucik. – Chcę przez to powiedzieć, że ściśle określony termin nie istnieje.

– W takim razie powiedz mi, skąd mam wiedzieć, kiedy będę mógł poprosić cię, żebyś poszła ze mną do łóżka – zapytał spokojnie.

Desdemona oparła się o ścianę, zamknęła oczy i głęboko zaczerpnęła tchu.

– Jestem pewna, że w miarę upływu czasu i rozwoju naszej znajomości oboje wyczujemy, że ten moment nadszedł.

– Ja tego nie wyczuję.

– Słucham?

– W związkach z kobietami nigdy nie miałem wyczucia. A teraz sytuacja jest jeszcze gorsza, bo jedyną osobą, która ustanawia reguły, jesteś ty.

Otworzyła oczy.

– Myślisz, że ustanawiam te reguły, zależnie od rozwoju wydarzeń? Że robię to, jak mi się podoba?

– A tak nie jest?

– Oczywiście, że nie. Na miłość boską, Stark, niecałą godzinę temu spotkałeś swoją byłą narzeczoną!

– A co to ma z tym wspólnego, do diabła?

– Jestem przekonana, że to musiało boleć. – Oderwała się od ściany i podeszła do okien naprzeciwko drzwi. – Że mocno tę rozmowę przeżyłeś.

– To dlatego pytałaś mnie, czy dobrze się czuję? Myślałaś, że spotkanie z Pamelą było dla mnie wstrząsem?

– A nie było?

– Nie. – Przeciął pokój, stanął za Desdemoną i położył jej ręce na ramionach. – Pamela nic mnie nie obchodzi. Proszę cię, żebyś ustaliła, jak długo mam czekać. Według mnie to zupełnie rozsądne pytanie.

– Tak uważasz?

Musnął jej kark.

– Mogę czekać, jak długo zechcesz.

Desdemona zadrżała.

– Czyżby?

– Tak. Jestem bardzo cierpliwy. – Pocałował ją w zagłębienie ramienia. – Ale w tej chwili gotów jestem zaprzedać duszę diabłu za konkretną odpowiedź.

– Stark, jesteś niemożliwy. – Odwróciła się gwałtownie, wtedy objął ją wpół i mocno przytulił. Rozpłomienioną twarzą przylgnęła do jego szerokiej piersi.

– Półtora miesiąca? – tchnął w jej włosy. – Trzy miesiące? Do przyszłego lata? Desdemono, proszę cię, podaj konkretną datę. Jakąkolwiek datę. Znając datę, będę mógł normalnie żyć.

Zaśmiała się zduszonym śmiechem.

– Czekałbyś do przyszłego lata?

– Nie powiedziałem, że nie próbowałbym tego przyśpieszyć. Ale tak, gdyby to było konieczne, czekałbym.

Znów zaczerpnęła tchu, przygotowując się do zejścia ze sceny.

– W takim razie… może teraz?

Rozdział 9

Doszedł do wniosku, że nieprzewidywalność i złożoność, nawet złożoność scalona, jest niczym w porównaniu z nieprzewidywalnością – a może raczej prawdziwym chaosem? – cechującą charakter Desdemony.

Prosił ją o wyznaczenie ram czasowych i właśnie to zrobiła. Powiedziała teraz. Tego wieczoru. Tutaj.

Już zaraz.

Nawet gdyby usilnie próbowała, bardziej niezręcznego momentu wybrać nie mogła.

Ukradkiem zerknął na zegarek i pomyślał o Kyle'u i Jasonie czekających w domu z Makbetem. Zaraz potem pomyślał o paczuszce prezerwatyw, którą kilka dni temu wetknął do schowka na rękawiczki w samochodzie. Wciąż tam była, a jakże, tyle że dzieliło go od niej pięć pięter, a właściwie sześć, bo samochód stał w podziemnym garażu.

Desdemona nie dała mu żadnego znaku, że zamierza zmienić zdanie, zrobiła to bez najmniejszego ostrzeżenia. Cholera, przecież na balu, niecałe dwie godziny wcześniej, urządziła mu awanturę! Jakim cudem mógł się domyślić, że złość jej przejdzie i że kiedy odwiezie ją do domu, będzie miała ochotę na seks? Przecież gdy wyszła z toalety, sprawiała wrażenie oschłej i beznamiętnej, nawet chłodnej i wyobcowanej.

Każdy logicznie myślący mężczyzna dostałby przy niej szału.

Jednak z drugiej strony, przed chwilą powiedziała „tak".

Tak to tak – Stark nie zamierzał protestować.

Uniosła głowę.

– Stark? – Oczy miała wielkie i nieprzeniknione, pełne pytań, obietnic i tajemnic bytujących na granicy chaosu i złożoności.

– Czy ktoś ci kiedykolwiek mówił, że masz beznadziejne wyczucie sytuacji?

Uśmiechnęła się.

– Wszyscy Wainwrightowie mają znakomite wyczucie sytuacji.

Wygłodniałymi oczyma zawisł na jej miękkich ustach i postanowił zignorować fakt, że moment nie jest najlepszy. Ostatecznie uważano go za człowieka inteligentnego. Za człowieka bardzo, ale to baaardzo inteligentnego. Przecież skończył dwa fakultety, matematykę i fizykę. Człowiek inteligentny da sobie radę w każdej sytuacji.

– Boże, Desdemono... – Ujął jej twarz w dłonie. – Czy masz pojęcie, jak bardzo cię pragnę?

– Nie, ale mam nadzieję, że przynajmniej tak bardzo, jak ja ciebie.

Równie cudownego pożądania, jakie widział w jej oczach, nie widział w oczach żadnej kobiety, a już na pewno nie w oczach kobiety patrzącej prosto na niego. Zagubił się w niej...

I pocałował Desdemonę z pasją i namiętnością, jaka wzbierała w nim od wielu tygodni.

Pocałunek. Pocałunek był jak skok w rzeczywistość wirtualną, jak skok w rozbuchaną kolorami przestrzeń graficzną, wygenerowaną przez komputer. Zagłębił się, zanurzył w intensywne barwy i płynne, skomplikowane desenie, czując...

Że każdy atom jego ciała rozpędza się do prędkości światła i niczym w potężnym akceleratorze mknie ku granicom nieskończoności, by odnaleźć się w akcie dynamicznego stworzenia, jaki opisać mogły tylko najbardziej skomplikowane algorytmy.

Usta miała miękkie, wilgotne i zapraszające. Smakowały cudownie, więc chciał całować je dłużej. I dłużej. I już wiedział, że nigdy się nimi nie nasyci. Może jego przeznaczeniem było odnaleźć klucz do wiecznie zmiennej dynamiki?

Objął ją i przytulił jeszcze mocniej. Musiał czuć ją całą, chciał poczuć na sobie każdy centymetr kwadratowy jej ciała. W krótkim przebłysku świadomości przypomniał sobie scenę w kuchni, przypomniał sobie, jak bardzo go wtedy pożądała i zakręciło mu się w głowie.

Objęła go za szyję i pod naporem namiętnych pocałunków odchyliła głowę. A on musnął wargami jej ucho, całował szyję, pieścił językiem zagłębienie ramienia. Przylgnęła do niego z westchnieniem, moszcząc się na jego piersi jak ptak w puchowym gnieździe.

Skomplikowane wzory i graficzne przestrzenie buchnęły z nową siłą, by wypełnić otchłań światłem i energią.

Czuł dotyk jej piersi, ale dotyk przytłumiony, stępiony... materiałem jej czarnej sukni i jego koszuli. Odnalazł zamek, rozpiął go i zsunął suknię z jej ramion. Opadła na biodra.

Na drodze stanęły mu czarna halka i czarny stanik. Pozbył się ich kilkoma sprawnymi ruchami. Po chwili na podłodze u stóp Desdemony leżało jej całe ubranie, oprócz mikroskopijnych majteczek i czarnych pończoch.

Spojrzał na nią podniecony widokiem jej prawie nagiego ciała. Patrzył na kształtne piersi, na łagodny łuk brzucha, na wdzięcznie zarysowane uda i był tym obrazem tak pochłonięty, że nie zauważył, kiedy zaczęła rozpinać mu koszulę.

Zerwał z nosa okulary i rzucił je na stolik.

Dotykała niepewnie jego piersi i uświadomił sobie, że Desdemona drży. Chwycił jej rękę, uniósł ją do ust i czule pocałował.

– Nie bój się – szepnął. – Zaufaj mi, nigdy nie zrobię ci krzywdy.

Uśmiechnęła się niepewnie.

– Wiem. Ufam ci.

Patrzył na nią jak oczarowany. Wspięła się na palce i pocałowała go w szyję.

– Zabrzmi to beznadziejnie, ale muszę zejść po coś do samochodu.

Wtuliła twarz w jego szeroką pierś.

– Jeśli oboje myślimy o tym samym, to nie musisz. Kirsten podarowała mi kilka paczek. W różnych kolorach. Są w pudełku pod łóżkiem.

Stark jęknął.

– Chryste, cofam wszystko, co powiedziałem na temat głupoty pożyczania pieniędzy rodzinie – szepnął z ulgą i rozbawieniem. Wziął ją na ręce. Podniecona, pisnęła cichutko, a on poczuł, jak buzuje mu krew w żyłach.

– Czy jestem lekka jak piórko? – spytała z afektowaną powagą. – Zawsze mnie to zastanawiało.

Starannie rozważył jej pytanie.

– Nie. Ale jesteś o wiele lżejsza niż terminal dużego zespołu komputerowego.

Jej perlisty śmiech spłynął na niego jak kaskada krystalicznie czystej wody.

Poniósł ją przez pokój w stronę łóżka ukrytego za matowymi przepierzeniami *shoji*, rozsunął je nogą i posadził Desdemonę na grubej, białej narzucie. Uniosła głowę i odszukała wzrokiem jego twarz.

Przyklęknął na jedno kolano, wyciągnął rękę, rozpiął dwie złote spinki i uwolnił jej włosy. Gęste rude loki opadły na poduszkę niczym miękka, aromatyczna piana. Ujął je w obie ręce, pochylił się i zaczął wdychać ich słodki zapach.

Wsunęła mu dłoń pod koszulę i przesunęła palcami po piersi.

– Uwielbiam cię dotykać – szepnęła, muskając jego potężne ramiona. – Jesteś taki silny, taki piękny...

Wiedział, że dłużej nie wytrzyma. Zawsze uważał się za człowieka opanowanego, za eksperta w dziedzinie wykorzystywania świadomie opóźnianych gratyfikacji, lecz tego wieczoru był mężczyzną miotanym niekontrolowanymi siłami natury.

Opadł na Desdemonę i przykrył ją swoim ciałem.

Namiętność, z jaką go przyjęła, oszołomiła go i odurzyła. Odnalazł jej pierś, nakrył ją dłonią i poczuł na skórze napór twardego sutka. Jak wygłodniały, musnął go wargami, przywarł do niego językiem, wessał głęboko, aż...

Wydała z siebie cichy, zduszony jęk.

– Zabolało? Przepraszam.

– Nie. Nie! – Chwyciła go za szyję i pociągnęła w dół, prosto na jędrną pierś.

Łapczywie przylgnął do niej ustami i przesunął ręką po jej miękkim brzuchu. Wypchnęła do góry biodra, wygięła się w łuk, tymczasem on wędrował dłonią po wewnętrznej stronie jej ud. W odpowiedzi, gestem zdradzającym niecierpliwą namiętność, zgięła nogę w kolanie. Jedwabisty dotyk jej pończoch był tak erotyczny, że działał na niego jak silny afrodyzjak.

Delikatnie musnął trójkącik materiału między jej udami i poczuł, że czubki palców są wilgotne. Pachniała miłością, podnieceniem, seksem, pachniała upojnie, jak najdroższymi perfumami, i z satysfakcją zdał sobie sprawę, że pożąda go równie mocno jak on pożąda jej.

– Stark… – Wbiła paznokcie w jego ramiona.

Ostrożnie wsunął palec pod cieniutki materiał jej majteczek.

Zadrżała.

Podniósł głowę i spojrzał na nią. Nigdy w życiu nie widział czegoś równie pięknego. Bo Desdemona zatraciła się, zagubiła jak on. Oczy miała zamknięte, a już sam widok jej szczupłych, długich nóg w czarnych, eleganckich pończochach podziałał na jego zmysły tak intensywnie, że niewiele brakowało i osiągnąłby wstrząsający orgazm.

Przywołał na pomoc resztki silnej woli. Zlany potem, sięgnął pod łóżko, pomacał ręką i odnalazł paczkę z towarami, które Kirsten zamierzała sprzedawać w swoim butiku. Chwycił ją i podniósł.

I nagle zdał sobie sprawę, że paczka jest jakby za duża, że powleka ją gruba plastikowa folia. Zza parawanów sączyło się nikłe światło, lecz zdołał w nim odczytać wielki kolorowy napis: WIBRATOR „BIG BOY".

Zamarł.

– Co się stało? – spytała niespokojnie.

– Nie to pudełko. – Znów sięgnął pod łóżko i tym razem znalazł to, czego szukał.

Ręce mu się trzęsły, ale jakimś cudem zdołał rozpiąć rozporek i rozpakować prezerwatywę.

Ale zdjąć spodni i butów już nie dał rady. Próbował, czynił rozpaczliwe wysiłki, lecz szybko zrezygnował, bo…

– Proszę cię – szepnęła, przywierając do niego ze wszystkich sił. – Nie mogę już dłużej czekać. Boże, nigdy w życiu nie czułam takiego… takiego… Proszę cię, Stark, pospiesz się.

Majteczki zamierzał zdjąć ostrożnie i delikatnie, ale natychmiast ten zamiar porzucił. Chwycił za cienką tasiemkę, zdarł je szybkim ruchem i...

Wszedł w nią jednym silnym, głębokim pchnięciem.

Zesztywniała. Cichutko sapnęła.

– Stark...

Na ułamek sekundy płynne, nieskończenie skomplikowane desenie przewijające się przed oczyma Starka zastygły w absolutnym bezruchu.

Tam, w środku, była taka mała. Tak niezwykle ciasna. Czuł, że ją rozciąga. Wiedział, że gdyby nie obfita wilgoć jej wnętrza, nic by z tego nie wyszło.

– Boli? – szepnął.

– Nie – tchnęła mu w twarz. – Daj mi chwilę czasu. Nie wiedziałam, że podnoszenie ciężarów ma wpływ na rozrost tylu różnych części ciała.

– Chryste, nie rozśmieszaj mnie, nie teraz.

Jakiś czas tulili się do siebie, leżąc bez ruchu, a potem Desdemona uniosła biodra, powoli wchłaniając go głębiej.

Przesunął ręką po jej podbrzuszu i czubkami palców odnalazł maleńki, wrażliwy pączek: źródło jej rozkoszy. Dotknął go delikatnie i poczuł, jak przeszywa ją dreszcz, dreszcz tak silny, tak elektryzujący, że aż bolesny. Wydała z siebie na wpół zdławiony okrzyk oszołomienia i zaskoczenia.

Przylgnęła do niego jeszcze mocniej, otworzyła usta i objęła go w pasie nogami.

Jej orgazm przeszył go niczym rozgrzane do czerwoności ostrze i cisnął w samo serce rozszalałego wiru kolorów i kształtów, tam, gdzie granice chaosu. Na ułamek sekundy Stark ujrzał je takimi, jakimi naprawdę są, przez ułamek sekundy rozumiał rządzące nimi prawa.

I przez krótką chwilę nie był sam.

W okna zajmujące całą ścianę mieszkania bębnił deszcz. Wiatr zmienił kierunek.

Leżała przygnieciona jego wielkim, ciepłym ciałem i była szczęśliwa. Głowę złożył na jej piersi. Nogi miał wciąż między jej nogami, a materiał czarnych spodni od garnituru rozkosznie drapał ją w nagie uda.

– Nawet nie zdjąłeś spodni, kowboju – wymamrotała.
– Co? – Podniósł głowę i spojrzał na nią na wpół przymkniętymi oczami, w których czaiła się senna ociężałość.
– Mówię, że nawet nie zdjąłeś spodni. Ani butów. – Przeciągnęła się leniwie. – Chyba powinnam być wdzięczna, że nie masz ostróg.
– Szlag by to – mruknął. – Przepraszam.
– Nie szkodzi. – Uśmiechnęła się. – Tylko się z tobą droczę.
– Ale prześcieradło…
– Zmienię.
Jęknął i zerknął na zegarek. Z cyferblatu sączyła się nikła poświata.
– Wiesz, która godzina? – spytał.
– Nie wiem.
– Już po północy.
Posłała mu rozmarzony uśmiech.
– Nie mów.
– Muszę iść. – Sturlał się z łóżka. – Makbet zachodzi w głowę, gdzie przepadłem.
– Makbet nie spanikuje. – Bez Starka było jej zimno.
– On nie, ale nie mam pojęcia, jak zareagują Kyle i Jason. – Zatrzymał wzrok na jej czarnych pończochach i podartych majteczkach. Zacisnął zęby. Podniósł z podłogi koszulę i ruszył do łazienki. – Zaraz wracam.
– Nie spiesz się. – Patrzyła na sufit, gdzie igrały tajemnicze półcienie, i delektowała się nader intrygującymi odczuciami promieniującymi spomiędzy jej ud. Nie był to ból. Nie było to nawet palące napięcie. Nie, odczuwała coś znacznie przyjemniejszego, coś jak miłe zmęczenie po intensywnych ćwiczeniach fizycznych. Jej ciało zrobiło przed chwilą to, do czego zostało stworzone, i dawało jej znać, że jest dobrze, że tak powinno być.
Zadowolona z siebie wstała i sięgnęła po japoński szlafrok leżący na ceglanej ścianie za łóżkiem.
Stark wyszedł z łazienki. Jego wielkie palce śmigały po koszuli: zapinał guziki. Przeczesał ręką włosy, podszedł do stolika i odszukał okulary. Na jego twarzy Desdemona dostrzegła znajomy wyraz pełnego skupienia.
– Pewnie nie masz czasu na kawę? – spytała, zawiązując pasek szlafroka.

– Przykro mi, ale nie. – Chwycił z krzesła marynarkę i znów spojrzał na zegarek. – Muszę wracać do domu. Zadzwonię rano.

– Obiecanki cacanki.

– Słucham?

– Nic, nic. Gadam do siebie. Mam typowe objawy postkoitalnej dezorientacji. A może to przez te kobiece pisma? Za dużo ich czytam.

Zmarszczył czoło.

– Dobrze się czujesz?

Obdarzyła go słodkim uśmiechem.

– Jak mała brzoskwinka.

– Dziwnie się zachowujesz.

– Nikt nigdy nie twierdził, że jestem najlepszą aktorką w rodzinie. – Zdała sobie sprawę, że ma miękkie kolana.

Stark nałożył marynarkę i podszedł bliżej.

– Żałuję, że muszę już wyjść.

– Ja też.

– Na pewno nic ci nie jest?

– Na sto procent.

– To dobrze. – Pochylił się i musnął wargami jej wargi. – Jak mówiłem, zadzwonię rano.

– Bomba.

Zawahał się, jakby zdawał sobie sprawę, że powinien coś powiedzieć, lecz gdy uświadomił sobie, co znaczą słowa, które cisnęły mu się na usta, oszołomiony zrezygnował.

– Dobranoc.

Desdemona przypomniała sobie ostatnią rozmowę z Pamelą Bedford. Co ona wtedy mówiła...?

„Najbardziej irytowało mnie to, że jak kończyliśmy... no wiesz, te sprawy, nie miał mi nic do powiedzenia. Wstawał z łóżka, mówił dobranoc i wychodził. Ciebie to nie denerwuje?"

– Dobranoc, Stark.

Kiwnął głową i ruszył do drzwi.

Desdemona poszła za nim.

Wyszedł na korytarz, szybko przymknął drzwi, a gdy już miał je zatrzasnąć, odwrócił się i spojrzał na nią przez wąską szparę.

– Nie zapomnij zamknąć zasuwy.

– Nie zapomnę.

Zawahał się.

– Czy mówiłem ci, że przypominasz mi… fraktalny wzór?

– Nie, nie mówiłeś. Dziękuję za komplement. – Urwała. – A co to właściwie jest?

– Później ci wyjaśnię. Muszę uciekać. – Delikatnie zamknął drzwi.

Przytknęła do nich ucho. Jego kroki cichły w głębi korytarza.

Odczekała, aż dojdzie do windy, szarpnęła za klamkę, otworzyła drzwi na oścież i wychynęła za próg.

Stark stał na końcu korytarza i niecierpliwie spoglądał na zegarek.

– Tak jest, idź, uciekaj! – wrzasnęła. – Po co pytać, czy mnie też było dobrze? Po co zawracać tym sobie głowę, prawda?

Stark odwrócił się i znieruchomiał.

– Co ci jest, do diabła?

– Kogo to obchodzi, że miałam pierwszy orgazm w życiu? Ciebie obchodzi, Stark? Nie, bo pewnie doprowadziłeś do orgazmu miliony kobiet. Jedna więcej, jedna mniej, co to za różnica?

Otworzyły się drzwi naprzeciwko i wyjrzała zza nich Miriam Ackerby z różowymi wałkami we włosach.

– Co tu się dzieje?

Desdemona obdarzyła ją promiennym uśmiechem.

– Nic. Właśnie omawiałam nader istotne, ba, przełomowe dla mnie zdarzenie, które miało miejsce w mojej sypialni. Do zdarzenia tego doprowadził mężczyzna stojący w głębi korytarza. Tam, przy windzie.

– Naprawdę? – Miriam Ackerby wychyliła się, by rzucić okiem na Starka.

– Tak, zdarzenie, o którym mówię, jest punktem zwrotnym mojego życia, pani Ackerby – szepnęła teatralnym szeptem; o tak, Wainwrightowie umieli grać. – Ale czy uwierzy pani, że odpowiedzialny za to osobnik ma to gdzieś? Powiedział dobranoc i uciekł.

Pani Ackerby ciężko westchnęła.

– Wszyscy mężczyźni są tacy sami, prawda?

– Nie, akurat ten jest inny. – Położyła rękę na klamce. – Dobranoc, pani.

– Dobranoc, kochanie.

Desdemona zatrzasnęła z hukiem drzwi.

Usłyszała odgłos jego spiesznych kroków. Kilka sekund później załomotał do drzwi.

– Desdemono, otwórz!

– Nie śmiałabym cię zatrzymywać ani chwili dłużej. Musisz wracać do domu, Stark.

– Otwórz! Cholera jasna, chcę z tobą porozmawiać!

– Za późno, skarbie. Trzeba było rozmawiać wcześniej. – Zamknęła zasuwę, doskonale wiedząc, że Stark musi to słyszeć. – Dobranoc, mój słodki książę. Jedź ostrożnie.

– Desdemono, mamy tu publiczność. Przestań pod nią grać.

– Wainwrightowie zawsze grają dla publiczności. Biegnij, skarbie. Dzięki za wszystko. Naprawdę za wszystko.

– Niech to piekło pochłonie!

Wyczuła, że Stark się waha, wreszcie usłyszała odgłos jego kroków zmierzających z powrotem do windy. Tym razem odczekała, aż kochanek zjedzie na dół.

Wtedy znowu otworzyła drzwi.

Pani Ackerby nie była jedyną osobą wyglądającą na korytarz. Christopher Peters spod numeru 508 też stał w progu mieszkania.

– Wszystko w porządku? – spytał z grzecznym zainteresowaniem.

– Tak, dziękuję – odrzekła Desdemona.

Pani Ackerby zacmokała zmarszczonymi ustami. Głośno i strofująco.

– Pierwszy orgazm, kochanie? Powinnaś była wspomnieć o swoich kłopotach wieki temu. Pożyczyłabym ci mój wibrator.

Pierwszy orgazm?

Nie mógł w to uwierzyć. Przecież jest piekielnie seksowną kobietą. Chryste, i namiętną. Nie, musiała mieć tych orgazmów całe setki. Albo nawet tysiące.

Wtedy przypomniał sobie, że tam, w środku, było mu straszliwie ciasno, przypomniał sobie jej cichy okrzyk zdziwienia. Patrząc wstecz, zrozumiał, że nie zauważył tych małych, pozornie niewinnych sygnałów, które wskazywały, że Desdemona jest kobietą z bardzo małym doświadczeniem seksualnym.

Znowu zawalił sprawę. Obłęd. Tak. Poprawna interpretacja subtelnych sygnałów wysyłanych przez przedstawicielki drugiej płci nigdy nie należała do jego najmocniejszych stron.

I znowu musiał przywołać na pomoc całą siłę woli, tym razem po to, żeby bezpiecznie dojechać do domu. Żadna kobieta nie działała na niego tak piorunująco. Żadna. A po akcie seksualnym nigdy nie był tak bardzo oszołomiony, tak zamroczony. Przeciwnie: natychmiast przychodził do siebie, natychmiast osiągał stan zwykłej jasności umysłu.

Uważał, że namiętność jest wrażeniem ulotnym i krótkotrwałym. Owszem, bardzo intensywnym, tak intensywnym, że doprowadzało do chwilowego zaćmienia umysłu, tak samo jak nieprawidłowe polecenie wystukane na klawiaturze komputera doprowadza do zniekształcenia danych na ekranie monitora.

Wtedy należało komputer zresetować i po kilkunastu sekundach maszyna była gotowa do pracy.

Lecz dzisiaj mózg nie reagował na standartowe polecenia. Na szczęście już dawno minęła północ i ulice świeciły pustkami. Stark dotarł do domu w niecałe dwadzieścia minut.

Makbet na niego czekał. Otaksował go spojrzeniem, wziął swoją skórzaną kurtkę oraz kluczyki do dżipa i z chłodnym zainteresowaniem spytał:

– Dobrze się bawiłeś?

– Dobrze – odrzekł krótko Stark. Miał paskudne uczucie, że Tony nie jest jedynym członkiem rodziny, który próbuje chronić Desdemonę. – Jak tam Kyle i Jason? W porządku?

– W porządku. Kazaliśmy przysłać sobie pizzę i rozgryźliśmy kilka gier telewizyjnych. Poszli spać koło dziesiątej. – Zbiegł po schodach. – Do zobaczenia rano.

– Dzięki.

Makbet przystanął.

– Idziesz na urodziny Desdemony?

– Idę.

Kiwnął głową.

– Dobra. Zabierz z sobą Jasona i Kyle'a.

– Zabiorę.

Stark zamknął drzwi i włączył skomputeryzowany system alarmowy. Wiedział, że do sypialni nie ma po co iść. Wspomnienia o tym, co się niedawno zdarzyło, nie dałyby mu zasnąć.

Postanowił zrobić to, co robił, ilekroć nie mógł znaleźć dla siebie miejsca. Betonowymi schodami wspiął się na górę, wszedł do gabinetu i włączył komputer.

Wkrótce pochłonęły go zawiłości struktur programowych ARCANE. Oderwał wzrok od ekranu monitora dopiero wtedy, gdy w ciemnym progu dostrzegł dwie małe sylwetki.

Stali tam Jason i Kyle. Obaj byli w piżamach.

– Myślałem, że już śpicie.

– Jason właśnie się obudził – odrzekł bez namysłu Kyle. – Chciał sprawdzić, czy już wróciłeś.

– Wcale nie – zaprzeczył szybko Jason. – To znaczy, nie tylko ja. Ty też chciałeś sprawdzić.

– Już wróciłem – powiedział Stark. – Jak poszła próba?

– Świetnie. – Kyle wyszczerzył zęby w uśmiechu. – Wszyscy mówili, że powalimy ich na kolana.

– Makbet mówi, że pojedziemy na Broadway – dodał Jason.

– Na Broadway w Seattle czy w Nowym Jorku? – spytał Stark.

– Nie wiem – odrzekł nieporuszony Jason. – Bess, matka Makbeta...

– Gra potwora! – wpadł mu w słowo Kyle.

– Bess mówi, że Kyle i ja jesteśmy pomagierami, jakich w Kuglarzach jeszcze nie było. Mówi, że mamy teatr we krwi.

– Tak, powiedziała, że bez nas nie daliby rady wystawić sztuki – dodał Kyle. – August obiecał, że jak z nim trochę popracujemy, nauczy mnie oświetleniówki. Bardzo bym chciał.

– A ja chciałbym zostać scenografem – oświadczył Jason. – Odpowiadam za wszystkie drzewa w naszej sztuce.

Stark kiwnął głową.

– Ważne zadanie.

– Bardzo. Naprawdę ważne. Makbet mówi, że drzewa są częścią tego wszystkiego, co wpływa na aktorów i publiczność, na ich nastrój i w ogóle. Mówi, że bez odpowiedniego nastroju nic nie wypali.

– Tak, nastrój jest bardzo istotny – zgodził się z nim Stark.

– A oświetlenie jest ważne dla stworzenia atmosfery – uzupełnił Kyle. – Makbet mówi, że światłem można wyczarować nowe światy. Mówi, że jak ma się odpowiednie światło, to wszystko można.

– Będę o tym pamiętał – rzekł Stark.

– Przedstawienie będzie w sobotę, jesteśmy przygotowani. – Jego rozpromienioną twarz przesłonił na chwilę cień niepokoju. – Przyjdziesz, jak obiecałeś?

– Przyjdę.

– Coś ci może wypaść – zauważył Kyle z wystudiowaną obojętnością. – Interesy albo coś innego.

– Obiecałem, że przyjdę – powtórzył Stark.

Jason uśmiechnął się triumfalnie do Kyle'a.

– No widzisz? Mówiłem, że nie zmieni zdania.

Gdy weszła do gabinetu, Tony siedział za biurkiem i wstukiwał w klawiaturę komputera.

– Sie masz, siostrzyczko. – Nawet nie podniósł głowy. – Modyfikuję twój program inwentaryzacyjny, żeby podświetlał produkty, których zaczyna brakować w chłodni. Teraz nie musisz już codziennie sprawdzać listy, wystarczy zerknąć na ekran. Jak zobaczysz, że któraś rubryka świeci na czerwono, to znaczy, że trzeba myśleć o zakupach.

Desdemona natychmiast wpadła w popłoch.

– Ale żadnych poleceń nie zmieniałeś, prawda? – spytała z paniką w głosie.

– Spoko. Poleceń nie tykałem.

– Na pewno? Ilekroć dłubiesz w moim komputerze, zawsze muszę się uczyć czegoś nowego. Wiesz, jak tego nienawidzę. Wreszcie załapałam, o co w tym koszmarnym programie chodzi i nie zamierzam uczyć się nowej wersji.

– Jak chcesz stawić czoło konkurencji, musisz być na bieżąco, siostrzyczko. Ciągłe modyfikowanie programów specjalistycznych, takich jak ten, to nakaz chwili.

– W moim przypadku nakaz chwili polega na tym, że wiem, czym różni się danie mięsne od wegetariańskiego. Tony, co to jest wzór fraktualny?

– Wzór fraktualny? To wzór graficzny wygenerowany przez komputer. Grafika komputerowa. Na pewno coś takiego widziałaś. Trochę dziwaczne, bardzo skomplikowane desenie o jasnych, niezwykle intensywnych barwach. Na ekranie monitora ciągle pływają, zmieniają kształty, ewoluują. Ale wystarczy nacisnąć klawisz i nieruchomieją, jak zatrzymane w czasie.

– Rozumiem. – Uśmiechnęła się z zadowoleniem. – Chyba widziałam kilka takich grafik w domu Starka. Wyglądają jak z innego świata.

– Ano.

– Zjeżdżaj, Tony. Muszę usiąść i przygotować wegetariańskie menu na przyjęcie w przyszłym tygodniu.

– Jasne, nie ma sprawy. – Wcisnął kilka klawiszów, wstał i dopiero teraz spojrzał na siostrę. – Coś się stało?

– Nie, dlaczego? – Desdemona obeszła biurko i usiadła w swoim fotelu.

– Dziwnie wyglądasz.

– Wielkie dzięki. Ty też wyglądasz nieźle.

– Mówię poważnie. Wyglądasz, jakbyś... Nie wiem. Trochę inaczej niż zwykle.

Julia otworzyła drzwi i wetknęła głowę do gabinetu.

– Desdemono, jeśli jesteś ustawiona na weekend, wszystko odwołaj. Masz randkę. Znalazłam dla ciebie prawdziwego księcia.

– Za późno. Jestem zajęta.

– Żadnych wymówek. Facet jest wspaniały – namawiała ją z ożywieniem Julia. – To dyrektor artystyczny Madison Street Theater. Zobaczysz, spodoba ci się.

– Nic z tego. – Desdemona sięgnęła po harmonogram dnia.

– No pójdź – przymilała się Julia. – Tylko na tę jedną randkę. On jest naprawdę miły. Daj człowiekowi szansę.

– Powiedziałam, nie. – Uśmiechnęła się błogo do kuzynki. – Dzięki za troskę, ale tak się składa, że w weekend jestem zajęta.

– Masz robotę?

– Nie. To sprawy osobiste.

Twarz Tony'ego stężała.

– Masz randkę? – spytał.

– Jeszcze nie – odrzekła Desdemona. – Ale na pewno się umówię.

Julia wybałuszyła oczy.

– Naprawdę? Ze Starkiem?

– Tak.

– Sprawa zaczyna być poważna, co? – mruknęła w zadumie Julia.

– Owszem.

– Do diaska, nie mogę uwierzyć, że się w nim zakochałaś – burknął Tony.

Desdemona wzruszyła ramionami.

– Wiesz, co powiadają o przyciąganiu się przeciwieństw.

– Przeciwieństw? – Ciotka Bess odepchnęła Julię od progu. – Dobrze słyszałam? Mówicie o przyciąganiu się przeciwieństw?

– Dobrze słyszałaś, ciociu. – Desdemona przejrzała listę półproduktów przeznaczonych na wegetariańskie przyjęcie. – A teraz przepraszam was, moi drodzy, ale mam robotę.

– Rozmawialiście o Starku? – dopytywała się ciotka Bess. – To o niego chodziło?

– Tak, ciociu. – Desdemona zerknęła na Julię. – Zaczęłaś robić te minigrzanki ze szpinakiem na dzisiejsze chrzciny?

– Siedzą w piecu. Palce lizać. Może dołączyłabyś je do tego wegetariańskiego menu? Dobrze by wyglądały obok sałatki z kaszy gryczanej.

– Nic z tego. Będą tam sami ortodoksyjni wegetarianie. Żadnych jajek, żadnych produktów mlecznych i tak dalej.

– Racja, zapomniałam. – Julia zmierzyła ją wzrokiem. – Z tym Starkiem to naprawdę poważna sprawa?

– Naprawdę.

– Cholera jasna. – Tony grzmotnął pięścią w ścianę. – Sypiasz z nim, co?

Desdemona zaczerwieniła się po koniuszki włosów.

– Nie twój interes.

Odwrócił się na pięcie, by stawić jej czoło.

– Mój! – wykrzyknął. – Jesteś moją siostrą!

Desdemona westchnęła.

– Tony, niedługo skończę dwadzieścia osiem lat i będę miała dwadzieścia dziewięć. Prowadzę własną firmę, płacę podatki i mam bardzo dobre notowania kredytowe w banku. Myślę, że mój wiek i moja w miarę stabilna sytuacja finansowa upoważnia mnie do nawiązania dojrzałego związku z mężczyzną.

– Tak, ty z nim sypiasz – wyszeptała zdumiona Julia. – Nieprawdopodobne.

– Masz romans z tym jajogłowym? – syknął Tony przez zaciśnięte zęby.

Desdemona odrzuciła długopis i zerwała się na równe nogi.

– Ten, kto nazwie Starka jajogłowym, mózgowcem albo androidem, natychmiast wyleci z pracy. Czy to jasne?

– Spokojnie, moja droga, spokojnie – łagodziła Julia, pomagając sobie falującym ruchem rąk. – Nikt nie zamierza obrażać twojego klienta. Po prostu trudno nam przywyknąć do tej myśli, to wszystko.

– Wainwrightowie zawsze poślubiali ludzi teatru – oświadczyła złowieszczo ciotka Bess.

Desdemona wywróciła oczami.

– A kto tu mówi o ślubie?

W gabinecie zapadła pełna napięcia cisza. Trzy pary oczu sondowały Desdemonę z posępnym zainteresowaniem.

– Właściwie kiedy to się zaczęło? – Spytała ostrożnie Julia. – To znaczy, w sensie technicznym.

– To moja prywatna sprawa – odparła Desdemona.

Tony przeszył ją wzrokiem.

– Wczoraj wieczorem, prawda? Wczoraj wieczorem z nim spałaś. Dlatego wyglądasz inaczej niż zwykle.

– Powiedziałam, że to moja prywatna sprawa – warknęła Desdemona. – A teraz, skoro święta inkwizycja skończyła przesłuchanie, chciałabym wrócić do pracy.

Julia przyłożyła rękę do czoła.

– Boże, już wszystko rozumiem. Uwiódł cię po tym balu. Uległaś nastrojowi chwili. Wspaniała oprawa, fraki, wieczorowe suknie, muzyka i szampan. Biedactwo, po prostu straciłaś głowę, prawda?

– Nie straciłam głowy – zaprzeczyła Desdemona. – Doskonale wiedziałam, co robię.

– Mam nadzieję, że zachowałaś niezbędne środki ostrożności – wtrąciła ciotka Bess.

– Wykorzystał cię – mruknął Tony. – Jak dziewczynę na jedną noc.

Desdemona nie wytrzymała.

– Nie jestem dla niego dziewczyną na jedną noc!

– A skąd wiesz? – spytała Julia.

– Ponieważ zamierzamy się regularnie widywać, dlatego.

Ciotka Bess uniosła brwi.

– Jesteś tego pewna?

– Oczywiście, że jestem tego pewna – odparowała Desdemona. – Powiedział, że dzisiaj zadzwoni.

– Desdemono, Desdemono... – Julia pokręciła ze smutkiem głową. – Czasami jesteś tak naiwna. Nie wiesz, że oni zawsze tak mówią i nigdy nie dzwonią?

W tym samym momencie zaterkotał telefon.

Desdemona chwyciła słuchawkę, dziękując Bogu za nieoczekiwaną pomoc.

– Bon Appetite, słucham.

– To był twój pierwszy orgazm? – spytał bez żadnych wstępów Stark.

Desdemona opadła na fotel, z trudem powstrzymując głupi uśmiech. – Tak. Szczerze mówiąc, tak.

– Interesujące – rzekł Stark.

– Też tak myślę.

– W takim razie czy chciałabyś to kiedyś powtórzyć?

Świadoma obecności Tony'ego, Julii i ciotki Bess, obróciła się z fotelem tyłem do nich i zniżywszy głos, odrzekła:

– To bardzo niegrzeczne i nieprzyzwoite zapraszać kobietę tylko po to, żeby się z nią przespać.

– Wiedziałem. – Stark odchrząknął. – Czy zechciałabyś pójść ze mną do teatru?

– Chętnie. Kiedy?

– Jutro po południu. Na premierę *Potwora pod łóżkiem*.

– Brzmi wspaniale – odrzekła ze sztuczną afektacją w głosie. – Tak się składa, że bardzo lubię teatr.

Usłyszała głośny trzask drzwi. Zerknęła przez ramię i za szklanym przepierzeniem zobaczyła Tony'ego.

Przechodził przez kuchnię i sprawiał wrażenie kogoś, kto ma ochotę kogoś zamordować.

– Co to było? – spytał Stark.

– Nic, nic. Nic ważnego.

Rozdział 10

Kurtyna opadła – skończył się ostatni akt *Potwora pod łóżkiem*. W sali zagrzmiały ogłuszające oklaski i entuzjastyczne okrzyki. Kilkakrotnie wywoływano aktorów.

Siedząc w ostatnim rzędzie sali maleńkiego teatru wydzierżawionego przez Wędrujących Kuglarzy – jego prawowitym właścicielem było kilka trup uprawiających teatr eksperymentalny – Desdemona ogarnęła wzrokiem tłum dziecięcej publiczności.

Przed spektaklem na ich aż zbyt dorosłych twarzach malowały się cynizm, nonszalancja i niepewność, ale teraz, chociaż na chwilę, wszystkie dzieci uległy magii teatru. Pochłonęła je, przeniosła do innego świata, do świata wolnego od trosk i stresów, jakie gnębiły ich na co dzień.

– Przynajmniej zrozumiałem tę sztukę lepiej niż *Muchę* w Limelight – wyznał Stark. – No i nie było tu żadnych pacek.

Roześmiała się.

– Moje gratulacje. Jeszcze trochę i zostaniesz nałogowym teatromanem. Jesteś na dobrej drodze.

– Chcesz iść za kulisy? Dostałem... eee... dostałem przepustkę.

– Jestem pod wrażeniem. Musisz mieć niezłe chody.

– Znam paru ludzi. – Wziął ją za rękę.

Czekali, aż tłum dzieci przewali się przejściem do małego holu. Skorzystała z okazji i przytuliła się do Starka. Czując silny uścisk jego dłoni, pomyślała, że Stark ma w sobie coś solidnego, coś, na czym można polegać. Fakt, od czasu do czasu bywał trochę sztywny, a w pewnych okolicznościach uparty jak osioł, ale kobieta mogła takiemu mężczyźnie zaufać. Tak, jeśli się do czegoś zobowiąże, na pewno dotrzyma słowa.

Musnęła palcami skraj jego znoszonej sztruksowej kurtki i głęboko wciągnęła powietrze. Jego delikatny zapach przywiódł wspomnienia ubiegłej nocy i zdała sobie sprawę, że jeszcze nie doszła do siebie po tym, co się wtedy zdarzyło. Wciąż była lekko oszołomiona.

– Jasona i Kyle'a już poznałaś, prawda? Tłum się przerzedził i Stark poprowadził ją w stronę sceny.

– Oczywiście. W tym tygodniu Makbet przyprowadzał ich do mnie dwa razy. Mieliśmy masę roboty i potrzebowaliśmy dodatkowych rąk do pracy. Ładowali naczynia do furgonetki. To wspaniali chłopcy.

– Dzisiaj mieli tremę.

– Doskonale ich rozumiem.

Zza kurtyny wychynął Jason. Pomachał ręką, żeby zwrócić uwagę Starka.

– Sam, tutaj! Muszę zanieść drzewa do rekwizytorni. Zaraz wracam. Cześć, Desdemono.

– Jak się masz, Jason. Cudowne przedstawienie. Drzewa były bardzo widowiskowe.

Twarz Jasona promieniała.

– Dzięki. – Zniknął za kurtyną.

– Cześć, Sam. Dzień dobry, Desdemono – powitał ich zza kulis Kyle. – Jak mi szło z podnoszeniem i opuszczaniem kurtyny?

– Bez ciebie nie mogliby ani zacząć, ani skończyć – odrzekł Stark. – Byłeś znakomity.

Kyle uśmiechnął się od ucha do ucha.

– Dzieciakom naprawdę się podobało.

– Podbiliście ich. Siedziałem w ostatnim rzędzie, widziałem całą salę. Klaskali jak szaleni.

Z mrocznego półcienia wyszedł Makbet.

– Witaj, Desdemono. Cześć, Stark. Cieszę się, że mogłeś przyjść. Dobrze się bawiliście?

– Wspaniale. – Desdemona uwolniła rękę z dłoni Starka, podeszła do kuzyna i serdecznie go wyściskała.

– Ach, tutaj jesteś, kochanie. – Przez scenę przepłynęła ciotka Bess z monstrualnym kostiumem potwora pod pachą; jeszcze nie zdążyła zmyć makijażu. – A któż ci towarzyszy?

– Ciociu, chciałabym przedstawić ci Sama Starka. Stark, to jest Bess Wainwright.

Stark pochylił sztywno głowę.

– Pani Wainwright...

– Proszę mi mówić Bess. – Stanęła przed nim i uważnie otaksowała go spojrzeniem. – A więc to pan...

– Ja?

– Zupełnie inaczej sobie pana wyobrażałam – poinformowała go Bess.

– Naprawdę?

– Dobrze się pan porusza – przyznała niechętnie i znów zmierzyła go wzrokiem od stóp do głowy. – Jakby zaliczył pan porządny kurs...

– Zaliczył, ciociu, zaliczył, ale nie aktorski – przerwała jej Desdemona. – Ciociu, absolutnie zabraniam ci wygłaszania jakichkolwiek uwag na tematy osobiste. Jak tak dalej pójdzie, zaraz wprawisz mnie w zakłopotanie.

– Nonsens. Wainwrightowie są zakłopotani tylko wtedy, gdy zapomną tekstu.

– Zawsze musi być ten pierwszy raz – zauważyła Desdemona.

Nadeszli Jason i Kyle. Wciąż byli rozpromienieni i rozentuzjazmowani sukcesem przedstawienia. Usta im się nie zamykały.

– Sam, chcesz zobaczyć, jak jest za kulisami? – spytał Jason.

– Jasne – odrzekł Stark.

– Pokażę ci budkę reżysera światła – natarł na niego Kyle. – Mówię ci, mają tam taki sprzęt, że padniesz.

Desdemona uśmiechnęła się do Starka.

– Zaczekam tutaj.

Skinął im głową i dał się wyprowadzić za kulisy.

Desdemona odczekała, aż znikną za sceną i spojrzała na Makbeta.

– Wygląda na to, że nieźle ci z nimi idzie.

Lekko wykrzywił usta.

– Chyba tak. Ucieszyłem się na widok Starka. Kyle i Jason bardzo na niego liczyli. Obiecał, że przyjdzie, ale z takimi jak on nigdy nie wiadomo.

– Słusznie. Grube ryby nigdy nie mają czasu – skonstatowała ciotka Bess. – Obiecują, a w ostatniej chwili okazuje się, że są zajęci. Zwłaszcza kiedy przyrzekają coś małym dzieciom.

Desdemona pokręciła głową.

– Jeśli Stark dał słowo, na pewno go dotrzyma.

– Myślę, że Jason i Kyle zaczynają w to wierzyć – zauważył spokojnie Makbet.

Wrócili po dwudziestu minutach. Kyle i Jason podskakiwali wokół Starka jak dwie kukiełki.

– Idziemy na pizzę – oświadczył Jason, zauważywszy Desdemonę. – Do takiej knajpki, gdzie mają gry telewizyjne.

– Jak chcesz, możesz iść z nami – zaprosił ją wspaniałomyślnie Kyle.

– Dziękuję. – Zerknęła na Starka. – Chętnie pójdę.

Wyglądało na to, że mu ulżyło, jakby bał się, że Desdemona nie zechce do nich dołączyć.

Gdy wyszli z teatru, entuzjazm Jasona nieco przygasł. Chłopak wyraźnie zmarkotniał.

– Sam, wiesz, że większość tych dzieci nie ma prawdziwego domu? Makbet mówi, że muszą mieszkać w schroniskach, w przytułkach albo w tanich motelach.

– Niektórzy muszą mieszkać w samochodach, bo rodziców nie stać na nic innego – dodał poważnie Kyle.

– Dom to bardzo cenna rzecz – zgodził się Stark. – Nie każdy go ma.

Wycelował w ohydnego zielonego potwora i nacisnął spust.

– Mam cię!

Padł strzał, monstrum rozpadło się na strzępy i zniknęło w chmurze dymu.

– Udało ci się! – wykrzyknął zadziwiony Kyle. – Zniszczyłeś Wyverna i znalazłeś skarb! Wygrałeś! Kurczę, niewielu w to wygrywa.

Zabłysły światełka i w górnej części ekranu pojawił się ostateczny wynik.

Jason spojrzał na liczbę punktów i aż go zamurowało.

– Jezu, popatrzcie!

Desdemona nachyliła się nad pulpitem.

– Nie przypuszczałam, że dorośli są w tym tacy dobrzy.

– Bo nie są – odrzekł Stark, wstając z krzesła. – Ale ja mam nad nimi przewagę.

– Jak to? – spytała Desdemona.

– Wymyśliłem tę grę.

Kyle i Jason rozdziawili usta.

Pierwszy doszedł do siebie Kyle.

– Naprawdę?

– Naprawdę. – Stark wsunął rękę do kieszeni i wyjął kilka ćwierćdolarówek. – Chcecie spróbować?

– No jasne. – Kyle usiadł na krześle przed ekranem. – Gdzie tkwi haczyk?

– Cały sekret polega na tym, że jak już znajdziesz skarb Wyverna, nie możesz być zachłanny. Zostaw złoto na miejscu i najpierw oczyść jaskinię ze wszystkich potworów. Dopiero potem wróć po skarb.

Kyle zmarszczył czoło.

– I zadziała?

– Zadziała. Gracz, który zgarnie skarb i zacznie uciekać, zawsze przegrywa. Tak to zaprogramowałem.

Kyle się uśmiechnął.

– Kapuję. – Ścisnął joystick.

– Ta gra ma przybliżyć dzieciom koncepcję świadomie opóźnionej gratyfikacji – dodał beznamiętnie Stark, patrząc na Desdemonę. – Jestem w tej dziedzinie kimś w rodzaju eksperta.

– Teraz ja, teraz ja! – krzyknął Jason.

– Ja byłem pierwszy. – Kyle wrzucił monety do otworu.

Jason podniósł głowę.

– Kiedy wymyśliłeś „Skarb Wyverna"? – spytał.

– Cztery lata temu. Sprzedałem licencję wytwórni gier telewizyjnych. Od tamtego czasu programiści i graficy wprowadzili sporo modyfikacji, ale głównego założenia gry jak dotąd nie zmienili, więc ilekroć gram, zawsze wygrywam.

– Bomba – sapnął Jason. – Naprawdę bomba. Jak powiem o tym Kevinowi, mojemu kumplowi, to padnie. Dochodzi do tej jaskini, ale zawsze przegrywa, no i nigdy nie zdobył tylu punktów co ty.

– Myślałam, że specjalizujesz się w programach zabezpieczających i kodujących, opartych na teorii chaosu – powiedziała Desdemona.

– Opartych na teoriach wynikających z nauki o strukturach złożonych – poprawił ją cierpliwie Stark. – Mówiłem ci, nie lubię słowa „chaos". Chaos nie jest dobrym określeniem dla tych procesów.

– Wszystko jedno. Wymyśliłeś tę grę dla rozrywki?

– Nie. – Wziął ją za rękę i zaprowadził do stolika za czerwonym przepierzeniem z winylu.

W kolorowo przystrojonej restauracji unosił się zapach świeżej pizzy. Stark stwierdził, że Kyle i Jason uważają pizzę za najdoskonalszy wytwór człowieka. Od ich przyjazdu zjadł jej więcej niż w ciągu całego minionego roku.

Desdemona usiadła naprzeciwko niego i sięgnęła po szklankę z wodą sodową.

– W takim razie po co? – spytała.

– Napisałem ten program, bo potrzebowałem pieniędzy na uruchomienie Stark Security Systems. – Świdrował ją wzrokiem zadziwiony, że siedząc blisko niej, czuje się tak wspaniale.

W jaskrawym świetle bijącym z lamp na suficie i na ścianach jej rude włosy nabierały miedzianej barwy, a jej turkusowe oczy promieniowały ciepłem i wesołością. Znów pomyślał o środowym wieczorze i poczuł, że palą go policzki.

– Dziękuję, że mnie tu zaprosiliście – powiedziała. – Uwielbiam pizzę.

– Naprawdę? Chłopcy też, w rezultacie czego grozi mi poważne niebezpieczeństwo przedawkowania. – Zerknął przez ramię na Kyle'a i Jasona pochylonych nad pulpitem gry telewizyjnej. – Chcę ci podziękować za Makbeta. Wciągnął ich do Kuglarzy i okazuje się, że to świetny pomysł.

– Najważniejsze, że dobrze się bawią.

– Makbet... – Szukał słów. – Makbet pokazał im chyba, że są kimś naprawdę ważnym, że mogą do czegoś przynależeć, coś tworzyć.

– Odkrycie, że nie jest się tym najgorszym, jest zawsze olśniewające – odrzekła. – Że nie jest się tym najgorszym i że można komuś pomóc.

Stark przeniósł na nią wzrok.

– Może następnym razem wybierzemy się gdzieś sami?

– Chętnie.

– I może pójdziemy potem do łóżka? – zaproponował subtelnie, czując, że życie jest piękne.

– Chryste, myślisz tylko o jednym.

– Zdaję sobie sprawę, że mój sposób myślenia jest często linearny, ale robię, co mogę, żeby nie uchodzić za człowieka wulgarnego.

Upiła łyk musującej wody. W jej oczach grały refleksy światła.

– Na szczęście dla ciebie, jesteś mężczyzną zbyt seksownym, żeby uchodzić za wulgarnego.

Obarczony odpowiedzialnością, obowiązkami wynikającymi z roli starszego brata, sprawami służbowymi oraz pracą nad ARCANE, Stark stwierdził, że zachowanie wyrafinowanej poprawności myślenia przychodzi mu z coraz większym trudem.

Na przykład, trudno mu było odpędzić nieprzyzwoite myśli o Desdemonie.

Przychodziło mu to z tak wielkim trudem, że w poniedziałek rano mógł myśleć tylko o jednym: jak zostać z nią sam na sam.

Dręczyło go to – problem był bardzo skomplikowany – lecz gotów był poświęcić całą energię, żeby dopiąć swego. Ostatecznie należał do ludzi wytrwałych i upartych, takich, co to zawsze osiągną wyznaczony cel.

Gdy wchodził do sekretariatu, Maud Pitchcott uniosła głowę.

– Dzień dobry, panie dyrektorze. Mamy dziś piękny dzień. Pełen słońca i nowych obietnic, prawda?

– Przecież pada.

– Gdy w kwietniu ulewy, w maju ptasie śpiewy.

– Jest połowa czerwca, Maud.

– Cóż słońce i spiekota bez deszczu i błota – odparowała Maud z cieniem triumfalnego uśmiechu na ustach.

– Poddaję się, wygrałaś. – Minął jej biurko, idąc do drzwi gabinetu.

– Panie dyrektorze, omal nie zapomniałam. Przyszła paczka dla pana. – Sięgnęła za biurko, wydobyła duży pakunek owinięty brązowym papierem i podała go Starkowi. – Widzi pan? Niespodzianka na deszczowy dzień.

Stark wziął paczkę i zerknął na adres nadawcy.

– Od mojej matki.

– Jak to miło.

– Pewnie prezent ślubny. Napisałem do niej, że narzeczona dała nogę, ale list chyba nie dotarł.

Maud na chwilę spoważniała, lecz natychmiast odzyskała dobry humor.

– Proszę nigdy nie zapominać, panie dyrektorze, że nic nie dzieje się bez przyczyny, choć owszem, w najciemniejszych godzinach przed świtaniem przyczyny mogą wydawać się niejasne. Tak, tak, każdy obłok ma srebrzystą obwódkę. Aha, pan dyrektor McCallum chciałby się z panem widzieć, jak tylko będzie pan wolny.

– Proszę go do mnie przysłać.

Wszedł do swego sanktuarium, położył paczkę na biurku, kurtkę rzucił na wieszak i usiadł. Zadźwięczał brzęczyk interkomu.

– O co chodzi, Maud?

– Na drugiej linii czeka niejaka... Alison Stark? – Zdanie miało intonację pytającą, choć Maud próbowała to ukryć.

– Cholera. – Stark się zawahał. Nie miał nastroju do rozmowy z Alison, ale wiedział, że wcześniej czy później musi do niej dojść. – Odbiorę. Proszę powiedzieć McCullumowi, żeby poczekał. – Wcisnął przycisk. – Stark, słucham.

– Sam? Mówi Alison. Dzwonię, żeby spytać, co słychać u chłopców.

– Wszystko dobrze. – Patrzył na ekranik elektronicznego kalendarza i odtwarzał w myśli harmonogram dnia. Zastanawiał się, czy Desdemona poszłaby z nim na lunch.

– Na pewno?

W jej głosie zabrzmiała jakaś dziwna nutka, co natychmiast przykuło jego uwagę.

– Na pewno. Przed chwilą ich widziałem. Pojechali ze swoim opiekunem.

– Załatwiłeś im opiekuna?! – Powiedziała to tak, jakby doznała tęgiego szoku.

– Zarekomendowała mi go przyjaciółka. Wciągnął chłopców do pracy w teatrze dla dzieci. W sobotę mieli premierę i odnieśli wielki sukces.

– Dobry Boże. Nie miałam zielonego pojęcia, że Jason i Kyle interesują się teatrem.

– Czy masz do mnie coś jeszcze, Alison? Jestem dzisiaj bardzo zajęty, więc... – Znalazł w szufladzie nożyczki i zaczął rozcinać taśmę mocującą opakowanie przesyłki.

– Nie, nie... – Urwała. – Szczerze mówiąc, dzwonię, bo myślałam, że masz już ich dosyć, że chcesz ich czym prędzej zapakować do autobusu i odesłać do Portland. Jeszcze nie zaleźli ci za skórę?

– Alison, mówiłem już, chłopcy mają się dobrze.

– Bez urazy, Sam, ale jestem zdumiona. W takim razie mój psychoanalityk musi mieć rację.

– Co do czego?

– Jason i Kyle traktują cię jak substytut Hudsona. – Zniżyła głos do intymnego szeptu. – Wiesz, tej nocy, kiedy zwiali do Seattle, odchodziłam od zmysłów.

– Wierzę. – Wreszcie przeciął oporną taśmę i otworzył pudełko.

– Od tamtej pory odbywam intensywne sesje antystresowe i czuję się już o wiele lepiej.

– To dobrze. – Na miękkiej bibułce pod tekturowym wieczkiem leżał list. Stark podniósł go i przeczytał.

Drogi Samie,

Przepraszam, że nie byliśmy na Twoim ślubie. Kiedy dostaniesz tę paczkę, będziemy już w Europie. U nas zupełne szaleństwo. Richard skończył na wiosnę prawo. Z czwartą lokatą! Katy zaręczyła się niedawno z kardiochirurgiem. Wszyscy jesteśmy podekscytowani. To znakomita rodzina. Jutro wyjeżdżamy z Brianem do Anglii. Nie będzie nas dwa miesiące. Interesy i zwiedzanie. Jak wrócimy, zadzwonię do ciebie. Tymczasem przekaż małżonce nasze uściski.

Całusy.
Matka

Odchylił kilka warstw bibułki. Lśniła pod nimi kryształowa waza. Był pewien, że ją rozpoznaje.

– Sam? Słuchasz mnie?

– Słucham cię, Alison. – Przeniósł wazę na stolik.

– Potrzebuję czasu, potrzebuję przestrzeni, Sam. Naprawdę.

– Hm... – Włączył komputer.

– Mój psychoanalityk twierdzi, że stres, w jakim żyję, mnie dobija. Chłopcy wyczuwają, że ze mną źle i stracili poczucie bezpieczeństwa.

– To niedobrze. – Przejrzał korespondencję, która nadeszła pocztą komputerową, i znieruchomiał, dostrzegłszy znajome nazwisko i adres.

`Sellinger Rosetta.Inst`

– To było trudne dla nas wszystkich – dodała z wyzwaniem w głosie.

– Na pewno. – Sellinger, dyrektor Rosetta Institute, nie odzywał się do niego od miesięcy. Ciekawe, myślał Stark, czego chce. Wiadomość była krótka i treściwa.

`Zadzwoń. Pilne.`

– Musimy od siebie odpocząć. Dlatego bardzo ci dziękuję, że zechciałeś przyjąć ich na jakiś czas. Doceniam to, Sam, naprawdę.

– Nie ma o czym mówić.

– Początkowo, winą za odejście Hudsona chłopcy obarczali mnie. Ich terapeuta twierdzi, że to normalne, więc próbowałam być wyrozumiała, ale ich postawa przyczyniła się tylko do powiększenia ogólnego stresu.

– Rozumiem.

– Nie chcieli współpracować, byli niegrzeczni i ponurzy.

– Rozumiem.

– Na pewno ci nie przeszkadzają?

– Rozumiem. Co? Nie, ani trochę. – Wcisnął klawisz i na ekranie monitora pojawiła się lista telefonów prywatnych.

– To dobrze – powiedziała drżącym głosem i z wahaniem dodała: – bo ich psychoanalityk mówi, że powinnam wyjechać na wakacje.

– Z nim?

Nastąpiła krótka, nabrzmiała cisza.

– Chłopcy opowiadali ci o doktorze Titusie?

– Mówili, że masz z nim romans.

– Wiedzą o moim związku z Cliffem?! – spytała zdławionym głosem.

– Wiedzą. – Stark odszukał numer telefonu Sellingera.

– No i w porządku – odrzekła jakby nigdy nic. – W tym, że spotykam się z doktorem Titusem, nie ma absolutnie nic złego. To ich psychoanalityk, nie mój.

– Racja.

– Mam własnego psychoanalityka, doktora Lachlana. Doktor Lachlan twierdzi, że to dla mnie przełomowy moment i że związek z mężczyzną dobrze mi zrobi.

– Słusznie.

– Twierdzi, że powinnam odzyskać szacunek dla samej siebie.

– Jak najbardziej.

– I że powinnam wyzbyć się złości i poczucia winy.

– Jasne. Posłuchaj, Alison, zaczynam się w tym wszystkim gubić. O co ci właściwie chodzi? Kyle i Jason mają się dobrze. Mówiłem już, mogą ze mną zostać do końca lata. Na co czekasz? Zabierz tego swojego Titusa i jedź na wakacje.

– Doktor Titus nie jest moim lekarzem. On jest lekarzem chłopców. Mnie leczy doktor Lachlan.

– No to zabierz ich obu, do diabła. Nic mnie to nie obchodzi.

– Nie musisz być taki sarkastyczny – odrzekła napuszona.

– Nie jestem sarkastyczny. Próbuję skończyć tę rozmowę, bo czeka mnie mnóstwo pracy.

– Zadzwonię do chłopców wieczorem, żeby się z nimi pożegnać.

Stark zdjął okulary i potarł grzbiet nosa.

– Dać ci pewną radę, Alison?

– Jaką? – spytała czujnie.

– Nie mów Jasonowi i Kyle'owi, że jedziesz na wakacje z ich lekarzem.

– W moim związku z doktorem Titusem nie ma nic złego – warknęła.

– Nic takiego nie twierdzę. Sugeruję tylko, żebyś nie robiła z tego wielkiej sprawy. Chłopcy się w tym wszystkim gubią. Już teraz trudno jest im dociec, kto sypia z kim i dlaczego.

– Muszą stawić czoło rzeczywistości – odparowała. – Cholera jasna, przecież jestem dorosłą kobietą. Nie zamierzam przed nimi udawać, że nie mam własnych potrzeb. Jason i Kyle muszą zrozumieć, że odejście ich ojca nic nie zmienia, że nadal mam prawo do czułego i stabilnego związku z mężczyzną.

Stark żałował, że w ogóle otwierał usta.

– Jasne. Przepraszam, że o tym wspomniałem.

– Wiesz, co robi ich szanowny tatuś? Ich szanowny tatuś pieprzy się na okrągło ze swoją biuściastą sekretareczką.

– Wiem, Alison. Dlatego sugerowałbym odrobinę dyskrecji.

– Dyskrecji? Myślisz, że ten skurwiel wykazuje jakąś dyskrecję? Pojechał z tą blondyną na Hawaje! To on mnie zostawił, nie ja jego! To on obarczył mnie dziećmi! To ja muszę martwić się o dach nad głową! To ja muszę kupić im nowe buty i jedzenie! To ja muszę zapłacić za college!

– Nie.

– Co znaczy nie, do diabła?

– Bez względu na okoliczności nie będziesz musiała martwić się ani o jedzenie dla Kyle'a i Jasona, ani o ich wykształcenie – odrzekł powściągliwie Stark.

– Nie? Może o tym nie wiesz, Sam, ale Hudson tak namotał w sądzie, że kazali mu płacić minimalne alimenty. Dostaję tyle co nic. A dlaczego? Bo niby mam pracę. Ale zapewniam cię, że chociaż jestem dekoratorką wnętrz, z wielkim trudem stać mnie na utrzymanie poziomu życia sprzed rozwodu. Alimenty Hudsona, o ile w ogóle będzie je płacił, nic nie pomogą.

– Dopilnuję, żeby Jason i Kyle mieli wszystko, co potrzeba.

Zdumiona Alison zamilkła.

– Dlaczego miałbyś to robić? – spytała po chwili.

– Ponieważ... – Urwał, nie bardzo wiedząc, co chce powiedzieć. – Nieważne. Nie martw się o pieniądze. Masz problem z głowy. Naprawdę muszę już kończyć, Alison.

– No dobrze – odrzekła powoli. – Sam, chciałabym...

– Do widzenia, Alison.

– Do widzenia.

Wcisnął widełki i wystukał na tarczy służbowy numer telefonu Sellingera. Połączono go natychmiast.

– Stark! Dziękuję, że tak szybko oddzwaniasz.

Miękki głos Sellingera przywołał wspomnienia. Starka ogarnęła nostalgia i zatęsknił za latami spędzonymi w Kolorado. Do Rosetta Institute trafił zaraz po college'u. Desdemona miała rację, że wiedli tam klasztorne życie, ale było to życie twórcze i bardzo intensywne.

Sellinger był człowiekiem niezwykle utalentowanym i Stark bardzo go szanował. Mądry starzec wykazywał niepospolite umiejętności łączenia zmysłu politycznego z czystym intelektem, dzięki czemu nikt inny nie nadawał się na to stanowisko bardziej niż on. Urząd dyrektora instytutu sprawował od piętnastu lat.

– Cieszę się, że pana słyszę, panie dyrektorze.

– Żałuję, że musimy rozmawiać o sprawach służbowych, nie towarzyskich – zaczął przepraszająco Sellinger. – Chciałem cię zawiadomić, że wpadliśmy na trop Kilburna. Wypłynął gdzieś w Europie. Prosiłeś, żeby dać ci znać, jeśli zdarzy się coś nowego.

Stark usiadł wygodniej. Leonard Kilburn...

Leonard Kilburn był szefem jednego z wydziałów instytutu. Zajmował się głównie sprawami organizacyjnymi, a badania naukowe jako takie niewiele go interesowały.

Przed dwoma laty zniknął. Sellinger zadzwonił do Starka i zawiadomił go, że wraz z Kilburnem zniknął niezwykle ważny program kodujący. Autorem programu był nie kto inny jak Stark.

Stark opracował w Rosetta Institute wiele programów. Ze względów bezpieczeństwa niemal wszystkie zostały objęte ścisłą tajemnicą służbową – domagał się tego rząd.

Kilburn ukradł program i sprzedał go obcemu państwu. Prawdopodobnie zbił na tym interesie niezłą fortunę, bo w mrocznym półświatku handlarzy zaawansowanymi technologiami – zwłaszcza technologiami zastrzeżonymi, objętymi ścisłymi restrykcjami – fortunę zbić można bardzo szybko. Handel tego rodzaju produktami nie jest może procederem równie lukratywnym jak międzynarodowy handel bronią, ale szybko się takim staje. Zresztą broń i objęte restrykcjami technologie mają z sobą wiele wspólnego. Najnowocześniejsza broń współczesna to przecież komputery i skomplikowane oprogramowanie, to urządzenia, bez których wywiad wojskowy by nie istniał.

Na szczęście Stark wbudował w skradziony program kodujący zabezpieczenie samodestrukcyjne, które zaczynało działać w chwili, gdy nielegalny nabywca próbował zainstalować program na swoim komputerze. Jak dotąd, bezpieczeństwo państwa nie ucierpiało, ale ostrzeżenie było aż nadto wyraźne.

Natomiast sam Kilburn znowu zniknął.

– Interesujące – powiedział Stark. – Jak go znaleźliście?

– Próbował sprzedać zastrzeżone oprogramowanie, które wyparowało z laboratorium wojskowego w Wirginii. Dostaliśmy cynk i usiłowaliśmy namierzyć go w sieci. Niestety, musiał coś zwietrzyć, bo zanim go dopadliśmy, dał nogę. Nie mamy pojęcia, gdzie jest ani co zamierza, ale pomyślałem sobie, że powinieneś o tym wiedzieć. Kilburn nie zniknął na dobre.

– Na pewno.

Sellinger zaśmiał się śmiechem dźwięcznym i soczystym.

– Wątpię, czy zaryzykuje włamanie do Stark Security Systems. To bystry facet i dobrze wie, że kradzież sprzed dwóch lat potraktowałeś bardzo osobiście.

– Ukradł mój program.

– Tak, wiem. Na szczęście dla nas i dla naszych przyjaciół z Waszyngtonu dobrze go zabezpieczyłeś. No cóż, to by było na tyle, Stark. Chciałem ci tylko przekazać wiadomości o Kilburnie.

– Dziękuję, panie dyrektorze.

– Zdaję sobie sprawę, że odkąd zwiał, chcesz sukinkota dorwać. Wierz mi, że ja też. Jeśli czegoś się dowiesz, natychmiast daj mi znać.

– Oczywiście.

– Powodzenia, Stark. Aha, byłbym zapomniał. Przepraszam, że nie dojechałem na twój ślub.

– Nic pan nie stracił, panie dyrektorze.

– Chyba nie chcesz przez to powiedzieć, że…

– Niestety.

Sellinger westchnął.

– Przykro mi.

– Jeśli życie częstuje cię cytrynami, zrób z nich lemoniadę.

– Cytrynami? Jakimi cytrynami? O czym ty, do diabła, mówisz?

Stark uśmiechnął się do siebie.

– Każdy obłok ma srebrzystą obwódkę. Ślubu nie było, ale dzięki temu spotykam się teraz z właścicielką firmy, która miała obsługiwać ślubne przyjęcie.

– Dobry Boże.

Chciał opowiedzieć Sellingerowi całą historię, ale przerwało mu pukanie do drzwi i do gabinetu wszedł McCallum. Zobaczył, że Stark rozmawia przez telefon i pytająco uniósł brwi. Stark wskazał mu fotel.

– Właśnie przyszedł Dane.

– Pozdrów go ode mnie – odrzekł Sellinger. – Wspaniale sobie radzicie, chłopcy. Gratulacje. Do widzenia, Stark.

– Do widzenia, panie dyrektorze.

Odłożył słuchawkę.

– To był Sellinger. Pozdrawia cię.

Dane sprawiał wrażenie lekko zaskoczonego.

– Sellinger? Czego chciał?

– Przekazał mi nowiny na temat Kilburna. Ten sukinsyn znowu wypłynął.

Dane cichutko zagwizdał.

– Wiedzą, gdzie jest?

– Nie, nie zdołali go namierzyć. Przepadł jak kamień w wodę.

McCallum się uśmiechnął.

– Spokojnie. To już nie twój problem. Kilburn wcześniej czy później wpadnie. Wyśledzą go ci z instytutu.

– Mam nadzieję. – Stark zdusił w sobie rozdrażnienie. – Dość złych nowin. Przyniosłeś dobre?

Dane rzucił na biurko plik dokumentów.

– Robota dla Hammercomba. Mamy kontrakt. Spójrz na ostatnią stronę, to jego własnoręczny podpis. Stark Security Systems ma dokonać kompleksowej analizy całego systemu komputerowego i zarekomendować odpowiednie środki zabezpieczające. Co ty na to?

– Pięknie. – Stark przysunął do siebie dokumenty. – Bardzo pięknie. Duża sprawa.

– Zaprowadzi nas do jeszcze większych.

– Niewykluczone.

– Robi się o nas głośno, coraz głośniej. Jak skończysz ARCANE, będziemy na topie.

Stark zerknął na niego znad dokumentów.

– To znaczy, że chyba nie będziemy musieli wracać do instytutu i błagać o pracę, co?

– Żartujesz? Zobaczysz, to ci z instytutu niedługo do nas przyjdą. – Dane rozwalił się w fotelu. – A skoro już mówimy o klientach. Co z tym przyjęciem u ciebie? Przygotowania w toku?

– Chyba tak. We wszystkim zdaję się na Desdemonę.

Dane wykrzywił usta.

– We wszystkim?

– We wszystkim.

– To aż tak poważna sprawa?

– Co? Przyjęcie? A gdzież tam. Nie cierpię takich imprez, ale dobrze służą interesom.

– Nie mówię o przyjęciu. Mówię o twojej pani z Bon Appetite. To coś głębszego, prawda?

– A nawet gdyby?

– Uważaj, stary. Kolejna narzeczona jest teraz ostatnią rzeczą, jakiej potrzebujesz.

Stark spojrzał na niego spode łba.

– Ona nie jest moją narzeczoną. Tym razem nie myślę o ślubie.

– Na pewno?

Stark poczuł, że ciało dziwnie mu tężeje.

– Na pewno – odrzekł. – Nie sięgam myślą dalej niż następna randka

– A więc masz zwykły romans – skonstatował obojętnie Dane.

– Właśnie. – Starkowi przypomniały się słowa Alison. – Jestem dorosły i mam prawo do w miarę stabilnego związku z kobietą.

– Twój ostatni stabilny związek z kobietą skończył się tak, że puściła cię w trąbę. Nie uważasz, że pogrywasz trochę za szybko?

– Za szybko? Co znaczy za szybko?

– Rzecz w tym, że dobrze cię znam, Stark. Jesteś facetem z nawykami, postępujesz według określonych zasad. Ale tym razem jest inaczej.

– Niby jakie to mam nawyki czy zasady?

– Ogólnie mówiąc, między kolejnymi romansami miewasz długie okresy celibatu.

– Dostałem nauczkę. – Stark wycelował w Dane'a długopisem. – Układ będzie prosty i nieskomplikowany.

– Daj spokój, Stark. Nie pamiętasz mnie? To ja, Dane, twój przyjaciel. Zdobądź się na odrobinę szczerości. Trzy lata temu wyznaczyłeś sobie cel: ożenić się. I ty, i ja dobrze wiemy, jaki jesteś. Przesz do przodu jak czołg, dopóki nie dopniesz swego.

– Nie tym razem. Tym razem nie wytknąłem sobie celu.

McCallum przyglądał się swym wymanikiurowanym paznokciom.

– To chyba nawet lepiej. Ona nie jest w twoim typie.

Jego uwaga rozdrażniła Starka.

– Wiem. Ale to mnie nie martwi. Dam się ponieść fali.

– Ty? – spytał rozbawiony Dane. – Chcesz ulec chaotycznym siłom natury i nieokiełznanej namiętności? Jak zobaczę, to uwierzę.

– Nie zamierzam ulegać żadnym siłom. Powiedziałem, to będzie związek prosty i nieskomplikowany.

– Ty zawsze wszystko komplikujesz – zauważył McCallum. – Wierz mi, taki już jesteś.

Siedząc samotnie w mrocznym gabinecie, zastanawiał się, jaki efekt wywarła na chłopcach wieczorna rozmowa z Alison.

Pozornie wszystko poszło jak po maśle. Alison zawiadomiła ich, że wyjeżdża na wakacje z doktorem Titusem i przyjęli wiadomość z takim samym spokojem, z jakim pogodzili się z wyjazdem ojca na Hawaje.

– Sam?

Spojrzał w stronę drzwi. W cieniu stał Jason. Miał na sobie piżamę.

– Myślałem, że jesteś w łóżku – powiedział Stark.

– Byłem. Ale nie mogłem zasnąć.

– Pewnie przez tę pizzę. Ostrzegałem cię, żebyś nie zamawiał tego giganta.

– Była smaczna. – Jason wszedł do pokoju. – Co robisz?

– Pracuję nad programem zabezpieczającym systemy komputerowe.

Chłopak spojrzał na ekran monitora.

– Wszystko pomieszane – skonstatował. – Jak w mikserze. To jakiś szyfr?

– Owszem. Spójrz. – Stark wystukał na klawiaturze serię poleceń i rozrzucone na ekranie znaki zaczęły zmieniać położenie.

– Niby bezład, ale pod powierzchnią bezładu kryje się określony wzór. Znając kod, można go odzyskać.

– Tak? – Jason wbił wzrok w ekran monitora, obserwując, jak bezsensowne litery i cyfry układają się w dwa zgrabne akapity. – Teraz można to odczytać.

– I o to chodzi.

– Ekstra. Jak się tego nauczyłeś?

Stark wzruszył ramionami.

– Głównie sam.

– Możesz mnie nauczyć?

– Gdybyśmy mieli dość czasu...

– Mama mówi, że zostajemy na całe lato. Nie wystarczy?

– Wystarczy, żeby zacząć.

Od strony drzwi dobiegł go cichy szelest. Znów spojrzał za siebie i zobaczył Kyle'a.

– Co robicie? – spytał chłopak.

– Pokazywałem Jasonowi, jak działa mój program.

– ARCANE? Chciałbym to zobaczyć.

– Nie ma sprawy. – Stark wcisnął klawisz i dwa pięknie ułożone akapity rozpadły się na setki liter i cyfr. – ARCANE spełnia kilka funkcji. Jedną z nich jest kodowanie. Pod postacią niezrozumiałego bełkotu mogę zaszyfrować informację, którą chcę zachować w tajemnicy.

– Ten niezrozumiały bełkot to chaos, tak?

– Złożoność zespolona. Cały sekret struktur złożonych polega na tym, że tak naprawdę wcale nie są chaotyczne. Fakt, na pierwszy rzut oka robią takie wrażenie. Wzory i funkcje matematyczne, którymi je można zdefiniować, są bardzo, bardzo skomplikowane. Ale jak się już je zdefiniuje, wystarczy podstawić dane i dowolnie nimi manipulować.

– To wygląda jak pizza, którą dzisiaj jedliśmy – zauważył Jason.

– Podobnie. Ta rozbełtana pizza ukrywa informację. – Stark wcisnął kilka klawiszów. – Ale wystarczy zaprząc do pracy odpowiednią funkcję matematyczną i natychmiast informację odzyskujemy.

– Ale wypas. – Kyle spojrzał na Starka. – I właśnie takie programy sprzedajesz?

– Tak.

– Gdybym znał się na komputerach tak dobrze jak ty, zająłbym się wymyślaniem gier – oświadczył Kyle. – Gry są ciekawsze.

– Praca z ARCANE bardzo przypomina skomplikowaną grę telewizyjną – rzekł z uśmiechem Stark.

– Naprawdę? – spytał Jason.

– Oczywiście. – Stark wystukał na klawiaturze polecenie. – Mówiłem wam, ARCANE spełnia kilka funkcji. Poza kodowaniem i rozkodowywaniem ukrytych informacji, może odgrywać rolę… ośmiornicy.

– Ośmiornicy? – spytał zaintrygowany Jason.

– Tak, bo ma specjalne macki, którymi może spenetrować dowolną sieć komputerową.

– Sam? – rzekł Kyle wpatrzony w ekran monitora.

– Tak?

– Mogę cię o coś zapytać?

– No jasne.

– Mama mówi, że kiedy twój tatuś was zostawił, ciebie i twoją mamę, byłeś w naszym wieku.

Stark nie odrywał wzroku od ekranu.

– Zgadza się.

– I już nigdy do was nie wrócił, prawda? To znaczy, tak na zawsze.

– Nie – odrzekł Stark. – Już nie wrócił.

– Nasz tato też do nas nie wróci, prawda?

– Nie, nie wróci. Ale wszystko będzie dobrze.

– Tak?

– Zaufaj mi.

Rozdział 11

Na kartoniku przyczepionym do ostatniego prezentu widniał napis: NAJLEPSZE ŻYCZENIA URODZINOWE, DESDEMONO. STARK.

Podniosła małe, szczelnie opakowane pudełeczko i w salce bankietowej na zapleczu restauracji zaległa cisza. Na blacie stołu walały się kolorowe papierki, które zdarła, otwierając liczne prezenty – był wśród nich srebrny naszyjnik z turkusami od matki będącej na występach w Tucson – oraz resztki urodzinowego tortu pożartego przez uczestników skromnego przyjęcia.

Wszyscy obserwowali ją, jak zaczyna rozpakowywać ostatni prezent. Tłum Wainwrightów nie mógł się już doczekać, żeby zobaczyć na własne oczy, co też Stark wymyślił. Julia i Kirsten były wyraźnie zaciekawione. Makbet i Henry – zaintrygowani. Tony miał zwężone oczy.

Natomiast twarz Starka była nieprzenikniona. Zachowywał stoicki spokój, bo już dawno założył, że prezent będzie totalnym niewypałem. Desdemona zastanawiała się, ile podarunków wręczył w swoim życiu, a ile ich dostał. Posłała mu lekki uśmiech.

– Szybciej, Desdemono, otwórz – ponaglał Jason. – Wybieraliśmy go dla ciebie razem z Samem. Jest kapitalny.

Kyle rozciągnął usta w szerokim uśmiechu.

– Głowę daję, że bardzo ci się spodoba.

– Na pewno. – Gdy ostrożnie rozwiązywała piękną czerwoną wstążeczkę, drżały jej palce.

Pierwszy prezent od Starka, myślała oczarowana. Bez względu na to, jaki jest, zachowa go do końca życia

– No? – odezwał się z drugiego końca stołu wuj August. – Pokaż wreszcie, co to jest.

Spojrzała na niego z udawaną dezaprobatą.

– Nawet go jeszcze nie rozwinęłam.

– Nie ponaglaj jej, skarbie – zganiła Augusta ciotka Bess.

– Tamte rozwijała jak maszynka – odparował wuj. – Zawsze była szybka. Dlaczego akurat z tym tak się ślimaczy?

– Chwileczkę, wujku. – Desdemona położyła wstążkę na stole i rozchyliła papier tak delikatnie, jakby był z jedwabiu.

Ujrzała małe pudełeczko. Na wieczku widniał rysunek płaskiego, elektronicznego urządzenia, nie większego niż ludzka dłoń. Napis pod rysunkiem głosił: *PDA X-1000.*

– Jest przepiękny – wyszeptała z przejęciem. – To najpiękniejszy PDA X-1000, jaki kiedykolwiek widziałam. Dziękuję ci, Stark.

Zerwała się na równe nogi, obeszła stół i serdecznie go ucałowała.

Stoicki spokój zniknął z jego twarzy.

– Podoba ci się? – spytał niepewnie.

– Jest wspaniały. – Desdemona otworzyła pudełeczko, wyjęła tkwiący w nim przedmiot i dotknęła go z czułością. – Zawsze chciałam taki mieć.

– Wiedziałem, że się jej spodoba! – zawołał rozradowany Kyle. – Byłem z nim, gdy go dla ciebie wybrał.

– Ja też – dodał Jason. – To model bezprzewodowy.

Większość uczestników urodzinowego przyjęcia popatrywała na siebie nic nierozumiejącym wzrokiem.

Wuj August był szczerze zdumiony.

– Co to, do diabła, jest?

– To PDA X-1000 – wyjaśniła Desdemona i pogładziła maleńki, przypominający antenę patyczek, przylegający do boku dziwnego urządzenia.

– Ale co to jest to PDA X-1000? – spytała Bess.

– I do czego służy? – dodała Julia.

Desdemona udawała, że nie słyszy pytań, ponieważ nie miała zielonego pojęcia, co trzyma w ręku i do czego to coś służy.

Nieoczekiwanie – i oczywiście zupełnie nieświadomie – z pomocą pospieszył jej Tony.

– PDA to skrót od Personal Digital Assistant, czyli osobisty sekretarz elektroniczny. – Nachylił się z niechętnym zainteresowaniem. – To maleńki komputer. Desdemona może go nosić w kieszeni albo w torebce.

– Komputer? – Henry zmarszczył czoło. – Przecież nie ma klawiatury.

– Klawiatura jest niepotrzebna – wyjaśnił Tony. Wyjął urządzenie z rąk Desdemony i dokładnie je obejrzał. – Polecenia pisze się bezpośrednio na ekranie tym maleńkim rysikiem.

– Sam zaprogramował go specjalnie dla Desdemony – oznajmił z dumą Jason. – PDA będzie robił za nią różne rzeczy.

Desdemona odebrała Tony'emu komputerek i spojrzała na Starka.

– Naprawdę zaprogramowałeś go specjalnie dla mnie?

– Tak – odrzekł Stark.

– To bardzo ładnie z twojej strony. Co to małe cudo potrafi?

Stark położył urządzenie na swojej dłoni.

– Po pierwsze, może wysyłać i odbierać pocztę elektroniczną. Jak mówił Jason, to model bezprzewodowy. Nie musisz podłączać go do gniazdka telefonicznego ani do komputera stacjonarnego.

– Zawsze chciałam wysyłać i dostawać pocztę elektroniczną – wyznała Desdemona.

Tony łypnął na nią spode łba.

– Zainstalowałem identyczny program na twoim komputerze biurowym. Nigdy z niego nie korzystasz.

– Komputer biurowy jest za duży, żeby go z sobą dźwigać – zripostowała przytomnie Desdemona.

Tony kipiał wściekłością, ale nikt nie zwracał na niego uwagi. Wszyscy byli pochłonięci demonstracją możliwości PDA X-1000.

– Można go używać do robienia notatek podczas pracy – tłumaczył Stark. – Albo do obliczeń czy do fakturowania i sporządzania kosztorysów. Zainstalowałem też program graficzny, żebyś mogła naszkicować plan sali i rozmieszczenie poszczególnych stołów i zastawy.

– Cudownie – zachwycała się Desdemona.

– Piszesz rysikiem, a komputer przetwarza pismo ręczne na litery drukowane, które ukazują się na ekranie. – Stark podał jej rysik. – Masz, spróbuj.

Desdemona wzięła maleńki pisak i z głębokim skupieniem przytknęła go do ekranu. Jason, Kyle i Wainwrightowie otoczyli ją zwartym kręgiem.

– Dasz spróbować? – spytał Henry.

Makbet przysunął się z krzesłem bliżej Desdemony.

– Też bym chciał.

– Oprócz niej nikt nie powinien z tego urządzenia korzystać – przestrzegł Stark, nie spuszczając oczu z pochłoniętej pisaniem Desdemony. – To komputer, że tak powiem, bardzo osobisty. Nauczy się rozpoznawać jej charakter pisma i przyswoi sobie jej nawyki. Im częściej będzie go używała, tym wydajniej będzie jej służył. Po pewnym czasie będzie jej wierny jak pies.

– Zawsze chciałam mieć psa – szepnęła wniebowzięta Desdemona.

Kilka dni później ubrana w biały fartuch Desdemona poprawiła siatkę na włosach i stojąc pośrodku kuchni Starka niczym generał sposobiący się do bitwy, zaczęła wydawać rozkazy swoim pracownikom.

– Julio, nie zapomnij o chłodzonych szparagach i o sosie cytrynowym. Ciociu, przygotowałaś już tacę z serami?

– Tak, kochanie – odrzekła ciotka Bess. – Poukładałam kozie, owcze i zwykłe.

– Gdzie Henry i Vernon? – Spojrzała w okno wychodzące na podjazd za ogrodem. – Powinni już dawno przyjechać.

– Spokojnie, kochanie – odrzekła ciotka Bess. – Zanim kurtyna pójdzie w górę, na pewno się zjawią.

Julia wyjęła z lodówki tacę ze szparagami.

– Gdzie to postawić?

Desdemona wyjęła z kieszeni fartucha PDA i sprawdziła plan rozmieszczenia stołów oraz półmisków z poszczególnymi daniami, który naszkicowała poprzedniego dnia.

– Na stole za sofą w salonie.

– Już się robi. – Julia wyszła z kuchni.

Zza drzwi wychynął Stark ubrany w drogi ciemny garnitur, olśniewająco białą koszulę i jedwabny krawat.

– Jak idzie? – spytał.

– Znakomicie – zapewniła go Desdemona. – Wszystko zgodnie z harmonogramem, nie denerwuj się. Nie mam teraz czasu na uspokajanie stremowanego gospodarza.

– Nie jestem stremowany – wymamrotał z niesmakiem.

– Miło mi to słyszeć.

– Ale wolałbym mieć już to za sobą – mruknął. – Chętnie zamieniłbym się z Jasonem albo z Kyle'em i poszedłbym z Makbetem do kina na ten film o androidach. Jak mój krawat? Prosto?

Zerknęła na niego przez ramię.

– Idealnie. Wracaj do salonu i coś sobie poczytaj. Pierwsi goście przyjadą dopiero za pół godziny.

Stark nachmurzył czoło.

– Zaczekam w gabinecie.

– Wszystko jedno, tylko stąd wyjdź. Pozwól pracować fachowcom.

– Na pewno nie jestem potrzebny?

– Na pewno.

Stark ogarnął wzrokiem kuchnię, gdzie zwijali się pracownicy Desdemony, i niechętnie wyszedł.

Bess zachichotała.

– Można by pomyśleć, że za chwilę ma premierę na Broadwayu.

– To przyjęcie jest dla niego równie ważne, może nawet ważniejsze niż premiera na Broadwayu. Przyjdą jego najlepsi klienci. – Ktoś zapukał do drzwi. – To pewnie Henry i Vernon. Dzięki Bogu.

Podbiegła do drzwi i szybko je otworzyła.

– Już zaczynałam się martwić, że w ogóle nie przyjedziecie. Co... – Urwała, zobaczywszy, kto stoi obok Vernona. – Tony! Co ty tu robisz?! Przecież masz dzisiaj wolne.

Na wszelki wypadek celowo wykluczyła Tony'ego ze wszystkich imprez, jakie Bon Appetite organizowało dla Stark Security Systems. Było zupełnie oczywiste, że Stark dostaje drgawek na widok Tony'ego, a Tony na widok Starka. Gdy przebywali w tym samym pokoju, w powietrzu czuło się nadchodzącą burzę. W trakcie jej urodzinowego przyjęcia nie zamienili z sobą ani słowa, chociaż obaj zachowywali powściągliwą grzeczność.

Tony uśmiechnął się drwiąco znad pudła z kieliszkami do wina.

– Przepraszam cię, siostrzyczko. Henry'ego wezwano na próbę. Ale spokojna głowa. Będę Starka unikał. Jak tylko faceta zobaczę, natychmiast zejdę mu z oczu. Nie śmiałbym denerwować naszego superklienta.

Desdemona zdusiła w sobie jęk rozpaczy. Wiedziała, że Stark nie będzie zadowolony, widząc Tony'ego, ale nie było rady.

– Spróbuj, Tony, dobrze? On jest już i tak zdenerwowany dzisiejszym przyjęciem.

– Gdzie postawić kieliszki? – spytał.

– Postaw je na ladę i rozpakuj. – Popatrzyła na Vernona. – Gdzie rzeźby?

– W furgonetce – odrzekł. – Pomyślałem sobie, że zanim je wyładuję, dobrze by było sprawdzić, gdzie mają stać.

Desdemona znów spojrzała na ekranik PDA i schowała urządzenie do kieszeni fartucha.

– Chodź ze mną, pokażę ci. Ciociu, znalazłaś wreszcie te wykałaczki?

– Znalazłam. – Ciotka Bess podniosła z lady niewielkie pudełko. – Nabiję na nie krewetki. Tony, pomożesz mi?

– Jasne, ciociu.

W drzwiach ukazał się Stark.

– Desdemono, co z wodą mineralną? Wystarczy? – Stanął jak wryty, zauważywszy Tony'ego. Przeszył go wzrokiem i spytał: – Co tu robisz?

– Pracuję dla Desdemony, jak reszta – odrzekł Tony z zadziornym wyzwaniem w głosie. – Masz coś przeciwko temu?

– Może.

– Co za cholerny pech, nie?

Przeczuwając kłopoty, Desdemona szybko wkroczyła do akcji.

– Stark, Henry'ego coś zatrzymało. Tony go zastępuje. O wodę mineralną się nie martw. Mamy jej tyle, że można by na niej zwodować okręt wojenny.

Trzy godziny później Stark zapomniał o troskach związanych z wodą mineralną. Ba, zdołał się nawet pogodzić z obecnością Tony'ego w kuchni. Przyjęcie było wspaniałe i wszystko szło jak po maśle. Czarodziejka Desdemona znowu przemieniła go w salonowego lwa.

Dom był pełen rozradowanych i uszczęśliwionych klientów. Wyglądało na to, że ich żony i mężowie świetnie się bawią. Ponad dyskretnymi dźwiękami fortepianowego koncertu Mozarta unosił się miły gwar ożywionych rozmów.

Goście zachwycali się jedzeniem. W lodowej rzeźbie stojącej pośrodku stołu z przystawkami grały refleksy światła. August, który w eleganckim, czarno-białym stroju wyglądał jak prawdziwy arystokrata, nalewał spragnionym wina albo wody i zabawiał ich rozmową. Z tego, co Stark zdołał podsłuchać, wuj Desdemony opowiadał im teatralne dykteryjki i dzielił się wspomnieniami z bogatej kariery artystycznej.

Tak, Desdemona znowu wybawiła go z opresji. Dzięki niej odniósł kolejny sukces towarzyski. Ta świadomość sprawiła, że odzyskawszy wiarę w siebie, przechadzał się po salonie w miarę swobodnie. Pamiętał, jakich rad mu udzielała. „Ludzie będą zadawać ci pytania, mówiła. Ale mało kto oczekuje obszernych, szczegółowych odpowiedzi. Cała sztuczka polega na tym, żeby były ogólne, ale żeby brzmiały mądrze. To wystarczy".

– ...Większość koncepcji ma źródło w teorii informacji – odrzekł, gdy zadano mu pytanie dotyczące cech struktur złożonych. I zanim zdążył przejść do sedna problemu, ugryzł się w język. – Ale nie chcę zanudzać państwa szczegółami. Mam pomysł. Moi pracownicy przygotowali krótki zarys naszych koncepcji wraz z opisem sposobu ich zastosowania w systemach zabezpieczania sieci komputerowych. Każę je państwu przysłać.

– ...Kodowanie jest jednym z oczywistych zastosowań nauki o złożonościach scalonych, ale są również inne. Można je spożytkować na przykład w medycynie albo w meteorologii. – Tu należało się uśmiechnąć. Swobodnie, wdzięcznie, z intelektualnym humorem, jak kazała mu Desdemona. – Wiecie państwo, jak nieprzewidywalna jest pogoda. I co tu mówić o strukturach złożonych...

I ze zdumieniem stwierdził, że goście wybuchnęli śmiechem.

– ...Termin „autostrada informacyjna" to popularne określenie koncepcji połączenia wszystkich istniejących systemów komputerowych w jedną wielką sieć. – W tym miejscu należało zawiesić głos i przybrać zatroskany wyraz twarzy. – Oczywiście, łączy się to z poważnymi konsekwencjami natury technicznej. Sami państwo rozumiecie, w grę wchodzi ochrona tajemnic przemysłowych, rządowych i wojskowych.

Kącikiem oka zauważył, że Desdemona zerka na niego z aprobującym uśmiechem. Gdy w drodze do kuchni otarła się o jego ramię, szepnął:

– Jak mi idzie?

– Przebojowo. Masz to we krwi. Powinieneś występować na scenie. Złam nogę. – I spiesznie odeszła.

Patrzył za nią, podziwiając jej kształtne biodra pod czarną obcisłą sukienką i nie miał żadnych wątpliwości, że Desdemona jest najbardziej interesującą kobietą w salonie. Nie, pomyślał, czując przyjemne mrowienie w okolicach podbrzusza. Najbardziej pociągającą.

Nagle zdał sobie sprawę, że jej obecność bardzo go cieszy. Nie tylko dlatego, że dzięki niej odniósł sukces towarzyski, ale i dlatego, że przy Desdemonie nie czuł się w tłumie wyobcowany i samotny.

Samotny. Słowo to zawibrowało w jego duszy z przerażającą siłą. Nie używał go zbyt często, bo przywodziło na myśl prawdziwy chaos.

Niejednokrotnie powtarzał sobie, że określenie to nie odnosi się do niego. Nie, był człowiekiem samodzielnym, nie samotnym. To duża różnica. A człowiek obdarzony jego naturą najlepiej funkcjonował w samotności.

Dobiegło go jakieś monotonne brzęczenie i uświadomił sobie, że żona jednego z nowych klientów zadała mu przed chwilą pytanie. Czym prędzej odegrał je na swoim wewnętrznym magnetofonie, zrozumiał sens – kobieta pytała go o sieci komputerowe za oceanem – i grzecznie odpowiedział:

– Tak, oczywiście. W innych krajach też pracują wielkie systemy komputerowe. Użytkownicy sieci amerykańskich mogą się z nimi połączyć z taką samą łatwością, z jaką łączą się z dowolnym komputerem w kraju. – Umilkł, przybierając minę przedsiębiorcy wizjonera. – Sieci komputerowe nie znają granic. W nadchodzących latach ochrona informacji prywatnych i tajemnic służbowych będzie coraz większym problemem. Kluczem do całej sprawy jest odpowiednie zabezpieczenie.

A szanowny małżonek, dodał w myśli, może ten klucz kupić u mnie, w Stark Security Systems.

Rzeczywiście, miał do tego dryg, szło mu coraz lepiej. Prowadzenie rozmów towarzyskich było umiejętnością trudną, ale możliwą do opanowania. Z kieliszkiem w ręku podszedł do innej grupy gości.

Kilka minut później błogie samozadowolenie i poczucie bezpieczeństwa prysnęło jak mydlana bańka. Rozmawiali właśnie o nowych technikach kodowania, gdy wtem pager przymocowany do paska spodni cichutko zapiszczał. Stark urwał w połowie zdania.

– Przepraszam pana – rzekł do dyrektora jednej z firm produkujących oprogramowanie komputerowe. – Mam pilny telefon. Zaraz wracam.

Dyrektor spojrzał na niego dziwnym wzrokiem.

– Ależ oczywiście.

Stark zaczął przebijać się przez zwarty tłum gości. Po drugiej stronie salonu dostrzegł Dane'a i już chciał zawrócić, ale zmienił zdanie.

Nie było czasu.

Desdemona uśmiechnęła się do niego pytająco, gdy ją mijał.

– Coś nie tak? – szepnęła.

– Muszę zajrzeć do gabinetu.

– Pewnie sukces towarzyski tak cię oszołomił, że chcesz chwilę odpocząć. Nic dziwnego. Twoje przyjęcie jest wydarzeniem sezonu.

– Tak – mruknął i szybko ją wyminął.

Wyszedł z salonu i przystanął w foyer, ale nikogo tam nie zauważył. Wbiegł na schody, pokonując po dwa stopnie naraz, wspiął się na piętro i wpadł do korytarza.

Gabinet. Drzwi. Zamknięte. Trochę mu ulżyło. Może nastąpiło jakieś zwarcie w systemie alarmowym, może pager na to zareagował? Na metalowej plakietce przy futrynie wystukał cyfry kodu odblokowującego zamek.

Gdy przekroczył próg, zapłonęły światła. W gabinecie nikogo nie było.

Przez kilka sekund stał bez ruchu, lustrując pomieszczenie w poszukiwaniu śladów, jakie mógł zostawić włamywacz. Potem przeciął gabinet i stanął przed komputerem przymocowanym na stałe do stalowej ramy biurka.

Na pierwszy rzut oka wszystko było w porządku. Ale gdy przysunął bliżej silną halogenową lampę i skierował światło na tylną część obudowy komputera, zobaczył na metalu kilka małych zadrapań.

Ktoś próbował odkręcić śruby i dostać się do środka.

– Do diaska... – wymamrotał.

Włamywacz musiał zdać sobie sprawę, że uruchomił alarm. Uciekł, zamykając drzwi, zanim Stark zdążył wbiec na piętro.

Na schodach z nikim się nie minął, co znaczyło, że nieproszony gość mógł wciąż być w pobliżu.

Wyszedł z gabinetu i metodycznie przeszukał sypialnię oraz pokój Kyle'a i Jasona.

Nikogo nie znalazł. W łazienkach i szafach też nikogo nie było.

Drzwi za biurkiem wychodziły na taras. Stark otworzył je i ostrożnie wyszedł w kojącą noc. Taras świecił pustką.

Nasuwało mu się tylko jedno wytłumaczenie: włamywacz przycupnął w zacienionej części korytarza albo w sypialni, odczekał, aż Stark wejdzie do gabinetu i zacznie oglądać zadrapania na metalowej obudowie komputera, a wtedy zniknął, schodząc cichutko po schodach. Stanąwszy u podnóża schodów, mógł skręcić w prawo i wmieszać się w tłum gości albo skręcić w lewo, wyjść na zewnątrz i wrócić do domu kuchennymi drzwiami.

Ponieważ dom był pełen ludzi, system alarmowy chroniący wszystkie drzwi i okna został wyłączony.

Stark wrócił do gabinetu i jeszcze raz przyjrzał się obudowie komputera. Maleńkie, połyskujące nagim metalem zadrapania mówiły same za siebie. Ktoś próbował wykręcić śruby, zdjąć obudowę i wykraść twardy dysk z oprogramowaniem ARCANE.

Stark uświadomił sobie, że ma pełen dom podejrzanych.

– Cholera jasna...

Rozejrzał się dookoła. Nie, w gabinecie nikogo nie było.

Już miał wyjść, gdy wtem zerknął pod nogi i spostrzegł, że spod biurka coś wystaje. Wykałaczka.

Uklęknął na jedno kolano i na dywanie zobaczył ich więcej. Włamywacz musiał je zgubić w trakcie panicznej ucieczki.

Wstał, czując w żołądku lodowatą gulę. Spojrzał na garść wykałaczek, które trzymał w ręku.

Lista podejrzanych skróciła się do kilku osób.

Dwie godziny później stanął przed biurkiem i cisnął wykałaczki na blat. Maleńkie patyczki zatańczyły na gładkim szkle.

– To któryś z twoich pracowników, Desdemono. Nikt inny nie miał dzisiaj powodu, żeby nosić w kieszeni garść wykałaczek.

Desdemona wbiła wzrok w blat biurka.

– Nic z tego nie rozumiem. – Była zaskoczona nie tylko widokiem wykałaczek, ale i nagłą zmianą w zachowaniu Starka.

Ostatni goście wyszli ledwie kilka minut wcześniej. Jak tylko światła samochodów zniknęły na ciemnym podjeździe, poprosił ją na górę. Lodowata uprzejmość, z jaką to zrobił, zaalarmowała ją i zmroziła jej krew w żyłach.

Zdała sobie sprawę, że widziała go w takim stanie tylko raz: owej nocy, gdy Tony powitał ich w drzwiach jej mieszkania, przebrany w czarną maskę i strój z Exotica Erotica. Tak, bił z niego taki sam chłód, chłód mroczny i niebezpieczny.

Wiedziała, że stało się coś bardzo złego. Wytarła w fartuch spocone ręce. Ścisnęło ją w żołądku.

– Czego nie rozumiesz? – Obserwował jej twarz z ponurym skupieniem, ze skupieniem tak intensywnym, że aż przerażającym.

Zaczerpnęła tchu.

– Chwileczkę, Stark. Powiedzmy to sobie otwarcie. Twierdzisz, że któryś z moich pracowników próbował ukraść twój komputer, tak?

– Nie komputer. Ten komputer jest warty najwyżej parę tysięcy dolarów i nie sposób go wynieść z domu. Wszyscy by to zauważyli.

– Skoro nie komputer, to co?

– Ten ktoś próbował wymontować twardy dysk, bo tam przechowuje się najcenniejsze informacje i programy. Każdy idiota o tym wie.

Desdemona głośno przełknęła ślinę.

– Chcesz powiedzieć, że usiłował wykraść twój nowy program? ARCANE?

– Tak, Desdemono, dokładnie to chcę powiedzieć. Ten człowiek doskonale wiedział, że musi wymontować cały dysk, bo innego sposobu na wydobycie oprogramowania nie ma. Ten komputer nie jest podłączony do sieci. Celowo nie zainstalowałem w nim modemu. To znaczy, że do zawartości twardego dysku nie można dostać się za pośrednictwem innego komputera.

– Ale dlaczego ktoś miałby kraść twój nowy program? Przecież mówiłeś, że jest zakodowany.

– Mając czas, dobry hacker może złamać najtrudniejszy kod. Nawet kod opracowany przeze mnie.

Zmarszczyła brwi.

– Zakładając nawet, że złamał kod, co by z tym programem zrobił?

– Sprzedałby go.

– Komu?

– Każdemu. Pierwszej lepszej korporacji po tamtej stronie Atlantyku, pierwszej lepszej agencji rządowej. To jest szpiegostwo przemysłowe, Desdemono. Nie udawaj, że nigdy o tym nie słyszałaś.

– Oczywiście, że słyszałam, ale wybacz, niecodziennie mam z tym do czynienia – odparowała. – Gdyby ktoś chciał ukraść jeden z moich przepisów, chętnie bym mu go podarowała.

– Ty może niecodziennie, ale ja tak.

Skrzywiła się z niesmakiem.

– Tak przypuszczałam. Ostatecznie zbiłeś na tym fortunę, co?

– Kradzież najnowszych technologii to nowa gra, Desdemono. Gra, która w dużej mierze zastąpiła szpiegostwo w tradycyjnym tego słowa znaczeniu. Ale gracze pozostali ci sami. Grają w tej samej lidze.

– Nie rozumiem.

– Wielu z tych, którzy do niedawna handlowali tajemnicami państwowymi, przekwalifikowało się i zmieniło pracę – tłumaczył beznamiętnie Stark. – Teraz handlują bronią i tajemnicami przemysłowymi. Wiesz, co to oznacza?

– Eee... Niezupełnie.

– To oznacza, że szpiegostwo przemysłowe jest procederem o wiele groźniejszym niż kiedyś, bo uprawiają je fachowcy, a nie amatorzy.

– Stark, jeśli chciałeś mnie nastraszyć, to ci się udało. A teraz wytłumacz mi, o co tu właściwie chodzi.

– Któryś z twoich pracowników należy do ligi.

– Nie wierzę.

– Lepiej uwierz. Szpieg wykorzystał cię, żeby mieć dostęp do mojego komputera.

– To szaleństwo, Stark – wyszeptała. – Nie masz żadnych dowodów. Zadrapania na obudowie? Kilka wykałaczek? A cóż to znaczy? Nawet jeśli słusznie podejrzewasz, że ktoś chciał wykraść ARCANE, nie masz podstaw, żeby oskarżać moich pracowników.

– Mylisz się. Ktoś z twojego personelu miał sposobność i motyw.

– Chwileczkę, Stark. W tym domu były dzisiaj tłumy ludzi. Założę się, że wielu z nich zna się na komputerach o niebo lepiej niż wszyscy moi pracownicy razem wzięci.

– To musiał być ktoś, kto zna rozkład domu – odrzekł Stark. – Większość gości odwiedziła mnie po raz pierwszy. Nie mogli wiedzieć, gdzie jest gabinet, nie wspominając już o systemie alarmowym.

– Chwileczkę, a państwo Ferguson? Byli na poprzednim przyjęciu. Blauntowie też.

– Fergusonowie i Blauntowie to przedsiębiorcy starej daty. I jedni, i drudzy mają tak mgliste pojęcie o komputerach, że nie wiedzą nawet, co to jest twardy dysk.

– A twój przyjaciel McCallum?

Dane? Dane to menedżer i finansista, a nie informatyk. Co więcej, gdy zabzyczał pager, widziałem go w salonie. Nie mógł być w dwóch miejscach naraz.

– A ten mężczyzna z małą bródką? – Tonący brzytwy się chwyta, a Desdemona tonęła.

– Jessick?

– Może i Jessick, nie wiem. W każdym razie on też był na ostatnim przyjęciu. Mówiłeś, że to komputerowy geniusz.

– Zauważyłem go na dole mniej więcej w tym samym czasie, kiedy widziałem McCalluma. Masz jeszcze innych podejrzanych? Jeśli nie, może byśmy rozważyli inne kandydatury? Ot, choćby ludzi z twojego personelu.

Rozpaczliwie szukała ratunku.

– Żaden z moich pracowników nie zna się na komputerach. Na miłość boską, przecież oprócz Vernona Tate'a wszyscy są aktorami. A Tate jest rzeźbiarzem i kelnerem. Kelner hackerem?

– Kogoś pominęłaś.

– Kogo? – zapytała wściekła.

– Swego przyrodniego brata.

Zesztywniała i wytrzeszczyła oczy.

– Nie – szepnęła. – Tylko nie Tony.

– Niby dlaczego?

– On by tego nie zrobił – odrzekła. – Po prostu by tego nie zrobił.

– Tony zna się na komputerach. Sama mówiłaś, że podłączył twoją firmę do sieci. Z tego co wiem, butik Kirsten też skomputeryzował.

– Tak, ale to jeszcze nie dowodzi, że jest złodziejem albo hackerem.

– Czyżby? – Starł błysnął złowieszczo oczyma. – Tony ma za sobą pewne doświadczenia, prawda, Desdemono?

Na ułamek sekundy wstrzymała oddech.

– O czym ty mówisz?

– O tym, że podejrzewano go kiedyś o malwersację.

– Skąd wiesz?

Wzruszył ramionami.

– Zaraz po tym, jak zjawił się w twoim mieszkaniu, sprawdziłem, co to za ptaszek.

– Co zrobiłeś?!

– Dobrze słyszałaś.

Była oszołomiona.

– Nie miałeś prawa!

– Zapomniałaś już, że jestem ekspertem od tego rodzaju spraw?

– Jesteś ekspertem od zabezpieczania systemów komputerowych, a nie prywatnym detektywem. Zgoda, to prawda, że kilka lat temu Tony miał kłopoty, ale wszystko się wyjaśniło.

– Chcesz powiedzieć, że nic nie mogli mu udowodnić i odstąpili od oskarżenia.

– Nie postawiono go w stan oskarżenia, rozumiesz? – prychnęła. – I nikt nie zarzucał mu malwersacji.

– Faktycznie. O ile pamiętam, zarzucano mu „niegospodarność, rozrzutność finansową i szafowanie funduszami".

Wyrzuciła do góry ręce.

– Był młody. Zaryzykował, chciał sfinansować nowe przedstawienie i wszystko diabli wzięli. To była kwestia złej oceny własnych możliwości, kwestia złego osądu, a nie przestępstwo.

– To zależy od punktu widzenia – odparował niewzruszony Stark. – W mojej branży zniknięcie kilku tysięcy dolarów nazywa się malwersacją.

– Ty byś na pewno tak to nazwał. Bo ty, Stark, podejrzewasz wszystko i wszystkich. Nie ufasz nawet swoim narzeczonym. Chryste, nie ufałeś tym kobietom do tego stopnia, że kazałeś im podpisywać intercyzę!

– Bądź łaskawa wyłączyć z tego moje eks-narzeczone. Nie mają z tym nic wspólnego.

– Bądźmy logiczni. – Zignorowała jego drwiący uśmieszek. – Powiedz mi, skąd Tony miałby wiedzieć, że przechowujesz w komputerze jakiś wartościowy program?

– Chyba żartujesz. Wszyscy wiedzą, że nowe programy zawsze opracowuję w domu, na komputerze niepodłączonym do sieci.

Do diaska, nawet Jason i Kyle o tym wiedzą. Tak jest, bo demonstrowałem im ARCANE. Mogli wspomnieć o tym Makbetowi, a Makbet Tony'emu.

– Dobry Boże, teraz z kolei oskarżasz mojego kuzyna i swoich własnych braci. Czy ty nikomu nie ufasz?

– Nie oskarżam ich o popełnienie przestępstwa. Próbuję tylko wykazać, jakim sposobem Tony mógł dowiedzieć się o istnieniu ARCANE. Są jeszcze inne możliwości. Przez ten dom przewinęło się wielu twoich pracowników. Znają rozkład pomieszczeń. Tony mógł dowiedzieć się od nich.

– Na miłość boską, ale po co miałby kraść ten głupi program?! – wykrzyknęła.

– Z dwóch powodów – odrzekł chłodno Stark. – Po pierwsze dlatego, że pewni ludzie gotowi są wyłożyć bardzo duże pieniądze, żeby tylko ten program zdobyć, a Kyle wspomniał, że twój przyrodni braciszek szuka funduszów na sfinansowanie swojej sztuki.

– Każdy dramatopisarz, który marzy o wystawieniu własnej sztuki, poszukuje niezbędnych funduszów, co wcale nie znaczy, że zostaje przez to złodziejem. A drugi powód?

– Zemsta – odrzekł krótko.

Desdemona rozdziawiła usta.

– Zemsta? Na kim?

– Na mnie.

– Ale dlaczego?

– Bo chce mi ciebie zabrać.

Desdemona oniemiała.

– Chryste, Stark, o czym ty...

Stark nachylił się i położył na biurku swoje wielkie dłonie.

– Posłuchaj, Desdemono. Ponieważ Tony jest twoim przyrodnim bratem i ponieważ nie dysponuję konkretnymi dowodami, że to on próbował ukraść ARCANE, zamierzam puścić ten incydent w niepamięć.

W jej oczach rozbłysły słabe iskierki nadziei.

– Naprawdę?

– Tak. Po raz pierwszy i ostatni. Przekaż mu to, Desdemono. Przekaż Tony'emu, że jeśli kiedykolwiek da mi nowy powód do podejrzeń, rozgniotę go jak nędzną muchę.

– Stark, posłuchaj...

– Zrobię to, Desdemono.

Wierzyła, że Stark może to zrobić. Z jego twarzy biło coś zimnego, mrocznego i bezlitosnego. Nie takim go znała. Nie w takim mężczyźnie się zakochała.

Cofnęła się o krok.

– Idę poszukać Tony'ego. Chcę usłyszeć, co ma do powiedzenia.

Obróciła się na pięcie, wymaszerowała z gabinetu, zbiegła schodami do foyer i omal nie wpadła na Vernona. Przytrzymał ją, bo wylądowałaby na podłodze.

– Powoli, panno Wainwright, powoli. – Zaniepokojony spojrzał jej w twarz. – Dobrze się pani czuje?

– Nie. Gdzie Tony?

– W kuchni.

– Przepraszam cię. – Odtrąciła jego rękę i pognała do kuchni.

Wtargnęła tam jak burza. Tony poderwał głowę, spojrzał na nią znad pudła z kieliszkami i zmarszczył brwi, widząc minę siostry.

– Co jest?

Stanęła przed nim i warknęła:

– Tony, mów prawdę. Czy byłeś dzisiaj w gabinecie Starka?

– Po kiego? Zresztą i tak jest zamknięty, nie?

– Skąd wiesz?

– Makbet powiedział, że jeden z braci Starka wspomniał coś o zamku elektronicznym przy drzwiach.

Ciotka Bess, wuj August i Julia przerwali pracę i zaintrygowani otoczyli ich zwartym kręgiem. Vernon wszedł do kuchni i przystanął z boku z bezradnym wyrazem twarzy.

– Co się dzieje? – spytała ciotka Bess.

– Stark twierdzi, że ktoś próbował wykraść twardy dysk jego komputera – wyjaśniła Desdemona, świdrując wzrokiem przyrodniego brata. – Uważa, że to robota Tony'ego.

– Skurwysyn – mruknął młody Wainwright. – I ty mu wierzysz, tak?

– Nie, myślę, że nie ma racji – odrzekła z mocą. – I chcę, żebyś to potwierdził, do cholery. Powiedz, że nie próbowałeś ukraść tego przeklętego dysku!

– Nie, nie okradłem sukinsyna. – Spojrzał nad jej ramieniem i twarz mu zhardziała. – Nawet nie próbowałem. Przysięgam, siostrzyczko. Niestety, nie mogę tego udowodnić.

– Fakt, nie możesz – rzucił od drzwi Stark. – Tak samo jak ja nie mogę udowodnić, że próbowałeś. Ale jeśli cię przyłapię, Wainwright, nic mnie nie powstrzyma. Znajdę sposób, żeby się z tobą rozprawić. Wierz mi.

Tony zesztywniał.

– A ty, Desdemono? – spytał. – Komu uwierzysz? Twemu przyrodniemu bratu czy temu sukinsynowi?

– Myślę, że Stark się myli – odrzekła zdesperowana.

– Myli się? – Tony wykrzywił usta w smutnym uśmiechu. – Nie, on kłamie, siostrzyczko. Wydumał tę smętną historyjkę tylko po to, żeby nas poróżnić.

– Nie – wyszeptała Desdemona – to nieprawda. Po co miałby to robić?

– Żeby usunąć mnie z widnokręgu – odparł Tony, łypiąc na Starka. – Nie rozumiesz? On wie, że łączą nas silne i wyjątkowe więzy, a ponieważ jest zaborczy, nie może tego znieść.

– To nieprawda – powtórzyła Desdemona.

– Prawda – napierał delikatnie Tony. – Chce cię mieć tylko dla siebie. Na jakiś czas. Kiedy się tobą nacieszy, natychmiast cię wyrzuci, lecz na razie nie chce żadnej konkurencji. Dobrze mówię, Stark?

– Desdemona ma rację – odparł. – Tu nie chodzi o sprawy osobiste. Tu chodzi o interes. O wielki i bardzo niebezpieczny interes. Dam ci pewną radę, Wainwright. Jeśli zabawiasz się z tymi od międzynarodowego handlu zastrzeżonymi technologiami, lepiej zrezygnuj, bo to nie fach dla ciebie.

– Z nikim się nie zabawiam. – Tony przeniósł wzrok na Desdemonę. – Więc jak będzie, siostrzyczko? Uda mu się?

– Co?

– Czy uda mu się nas poróżnić?

– Nikt nas nie poróżni, Tony. Jesteś moim bratem.

– Twoim przyrodnim bratem – poprawił ją cicho. Podniósł rękę i musnął palcami jej policzek. – To różnica. I Stark o tym wie.

Odwrócił się i wyszedł z kuchni. Desdemona poczuła, że oczy wzbierają jej łzami.

Ciotka Bess, wuj August i Julia patrzyli za Tonym i zaszokowani milczeli. Vernon stał pośrodku kuchni i obleczonymi w rękawiczki dłońmi ściskał swoją lodową rzeźbę. Spoglądał nerwowo to na Desdemonę, to na Julię, Augusta i ciotkę wyraźnie nieszczęśliwy, że wdepnął w sam środek rodzinnej kłótni.

– Trzeba oddać mu sprawiedliwość, że jedno robi znakomicie – skonstatował lakonicznie Stark. – Umie schodzić ze sceny.

Zgryźliwa nuta w jego głosie wytrąciła Desdemonę z chwilowego paraliżu. Obróciła się i spojrzała mu wyzywająco w oczy.

– Ma talent, to u nas rodzinne. A teraz przepraszamy cię, ale chcielibyśmy skończyć sprzątanie i czym prędzej się stąd wynieść. Bon Appetite zawsze zostawia dom klienta w takim stanie, w jakim go zastał.

Rozdział 12

Zrobiła mu scenę i nazajutrz rano doszedł do wniosku, że powinien był to przewidzieć. Desdemona jest jedną z nich, myślał, należy do rodziny Wainwrightów. Wainwrightowie to ludzie teatru, a ludzie teatru uwielbiają melodramatyczne sceny.

Miał zamiar ją przestrzec, nic więcej, lecz ona musiała zrobić z tego aferę i doprowadzić do konfrontacji jak z kiepskiego serialu telewizyjnego. Jego wina. Bez żadnych osłonek zarzucił młodemu Wainwrightowi próbę kradzieży, a w pojęciu Desdemony atak na przedstawiciela jej bezcennej rodziny jest atakiem na nią.

Zrobił poważny błąd taktyczny. Postawił ją w sytuacji, gdy musiała wybierać między dwiema sprzecznymi wersjami wydarzeń: jego wersją i wersją jej przyrodniego brata. Żałował, że nie przemyślał tego dokładniej. Nie powinien był zakładać, że mu zaufa – Desdemona ufała tylko Wainwrightom.

Kuchnia świeciła pustką. Machinalnie zrobił kawę i z poczuciem znużonego fatalizmu nasypał płatków do talerza. Pogoda odzwierciedlała jego nastrój: dzień był pochmurny i szary.

Nocą odtwarzał scenę z Desdemoną setki razy, próbując dociec, czy istniał inny sposób załatwienia sprawy, sposób, którym by jej do siebie nie zraził.

I nie znalazł żadnego rozwiązania.

Kolejny związek diabli wzięli. Chociaż tym razem nie porzucono go przed ołtarzem, z jakiegoś powodu czuł się o wiele parszywiej niż w dniu, kiedy Pamela wystawiła go do wiatru.

Co ze mną jest, do ciężkiej cholery? – myślał, zalewając płatki mlekiem. Od samego początku wiedział, że romans z Desdemoną będzie krótkotrwały. Spali ze sobą tylko raz. Na miłość boską, przecież to jeszcze nie powód, żeby prosić ją o rękę. Powtarzał sobie, że tym razem da się ponieść fali.

Lecz fala zaniosła go do wielkiego wodospadu, do prawdziwej Niagary, i właśnie stwierdził, że siedzi w beczce i na łeb na szyję spada na skalne występy

Co miał zrobić? Jak miał postąpić? Miał udawać, że jej ukochany Tony nie zamierzał ukraść twardego dysku?

– Dzień dobry, Sam. – Jason wpadł do kuchni i chwycił pudełko płatków, które Stark zostawił na kuchennej ladzie. – Szkoda, że nie poszedłeś z nami do kina. Świetny film.

– Tak? – Stark zaniósł talerz na stół i usiadł.

Wszedł Kyle.

– O takim androidzie – dodał. – Wszyscy myślą, że jest człowiekiem, a on jest maszyną, superkomputerem wyposażonym w najprzeróżniejszą broń.

– I nie wiadomo dlaczego chce być człowiekiem. Głupek. – Jason zrobił minę, przechylił pudełko i nasypał do talerza gigantyczną porcję płatków. – To jedyna rzecz, która mi się nie podobała. Kto by chciał być człowiekiem, skoro można być androidem?

– Dobre pytanie. – Stark zaczął żuć płatki.

Kyle wyrwał pudełko z rąk brata.

– Zamiast ręki miał rewolwer. To znaczy, ręka wyglądała jak zwykła ręka, ale była rewolwerem. A w oczach miał skomputeryzowany wskaźnik refleksyjny, taki jak w samolotach myśliwskich albo w bombowcach.

– Efekty specjalne były ekstra – wtrącił Jason.

– Makbet wyjaśnił nam, jak się niektóre robi. – Kyle otworzył lodówkę i wyjął butelkę soku pomarańczowego. – Powiedział, że ty znasz się na tym lepiej niż on, bo to efekty komputerowe, a ty jesteś specem.

– Powiedział, że w teatrze nie stosuje się tylu sztuczek czy trików – dodał Jason.

Kyle nalał do szklanki soku.

– Makbet mówi, że iluzja teatralna jest formą sztuki. Między sztuką a sztuczką jest duża różnica.

Stark uniósł brew.

– Nie uważacie, że Makbet jest trochę stronniczy? – spytał.

– Nie, on jest ekspertem – zapewnił go Kyle.

– Rozumiem. – Stark przeżuwał już trzecią łyżkę płatków, ale dopiero teraz stwierdził, że smakują inaczej niż zwykle. Były koszmarnie słodkie, a głowę dawał, że nie dosypywał do nich cukru.

– Makbet mówi, że nic nie wywołuje tak silnych emocji jak żywy teatr – tłumaczył Jason. – Mówi, że ludzie angażują się w teatr mocniej niż w film.

– Tak, bo teatr jest sztuką bardziej wymagającą – dodał wyniośle Kyle.

Posępny Stark wspominał sztukę, w której dane mu było wystąpić poprzedniego wieczoru.

– Chyba ma rację. – Podniósł do ust czwartą łyżkę płatków i ostrożnie skosztował. – Co to za płatki? Skąd je wytrzasnęliście?

– Makbet zawiózł nas wczoraj do sklepu – wyjaśnił Kyle. – Kupiliśmy płatki i inne rzeczy.

– Jakie rzeczy?

Kyle wzruszył ramionami.

– Colę, masło z orzeszków ziemnych i chipsy.

– Czyli podstawowe produkty żywnościowe, co?

– No właśnie. Makbet zabiera nas dzisiaj do Limelight. Będziemy reperować scenę.

Stark przestał jeść, bo nagle uderzyła go pewna myśl.

– Cholera.

Jason poderwał głowę.

– Co się stało?

Zastanawiał się, jak powiedzieć braciom, że Makbet pewnie nie przyjedzie. Do tego czasu Desdemona musiała się z nim skontaktować i zawiadomić go, że Starkowie i Wainwrightowie przestali z sobą rozmawiać.

Wtedy uświadomił sobie, że trzeba zatelefonować do biura i uprzedzić Maud, że się spóźni – przecież musiał znaleźć nowego opiekuna dla chłopców. Pokrywa duchowego kotła z chaosem poluzowała się nocą i Stark zaczynał dostrzegać jego ohydną zawartość.

– Co ci jest, Sam? – spytał zaniepokojony Jason.

– No właśnie, co się stało? – powtórzył Kyle.

– Nic, nic. – To nie ich problem, pomyślał, zerkając na zegarek. Dochodziło wpół do ósmej. Makbet zawsze przyjeżdżał punktualnie. – Słuchajcie, niewykluczone, że będziecie musieli zmienić dzisiejsze plany.

– Jak to? – spytał Kyle.

– Nie wiem, czy Makbet... – Urwał, słysząc warkot dżipa na podjeździe.

– Już jest. – Jason zeskoczył z krzesła. – Przepraszam, muszę wziąć kurtkę.

– Ja też. – Kyle ruszył za bratem.

– Nie zapomnijcie o naczyniach – mruknął odruchowo Stark.

Jęknęli, ale zawrócili, zebrali ze stołu talerze i szklanki i włożyli je do zmywarki.

– Cześć, Sam! – wrzasnął od progu Jason.

– Do zobaczenia wieczorem! – zawołał Kyle. – Zamówimy sobie pizzę?

– Zobaczymy. – Stark wstał i wyszedł za braćmi na schody.

Makbet siedział za kierownicą czarnego dżipa. Ubrany jak zwykle – czarne lustrzane okulary, robocza koszula i skórzana kurtka – podniósł rękę, by powitać biegnących ku niemu chłopców.

– Sie masz, Stark.

Stark zszedł na dół, stanął przy samochodzie i oparł się o drzwi.

– Nie byłem pewien, czy się dzisiaj pokażesz.

Makbet błysnął białymi zębami.

– Tak, słyszałem o tej małej sprzeczce. – Kyle i Jason już wsiedli i zaczęli mocować się z pasami, więc zniżył głos. – Desdemona powiedziała, że byłeś wkurzony, bo ktoś próbował rozkręcić twój komputer.

– Tak.

– Myślisz, że to Tony?

– Mam podstawy tak przypuszczać.

– On? Gdzieee tam. Tony nie jest złodziejem. Porąbaniec z niego i szajbus, ale nie złodziej.

– Tak sądzisz?

– Nic się nie martw. – Makbet wykrzywił usta w szczerym uśmiechu. – Desdemona wszystko załatwi.

– Desdemona?

– Tak. – Wrzucił jedynkę. – Chce wynająć jakiegoś speca, żeby to rozgryzł.

Stark wybałuszył oczy.

– Co chce zrobić?!

– Chce kogoś wynająć. Prywatnego detektywa albo kogoś takiego.

– Detektywa?! Odbiło jej?

– Trochę, bo wyda na faceta całą fortunę. Obaj wiemy, że to Tony powinien zapłacić, ale Tony nie może. Brak szmalu. Więc kto wyłoży pieniążki? Desdemona. – Znów się uśmiechnął. – My, oczywiście, też. Zrobimy zrzutkę, więc Bogu niech będą dzięki, że mam robotę.

Ryknął silnik. Stark cofnął się o krok. Dżip ruszył. Kyle i Jason pomachali na pożegnanie.

Przez bardzo długą chwilę stał w absolutnym bezruchu. Potem odwrócił się, wszedł po schodach do domu, wpadł do kuchni i chwycił słuchawkę telefonu.

– Do ciebie, Desdemono! – wrzasnęła Julia, przekrzykując kuchenne hałasy.

– Odbiorę w gabinecie. – Desdemona odstawiła półmisek z faszerowanymi jajkami i zdjęła plastikowe rękawiczki. – Możesz za mnie dokończyć, ciociu?

– Oczywiście, kochanie. – Ciotka Bess podeszła do stołu. – Farsz z czerwonej papryki?

– Tak. – Desdemona weszła do gabinetu, zamknęła drzwi i podniosła słuchawkę.

– Słucham?

– Co ty, do diabła, robisz? – zaczął bez wstępów Stark.

Wstrzymała oddech. Zadzwonił! Była niemal przekonana, że zadzwoni, ale nie miała stuprocentowej pewności. Strak był człowiekiem nieprzewidywalnym i jeszcze nie zdążyła go rozpracować.

– W tej chwili? Faszeruję jajka – odrzekła swobodnie. – O jedenastej mamy wczesny lunch dla klientów firmy produkującej odzież sportową. Wiesz, ile czasu zajmuje nafaszerowanie stu jajek?

– Nie pytam cię o faszerowane jajka – warknął. – Pytam cię o ten zwariowany pomysł z wynajęciem prywatnego detektywa.

– Ach, o to chodzi. Makbet wspominał ci o moim planie?

– Czyś ty zupełnie oszalała? Wydasz majątek, a poza tym to całkowita strata czasu.

– Jestem innego zdania.

– I co ten głupi detektyw miałby wykryć, do ciężkiej cholery?

– Prawdę.

– Ale najpierw będzie musiał przesłuchać mnie, a ja opowiem mu o wykałaczkach, poczęstuję go historyjką o pewnej malwersacji, powiem, że niejaki Tony Wainwright zna się na komputerach, że ma do mnie wrogi stosunek i na tym, moja droga, całe śledztwo się skończy.

– Wierzę, że dobry detektyw ujawni innych podejrzanych.

– Desdemono, nie życzę sobie, żeby jakiś palant wtykał nos w moje sprawy.

– Dlaczego? Masz coś do ukrycia?

– Nie zamierzam ujawniać tajemnic służbowych Stark Security Systems – odrzekł rozsierdzony. – Nikomu. Tym bardziej prywatnemu detektywowi.

– Nie możesz oczekiwać, że Wainwrightowie położą uszy po sobie i bez szemrania przyjmą twoje zarzuty. Mamy prawo się bronić.

– Mówisz tak, jakbym oskarżał wszystkich Wainwrightów. Nie o to chodzi.

– Oskarżyłeś Tony'ego, zarzuciłeś mu usiłowanie kradzieży. Wierzę, że tego nie zrobił, dlatego podejrzewasz i mnie, dlatego twierdzisz, że jestem naiwną, łatwowierną idiotką. Może temu zaprzeczysz?

– Posłuchaj, Desdemono...

– Zaprzeczysz, Stark?

– Cholera jasna, ja tylko tego głupca ostrzegłem! Tak, myślę, że jeśli chodzi o swego przyrodniego brata, jesteś łatwowierną i naiwną idiotką. Opowiada ci te dyrdymały o wiecznym pechu, a ty mu wierzysz tylko dlatego, że należy do rodziny.

– Tak się składa, że Tony naprawdę ma pecha.

– Desdemono, on cię wykorzystuje i będzie cię wykorzystywał, dopóki mu na to pozwolisz.

– Nie obchodzą mnie twoje beznadziejne teoryjki. Mam plan i go zrealizuję.

– To strata czasu. Bez mojej pomocy ten twój szpicel nie ruszy z miejsca. A ja mu pomocy nie udzielę.

– Nie?

– Nie. Co więcej, odbędę z nim długą pogawędkę, wyjaśnię mu całą sytuację, a potem wytłumaczę człowiekowi, że stąpa po bardzo kruchym lodzie. Poinformuję go, że wtyka nos w nie swoje sprawy i że działa na własną niekorzyść. Tak, bo dam mu wilczy bilet i żaden z moich klientów go nie zatrudni.

– Chcesz go zaszantażować?

– Otóż to.

– Trudna sprawa – mruknęła. – Nie mam pojęcia, jak można szantażować samego siebie. Ciekawe, wycofasz się czy poślesz siebie do diabła. Śmiem twierdzić, że poślesz siebie do diabła.

Starka na chwilę zamurowało.

– O czym ty mówisz?

– O tobie. Tym prywatnym detektywem jesteś ty. Zamierzam cię wynająć. – I trzasnęła słuchawką.

Kilka sekund później telefon zaterkotał jak rozdrażniony ptak.

– Bon Appetite. Czym możemy służyć?

– Jestem ekspertem od zabezpieczania systemów komputerowych – wysyczał przez zaciśnięte zęby. – Nie jestem twardzielem z powieści sensacyjnych, nigdy nie prowadziłem, nie prowadzę i nie zamierzam prowadzić żadnego śledztwa.

– Przecież chodzi o zabezpieczenie przed kradzieżą oprogramowania komputerowego, prawda? To twoja specjalność.

– Zajmuję się systemami i sieciami komputerowymi. – Ton jego głosu wskazywał na to, że Stark trzyma nerwy na wodzy tylko dzięki niepospolitej sile woli. – Masz rację, to swego rodzaju śledztwo. Analizuję programy, przeszukuję pliki, badam sieci i robię to wszystko, nie ruszając się zza biurka. Nie przesłuchuję świadków. Nie noszę pod marynarką rewolweru. Nie urządzam zasadzek.

– Wszystko jedno, jak to zrobisz – odrzekła wesoło. – Posłuchaj, nie mów mi, jak przygotować przyjęcie dla dwustu gości, a ja powstrzymam się od uwag na temat twojej pracy.

– To czyste szaleństwo. Rozważając rzecz hipotetycznie, bo tylko w ten sposób możemy o tym mówić, czego się po mnie spodziewasz?

– Wynajmuję cię, żebyś znalazł innego podejrzanego. Podejrzanego, który miał motyw i sposobność, żeby wykraść ARCANE. Chcę, żebyś uświadomił sobie, że mój brat nie jest jedynym podejrzanym, że na dobrą sprawę nie ma przeciwko niemu żadnych dowodów. Chcę, żebyś przestał skupiać na nim uwagę i spojrzał na sprawę z szerszej perspektywy.

– Do diaska, przecież Tony jest najbardziej podejrzany ze wszystkich!

– Stark, nie poznaję cię. Kierujesz się emocjami, a nie logiką – zauważyła.

– Jeśli chcesz przez to powiedzieć, że jestem więcej niż wkurzony, to masz rację. Mimo to wciąż myślę logicznie. W przeciwieństwie do ciebie.

– Nie intersuje mnie logika *per se* – odrzekła. – Zgoda, rozumowanie czysto logiczne jest domeną wielu ludzi, ale nie Wainwrightów. Wainwrightowie polegają na intuicji.

– W takim razie zechciej wykorzystać swoją słynną intuicję i pomyśl, jak rozwiązać kwestię mojego honorarium – wysyczał groźnie.

– To znaczy?

– To znaczy, że jestem dla ciebie za drogi – odrzekł zjadliwie.

– Nie, mój miły, mylisz się. Ja mam coś, co chciałbyś mieć, a ty masz coś, co bardzo mi się przyda. Oboje jesteśmy ludźmi interesu. Powinniśmy dobić targu.

Przez chwilę po drugiej stronie linii telefonicznej panowała złowroga cisza, a gdy Stark zaczął mówić, ze słuchawki powiało lodowatym chłodem.

– Co konkretnie proponujesz?

Desdemona zaczerpnęła tchu.

– Usługa za usługę. Ty pracujesz dla mnie, a Bon Appetite dla ciebie. Przez cały rok. Za darmo.

I znowu długo milczał.

– Rozumiem – odrzekł w końcu.

Desdemona zmarszczyła czoło i zerknęła na słuchawkę.

– Co ci jest? Dziwnie się zachowujesz.

– Myślałem, że zaproponujesz mi coś innego.

– Moje wspaniałe, dojrzałe i soczyste ciało?

Odchrząknął.

– Owszem, przeszło mi to przez myśl.

– Niéładnie, Stark. Jakie to wulgarne. Bardzo, ale to baaardzo wulgarne.

– Chyba tak.

– No to cóż, wracajmy do warunków naszego kontraktu.

– Jakiego kontraktu?

– Skup się, Stark. Masz darmową obsługę wszystkich przyjęć. Przez caluteńki rok, przez dwanaście miesięcy. Oczywiście będziemy musieli spisać nową umowę.

– Desdemono...

– Ale pamiętaj, że darmowa jest tylko obsługa. Pokryjesz podstawowe wydatki: żywność, wyposażenie, lodowe rzeźby, tego rodzaju rzeczy. Ale nie wystawię ci rachunku za planowanie i przygotowanie przyjęć ani za sprzątanie.

– Potrącisz swoje honorarium?

– Właśnie.

– Czy zdajesz sobie sprawę, jak niewiele mojego czasu będziesz mogła za to kupić?

– Wiem, że jesteś drogi.

– Bardzo drogi.

– Ale przypuszczam, że taki komputerowy spec jak ty rozgryzie problem w try miga. Pokładam dużą wiarę w twój talent, Stark.

– Załóżmy, oczywiście tylko hipotetycznie, że znajdę innego podejrzanego. To wcale by nie znaczyło, że Tony jest niewinny.

– Nie, ale wówczas nie mógłbyś obciążyć go wszystkimi podejrzeniami. Byłbyś zmuszony przyznać, że istnieją poważne wątpliwości. I – dokończyła – byłbyś zmuszony mnie przeprosić.

– Za co? – spytał, nie rozumiejąc, o co jej chodzi.

– Za to, że nazwałeś mnie naiwną i łatwowierną idiotką.

– Jak pragnę zdrowia, jeśli tylko to cię gryzie, już cię przepraszam.

– Nic z tego. Nie jesteś szczery.

– Desdemono?

– Tak?

– Co by cię przekonało, że twój przyrodni brat usiłował mnie wczoraj okraść?

– Niezbity dowód, a takiego dowodu przedstawić nie możesz, bo go nie ma, bo nie istnieje. Znam Tony'ego od dzieciństwa i wiem, że nie jest złodziejem.

– Nie możesz zapomnieć, że kiedyś uratował ci życie, prawda? – spytał spokojnie. – Co on takiego zrobił? Topiłaś się i wyłowił cię z basenu?

– Nie.

– Wszystko jedno. Wmówiłaś sobie, że z niego bohater i nie jesteś w stanie dopuścić do siebie myśli, że może być inaczej.

Desdemona spojrzała na zegarek.

– Stark, muszę już lecieć. Więc jak? Umowa stoi?

– Obłęd. Czysty obłęd.

– Nie, to czysty interes.

– Dobrze – wymamrotał. – Przemyślę to i oddzwonię.

– Koniecznie. Tylko nie myśl za długo.

– Bo?

– Bo ślad jest jeszcze świeży. Jeśli zrezygnujesz, będę musiała poszukać innego detektywa.

– Grozisz mi?

– Tak. Będę tu do dziesiątej. Jeśli nie zadzwonisz do dziesiątej...

– Zadzwonię – mruknął złowieszczo. – Daj mi trochę czasu. Nie podejmuję nieprzemyślanych decyzji.

– To bardzo dobrze. Jeśli podejmiesz ją po dzisiątej, łap mnie w Exotica Erotica. Dziś wielki dzień, otwarcie sklepu. Bon Appetite wydaje przyjęcie. Do widzenia, Stark.

– Szlag by to...

Odłożyła słuchawkę i przysiadła na rogu biurka. Nerwowo kiwając nogą, zaczęła rozważać nową sytuację i po chwili zadrżała z przerażenia.

Powtarzała sobie, że należy do rodziny Wainwrightów. Wainwrightowie to ludzie teatru, hazardziści z urodzenia, bo tylko prawdziwy hazardzista zaryzykowałby wszystko i wybrał karierę w światłach rampy.

Przed chwilą kurtyna poszła w górę i rozpoczął się pierwszy akt dramatu z nią i ze Starkiem w rolach głównych. Wkraczała na scenę bez znajomości tekstu, miała nieprzewidywalnego partnera – nikt nie wiedział, jaki będzie finał.

W trakcie przedstawienia mogło dojść do wielu przykrych niespodzianek. Bo co będzie, jeśli Stark nie oddzwoni? Co będzie, jeśli zaakceptuje warunki umowy, przeprowadzi śledztwo i dojdzie do tych samych fałszywych wniosków, do których doszedł wczoraj? Jakkolwiek by na to patrzeć, bardziej upartego człowieka nie znała. Fakt, myślał linearnie. Wierzył tylko w to, co widział i słyszał, tylko w to, czego mógł dotknąć.

Otworzyły się drzwi i do gabinetu wkroczył Tony. Miał na sobie fabrycznie podniszczoną kurtkę ze skóry i czarne dżinsy. Był przygarbiony, szedł ociężale – młody Marlon Brando, ponury i pałający chęcią zemsty.

– Przed chwilą rozmawiałem z ciotką i Julią. – Oparł się ramieniem o ścianę. – Mówią, że chcesz wynająć tego sukinsyna, żeby udowodnił swoją własną pomyłkę.

– Owszem.

– To głupota. Dlaczego miałby na to pójść? Dlaczego miałby udowadniać, że jestem niewinny? Przecież on nienawidzi mnie za moją odwagę.

Chwilę nad tym myślała.

– Nie sądzę. Ale przyznaję, Stark nie należy do ludzi ufnych i łatwowiernych.

– No to po co zawracasz sobie głowę? Spław go, siostrzyczko. Ten goryl nie jest dla ciebie. Nic mi nie może udowodnić, więc nie wniesie oskarżenia. Co za zmartwienie? Rzuć go, i po krzyku.

– Nie mogę – odrzekła cicho. – Zakochałam się w nim.

– No to pięknie. – Oderwał się od ściany. – Jeszcze pożałujesz, że w ogóle z tym jajogłowym zaczynałaś. Wierz mi, facet taki jak on może się w każdej chwili obrócić przeciwko tobie.

– Nie zrobi tego.

– Żartujesz? Jeśli dojdzie do wniosku, że byłaś w jakikolwiek sposób zamieszana w to, co się u niego wczoraj zdarzyło, że nie jesteś naiwną i łatwowierną ofiarą Tony'ego Wainwrighta, a jego wyrafinowaną wspólniczką, rozerwie cię na strzępy.

Przestała kiwać nogą. Patrzyła na brata i nic nie przychodziło jej do głowy. Miała nieprzyjemne wrażenie, że spekulacje Tony'ego nie są pozbawione podstaw.

Dane zamknął jadłospis, odłożył go na bok i wprawnym okiem rozejrzał się po zatłoczonej restauracji w centrum miasta. Stark wiedział, że McCallum sprawdza, czy gdzieś w pobliżu nie siedzą klienci Stark Security Systems, klienci dawni, obecni albo przyszli. Tak, Dane zawsze trzymał rękę na pulsie.

Zakończywszy odruchową lustrację terenu, Dane spojrzał z rozbawieniem na Starka.

– Z niechęcią podnoszę ten temat, ale czy przyszło ci do głowy, że mogła w tym maczać palce niejaka panna Wainwright?

Stark zacisnął palce na okładce jadłospisu. Zaprosił McCalluma na lunch, żeby omówić z nim dziwaczną sytuację, w jakiej się nagle znalazł. Bardzo głodny nie był. Zastanawiał się, czy to przez te upiornie przesłodzone płatki. Chryste, może uszkodziły mu przewód trawienny?

– Myślisz, że wykorzystuje Bon Appetite jako przykrywkę do niecnych poczynań swoich krewniaków? – spytał z wymuszoną swobodą. – Że krewniacy mają lepkie palce, a ona jest szefem dobrze zorganizowanej bandy włamywaczy?

Dane znacząco uniósł brew.

– To chyba mało prawdopodobne, ale możliwe. Nie wierzę, że dopiero teraz o tym pomyślałeś.

– Hm... – Wreszcie postanowił zjeść coś lekkiego i chudego. I koniecznie bez sosu. Tak, żołądek domagał się czegoś łagodnego. Czegoś kojącego...

– Kto wie, może siedzi w tym cały klan Wainwrightów? – spekulował McCallum. – Takie rzeczy się zdarzają. Złodziejska rodzinka. Bardzo zżyta rodzinka. Musisz przyznać, że jest w tym pewna logika. Zwłaszcza że, jak sam mówiłeś, od trzech pokoleń nie mają stałych środków utrzymania.

– Taaa... – Zdecydował się na halibuta i odłożył jadłospis. – Właściciel firmy obsługującej przyjęcia ma idealne warunki do obrobienia swego klienta. Namierza go za pośrednictwem legalnie działającego przedsiębiorstwa i przy najbliższej okazji dokonuje rozpoznania terenu: jego współpracownicy badają rozkład domu i ustalają, czy są w nim wartościowe przedmioty.

– Otóż to. Skoku dokonują podczas przyjęcia, gdy dom jest pełen gości. Zakładając, że ofiara domyśli się, kiedy została okradziona, a wcale tak nie musi być, podejrzanych jest od cholery.

– Racja.

– Więc jednak brałeś tę możliwość pod uwagę.

– Tak.

McCallum podniósł do góry ręce, zwrócone wewnętrzną stroną dłoni do Starka.

– W takim razie już milczę. – Uśmiechnął się nieznacznie. – Dodam tylko, że zaczynasz myśleć jak prawdziwy detektyw.

Imponujące. Masz nawet atrakcyjną klientkę, jak ci z filmów, bo tylko takie do nich przychodzą.

Stark puścił tę uwagę mimo uszu. Dręczyły go poważne wątpliwości, czy Desdemona wciąż należy do niego, i ta niepewność zżerała go od środka, czyniąc w żołądku jeszcze większe spustoszenie niż płatki, które skonsumował na śniadanie. Złożył ręce na białym lnianym obrusie i rzekł:

– Nie sądzę, żebyśmy mieli do czynienia z przestępczą rodziną.

– Nie?

– Nie. Wainwrightowie to aktorzy, ludzie teatru. Są romantyczni. Melodramatyczni. Egzaltowani.

Dane zmarszczył czoło.

– To znaczy?

– To znaczy, że gdyby rzeczywiście byli złodziejami, kradliby raczej obrazy, drogie naszyjniki albo rzadkie wazy. Wątpię, czy polowaliby na twarde dyski i programy komputerowe.

– Może masz i rację. Kradzież twardego dysku to nie to samo co kradzież drogiego naszyjnika czy rzadkiej wazy – odrzekł Dane. – To wymaga specjalnych umiejętności i wnikliwej znajomości rzeczy.

– Właśnie. A Tony Wainwright jest jedynym członkiem rodziny, który potrafi odróżnić twardy dysk od dyskietki.

– Mimo wszystko trzeba przyznać, że panna Wainwright ma słuszność co do jednego: na wczorajszym przyjęciu było sporo ludzi obeznanych z techniką komputerową, którzy chętnie położyliby łapę na ARCANE.

– To prawda – zgodził się z nim Stark. – Ale żaden z nich nie miał takiej sposobności i takiego motywu jak nasz kochany Wainwright. No i nie przypuszczam, żeby któryś z nich był oskarżony o malwersację.

– W takim razie co zamierzasz? Jak zareagujesz na propozycję panny Wainwright?

Stark spojrzał na niego, lekko zdziwiony pytaniem.

– Przyjmę ją.

Minęła czwarta, a on jeszcze nie zadzwonił.

Desdemona obrzuciła wzrokiem stoły z przystawkami ustawione pośrodku sklepu. Otwarcie Exotica Erotica – wielka gala. Niebo było ciągle zaciągnięte, ale na szczęście nie padało i w butiku zjawił się spory tłum ludzi, głównie Wainwrightów, przyjaciół rodziny – jak choćby Ian Ivers – właścicieli sąsiednich sklepów i przypadkowych przechodniów, którzy zajrzeli do sklepu z czystej ciekawości. Wszyscy zgromadzili się pod kolorowym baldachimem z napełnionych helem prezerwatyw, unoszących się pod sufitem.

Stark nie zadzwonił.

Jedzenie znikało błyskawicznie, bo goście dosłownie pochłaniali grzanki z kremem z bakłażanów, paszteciki z grzybami, marynowane małże oraz najprzeróżniejsze dipy i chipsy.

Była pewna, że zadzwoni. Intuicja podszeptywała jej, że na pewno się odezwie.

Talenty Kirsten okazały się wprost bezcenne przy urządzaniu wnętrza nowego sklepu i wszyscy jednomyślnie orzekli, że Exotica Erotica jest butikiem bardzo przytulnym i ciepłym, a jednocześnie wytwornym i bardzo szykownym. Kirsten wynajęła jednego z miejscowych artystów, który namalował na ścianie kolorowy fresk przedstawiający kobietę w buduarze, natomiast pod ścianami ustawiono przeszklone gablotki z różnymi akcesoriami takimi jak wibratory, balsamy, olejki do masażu, prezerwatywy czy seksowna bielizna.

Na półkach stały książki poświęcone tematyce życia seksualnego: od *Kamasutry* począwszy, na pracach duetu Masters i Johnson skończywszy. Był tam również pokaźny zbiór tekstów historycznych opisujących dzieje współżycia seksualnego na przestrzeni wieków oraz kilkadziesiąt podręczników i poradników zajmujących się zwalczaniem problemów, takich jak na przykład oziębłość płciowa u kobiet.

Stark. Może już nigdy go nie zobaczy?

Wzięła z półki książkę zatytułowaną *Sekrety kobiecego orgazmu* i zaczęła ją machinalnie kartkować.

– Tu jesteś! – Z tłumu wyłoniła się Kirsten. Była zarumieniona i podekscytowana. W dniu otwarcia nowego interesu każdy przedsiębiorca widzi świat w różowych kolorach, bo w takiej chwili podatki, kłopoty finansowe i konkurencja nie istnieją. – Szukałam cię. Wszystko idzie wspaniale, prawda?

Desdemona spróbowała wykrzesać z siebie choć odrobinę entuzjazmu. Ostatnią rzeczą, jakiej teraz pragnęła, było zepsuć premierowy nastrój kuzynki.

– Sklep jest cudowny, Kirsten. Dokładnie taki, jak zapowiadałaś: bardzo gustowny i bardzo elegancki.

– Tony zaprogramował nasz komputer, wiesz? Wgrał znakomity program inwentaryzacyjny. Artykuły, których zaczyna brakować w magazynie, podświetlone są na jasnoczerwono, a VAT na zielono. Zainstalował nawet pocztę komputerową.

Desdemona uśmiechnęła się blado.

– Nauczyłam się w końcu, jak z niej korzystać, więc będziemy mogły przesyłać sobie wiadomości. – Ta myśl przygnębiła ją jeszcze bardziej. Jedynym powodem, dla którego przysiadła fałdów i rozgryzła zasady działania poczty komputerowej, było to, że Stark zaprogramował jej PDA.

Kirsten tryskała entuzjazmem.

– Jestem przekonana, że Exotica Erotica zdobędzie masę klientów. Chcę ci jeszcze raz podziękować, Desdemono. To wszystko dzięki tobie. Pomyśl tylko: kolejny Wainwright ustatkował się i założył własną firmę. Jak ci się odwdzięczę?

– Nie ma o czym mówić. – Z książką w ręku, Desdemona przytuliła Kirsten i mocno ją uściskała. – Przynajmniej tyle mogłam dla ciebie zrobić. Nigdy nie zapomnę, że kiedy otwierałam Bon Appetite, ty i Henry byliście mi bardzo pomocni. Bez was nie dałabym rady. Jesteśmy rodziną, Kirsten. Wainwrightowie trzymają się razem.

– Tak. – Kirsten zesztywniała w ramionach Desdemony, wyraźnie zaintrygowana czymś, co zobaczyła za jej plecami. – Proszę, proszę.

– Co? Co się stało? – Desdemona cofnęła się o krok i zaskoczona wyrazem twarzy Kirsten, poszła za wzrokiem kuzynki.

W progu ujrzała Starka. Miał na sobie swój wyjściowy strój, to znaczy znoszoną sztruksową kurtkę, dżinsy i adidasy. Z kieszonki białej koszuli sterczał plastikowy przybornik z długopisami i ołówkami. Jego zielone oczy przesłonięte szkłami okularów były niezgłębione.

Wyglądał cudownie. Przecudownie.

Przyszedł. Jednak przyszedł!

– Stark… – wyszeptała.

Obrócił głowę w jej stronę, jakby usłyszał jej szept mimo gwaru panującego w sklepie. Dostrzegł ją i ruszył ku niej zdecydowanym krokiem.

U boku Kirsten wyrósł Henry.

– Gdybym nie widział tego na własne oczy, nigdy bym nie uwierzył.

– Mówiłam wam – odrzekła z nieukrywaną satysfakcją w głosie. – Intuicja Wainwrightów nigdy nie zawodzi.

Po raz pierwszy od sprzeczki ubiegłego wieczora przyznała się przez sobą, ile nerwów ją to kosztowało. Łatwo było mówić o intuicji Wainwrightów, ale tak naprawdę po prostu nie wiedziała, czy Stark przyjdzie, i widząc go, poczuła się jak gracz, który postawił wszystko na jedną kartę i wyciągnął asa.

Zatrzymał się tuż przed nią.

– Zgoda. Idę na ten układ.

– Nie pożałujesz. – Podeszła bliżej i mocno go uścisnęła.

Przez chwilę stał jak sparaliżowany. Potem otoczył ją ramionami i przytulił z taką siłą, że poczuła, jak plastikowy przybornik ugniata ją w pierś, zostawiając na skórze głęboki ślad.

Rozdział 13

Ogarnęła go fala niewysłowionej ulgi. Ulgi tak wielkiej, że aż oszałamiającej. Objął ją jeszcze mocniej. Nadal go pragnęła. Czuł to po sposobie, w jaki się do niego tuliła.

Czuł też, że coś twardego wbija mu się w krzyż. Uświadomił sobie, że to grzbiet książki, którą Desdemona trzyma w ręku, ale zignorował ból.

– Bałam się, że nie przyjdziesz – tchnęła w pachnącą Starkiem koszulę.

– Niczego nie obiecuję, Desdemono – ostrzegł ją głosem szorstkim i natarczywym, żeby dobrze go zrozumiała.

– Wiem. – Uniosła głowę. – Ale już samo to, że tu jesteś, oznacza, że chcesz odkryć prawdę. O nic więcej nie proszę.

Jej powitanie sprawiło mu tak wielką ulgę, że patrzył na Desdemonę i nie wiedział, co powiedzieć. Wygląda tak wspaniale, myślał oczarowany, tak mi z nią dobrze. A tak niewiele brakowało i byłbym ją stracił. Na myśl o tym przeszedł go zimny dreszcz.

Podszedł do nich Tony. Przeżuwając krakersa, łypnął na Starka ponad głową Desdemony.

– Płonne nadzieje, siostrzyczko. Bo niby co ten twój detektyw miałby wykryć? Nawet jeśli raczy uznać, że inni mieli równie dobrą sposobność i motyw, będzie miał to gdzieś. On wierzy, że to moja robota. I nie zmieni zdania, bo nie chce go zmienić.

– Bzdura. – Desdemona cofnęła się o krok i poprawiła aksamitne klapy czarnego żakietu. – Gdy zacznie szukać innych podejrzanych, znajdzie prawdziwego złodzieja. Wiem, że go znajdzie.

– Gówno prawda. Będzie udawał, że prowadzi śledztwo, bo wie, że jeśli nie zachowa pozorów, nie zechcesz z nim sypiać. Jemu chodzi tylko o łóżko.

– Dość tego, Tony – warknęła przez zęby. Zaczerwieniła się, ale podbródek jej nie zadrżał i nie spuściła oczu.

Tony zacisnął usta.

– A co będzie, jeśli po tym pozorowanym śledztwie oświadczy, że wszystko dokładnie przeanalizował i doszedł do jednoznacznego wniosku, że to ja chciałem wykraść ten bezcenny program? Co wtedy, siostrzyczko?

– Tak się nie stanie – odrzekła z determinacją.

– Nie bądź taka pewna. A powiedz mi, siostrzyczko, co zrobisz, jeśli twój androidalny kochanek stwierdzi, że i ty maczałaś w tym palce? Ty i nasza kochana rodzinka?

Rumieńce na policzkach Desdemony przybrały intensywniejszą barwę.

– Przestań, Tony.

Po raz pierwszy od chwili spotkania Stark spojrzał na młodego Wainwrighta z lekkim zainteresowaniem. Przypomniała mu się rozmowa z Dane'em podczas lunchu. Koncepcja zakładająca, że rodzina Desdemony jest rodziną zgranych przestępców, była trudna do przełknięcia, lecz z drugiej strony bardzo łatwo mógł wyobrazić sobie Tony'ego jako przedstawiciela tak zwanego elementu kryminalnego.

– Przestań – powtórzyła. – Nie chcę tego słuchać. Zepsujesz mi cały wieczór.

Uśmiechnął się cierpko.

– Twój jajogłowy zepsuł mi cały dzień, siostrzyczko. Mam dla ciebie absolutnie przebojowy pomysł, jak powiadają w Hollywood.

– Jaki? – spytała podejrzliwie.

– Posłuchaj tylko. Co powiesz na to: nie było żadnego usiłowania kradzieży.

Zmarszczyła czoło.

– To znaczy?

Tony wzruszył ramionami.

– To znaczy, że nikt nie próbował wykraść twardego dysku. Co z kolei znaczy, że Stark kłamał, że wyssał tę historyjkę z palca.

Wytrzeszczyła oczy.

– To śmieszne. Po co miałby to robić?

– Żeby usunąć mnie ze sceny – odrzekł cicho. – On pragnie cię tylko dla siebie, siostrzyczko. Nie chce się tobą z nikim dzielić. I uważa, że znalazł dobry sposób, żeby pozbyć się konkurencji.

– Zamknij się, Tony – warknęła zdesperowana.

– Nie pozwól, żeby skłócił cię z własną rodziną, Desdemono. Pamiętaj, jesteś jedną z nas, jedną z Wainwrightów. Wainwrightowie polegają tylko na Wainwrightach.

Odwrócił się na pięcie i wyszedł ze sklepu.

Stark patrzył za nim przez chwilę i westchnął.

– Wiesz co? Twój brat umie schodzić ze sceny, ale zaczyna mnie to męczyć.

– Nie zwracaj na niego uwagi. Tony żyje w wielkim stresie. – Wzięła go za rękę i zaprowadziła do stołu. – Zjedz coś. No i co powiesz? Czyż sklep nie jest wspaniały?

Powiódł wzrokiem po kolorowych paczuszkach z prezerwatywami ułożonymi pośród sztucznych kwiatów.

– Trzeba przyznać, że jest... inny.

– I spójrz tylko na ten tłum.

– Słuchaj, chciałbym z tobą porozmawiać.

– Dobrze. – Wzięła z tacy okrągłą grzankę posmarowaną szkarłatno-szarym mazidłem. – Chcesz trochę kremu z bakłażanów?

– Nie mam zbyt wiele czasu. – Spojrzał na zegarek. – Kyle i Jason niedługo wrócą do domu. Muszę przygotować wczesną kolację. Obiecałem, że wieczorem zabiorę ich do sali gimnastycznej.

– Do sali gimnastycznej?

Wzruszył ramionami.

– Chciałbym, żeby trochę tego lata poćwiczyli. Chudzi są, słabi.

– Co chcesz zrobić na kolację?

– Na kolację? Żebym to ja wiedział. Pewnie znowu zamówimy pizzę.

– Zaczynam martwić się o twoją dietę, Stark.

– To jest nas dwoje. Pizzy zjadłem tyle, że wystarczy mi do końca życia, ale Kyle i Jason to nałogowcy. Desdemono, moglibyśmy stąd na chwilę wyjść? Chciałbym porozmawiać na osobności.

Obrzuciła go ukradkowym spojrzeniem, próbując wyczuć, co zamierza.

– Dobrze. Chodźmy.

Wziął ją pod rękę i ruszyli do drzwi, lecz zanim tam dotarli, drogę zastąpił im Ian Ivers.

Od chwili ich pierwszego spotkania Ivers nie zmienił się prawie wcale. Miał na sobie eleganckie ciemnobrązowoszare spodnie i jedwabną koszulę w kolorze kremu z bakłażanów, którym Desdemona posmarowała grzanki dla Kirsten. Rzedniejące włosy związał w zgrabny kucyk, a ucho ozdobił wielkim złotym kolczykiem.

– Jak się masz, Stark. Miło pana znowu widzieć. Czy miał pan czas zerknąć na mój projekt dofinansowania tej nowej sztuki? *Rozpad*, pamięta pan? Kilka dni temu przekazałem papiery pańskiej sekretarce.

– Nie, jeszcze nie.

– Nie ma sprawy – odrzekł niezrażony Ian. – Wie pan co? Umówmy się na spotkanie i spokojnie to przedyskutujmy.

– Chyba szkoda czasu.

– Sponsorowanie teatru różni się trochę od innych inwestycji finansowych. Wskażę panu wszystkie plusy i minusy. Niech mi pan wierzy, Tony stworzył arcydzieło, ta sztuka będzie prawdziwym przebojem, ludzie padną, flaki z nich wyprujemy.

– Macie krwawe zamiary. Nie jestem zainteresowany.

Uwaga Starka trochę go przystopowała, mimo to dzielnie parł naprzód.

– Wiem, że to niezbyt odpowiednie miejsce do poważnych rozmów. Pogadam z pana sekretarką i ustalimy termin spotkania, dobra?

Stark stracił cierpliwość – minął Iversa, pociągając za sobą Desdemonę.

Wreszcie wyszli na ulicę. Przystanęli na chodniku naprzeciwko Exotica Erotica. Desdemona oparła się plecami o ceglaną ścianę, zgięła nogę w kolanie, zapierając się o ziemię obcasem buta, podniosła głowę i spojrzała wyczekująco na Starka.

Tymczasem Stark zastanawiał się, jak zadać Desdemonie pytanie, które zadać jej musiał.

– Uzgodniliśmy, że mam szukać innego podejrzanego, tak?

– Tak.

– W zamian za to Bon Appetite oferuje mi bezpłatne usługi, tak?

– Tak. – Jej oczy intensywnie błyszczały.

I co dalej, do ciężkiej cholery? Nie wiedział. Wsadził ręce do kieszeni kurtki i nieobecnym wzrokiem śledził żebraczkę, która badała zawartość pobliskiego kosza na śmieci.

– A co z nami? – spytał w końcu.

– Z nami?

– No... z naszym związkiem – odrzekł niepewnie.

– Ach, z naszym związkiem...

Spojrzał jej w oczy.

– No więc?

Zacisnęła usta. Patrzyła na książkę, którą trzymała w ręku.

– Myślałam o tym.

– No i?

– I zastanawiałam się, czy nie powinniśmy odłożyć naszych spraw osobistych do czasu rozwiązania innych kwestii.

Poczuł się tak, jakby ktoś przyłożył mu żołądek.

– Rozumiem – wymamrotał.

– Moim zdaniem – mówiła poważnie – wpakowaliśmy się w tę kabałę tylko dlatego, że nie umieliśmy oddzielić interesów od życia osobistego. Tak się to wszystko pogmatwało, że nie wiem, na czym stoję.

– Słowem, chaos – skonstatował.

– Tak, dlatego byłoby prościej, gdybyśmy te sprawy tymczasem rozdzielili.

Nie wiadomo dlaczego – może dlatego że nie wiedział, gdzie spojrzeć – Stark popatrzył na książkę, którą Desdemona zaciskała w dłoni. *Sekrety kobiecego orgazmu.* Przypomniał mu się jej orgazm i poczuł, że ogarnia go fala gorąca. Zaczerpnął tchu.

– Myślisz, że łatwiej ci będzie osiągnąć następny za pomocą tej książki? – spytał. – Albo za pomocą jednej z tych zabawek od Kirsten?

Zaskoczona zmarszczyła czoło.

– Następny? Jaki następny?

– Następny orgazm.

Gwałtownie zamrugała, zarumieniła się i zerknęła na okładkę książki.

– Na miłość boską, Stark. Takich rzeczy nie mówi się w miejscu publicznym.

– O ile sobie przypominam, ty też wygłosiłaś krótkie przemówienie na ten temat. I to w miejscu bardzo publicznym: w korytarzu własnego domu.

– No tak, ale byłam wtedy lekko oszołomiona, nie wiedziałam, co robię.

Coś w jej głosie mówiło mu, że Desdemona się z nim droczy, ale nie wiedział tego na pewno. Żałował, że nie umie czytać z jej twarzy, lecz cóż, nigdy nie był w tym dobry.

Wyjął rękę z kieszeni i przytknął dłoń do ściany, tuż obok głowy Desdemony. Cegły były ciepłe i przyjemnie szorstkie. Czuł leciutki zapach jej szamponu do włosów i delikatny aromat jej ciała. Pragnął jej. Boże, jak jej pragnął. Co zrobi, gdy będzie jej musiał powiedzieć, że nie znalazł innego podejrzanego?

– Wiem, że łączenie spraw służbowych i osobistych nie przynosi nic dobrego – powiedział cicho. – Ale czy pamiętasz jeszcze, w czym się specjalizuję? W strukturach złożonych.

– To nie jest zagadnienie matematyczne, Strak.

– Ja też muszę wiedzieć, na czym stoję, Desdemono. Proszę, nie baw się ze mną w kotka i myszkę.

Spojrzała mu głęboko w oczy.

– Czyżbyś proponował mi podtrzymywanie naszego związku, mimo że sprawy służbowe nie zostały jeszcze załatwione?

– Tak.

– Dlaczego?

Popatrzył na nią nic nierozumiejącym wzrokiem.

– Dlaczego? – powtórzył.

Kiwnęła głową. Wyraźnie na coś czekała.

Tylko za cholerę nie wiedział na co.

– Co to za pytanie? Ja pragnę ciebie, ty pragniesz mnie, przynajmniej tak myślę. Od początku czujemy do siebie pociąg fizyczny. Czy to nie oczywiste?

Westchnęła.

– Chyba tak.

Czuł, że nie takiej odpowiedzi się spodziewała, ale nie miał zielonego pojęcia, jak temu zaradzić. Niecierpliwie zerknął na zegarek. Makbet, Kyle i Jason byli już w drodze do domu.

– Muszę iść. Ustaliliśmy coś czy nie?

– Chryste, Stark. Trudno odpowiedzieć na tak romantyczną propozycję.

Nagle ogarnął go strach. Strach zwierzęcy, prymitywny, przerażający.

– Znów spieprzyłem, prawda?

– Tak daleko bym się nie posunęła. Powiedziałabym, że zabrakło ci odrobiny finezji.

– Niech to diabli. Przepraszam. – Walczył z pokrywą upiornego kotła bulgoczącego w zakamarkach duszy. – Chciałbym znać lepszy sposób zadawania tego rodzaju pytań. Dla mnie pytanie to pytanie. Im prostsze, tym lepsze. A więc krótko: chcesz to ciągnąć czy nie?

Bez żadnego ostrzeżenia obdarzyła go olśniewającym uśmiechem.

– Chcę.

Wciągnął powietrze, zamroczony śmiechem bijącym z jej twarzy, i powoli oderwał dłoń od ceglanej ściany. Pokrywa kotła wróciła na swoje miejsce.

– Dzięki. Tylko to chciałem wiedzieć. – I znowu spojrzał na zegarek.

Otworzyła usta, żeby coś dodać, ale w tym samym momencie z butiku wyszedł Henry z czarno-złotym pudełkiem w ręku.

– Cześć, Stark. Co u ciebie?

– Świetnie.

– Cieszę się, że znalazłeś dla nas czas. – Henry przystanął. – Co myślisz o Exotica Erotica?

– Bardzo interesujący sklep. – Pomyślał o kredycie, który Desdemona wzięła z banku dla Kirsten, i szybko dodał: – Miejmy nadzieję, że zyska dużo klientów.

– Na pewno. Kirsten da z siebie wszystko, a ja jej pomogę. Reszta rodziny też. – Henry podrzucił pudełko i złapał je zwinnym ruchem ręki. – Desdemona mówi, że będziesz dla niej pracował.

– Pracował? – Stark spojrzał na Desdemonę, która zrobiła niewinną minkę. – Nie myślałem o tym w ten sposób.

– Wspaniała z niej szefowa, sam się przekonasz. Trzymaj. – Rzucił mu pudełko. – Z ukłonami od właścicielki firmy.

Stark złapał pudełko i zobaczył, że zawiera sporą paczkę różnokolorowych prezerwatyw.

– Nie wiem, co powiedzieć.

– Najlepiej nic. Wystarczy, jak udowodnisz, że Tony nie próbował świsnąć tego dysku – odrzekł i zniknął w zatłoczonym sklepie.

Stark schował paczkę do kieszeni i spojrzał na Desdemonę.

– Zadzwonię – powiedział.

– Dobrze.

– Niestety, wieczory mam ostatnio zajęte. O ile nie jest to absolutnie konieczne, nie lubię zostawiać Kyle'a i Jasona samych.

– A ranki? – spytała z wesołym uśmiechem.

– Ranki?

– Mógłbyś wpaść do mnie w drodze do pracy, kiedy chłopcy pojadą gdzieś z Makbetem. Zrobię ci grzybek z syropem klonowym.

– W drodze do pracy? – Nic z tego nie rozumiał, jakby w mózgu nastąpiło krótkie spięcie. – Rano?!

– Dlaczego nie? Przecież jak raz na jakiś czas spóźnisz się do biura, świat się nie zawali, prawda?

Nareszcie do niego dotarło i uśmiechnął się pożądliwie na myśl o spotkaniu.

– Grzybek z sosem klonowym? – spytał. – To na pewno lepsze niż płatki, które muszę jeść w domu. Cóż, w takim razie do zobaczenia jutro rano.

– Świetnie. Zaczekaj, weź trochę kremu z bakłażanów. Zrobiłam tego pełno, będziesz miał na kolację. Same witaminy, wzbogacisz swój jadłospis.

– Nie wiem, czy Kyle i Jason to lubią.

– Posmaruj nim pizzę.

– Dobry pomysł. Na tych, które zwykle zamawiają, jest tyle świństw, że nic nie zauważą.

Będę musiał wziąć się w garść i przeprowadzić uczciwe śledztwo, obiecał sobie wieczorem, obserwując Jasona i Kyle'a chlapiących się hałaśliwie po drugiej stronie wielkiego krytego basenu.

Widział, że poszukiwanie innych podejrzanych jest stratą czasu. Dla każdego w miarę bystrego i logicznie myślącego człowieka jedynym podejrzanym był Tony Wainwright. Ale przyrzekł Desdemonie, że przeprowadzi wnikliwe dochodzenie. Zawarł z nią układ. Dlatego musiał się do tego solidnie przyłożyć.

W uszach wciąż pobrzmiewały mu ostrzeżenia kipiącego wściekłością Tony'ego.

„Będzie udawał, że prowadzi śledztwo, bo wie, że jeśli nie zachowa pozorów, nie zechcesz z nim sypiać. Jemu chodzi tylko o łóżko".

– Jak było teraz? – Kyle przytrzymał się krawędzi basenu i zadarł głowę, oczekując pochwał.

– Lepiej. Zaczynasz chwytać, o co chodzi. Pamiętaj o nogach i rękach. Spróbuj mniej chlapać. Styl jest ważniejszy niż szybkość.

– Poćwiczysz na tej maszynie do podnoszenia ciężarów, jak skończymy pływać? – wydyszał Jason, odgarniając z czoła mokre włosy.

– Poćwiczę.

– Od jak dawna uprawiasz podnoszenie ciężarów?

– Odkąd zacząłem naukę w college'u.

– Tak? No to dlaczego nie wyglądasz jak ten tam?

Stark poszedł za jego wzrokiem i za szklanym przepierzeniem oddzielającym basen od siłowni dostrzegł masywnie zbudowanego mężczyznę z jasnymi, długimi włosami, który zmagał się z obwieszoną ciężarkami maszyną. Sterydy, pomyślał. Musi je łykać garściami.

– Dlatego, że chcę mieć normalną szyję i chcę kupować koszule, które pasowałyby na mnie bez odrywania rękawów – odrzekł.

– Kapuję.

– Człowiek z tak rozdętym ciałem – mówił dalej Stark – porusza się ciężko i niezdarnie. O uprawianiu karate może tylko marzyć.

– O uprawianiu karate? – Twarz Kyle'a płonęła z podniecenia. – Będziemy uczyli się karate?

– Czemu nie? Mamy przed sobą całe lato.

– O rany, karate – wyszeptał Jason i raptem posmutniał. – Szkoda, że tatuś mnie nie zobaczy...

Stark odrzucił ręcznik i podszedł do krawędzi basenu, by skoczyć do wody.

– Nie robisz tego dla innych. Robisz to dla siebie.

– Czy tato uczył cię podnoszenia ciężarów i karate, kiedy byłeś dzieckiem? – spytał Kyle.

– Nie. Ale ja was nauczę.

– Boże, Stark... Stark! – Wbiła paznokcie w jego gęste, czarne włosy i wygięła się w łuk. To było porażające. Dzikie. Nieokiełznane. Szokujące i zdumiewające. Doprowadzało ją do szaleństwa.

Stark leżał między jej udami i pieścił językiem najintymniejsze części jej ciała. Tak palących odczuć, tak upojnie zmysłowych wrażeń nie doświadczyła nigdy w życiu.

Obezwładniające ją napięcie znalazło ujście w eksplozji doznań. Wpadła w sam środek migotliwego wiru, a cudowne spełnienie przeszyło ją jak ostrze rozgrzanego do czerwoności noża. Zadrżała, zaczerpnęła tchu i cicho krzyknęła.

Stark podniósł głowę. Przez chwilę patrzył na nią w skupieniu, potem przysunął się bliżej i legł na niej, przygniatając Desdemonę do szlafroka, w którym kilka minut wcześniej otworzyła mu drzwi.

Japoński szlafrok, uszyty na wzór kimona, był jedyną rzeczą, jaka dzieliła ciało Desdemony od twardej podłogi. Nie dotarli nawet do sofy, nie wspominając już o stojącym znacznie dalej łóżku. Poszczególne części garderoby Starka znaczyły szlak wiodący od drzwi do pokoju. W połowie pokoju szlak się urywał.

– Jesteś cudowna – wyszeptał, wchodząc w jej drżące ciało. – Taka cudowna...

Powoli, ostrożnie, centymetr po centymetrze wypełnił ją całą. Przywarł ustami do jej ust i poczuła na wargach wilgotny smak swego ciała.

Wzbierała w nim namiętność. Namiętność coraz żarłoczniejsza, coraz dziksza – potężne mięśnie jego pleców i ramion zmieniły się w stalowe sztaby.

Był taki duży. Taki ciężki. Taki silny...

I nagle, bez żadnego ostrzeżenia, jej ciałem wstrząsnął... Nie, nie jeden orgazm, a cała ich seria!

Zaskoczona krzyknęła, lecz okrzyk utonął w ustach Starka. Poczuła, że zadrżał, usłyszała jego zduszony jęk i...

Zesztywniał, po czym opadł miękko na jej zlane potem ciało.

Leżała, wsłuchując się w coraz spokojniejszy oddech kochanka. Tryskała zadowoleniem. Uśmiechnęła się do sufitu i rozczochrała Starkowi włosy.

Oboje spływali potem. W powietrzu unosił się zapach miłosnego spełnienia, tworząc w pokoju atmosferę zdumiewającej intymności.

– Wygląda na to, że przed wyjściem do pracy będę musiał wziąć prysznic – szepnął w zagłębienie jej ramienia.

– Ja też.

– Co powiesz na wspólny? Czas ucieka.

– Nie da rady. Nie mam siły wstać.

– Wstać musi tylko jedno z nas.

Stoczył się z niej, przyklęknął na jedno kolano, wziął ją na ręce i na bosaka potruchtał do łazienki.

Złożyła głowę na jego muskularnym ramieniu, powiodła palcami po szerokiej piersi i odruchowo zerknęła na zegarek.

– Ile mamy czasu?

– Najwyżej czterdzieści pięć minut. Rano przypomniałem sobie, że mam wczesną odprawę.

– Weźmiemy szybki prysznic i zjemy bardzo szybkie śniadanie.

Kwadrans później, odświeżona, z naprędce upiętymi włosami, stała przy kuchence i smarowała patelnię masłem – chciała podać Starkowi grzybek z syropem klonowym.

– Pomóc? – Przeczesał ręką wilgotne włosy i usiadł na stołku po drugiej stronie kuchennej lady.

– Nie. Zanim przyszedłeś, wszystko przygotowałam. Zapomniałeś, że jestem zawodowcem?

– Zawsze miałem wielki szacunek dla znawstwa i profesjonalizmu – odrzekł z powagą.

Spojrzała na niego, sięgając po łopatkę, niepewna, czy mówi poważnie, czy żartuje.

– Jak tam krem z bakłażanów? Zauważyli coś?

– Gdzie tam. Posmarowałem nim pizzę, jak mówiłaś, dodałem parmezanu i wszystko razem podgrzałem.

– Masz talent.

– Chyba nie zauważyli żadnej różnicy.

– I dobrze. – Wyłożyła na talerz gotowy grzybek i sięgnęła po jajka na następny. – Może przyprowadziłbyś ich kiedyś do mnie na obiad? – Postawiła talerz na ladzie.

Spojrzał na nią zaskoczony.

– Naprawdę?

– No jasne. W słoju masz syrop klonowy. Nie obiecuję, że będzie pizza, ale myślę, że uda mi się przygotować coś, co zjedzą.

– Byłoby miło. Dzięki. – Biorąc widelec, rzucił okiem na ścienny zegar.

– Zdążysz. Do biura masz ledwie pięć minut drogi.

– Wiem. – Zaczął kroić grzybek. – Trochę dziwnie się czuję, to dlatego.

– Mogę cię o coś zapytać?

– Śmiało – odrzekł, mlasnąwszy językiem.

– Dlaczego przyjąłeś ich na wakacje?

Przestał jeść.

– Diabli wiedzą. – Sięgnął po nóż. – Są wyśmienite.

– Musiałeś o nich myśleć.

– O grzybkach? Nie, chyba nie. Nie pamiętam, żebym kiedykolwiek je jadł.

– Mówię o chłopcach. O tym, że zdecydowałeś się wziąć za nich odpowiedzialność. To trudna i ryzykowna rola. Przecież nawet ich nie znałeś.

– Hm… Wiesz, jak to jest.

– Wiem. Mam dużą rodzinę i doskonale zdaję sobie sprawę, co to oznacza. Ale dla ciebie to zupełnie coś nowego. Taka sytuacja ma plusy i minusy…

– Zrób mi przysługę i nie używaj tych słów. Kojarzą mi się z Ianem.

– Nie chcesz o tym mówić, prawda?

Odłożył widelec.

– No dobrze. Co chcesz wiedzieć? Tylko proszę o konkretne pytanie.

– Chciałabym wiedzieć, jak się czułeś, kiedy postanowiłeś przyjąć ich na wakacje.

– Wielkie mecyje. – Wzruszył obojętnie ramionami i wziął widelec. – Po prostu ich przyjąłem, i tyle. Nie mieli dokąd pójść. Ich ojciec odszedł na dobre. Oni mają jeszcze nadzieję, ale ja wiem, że Hudson nie wróci. Ich matka ma problemy. Próbuje wziąć się w garść i nie ma dla nich czasu. No to pozwoliłem im zostać.

– Bo jesteś ich bratem.

– Bo chciałem, żeby... – Urwał. Najwyraźniej zabrakło mu słów.

– Żeby co?

– Bo chciałem, żeby wiedzieli, że mają prawo do stawiania własnych żądań. Że są ludzie, od których mogą się czegoś domagać. Że mają się gdzie podziać. – Dręczony myślami, nachmurzył czoło. – Do diabła, na dobrą sprawę to nie mam pojęcia, dlaczego ich przyjąłem.

– Nie chciałeś, żeby czuli się jak ty, gdy twoi rodzice wzięli rozwód?

– Może. – Skończył jeść. – Niewiele mogę. Będą musieli radzić sobie sami. Świat jest okrutny.

– Wiem. Ale niektórzy umieją sprawić, że innym jest łatwiej. Wainwrightowie pomogli mnie i mojej matce, tak samo jak ty próbujesz pomóc Kyle'owi i Jasonowi.

– Pomogli ci i wciąż spłacasz dług wdzięczności – zauważył posępnie.

– Widzę to inaczej.

– Wiem. Przepraszam. Niepotrzebnie o tym wspomniałem. Mogę dostać jeszcze jednego grzybka?

– Oczywiście. – Podeszła do kuchenki. – Wiesz co?

– No?

– Uważam, że Kyle i Jason mają wielkie szczęście, że trafił im się taki brat.

– Hm... – Wyraźnie chciał zmienić temat. – Chyba mógłbym do tego przywyknąć.

– Do myśli, że z tobą mieszkają?

– Nie, do porannych wizyt u ciebie. – Uważnie otaksował wzrokiem wielką wolno stojącą szafę w rogu pokoju. – Mógłbym trzymać tam swoje rzeczy. Koszule, skarpetki, maszynkę do golenia. Co ty na to? Byłoby poręczniej. I sprawniej.

Znieruchomiała. Patrzyła, jak koronkowy brzeg grzybka na patelni przybiera ciekawy odcień brązu.

– Nieważne. – Powiedział to tak swobodnie i lekko, jakby mówił o zupełnie nieistotnym drobiazgu. – To tylko luźna myśl. Zresztą, nie masz tu zbyt wiele miejsca na czyjeś rzeczy.

– Nie o to chodzi. – Powoli zdjęła grzybek z patelni i wyłożyła go na talerz. Nie wiedziała, jak mu wytłumaczyć, że w jej szafie jeszcze nigdy nie wisiały męskie ubrania. – Po prostu nie myślałam o tym.

– Rozumiem. Naruszenie prywatności. Przepraszam, że w ogóle o tym wspomniałem.

– Dobrze.

Sondował ją wzrokiem.

– Co dobrze?

– Zgoda. – Postawiła przed nim talerz. – Możesz zostawić u mnie swoje rzeczy.

Pół godziny później, idąc podjazdem w stronę kuchennych drzwi Bon Appetite, wciąż rozmyślała o perspektywie dzielenia szafy ze Starkiem i wyobrażała sobie, jak będzie wyglądała w niej sterta tradycyjnych białych koszul.

Tego dnia nie miała nic w planie, mimo to postanowiła przyjść do pracy nieco wcześniej i wyjechała z domu zaraz po pożegnaniu ze Starkiem.

I wciąż o nim myślała. Rodzina dojdzie do wniosku, że oszalała. Na pewno. Odkryją, że Stark zostawia u niej swoje rzeczy osobiste i postukają się w głowę.

Matka będzie poważnie zaniepokojona. Ojca zaczną nachodzić złe przeczucia. Ciotka Bess i Julia zadręczą ją groźnymi ostrzeżeniami. Tony dostanie szału.

Nic z tego, pomyślała, szperając w torebce w poszukiwaniu klucza. Jestem zakochana i należę do rodziny Wainwrightów. A Wainwrightowie zawsze ryzykowali.

Zauważyła to dopiero wtedy, gdy już miała włożyć klucz do zamka.

Drzwi były otwarte.

Ogarnął ją nagły strach. Zaczerpnęła tchu, żeby stłumić w sobie niczym nieuzasadniony odruch ucieczki. Wpół do dziewiątej rano to przecież nie północ. Drzwi są otwarte, myślała, bo ktoś przyszedł do pracy przede mną. Nie tylko ja mam klucz.

Wzięła się w garść, otworzyła szerzej drzwi i weszła do obszernej kuchni. Żaluzje na szklanym przepierzeniu oddzielającym ciemny gabinet od innych pomieszczeń były opuszczone i wyglądało na to, że nikt ich od zeszłego wieczoru nie podnosił.

Wszystkie lampy były zgaszone, ale z chłodni sączyła się słaba poświata. Zmarszczyła czoło. Drzwi prowadzące do chłodni stały otworem. Tak, któremuś z Wainwrightów musiało się coś poplątać. Przyszedł do pracy, chociaż tego dnia nie mieli nic do roboty.

Postąpiła krok w głąb kuchni.

– Julia? Ciociu? Co wy tu dzisiaj robicie?

Usłyszała cichutki szmer po lewej stronie i zastygła bez ruchu. Ktoś otworzył drzwi gabinetu.

Obróciła się gwałtownie.

W progu majaczyła sylwetka wysokiego, lekko przygarbionego mężczyzny. Jego twarz... Twarz miał nieludzką, koszmarnie zniekształconą, a na głowie brudną czapkę nasuniętą nisko na czoło.

W ręku trzymał rewolwer.

Chciała krzyknąć, lecz ze ściśniętego gardła nie wydobył się żaden dźwięk. Sparaliżował ją strach. Zobaczyła, że mężczyzna unosi broń, że w nią celuje, że jego twarz wykrzywia się w potwornym skurczu.

Raptem kącikiem oka dostrzegła jakiś błysk. Mimo przerażenia zdała sobie sprawę, że zostawiła otwarte drzwi, że do kuchni wpada przez nie światło, że odbijając się od ciężkiego stalowego garnka na zupę stojącego na pobliskiej półce, rzuca jaskrawe refleksy.

Widok połyskującej stali wytrącił ją z obezwładniającego przerażenia. Obiema rękami chwyciła garnek i cisnęła nim w uzbrojonego mężczyznę.

Odruchowo odskoczył i pociągnął za spust. Spudłował – pocisk zrykoszetował od garnka, trafił w inny i strącił go z półki.

Zrozpaczona zerknęła w stronę wyjścia i natychmiast porzuciła myśl o ucieczce w tamtym kierunku – po drodze musiałaby przebiec tuż obok napastnika.

Odwróciła się i na złamanie karku pognała do chłodni. Drzwi chłodni były grube, stalowe i dobrze izolowane, więc przy odrobinie szczęścia mogły powstrzymać kulę.

Półmrok panujący w kuchni zapewniał w miarę dobrą osłonę. Dobiegła do końca długiej, obitej nierdzewną blachą lady, skręciła i popędziła do chłodni.

Gruchnął drugi strzał. Pocisk grzmotnął w starą ceglaną ścianę.

Za plecami usłyszała odgłos kroków, ale się nie odwróciła. Wpadła do małego, lodowatego pomieszczenia, chwyciła za uchwyt i szarpnęła. Ciężkie, masywne drzwi zamykały się wolno, bardzo wolno, całą wieczność.

Na wykładanej ceramicznymi płytkami podłodze zadudniły kroki bandyty.

Gruba stalowa płyta zatrzasnęła się wreszcie z cichym mlaśnięciem. Desdemona pchnęła dźwignię awaryjnego otwierania drzwi, przesunęła ją do dołu, blokując zamek, uklękła i naparła na nią obiema rękami.

Żeby otworzyć drzwi, napastnik musiał podnieść dźwignię zewnętrzną, zespoloną z tą, na którą napierała, i Desdemona mogła się tylko modlić, by nie dał rady, by powstrzymał go ciężar jej ciała.

Zaległa cisza. Upiorna, mrożąca krew w żyłach cisza.

Zacisnęła powieki, czekając na kulę, która przeszyje drzwi. Nie znała się na broni. Nie miała pojęcia, z jakiego rewolweru czy pistoletu bandyta do niej strzelał i nie wiedziała, czy pocisk jest w stanie przebić stalową płytę.

Wciąż cisza. Nie działo się nic. Nie słyszała strzałów. Dźwignia ani drgnęła.

Raptem dobiegł ją przytłumiony szmer, potem zgrzytanie i coś runęło na drzwi od zewnątrz, runęło z tak wielką siłą, że zadrżały i metalicznie zawibrowały. Dopiero po chwili zrozumiała, że włamywacz musiał przewrócić na podłogę coś dużego i ciężkiego.

I znowu zapadła cisza.

Desdemona wyczuła, że w kuchni nikogo nie ma.

Po jakimś czasie – a czas stanął w miejscu i nie wiedziała, jak długo to trwało – otworzyła oczy, powoli wstała i próbując zapanować nad drżeniem rąk i nóg, ostrożnie wspięła się na palce, by wyjrzeć przez małą grubą szybkę pośrodku drzwi.

Widziała stamtąd prawie całą kuchnię. Napastnik zniknął.

Przytknęła czoło do lodowatej płyty, oddychając jak po długim biegu. Odczekała jeszcze chwilę, zaczerpnęła tchu i podniosła dźwignię.

Dźwignia ani drgnęła – bandyta zablokował ją od zewnątrz. Desdemona tkwiła w lodowej pułapce.

W pomieszczeniu mniejszym niż kabina windy.

W pomieszczeniu, które wydawało się ciaśniejsze niż samochodowy bagażnik.

Wzbierał w niej znajomy, dławiący strach. Strach, który przeszedł w nieludzkie przerażenie, gdy zdała sobie sprawę, że nie jest w chłodni sama.

Ogarnięta straszliwym przeczuciem, obróciła się powoli, zlustrowała wzrokiem ciasne wnętrze i zesztywniała. Wytrzeszczyła oczy. W rogu chłodni siedział Vernon Tate. Martwy Vernon Tate.

Na przodzie jego koszuli widniała plama czarnej krwi, a u stóp leżał piękny lodowy łabędź.

Rozdział 14

Tkwiła w pułapce. W pułapce bez wyjścia. W pomieszczeniu mniejszym niż kabina windy. W towarzystwie trupa.

Sparaliżował ją klaustrofobiczny strach. Przez chwilę była pewna, że oszaleje.

Nie, czuła się gorzej niż w windzie. Czuła się dokładnie tak samo, jak w zatrzaśniętym bagażniku samochodu George'a Northstreeta.

Zatrzepotały czarne skrzydła wspomnień z dzieciństwa. Musnęły ją, ogarnęły niczym błoniaste skrzydła nietoperza i przemieniły w drżące, bezradne stworzenie, którego nogi nie były w stanie utrzymać ciężaru ciała. Przytłaczało ją poczucie zgubnej nieuchronności.

Przywarła plecami do zimnej stalowej płyty. Kolana nie wytrzymały i nie mogąc oderwać oczu od zwłok Vernona, powoli osunęła się na podłogę.

Wiedziała, że tym razem Tony jej nie uratuje, że zanim ktoś przyjdzie do pracy, mogą upłynąć całe godziny. Nawet gdyby nie zamarzła na śmierć, nie przeżyłaby straszliwego ataku klaustrofobii. Trup. Strach. Panika. Zastanawiała się, czy można od tego umrzeć.

Panika. To tylko panika! Płytki oddech, przerażenie, łomotanie serca. To tylko atak paniki. Objęła się wpół i przykucnęła jak dzikie zwierzę.

Gdy miała pięć lat, przeżyła zamknięcie w samochodowym bagażniku, więc przeżyje i to. Obecność biednego Vernona niczym jej nie zagrażała. Zagrażało jej tylko zimno.

Ściany drgnęły, zaczęły na nią napierać.

Nie, to zimno, to tylko zimno, nic więcej!

Zimno – na tym musiała się skoncentrować.

Miała na sobie dżinsy, żółty pulower i krótki czerwony żakiet. Żakiet sięgał bioder – było wczesne lato, a nie środek zimy – za to lekki płaszcz, który chwyciła przed wyjściem z domu, miał podszewkę z przytulnych baranków. Jakiś czas w nim wytrzyma. Nawet jeśli zamarznie, to nie od razu.

W ostateczności mogła pożyczyć ubranie Vernona. On już go nie potrzebował.

Ta myśl przyprawiła ją o gwałtowne mdłości. O mało co nie zwymiotowała, ale gdy przyrzekła sobie, że rozbierze Vernona tylko wówczas, gdy grozić jej będzie śmierć, mdłości minęły. Nie, dodatkowego ubrania na razie nie potrzebowała.

Musiała myśleć. Musiała coś zrobić.

Najważniejsze to pamiętać, że nie ma już pięciu lat. Że nie jest już bezbronnym dzieckiem w szponach chorego umysłowo człowieka.

Że zwłoki Vernona leżą tam, gdzie leżały trzy minuty temu. I że ściany chłodni się nie ruszają.

Mogłaby wziąć jedną ze stalowych tac, na których układano przygotowane jedzenie, i zacząć walić nią w ścianę. Narobiłaby hałasu, niewykluczone, że ktoś by ją usłyszał.

Jedyną wadą planu było to, że właściciele okolicznych sklepów nie otwierali ich o tak wczesnej porze.

Nie, musi znaleźć inny sposób nawiązania kontaktu ze światem zewnętrznym.

Usiadła, objęła się za kolana i unikając widoku zwłok Vernona, zaczęła gorączkowo myśleć.

Siadając, odruchowo poprawiła żakiet. Kieszeń żakietu dotknęła stalowej ściany i rozległ się cichutki metaliczny brzęk.

Boże...

Poniewczasie przypomniała sobie o PDA X-100, o swoim pięknym, najpiękniejszym pomocniku. Rano, jak zawsze przed wyjściem do pracy, wsunęła go do kieszeni.

Niektórzy mężczyźni obdarowują kobiety kwiatami. Inni kupują im perfumy. Lecz tylko nieliczni, tylko bardzo nieliczni, kierują się szóstym zmysłem i wręczają im podarunek idealny.

Otrzymał wiadomość, jak tylko włączył komputer.

```
Do: stark SSS.com
Od: desdemona bonappetite.com
Zatrzaśnięta w chłodni. Z trupem. Szybko.
```

Przeczytał to jeszcze raz. I jeszcze raz. Przeszło mu przez myśl, że to jakiś żart, więc przysunął bliżej telefon i wykręcił jej domowy numer.

Nikt nie podnosił słuchawki.

Szybko wykręcił numer Bon Appetite. I tam jej nie zastał.

Spotniały mu dłonie. Desdemona nie była za pan brat z komputerem na tyle, żeby robić mu kawały.

W kilka sekund wystukał na klawiaturze odpowiedź.

```
Do:desdemona bonappetite
Od:stark SSS.com
Jadę.
```

Zerwał się z fotela i ruszył do drzwi.

Gdy mijał biurko Maud, zaniepokojona sekretarka podniosła głowę.

– Coś się stało, panie dyrektorze?

– Muszę wyjść. Niech pani powie Dane'owi, żeby przeprosił tych z Connelly Manufacturing i zajął się nimi sam. Gdyby protestowali i koniecznie chcieli się ze mną widzieć, proszę ustalić inny termin spotkania. Może mnie pani łapać przez komputer.

– Dobrze, panie dyrektorze. – Maud wyprostowała ramiona. – Proszę mi zaufać, wszystkiego dopilnuję. Umiejętność radzenia sobie w każdej sytuacji jest cechą sekretarki doskonałej. Zmienne wiatry życia nie mogą nas powstrzymać.

Nie miał czasu na wymyślanie stosownej riposty.

Zjechał windą do głównego holu, wypadł na ulicę i przebiegł sześć przecznic dzielących biuro od siedziby Bon Appetite. Wyprowadzenie samochodu z garażu albo szukanie taksówki trwałoby dłużej.

Po kilku minutach dotarł na miejsce. Wbiegł na podjazd. Drzwi były otwarte. Wszedł do środka i natychmiast zobaczył, że na podłodze przed drzwiami do chłodni leży wielka stalowa półka.

Błyskawicznie ją usunął...

I jednym szarpnięciem otworzył ciężkie drzwi.

– Stark! – Wpadła mu w ramiona, ściskając w ręku swój maleńki komputerek i przywarła do niego ze wszystkich sił. – Dostałam twoją wiadomość – wydyszała nieprzytomnie. – Dostałam twoją wiadomość. Omal nie oszalałam, a potem dostałam twoją wiadomość i wiedziałam, że przyjdziesz.

Przytulił ją mocno.

– Co się tu stało?

I wtedy zobaczył, że w rogu chłodni leżą zwłoki Vernona Tate'a.

Wiele godzin później, gdy policja w końcu odjechała, Wainwrightowie poszli do Emote Espresso.

Siedzieli, stali, chodzili z miejsca na miejsce i dawali mistrzowski pokaz z cyklu Szok – przez wielkie „S" – i Horror – przez wielkie „H". Stark doszedł do wniosku, że jeszcze nigdy nie widział, by ktoś robił to z takim namaszczeniem i zaangażowaniem i dopiero rodzina Wainwrightów udowodniła mu, że to w ogóle możliwe.

Henry i Kirsten – trzymając filiżanki z niedopitą kawą w dłoni – półleżeli na barowej ladzie. Ciotka Bess omdlewała przy stoliku. Wszyscy popijali kawę, ale głównie tylko ją mieszali, powoli, z nieobecnym wyrazem twarzy. Julia – szarozielona i rozdygotana – siedziała przy osobnym stoliku i bawiła się filiżanką cappuccino. Nawet Makbet przyszedł. Przyprowadził z sobą Kyle'a i Jasona.

Stark zauważył, że brakuje tylko Tony'ego. Najwidoczniej wiadomość jeszcze do niego nie dotarła.

Desdemona siedziała pośrodku sceny, też przy stoliku; Stark zajął miejsce naprzeciwko niej. Na blacie stała szklanka herbaty.

– Wciąż nie mogę uwierzyć, że biedny Vernon nie żyje – powtórzyła po raz setny Desdemona. – Był taki miły. Taki spokojny. Taki solidny. Artysta bez ego.

– Rzadko się takich ludzi spotyka – przyznał wuj August. – Bardzo uprzejmy. Tak, i miły.

– Opowiedz mi wszystko jeszcze raz – poprosił Stark. – Od samego początku.

– Opowiadałam to policjantom miliony razy.

– Teraz opowiedz mnie.

Westchnęła, zmięła chusteczkę do nosa i wetknęła ją do kieszeni dżinsów.

– Wyszłam z domu zaraz po tobie. Kiedy dotarłam na miejsce, stwierdziłam, że drzwi są otwarte. Drzwi kuchenne i drzwi od chłodni. Pomyślałam, że ktoś przyszedł do pracy przede mną. I pewnie tak było. Biedny Vernon musiał pomylić dni i zaskoczył włamywacza.

– A ten sukinsyn go zastrzelił i zawlókł do chłodni – dodał Henry zdławionym głosem. – A później chciał zabić Desdemonę.

– O mój Boże – zawodziła ciotka Bess. – Nie mogę w to uwierzyć. Mógł zabić Desdemonę!

– Uspokój się, kochanie. – Wuj August poklepał ją po ramieniu. – Desdemona jest już bezpieczna, nic jej nie grozi.

Stark uświadomił sobie, że zaciska ręce na krawędzi plastikowego blatu z taką siłą, że lada chwila może go złamać. Z trudem rozluźnił palce.

Ten człowiek mógł ją zabić. Mógł zabić Desdemonę.

Poczuł, że pokrywa upiornego kotła dźwiga się, by uwolnić rozszalały chaos. Czym prędzej ją zatrzasnął.

– Nie rozpoznałaś go? – spytał. – Na pewno?

Pokręciła głową.

– Nie. Twarz miał taką jakąś... powykrzywianą. Ci z policji przypuszczają, że nosił maskę z pończochy. Był wysoki i szczupły. Miał brudne włosy. Ubranie też.

– Jakiś ulicznik – wyszeptała Kirsten. – Pewnie szukał pieniędzy na prochy.

– Tak uważa policja – wtrącił Makbet.

– Ale po co się tam włamywał? – spytała Kirsten. – Przecież nie przechowujemy pieniędzy w firmie.

Desdemona otarła chustką oczy.

– Policjanci twierdzą, że szukał czegoś, co mógłby sprzedać.

– Jak przyszłaś, był w gabinecie? – zapytał Stark.

– Tak. Stanął w progu z rewolwerem w ręku. Rzuciłam w niego garnkiem na zupę. Strzelił, ale musiałam go zaskoczyć, bo chybił. Za drugim razem też.

– Jezus Maria – szepnął Henry. – Dwa strzały. Dzięki Bogu, że zdołałaś dobiec do chłodni.

– Vernon nie miał tyle szczęścia – odrzekła ze smutkiem Desdemona. – Ustawiał łabędzie, pewnie nic nie słyszał...

– Morderca mógł go zastrzelić w kuchni i dopiero potem przenieść ciało do chłodni – zasugerował wuj August. – Może chciał zmylić policję? Przypominam sobie taką sztukę, którą wystawialiśmy kilka lat temu w Kalifornii. O ile mnie pamięć nie myli, nazywała się... *Zamrożeniec*. Pamiętasz, Bess? Grałem główną rolę.

– Pamiętam – odrzekła ciotka Bess. – Byłeś wspaniały, kochanie.

– Dziękuję. Tak, grałem inspektora policji – mówił dalej wuj August. – W śniegu znaleziono zamrożone zwłoki i musiałem ustalić czas śmierci. To niełatwa rzecz, moi drodzy, niełatwa.

– Od tamtego czasu technika poszła naprzód, wujku – wtrącił Makbet. – Metody prowadzenia śledztwa też.

– Obdzwoniłam wszystkich klientów i odwołałam przyjęcia na ten weekend – oznajmiła Desdemona. – Na szczęście mieliśmy w planie tylko mały lunch dla żeńskiego koła studenckiego i dwa koktajle. Przekazałam zlecenia zaprzyjaźnionej firmie.

– Kiedy będziesz mogła tam wejść? – spytał Stark.

– Powiedzieli, że dopiero jutro. Wcześniej nie skończą. Ale sprzątanie potrwa kilka dni.

Stark rozejrzał się po kawiarni.

– A gdzie Tony?

– Nie słyszał pan? – Ciotka Bess się zdziwiła. – Zadzwonił do mnie nocą i zostawił na sekretarce wiadomość, że z samego rana leci z powrotem do Hollywood. Zatelefonował do niego ten przyjaciel z filmu. Wygląda na to, że zdjęcia jednak się rozpoczną.

– Ci z Hollywood kupili mu nawet bilet – dodał wuj August. – Powiedzieli, że ma go odebrać na lotnisku.

– Ach, tak... – mruknął cicho Stark.

– Chciałbym, żeby to chłopaczysko wyzbyło się wreszcie złudzeń – wymamrotał wuj August. – Kariery w filmie nie zrobi. Hollywood to nie miejsce dla Wainwrightów.

Kilka minut po dwunastej w południe następnego dnia siedziała za biurkiem w swoim gabinecie i przygnębiona patrzyła na otaczające ją pobojowisko.

Wreszcie skończyli. Od jednego z policjantów dowiedziała się, że nie znaleźli nic, co podważyłoby ich pierwotne założenie: Vernon zginął, ponieważ nieszczęśliwym zbiegiem okoliczności przyłapał włamywacza na gorącym uczynku.

Znali masę takich przypadków.

Myśląc o Starku, przerzucała stertę papierów zaściełających blat biurka.

Zaniepokoił ją zimny błysk jego oczu, gdy ktoś wspomniał o Tnym. Nie wiedziała, co mu chodziło po głowie, lecz poczuła się bardzo nieswojo.

Zaterkotał telefon. Pogrążona w posępnych rozmyślaniach aż podskoczyła. Nie wiadomo dlaczego serce waliło jej jak młotem. Wzięła głęboki oddech i sięgnęła po słuchawkę.

– Bon Appetite. Słucham.

– To pani kupowała te lodowe rzeźby od Vernona Tate'a? – Mężczyzna. Głos niecierpliwy, jakby niespokojny.

– Tak. Kto mówi?

– Mówili w dzienniku, że on nie żyje. To prawda?

– Niestety. Znał go pan?

– A jak pani myśli, do cholery? To ja mu te rzeźby robiłem. Wisi mi pięćdziesiąt dolców za łabędzia.

– To pan go wyrzeźbił?

– Ja. I bardzo potrzebuję szmalu, psze pani. Obiecał, że zapłaci w poniedziałek.

– Nie rozumiem. Myślałam, że to Vernon...

– Jaki tam Vernon. Co z niego za rzeźbiarz. Powiedział, że musi koniecznie dostać tę robotę, no i wcisnął kit. Poszliśmy na układ. Ja rzeźbiłem, a on wykładał szmalec od pani.

– Rozumiem. – To wyjaśniało, dlaczego Vernon zawsze powtarzał, że woli pracować w samotności. – Przepraszam, a z kim mam przyjemność?

– Nazywam się Larry Easenly. No to jak będzie? Zapłaci pani te pięć dych?

– Tak, oczywiście. Zechce pan podać mi swój adres, panie Easenly.

Wyrecytował adres na Capitol Hill.

– Ale mógłbym przyjechać i odebrać czek jeszcze dzisiaj.

– Dzisiaj jest tu straszny bałagan, panie Easenly. Czeki wypisuję na komputerze, a nie zdążyłam go nawet włączyć. Proszę przyjechać w poniedziałek rano. Mogę też wysłać czek pocztą, wtedy otrzymałby go pan we wtorek.

– W porząsiu, psze pani. – Zawahał się. – I dziękuję. Nie każdy by zapłacił. Ostatecznie umawiałem się z Vernonem…

– Nie ma za co, panie Easenly – odrzekła znużonym głosem. – Pańskie rzeźby są naprawdę piękne.

Odchrząknął.

– Może będą pani potrzebne następne? – spytał niepewnie.

– Niewykluczone. Zadzwonię do pana, jak tylko ogarnę ten bałagan.

– Prima – odrzekł z wyraźnym ożywieniem. – W takim razie do usłyszenia.

Odłożyła słuchawkę i zamyśliła się nad tym, co przed chwilą usłyszała.

Vernon Tate skłamał, żeby dostać pracę w Bon Appetite. Ciekawe, czy zełgał coś jeszcze…

Godzinę później jechała powoli przez cichą dzielnicę mieszkalną na północ od gmachów Uniwersytetu imienia Waszyngtona i mijając starzejące się domy, szukała właściwego adresu. Wreszcie znalazła.

Zaparkowała przy krawężniku, wyłączyła silnik i przez dłuższą chwilę siedziała za kierownicą, obserwując zapuszczony jednopiętrowy dom, w którym mieszkał Vernon Tate.

Znalazła ten adres w teczce z danymi personalnymi pracowników Bon Appetite; prosiła ją o to policja, bo chcieli odszukać krewnych Vernona. I na pewno dotarli tu przede mną, pomyślała.

Zaniedbane podwórze było w takim samym stanie jak dom – porastało je zielsko, wysokie, gęste i poprzetykane śmieciami; tu i ówdzie walały się butelki po piwie. Drzwi pomalowano niegdyś na zielono, ale farba wyblakła i obłazła, tak że na drewnie zostało tylko kilka rozmazanych plam. Pośrodku tego, co było kiedyś trawnikiem, leżała stara opona samochodowa.

Desdemona nie wiedziała, czy Vernon miał jakichś krewnych, czy choćby kolegę, z którym dzielił mieszkanie. Kilka razy wspomniał coś o gospodyni czy właścicielce domu, ale nie zostawił w firmie numeru telefonu, więc kontakt mieli utrudniony. I znowu uświadomiła sobie, że tak naprawdę to prawie nic o nim nie wie.

Nie wiedziała też, co zrobi, jeśli nikogo w domu nie zastanie.

Spękanym betonowym chodnikiem podeszła do cienkich, niegdyś zielonych drzwi. Zapukała. Z wnętrza dochodził jazgotliwy bełkot z włączonego telewizora. Zapukała jeszcze raz, głośniej.

Metaliczny zgrzyt – ktoś przekręcił klucz w zamku. Drzwi uchyliły się na centymetr i w szparze ujrzała oko kobiety o nieokreślonym wieku. Miała na sobie wypłowiały szlafrok i puszyste kapcie. Jej szarosiwe, rozczochrane włosy sterczały na wszystkie strony. Przyglądała się Desdemonie podejrzliwie.

– Czego? – wychrypiała głosem nałogowej palaczki. Bił od niej silny zapach alkoholu. – Wczoraj się z wami nagadałam. Pani z policji albo co?

– Nazywam się Desdemona Wainwright. Byłam pracodawczynią Vernona Tate'a.

– Vernon nie żyje.

– Wiem.

– Godzinę wczoraj z gliniarzami rozmawiałam. Potem siedzieli dwie godziny na górze i przeszukiwali jego pokój.

– Jest pani jego gospodynią?

Byłam Nadeen Hocks, do usług. Ale to nie pani interes. Mam ciekawsze rzeczy do roboty niż odpowiadanie na głupie pytania.

– Nie chcę zadawać żadnych pytań, pani Hocks.

– No to czego pani chce?

Desdemona zrobiła nieokreślony gest ręką.

– Złożyć kondolencje.

– Komu? On nie miał krewnych. Przynajmniej nic mi o nich nie wiadomo.

– Ani krewnych, ani przyjaciół?

– Nie. – Podrapała się po głowie. – Cały czas siedział przy tym swoim komputerze.

Desdemona drgnęła.

– Przy komputerze, powiada pani?

– A tak. Mnie tam nie będzie go brakowało. Był mi dłużny za czynsz. – Wykrzywiła usta w podstępnym uśmiechu. – Ale już o to zadbałam. Po swojemu.

– Naprawdę?

– A jak. Od trzydziestu lat wynajmuję pokoje, to się czegoś nauczyłam. Jestem na bieżąco, paniusiu. Telewizor chodzi u mnie cały czas. Mam nawet radio z policyjnym skanerem. Jak tylko usłyszałam, że zabili pracownika firmy obsługującej przyjęcia, to natychmiast się tym zajęłam.

– To znaczy czym?

– Jak to czym? Poszłam migiem na górę i łaps za ten jego komputer. Schowałam go, dobrze schowałam i powiem pani, że miałam nosa, bo zaraz potem słyszę łomotanie do drzwi. Otwieram, a tu policja. Zabraliby go jak amen w pacierzu, już ja ich znam. W dzisiejszych czasach nikomu nie można ufać.

– Więc mówi pani, że Vernon interesował się komputerami? – spytała dyplomatycznie. – Naprawdę? Nic o tym nie wiedziałam.

– Żartuje pani? Tylko to go obchodziło. Nie miał żadnych znajomych, żadnych krewnych, nie sprowadzał żadnych dziewczyn. – Zachichotała skrzekliwie. – Chłopców też nie. Chwyta pani? No to pomyślałam sobie, że mi się należy, mam prawo sprzedać ten jego komputer i odebrać czynsz, nie?

– Chce go pani sprzedać?

– A jak. Dzisiaj wielu się tym żelastwem interesuje. Dam ogłoszenie do gazety albo co. Jak nic dostanę za niego sto pięćdziesiąt, może nawet dwieście dolców.

Desdemona gorączkowo myślała. Tak, potrzebowała rady, rady eksperta...

– Wie pani co? Mam znajomego, który się na tym zna. Może zechce go kupić.

W oczach Nadeen dostrzegła błysk zakamuflowanej chciwości.

– Myśli pani?

– Jeśli pani chce, mogłabym do niego zaraz zadzwonić.

Nadeen jeszcze się wahała.

– A pieniądze to on ma? Starczy mu na komputer?

– Przypuszczam, że dwieście dolarów zdołałby skądś wytrzasnąć.

– Ale czeków nie biorę – ostrzegła Nadeen.

– Rozumiem. Interesuje panią tylko gotówka.

– Pani na pewno nie z policji?

– Na pewno, pani Hocks.

– No dobrze. – Nadeen otworzyła drzwi. – Niech pani wejdzie i zadzwoni.

– Dziękuję. – Desdemona weszła do mrocznego, cuchnącego pokoju.

Odór alkoholu, stęchlizny i papierosowego dymu był przytłaczający. Bił zewsząd, z wypłowiałych zasłon w oknach i z wytartego dywanu na podłodze. Desdemona próbowała oddychać krótkim, płytkim oddechem.

Telewizor to ryczał, to piskiwie jazgotał, lecz wyglądało na to, że Nadeen jest tego zupełnie nieświadoma. Desdemona zerknęła na ekran. Gospodarz popołudniowego talkshow przeprowadzał wywiad z trzema mężczyznami ubranymi w plisowane fartuszki. Wszyscy trzej wychwalali rozkosze płynące ze sprzątania domu.

– Telefon jest na ścianie! – wrzasnęła Nadeen, przekrzykując hałas. – Niech pani powie temu znajomemu, że chcę sto pięćdziesiąt i ani centa mniej. Gotówką.

– Dobrze. – Desdemona modliła się, żeby Stark był w biurze. Podniosła brudną słuchawkę i wykręciła numer.

– Stark Security Systems – odezwał się pogodny głos Maud Pitchcott.

– Mówi Desdemona Wainwright. Muszę porozmawiać z dyrektorem Starkiem.

– Oczywiście, panno Wainwright – odrzekła wesoło Maud. – Już łączę.

– Dziękuję.

– Nie ma za co. Życzę miłego dnia.

Cichutki trzask i Stark podniósł słuchawkę. Po jego głosie domyśliła się, że jest czymś zajęty.

– Stark. Słucham.

– To ja, Desdemona. Potrzebuję rady.

– Rady? Co się stało? Co to za hałas?

– Nie pytaj, chyba że nagle poczułeś w sobie nieodpartą chęć wyszorowania brudnej muszli klozetowej. – Odczekała, aż publiczność zgromadzona w studio trochę przycichnie. – Posłuchaj, dzwonię z domu Vernona. Stark, on był maniakiem komputerowym, może nawet hackerem...

– Desdemono...

– Naprawdę. Jego gospodyni mówi, że wszystkie pieniądze wydawał na sprzęt i programy, że spędzał przy komputerze całe dnie.

– Tak mówi?

Czuła, że go ma, że przykuła jego uwagę. Zawsze wiedziała, kiedy Stark jest skoncentrowany. Z linii telefonicznej promieniowała tak silna energia, że mogła stopić ebonitową słuchawkę.

– Tak. Kiedy dowiedziała się o śmierci Vernona, natychmiast ukryła jego komputer, bo był jej winien za czynsz. I chce go sprzedać.

– Hm...

– Co o tym myślisz?

– Myślę, że wynika z tego kilka interesujących kwestii.

– No to jak? – spytała spięta. – Kupujemy?

– My?

Zirytował ją.

– Jesteś moim konsultantem do spraw zabezpieczeń systemów komputerowych. Już o tym zapomniałeś? Proszę cię o fachową poradę. Uważasz, że w komputerze Vernona znajdziemy coś ciekawego?

– Nie wiem.

– Kupimy i sprawdzimy?

– Dobra, kupuj.

Odwróciła się do ściany i zniżyła głos.

– Ona chce sto pięćdziesiąt.

– Jaki to komputer?

– Nie mam zielonego pojęcia. Ale to chyba nieważne, prawda?

– Ważne. Może być wart pięćdziesiąt, sto, nawet pięćset. Zależy od marki, daty produkcji i tego, co jest w środku.

– Na miłość boską, Stark, nie czas na drobiazgi. Nie kupujemy tego cholernego komputera dla inwestycji. Szukamy śladów.

– Ty i ja?

Puściła tę uwagę mimo uszu.

– W torebce mam tylko pięćdziesiąt dolarów, a pani Hocks nie przyjmie czeku. Nie chcę stąd wyjść bez komputera. Mogłaby znaleźć innego kupca.

– Podaj mi adres. Przyjadę najszybciej, jak się da.

– Czuję, że czekając, będę musiała oglądać jakiś koszmarny program telewizyjny, więc się pospiesz.

Stark zapukał do drzwi domu Nadeen trzydzieści pięć minut później. Desdemona zerwała się na równe nogi pijana ze szczęścia i ulgi.

– To na pewno mój znajomy, Nadeen.

– Oby tylko miał pieniądze. – Nadeen przeczłapała przez pokój i trzasnęła zamkiem.

Na schodach stał Stark, wypełniając sobą prawie całe drzwi.

– Nazywam się Stark.

– Czekałyśmy na pana. – Wpuściła go do pokoju. – Ma pan pieniądze?

– Mam. Ale najpierw chcę zobaczyć komputer.

Nieoczekiwane żądanie trochę ją zaniepokoiło.

– Ta pani powiedziała, że kupi go pan bez oglądania.

– Nigdy nie kupuję w ciemno.

Desdemona wskazała pudło stojące przy drzwiach do kuchni.

– Jest tam.

Przechodząc przez pokój, zerknął na ekran telewizora, zmarszczył czoło – gospodarz programu zapytał jednego z gości, dlaczego lubi filmować żonę w łóżku z kochankiem – potem spojrzał na komputer.

– No to jak będzie? – burknęła Nadeen. – Bierze pan?

Stark przyglądał się komputerowi dłuższą chwilę, wreszcie sięgnął do kieszeni po portfel.

– Biorę.

Desdemona odetchnęła.

Wyszli przed dom. Stark umieścił komputer w bagażniku swego samochodu.

– Co o tym myślisz? – spytała, gdy zatrzasnął pokrywę.

– Jeszcze nie wiem. – Wziął ją za rękę i poprowadził chodnikiem do jej hondy.

– Boże, zupełnie wyleciało mi to z głowy. Dowiedziałam się dzisiaj jeszcze czegoś. Vernon nie był rzeźbiarzem. Skłamał, wypełniając podanie o przyjęcie do pracy. Wszystkie rzeźby kupował od niejakiego Larry'ego Easenly'ego.

– Skąd wiesz?

– Easenly do mnie zadzwonił. Pytał, czy zapłacę mu za ostatniego łabędzia. Twierdzi, że Vernonowi bardzo zależało na pracy w Bon Appetite, więc zawarli umowę.

Stark przystanął i wbił wzrok w przestrzeń.

– To by oznaczało, że Tate wiedział o wakacie, zanim do ciebie przyszedł.

– Na to wygląda.

– Tylko jak na to wpadł?

Desdemona myślała chwilę.

– Nie robiłam z tego tajemnicy. Rafael odszedł do tego nowego hotelu na Eastside i mógł rozpowiedzieć, że poszukuję rzeźbiarza. Moi pracownicy też o tym wiedzieli.

– Słowem, mnóstwo ludzi.

– Mnóstwo.

Stark ruszył naprzód.

– Uruchomię dzisiaj ten komputer i sprawdzę, czy jest tam coś ciekawego. Ale spuść parę, Desdemono. Według wszelkiego prawdopodobieństwa Vernon był tylko zwykłym komputeromanem. Pewnie znajdę tam same gry.

Zatrzymali się przy samochodzie Desdemony. Otworzyła drzwi i usiadła za kierownicą. Zawahała się, lecz postanowiła chwycić byka za rogi.

– Nie powiedziałeś nic o Tonym, ale wiem, co myślisz.

– Czyżby?

– Tak. Zaufaj mi, Stark, Tony nie miał z tym nic wspólnego. Jestem pewna, że naprawdę do niego dzwonili i że naprawdę wyjechał do Hollywood. Dlatego go wczoraj nie było.

– Nie wiem, czy dzwonili do niego z Hollywood, ale co nieco sprawdziłem. Miał rezerwację na poranny lot do Los Angeles, ale samolot odlatywał dopiero o dziewiątej trzydzieści. Tony zgłosił się w ostatniej chwili.

Desdemonę zatkało.

– Sprawdziłeś to? Jak?

Wzruszył ramionami.

– Prosta sprawa. Mój komputer poszperał w komputerze na lotnisku, i już.

– Chryste panie. Można coś takiego zrobić?

Wykrzywił usta w ironicznym uśmiechu.

– Ekspert może.

– Sprawdziłeś rejestr lotów... – wymamrotała zdziwiona. – Fakty dla ciebie nic nie znaczą, prawda?

– Fakty trzeba weryfikować.

– Czy takie... szperanie jest legalne? – spytała podejrzliwie.

– Lepiej nie zajmujmy się prawną stroną tego zagadnienia. Szperanie w rejestrze lotów jest tak samo legalne jak zakup komputera świętej pamięci Vernona, bo na dobrą sprawę powinniśmy zwrócić go policji. Jedź ostrożnie, Desdemono. – Zatrzasnął drzwi.

Spojrzała w lusterko. Stark wracał do swego samochodu. Był masywny i nieustępliwy jak wielka góra. A w środku zimny niczym drzemiący na szczycie góry lodowiec.

Rozdział 15

Sam. Sam, obudź się.

– Przynieśliśmy ci śniadanie.

Głosy Kyle'a i Jasona. Otworzył oczy. Chwilę trwało, nim zorientował się, gdzie jest, i dźwignął głowę ze złożonych na biurku rąk. Sięgnął po okulary, nałożył je i odruchowo spojrzał na zegarek.

Dochodziła siódma. Siódma rano!

– Musiałem zasnąć – wymamrotał. – Uruchomiłem program przeszukujący i zasnąłem. – Potarł policzek i stwierdził, że ma zaczątki szczeciniastego zarostu. Pamiętał, że gdy ostatnim razem sprawdzał czas, dochodziła trzecia nad ranem.

Nocą dowiedział się jednego: bez względu na to, czy Vernon Tate umiał, czy też nie umiał rzeźbić w lodzie, na pewno znał się na komputerach.

Korzystał z bardzo rzadkiego systemu operacyjnego i doskonale zabezpieczył wszystkie pliki, otaczając je niewidzialnym murem wyrafinowanych i koszmarnie skomplikowanych osłon.

Szybko stwierdził, że wejście do systemu nie będzie kaszką z mleczkiem. Najpierw uruchomił program analizujący zawartość twardego dysku i wyławiający zakamuflowane hasło dostępu. Zrobił to rutynowo, bo nie miał nadziei go znaleźć. I słusznie. Vernon Tate był za sprytny, żeby posłużyć się zwykłym hasłem słownym. Chociaż program analizujący należał do najlepszych, Stark wiedział, że istnieje małe prawdopodobieństwo znalezienia hasła zaszyfrowanego przez eksperta.

Po północy postanowił zmienić taktykę i zaatakować problem z zupełnie innej strony.

Kyle postawił na biurku talerz.

– Wlaliśmy mleko i nasypaliśmy płatków. Jedz.

– Tu jest łyżka – dodał Jason.

– Dzięki. – Stark wziął łyżkę i zaczął jeść rozmokłą, przesłodzoną breję.

Kyle obszedł biurko i spojrzał na jarzący się monitor komputera.

– Czy ten specjalny program zadziałał?

– Właśnie, włamałeś się do systemu? – spytał zaciekawiony Jason.

– Nie wiem – mruknął. Ze stoickim spokojem przeżuwał płatki. Był głodny jak wilk. – Gdy zasypiałem, program wciąż przeszukiwał dysk.

– Hej, spójrzcie! – zawołał Kyle. – Na ekranie coś wyskoczyło!

Jason odepchnął brata.

– Nie zasłaniaj, daj popatrzeć.

Stark obrócił się i przestał jeść. Ekran ściemniał. Mrugała na nim biała literka C i znaczek > sygnalizujący gotowość komputera do przyjmowania poleceń.

– Mam cię – szepnął z zimną satysfakcją.

Jason oderwał wzrok od ekranu monitora.

– Wszedłeś?

– Wszedłem.

Kyle wyszczerzył zęby.

– To nawet lepsze niż „Skarb Wyverna".

Stark odsunął talerz i usiadł przy klawiaturze.

– Zobaczmy, co my tu mamy…

– Już ich sobie wyobrażam, Desdemonę i resztę Wainwrightów – powiedział z ożywieniem Kyle. – Jak dowiedzą się, że Vernon Tate zainstalował w swoim komputerze supersystem zabezpieczający, usiądą z wrażenia.

– Mur beton – dodał szybko Jason – bo to znaczy, że robił coś... coś tajemniczego.

– Bo ja wiem – odrzekł powściągliwie Stark. – Może po prostu nie chciał, żeby grzebano w jego prywatnych zapiskach.

– Mona, co się tu, do diabła, stało? – spytał od progu Ian Ivers. – Jakby huragan przeszedł.

Desdemona odłożyła skomplikowany formularz ubezpieczeniowy, nad którym siedziała od samego rana.

– Musiałeś słyszeć, że w piątek zamordowano jednego z moich pracowników.

– Owszem. Między innymi dlatego tu jestem. – Opadł na fotel. – Chciałem sprawdzić, czy wszystko u ciebie w porządku. Chryste, wiedziałem, że facet kogoś zaciukał, ale nie miałem pojęcia, że narobił przy tym takiego bałaganu.

– Policja przypuszcza, że szukał ukrytego sejfu albo czegoś wartościowego do sprzedania – odrzekła znużona. Od piątku opowiadała tę historię setki razy. Wszyscy sąsiedzi, wszyscy właściciele okolicznych sklepów chcieli poznać krwawe szczegóły.

– A ten rzeźbiarz, bidula, zaskoczył go przy robocie i oberwał, hę? Słyszałem, że zamknęłaś się w chłodni.

– Tak.

Ian łypnął na nią podejrzliwie.

– Widziałaś tego faceta?

– Widziałam, ale nie potrafię go opisać. Nosił maskę z pończochy i czapkę. Włosy miał zmierzwione, bez połysku, jakby brudne... Chciałeś czegoś ode mnie, Ian? Jestem trochę zajęta.

– Co? A tak. Dzwoniłem do Tony'ego, ale nikt nie podnosi słuchawki, więc pomyślałem sobie, że może ty masz jakieś wiadomości od Starka. Wiesz coś? Zajrzał do mojego projektu?

– Ujęłabym to tak, Ian: odgrywanie anioła stróża i sponsorowanie sztuk teatralnych nie należy do ulubionych zajęć dyrektora Starka. Przynajmniej chwilowo.

– Mona, zrobisz coś dla mnie? Znasz go lepiej niż ja. Mogłabyś szepnąć mu słówko, co? Mam przeczucie, że ciebie wysłucha.

Desdemona westchnęła i usiadła wygodniej.

– Ian, odpuść to sobie. Stark ma teatr gdzieś.

– Bzdura. Skorzystałby na wystawieniu tej sztuki tak samo jak my.

Uniosła brew.

– Sądzisz?

– Pomyśl tylko, jaki wpływ miałoby to na jego *emploi*. Natychmiast zyskałby opinię mecenasa sztuki.

– Może nie powinieneś był mówić, że chcecie wypruć z ludzi flaki – zasugerowała Desdemona. – Przypuszczam, że ta myśl trochę go odstraszyła.

– Tak, tak, wiem. Chyba niepotrzebnie to palnąłem. Jego sekretarka mówi, że Stark nie chce się ze mną widzieć. – Szybko wstał i zaczął krążyć po gabinecie. – A może złożyć mu nowy projekt? Trochę go pozmieniać, zmodyfikować, co?

– Świetny pomysł. Zajmij się nowym projektem, tymczasem ja uprzątnę ten bałagan. Na szczęście morderca nie tknął mojego komputera. – Obróciła się z fotelem i pstryknęła włącznikiem urządzenia.

– Może nie zdążył? – zasugerował Ian. – Może ten twój rzeźbiarz go spłoszył?

– Kto wie. – Zadrżała, wystukując na klawiaturze znajome polecenia; chciała zajrzeć do tygodniowego harmonogramu. – Nawet nie chcę myśleć o tym, co się tu stało.

– Słuchaj, nie wiesz przypadkiem, gdzie jest Tony? Mieliśmy dzisiaj zjeść lunch i omówić obsadę jego sztuki.

– Tony? Tony jest w Los Angeles.

Ian znieruchomiał.

– W Los Angeles? A co on tam, do diabła, robi?

– Wezwali go ci z filmu.

Wpadł w złość.

– Cholera jasna, myślałem, że dostał już nauczkę. Hollywood! Też coś. Przecież on dobrze wie, że z tego głupiego serialu nic nie wyjdzie. Teraz najważniejszy jest *Rozpad*. Bez niego…

– *Rozpad* zupełnie się rozpadnie? – wpadła mu w słowo.

– Bardzo śmieszne. – Sprawiał wrażenie głęboko urażonego.

– Przepraszam. – Zmarszczyła czoło. Na ekranie monitora pojawił się komunikat, którego jeszcze nie znała. – Dziwne…

– Co jest dziwne?

– Komputer pyta mnie, czy chcę odzyskać stracony plik.

Ian obrócił głowę.

– Normalka – orzekł. – Jeśli w trakcie pracy doszło do awarii prądu albo jeśli wyłączyłaś komputer, nie wychodząc uprzednio z programu, tracisz część zapisów. Komputer pyta cię, czy chcesz je odzyskać.

– Ale... ale co to właściwie znaczy?

Wzruszył ramionami.

– Dokładnie to, o co cię pyta. Stracone zapisy zostały przechowano w specjalnym pliku. Jak chcesz go odzyskać, musisz wystukać odpowiednie polecenie, i tyle.

– Nie... – Urwała. Nie wiedziała dlaczego. Po prostu nie chciała mówić Ianowi, że zawsze wychodzi z programu, a dopiero potem wyłącza komputer, nie wspominając już o tym, że nie było żadnej awarii prądu.

– Co nie?

Odchrząknęła.

– Nie wiedziałam, że tak dobrze znasz się na komputerach.

– A kto się dzisiaj na nich nie zna? Mam IBM-kę. Prowadzę na niej listę potencjalnych sponsorów, listy subskrypcyjne i księgowość teatru. Tony mi ją zaprogramował.

– Fakt, zapomniałam.

– On ma do tego smykałkę, co?

– Owszem. – Nie chciała kontynuować tematu. – Przepraszam cię, Ian, ale naprawdę mam dużo pracy.

– Aluzja dotarła. – Przystanął przy drzwiach. – Mona?

– Tak?

– Myślisz, że gdybym zmodyfikował projekt i bardziej podkreślił jego rolę jako wizjonerskiego mecenasa albo patrona sztuki, to Stark by na to poszedł i sfinansowałby *Rozpad*? Miałby dobrą prasę. Ci z forsą to lubią.

– Fiu, fiu – zagwizdała. – Stark wizjonerem i mecenasem sztuki? Nie mam pojęcia, jak by zareagował. – Posłała mu pełen otuchy uśmiech. – Kto wie, spróbuj.

Ogarnięty na nowo entuzjazmem, poklepał framugę drzwi.

– Spróbuję. Jak Tony się odezwie, powiedz mu, żeby wracał do Seattle. Ci z Hollywood to same dupki, hipokryci i chodzące beztalencia. My jesteśmy ludźmi teatru. – Wyszedł, machając jej na pożegnanie swoim końskim ogonem.

– Powiem – szepnęła. Odczekała, aż Ian przejdzie przez kuchnię i dopiero wtedy spojrzała na ekran monitora.

Przez długą chwilę wpatrywała się w komunikat o straconym pliku. Nie licząc jej, jedyną osobą, która korzystała z komputera, był Tony. Myśl, że mógł majstrować przy nim tuż przed śmiercią Vernona, przyprawiła ją o zawrót głowy.

W końcu zebrała się na odwagę: wcisnęła klawisz, każąc maszynie odzyskać nieszczęsny plik. I nic – komputer nie zareagował.

Jęknęła, otworzyła szufladę i wyjęła z niej podręcznik z opisem systemu operacyjnego. Nie cierpiała tych dziwacznych instrukcji. Nigdy ich nie rozumiała.

Zdekoncentrował ją dzwonek telefonu. Podniosła słuchawkę.

– Bon Appetite. Słucham.

– Cześć, siostrzyczko. Mówi Tony.

Znieruchomiała.

– Tony? Skąd dzwonisz?

– Z Los Angeles. Ciotka nie odsłuchała sekretarki?

– Odsłuchała, ale jesteśmy trochę zaniepokojeni. Wiesz już, że Vernon Tate został zabity?

– Zabity?! – spytał z nieukrywanym zdumieniem. – Znaczy... zamordowany?

– Byłam tu chwilę potem, Tony, zaskoczyłam mordercę, dwa razy do mnie strzelił.

– Jezus... – Na moment zaniemówił. – Ranił cię? Jesteś ranna?

– Nie, uciekłam i zatrzasnęłam się w chłodni. On uciekł, ale przedtem zatarasował drzwi półką i... Boże, Tony, nie mogłam stamtąd wyjść.

– O żesz... I cały czas tam siedziałaś? W tej ciasnej klitce?

– Tak.

– I jak to... przeżyłaś?

– Dobrze wiesz, omal nie postradałam zmysłów. Cały czas myślałam o jednym: o bagażniku samochodowym Northstreeta. Co gorsza, były tam zwłoki Vernona.

– O kurwa. – Z jego głosu biła niepohamowana złość i frustracja. – Na pewno nic ci nie jest?

– Nie, nic. Pamiętasz ten komputerek, który dostałam od Starka na urodziny? Dzięki PDA mogłam się z nim skontaktować. Uratował mnie.

Zaległa krótka, lecz pełna napięcia cisza.

– Stark cię uratował?

– Tak. W firmie bałagan, ale do poniedziałku powinniśmy się wyrobić. Tony, co w Hollywood?

– Nic – mruknął zniesmaczony. – Dlatego dzwonię. Scenariusz dalej leży na półce. Do produkcji za Boga nie wejdzie. I nikt nie chce mnie tu oglądać.

– Nie rozumiem. W taki razie po co tam ciebie ściągali? Po co kupowali bilet?

– Żebym to ja wiedział. Chyba zgłupieli. Dziwna sprawa. Szczerze mówiąc, nie mam pojęcia, co jest grane.

– Może zaszła jakaś pomyłka?

– Chcesz powiedzieć, że kazali sekretarce wysłać bilet jakiemuś aktorowi, a baba pomyliła nazwiska? – Westchnął. – Z moim szczęściem to zupełnie możliwe.

– Co teraz zrobisz?

– A co mogę zrobić? Wracam do domu. – Zawahał się. – Eee... Tylko jest mały problem, siostrzyczko.

– Jaki?

– Nie mam forsy, a moje karty kredytowe są chwilowo zablokowane. Możesz mi kupić bilet? Pieniądze zwrócę ci, jak tylko będę mógł.

Jęknęła.

– Jedź autobusem.

– Autobusem?! – Był zgorszony. – Z Los Angeles do Seattle? Nie zrobisz mi tego, siostrzyczko.

– Chcę cię o coś zapytać. – Postukała długopisem w podręcznik z opisem systemu operacyjnego. – Czy przed odlotem korzystałeś z mojego komputera?

– Nie. Dlaczego?

– Na ekranie pojawił się dziwny komunikat o straconym pliku. Komputer go zachował i teraz pyta, czy chcę ten nieszczęsny plik odzyskać. Chcę, tylko nie wiem jak.

– Prosta sprawa. Uważaj. Będę podawał ci komendy, a ty wciskaj klawisze. Przejdziemy przez to krok po kroku.

Kilka minut później odzyskała plik. Patrzyła na ekran i nic z tego nie rozumiała.

– No i co? – spytał Tony.

– Nic. Kociokwik. Litery i cyfry bez żadnego związku.

– Wygląda na to, że ktoś uruchomił edytor, chciał coś napisać, ale przerwano mu, zanim zdążył zapisać dokument. Pewnie Kyle albo Jason. Uwielbiają zabawy z komputerem.

– To prawda.

– Wracając do tego biletu, siostrzyczko…

– No dobrze już, dobrze, leć samolotem. Ale przez rok pracujesz u mnie za friko, zgoda?

– No jasne. – Chwilę milczał. – A jak tam nasz jajogłowy geniusz?

– Nazwij go jeszcze raz jajogłowym geniuszem i będziesz wracał autobusem.

– Komunikat przyjęty. Bez odbioru.

Desdemona wsiadła do dżipa i zapięła pas.

– Dzięki, że zechciałeś mnie podrzucić, Makbet.

– Nie ma sprawy. – Zwolnił pedał sprzęgła i wielki, czarny, napędzany na cztery koła samochód wytoczył się z podjazdu przed Bon Appetite. – I tak muszę odebrać Kyle'a i Jasona. Po południu mamy przedstawienie.

– Tony dzwonił.

– Tak? – Zerknął na nią z ukosa. W jego lustrzanych okularach igrały promienie słońca. – No i co słychać w Los Angeles? Wypaliło?

– Nie. – Zmarszczyła nos. – Namówił mnie na kupno biletu powrotnego.

– Sukinkot. Wiesz co? Stark ma trochę racji. Dajesz mu się wykorzystywać.

– Trudno mi odmówić. Tony jest moim bratem.

– Wiem, wiem, i uratował ci życie. Ale to było dawno temu. Ty zdążyłaś przez ten czas wydorośleć, a on chyba nie.

Poczuła się nieswojo. Odwróciła głowę i popatrzyła na tłumy turystów odwiedzających butiki przy First Avenue.

– Wciąż mam nadzieję, że pewnego dnia jego marzenia się spełnią.

– Mało prawdopodobne. Jest Wainwrightem, ale trzeba spojrzeć prawdzie w oczy: aktor z niego kiepski.

– To samo można powiedzieć o mnie.

Mijali muzeum sztuki i stojącą przed nim metalową rzeźbę znaną jako *Mężczyzna z młotem*. Posępnym wzrokiem patrzyła, jak jego stalowe ramię podnosi się i opada, podnosi się i opada. *Mężczyzna z młotem* był skazany na wieczną pracę. Kiedyś w końcu zardzewieje, ale do tego czasu nie dane mu będzie odpocząć. Rzeźba skojarzyła jej się z Tonym. Bezowocny ruch. Bezowocny trud.

– Szkoda, że postawił na aktorstwo – myślał głośno Makbet. – Mógłby pracować przy komputerach. Jest w tym niezły.

– Wiem.

– Dobrze by było, gdyby dali radę wystawić tę jego sztukę.

– Mało prawdopodobne. Na Starka nie mają co liczyć. Zauważyłeś, że nasze rozmowy o Tonym sprowadzają się do pobożnych życzeń?

– Fakt.

Przez resztę drogi do domu Starka Desdemona milczała.

Gdy Makbet zaparkował na podjeździe, sięgnęła na tylne siedzenie i wzięła koszyk z jedzeniem.

– Dzięki – powiedziała, wysiadając.

– Nie ma za co.

Weszła na schody. Już miała zapukać, gdy drzwi gwałtownie się otworzyły.

– Sie masz, Desdemono. – Stał przed nią Kyle. – Sam jest zajęty. Siedzi w gabinecie. Całą noc dłubał w komputerze Vernona Tate'a. Rano wziął prysznic, przebrał się i zaraz wrócił na górę.

Twarz się jej rozpromieniła.

– Znalazł coś ciekawego?

– Jeszcze nie wiadomo. Ale wszedł do systemu i szuka ukrytych plików.

– Więc jest nadzieja. – Podniosła koszyk. – Przywiozłam mu lunch.

– To dobrze. Zrobiliśmy mu śniadanie, ale na lunch nie mamy czasu. – Kyle zerknął przez ramię. – Szybko, Jason! Makbet czeka!

– Już idę. – Z korytarza wypadł Jason. – Cześć, Desdemono. – Minął ją jak burza. – Do zobaczenia.

– Do zobaczenia. – Kyle pognał za bratem.

Wskoczyli do dżipa. Pomachała im na pożegnanie, odczekała, aż wyjadą na ulicę, weszła do przestronnego foyer i zamknęła drzwi.

W betonowym domu Starka panowała przejmująca cisza. Jak w wielkiej, pustej fortecy.

Z koszykiem na ręku, powoli weszła na piętro. Skręciła do korytarza i stanęła przed drzwiami gabinetu. Były otwarte.

Gęsty mrok wiszący w pomieszczeniu rozpraszało tylko zimne światło bijące z ekranu komputerowego monitora.

Przed komputerem siedział Stark. Łokcie wsparł na ramionach fotela, ręce złożył jak do modlitwy. Lodowate światło rzeźbiło kamienne rysy jego twarzy. Było w nim coś obcego i srogiego. Desdemona wstrzymała oddech.

Stark – niewzruszony i nieosiągalny jak kapitan międzygwiezdnego statku wpatrzony w bezmiar kosmosu. Człowiek bez domu, skazany na wieczną tułaczkę po lodowatych przestworzach galaktyki.

– Dzień dobry – powiedziała cicho.

– Dzień dobry. – Zerknął na nią rozkojarzony i widać było, że myśli tylko o jednym: o tym, co dzieje się na ekranie monitora. – Co tu robisz?

– Przyniosłam ci lunch – odrzekła z lekkim uśmiechem. – Ostatecznie, podpisaliśmy umowę, prawda?

Chyba nie zrozumiał.

– Lunch? – spytał zdumiony.

– Tak, lunch. To taki posiłek spożywany mniej więcej w południe.

– Ach tak, lunch... – Zdjął okulary i potarł grzbiet nosa. – Zapomniałem o lunchu. Chłopcy już wyszli?

– Przed chwilą. – Weszła do gabinetu i spojrzała na ekran monitora. – Znalazłeś coś?

– Jak na razie nic. – Nałożył okulary i poszedł za jej spojrzeniem. – Wielkie nic. A właściwie bardzo dużo. Chyba za dużo.

– Nie rozumiem.

– Vernon Tate znał się na komputerach jak mało kto. Ukrył pliki, korzystał z bardzo skomplikowanego systemu operacyjnego. Ale rozgryzłem go, znalazłem furtkę.

– Furtkę?

– Żadnego systemu operacyjnego nie da się zabezpieczyć na sto procent. Każde zabezpieczenie ma swoje wady i słabe punkty. Wystarczy je znaleźć. Ale trzeba mieć dużo szczęścia i dużo cierpliwości, nie wspominając już o determinacji.

Postawiła koszyk na biurku.

– A ty jesteś zdeterminowany?

– I to bardzo. Jak mówiłem, Tate ukrył kilka plików. Muszę je znaleźć.

Powiedział to z taką mocą, że aż drgnęła. W zimnym świetle ekranu jego zielone oczy lśniły jak szlachetne kamienie. Był całkowicie skoncentrowany. Skoncentrowany do nieprzytomności.

Tylko raz go takim widziała: wtedy, gdy się kochali.

Skoro pliki są ukryte, skąd wiesz, że w ogóle istnieją? – spytała.

– Kazałem komputerowi obliczyć, ile wolnego miejsca zostało na twardym dysku. Liczba, którą mi podał, nie zgadza się z liczbą bajtów w plikach jawnych. Tate coś ukrył. Zaprzęgłem do pracy ARCANE. I czekam.

– Czy czekając, możesz coś zjeść?

– Jasne – odrzekł, ale na koszyk nawet nie spojrzał. Nie odrywał wzroku od ekranu monitora.

Desdemona wyłożyła na talerz kanapki z chleba pita, pomidory i selery faszerowane serkiem feta, mięsem i sosem pomidorowym.

Postawiła talerz przed Starkiem. Nie patrząc, wziął kanapkę i zaczął jeść.

Desdemona oparła się biodrem o krawędź biurka i skubała swoją.

– Tony dzwonił – oznajmiła po chwili.

Stark przeszył ją spojrzeniem.

– Kiedy?

– Rano. – Zmroził ją drapieżny błysk w jego oczach. – Serial leży. Nie chcą go tam. I nikt go tam nie ściągał. Wraca do domu.

– Nie wie, kto zapłacił za bilet?

– Nie. – Przełknęła ostatni kęs kanapki i strząsnęła z palców okruszynki chleba. – Dziwne, prawda?

– Tak – odrzekł cicho. – Bardzo dziwne.

– Chcesz herbatnika? – Sięgnęła po czekoladowe herbatniki i poczęstowała Starka.

– Dzięki. – Wziął jeden, żuł chwilę i głośno przełknął.

Oderwała się od biurka.

– Posprzątam i zrobię kawę.

– Dobrze. – Skupił wzrok na ekranie.

Spakowała koszyk, postawiła go w rogu gabinetu i zeszła do kuchni.

Gdy wróciła kilka minut później z dzbankiem kawy w ręku, Stark stał przed biurkiem, zwrócony tyłem do drzwi. Gimnastykował się.

Przystanęła w progu i patrzyła jak zahipnotyzowana. Uniósł ręce nad głowę i płynnym, wężowym ruchem wysunął je przed siebie. Zrobił to lekko i zwinnie, lecz emanowała z niego siła wodospadu. Zacisnął dłonie w wielkie pięści. Pod zmiętą koszulą grały potężne mięśnie ramion. Zadał szybki cios w powietrze. Poła koszuli wysunęła się zza paska.

– Przyniosłam kawę – szepnęła.

Opuścił ręce, wolno się odwrócił i spojrzał jej w oczy. Wciąż był skupiony, lecz bez najmniejszego ostrzeżenia zmienił obiekt koncentracji. Chłonął ją wzrokiem.

Wstrzymała oddech. Serce waliło jej tak mocno, że na powierzchni kawy w dzbanku wykwitły centryczne kręgi. Wiedziała, że jeśli natychmiast nie postawi naczynia na biurku, wyleje gorący napar na podłogę.

Z trudem przeszła przez gabinet i ostrożnie postawiła dzbanek.

– Jak idzie?

– Kiepsko. – Stark powoli obszedł biurko, stanął przed nią, zdjął okulary i położył je na blacie. – Muszę zrobić sobie przerwę.

– Stark?

Położył jej ręce na ramionach.

– A ty? – szepnął.

Objęła go za szyję.

– Krótka przerwa dobrze mi zrobi – odrzekła z uśmiechem.

– Świetnie. – Zamknął jej usta pocałunkiem.

Natychmiast porwała ją burza. Przetaczała się w niej, przeszywając ciało rozkosznymi dreszczami.

Zastanawiała się, czy kiedykolwiek przywyknie do jego pocałunków i pieszczot, do odczuć, jakie im towarzyszyły. Wiedziała, że nawet jeśli tak będzie, nigdy się nimi nie zmęczy.

Poczuła, jak Stark sunie rękami wzdłuż jej kręgosłupa, jak ją przytula. Cicho jęknął, z wyraźną niechęcią oderwał usta od jej ust i zaczął całować ją w szyję, rozpinać jej bluzkę i dżinsy.

Ukląkł na jedno kolano, szarpnął za pasek jej spodni i wraz z majteczkami zsunął je do kostek.

Wziął Desdemonę na ręce i mroczny gabinet zawirował. Posadził ją na blacie, na zimnym szkle, chwycił za kolana i rozsunął jej nogi. Stanął między nimi, a ona przeczesała palcami jego włosy.

Ciszę rozdarł trzask – rozpiął spodnie. Zamknęła oczy i delikatnie ujęła go w dłoń.

Dotknął ją w miejsce najintymniejsze z intymnych i...

Poczuła, że w środku jest wilgotna i nabrzmiała.

Wciągnęła głęboko powietrze, zacisnęła palce.

– Obejmij mnie nogami – tchnął w jej włosy.

Posłuchała go i otworzyła się przed nim jeszcze bardziej. Wsunął w nią palec. Głęboko, do końca.

Krzyknęła...

I wtedy w nią wszedł.

– Tak mi tego brakowało. – Mówił głosem chrapliwym, gardłowym, jakby słowa dobywały się z głębi jego duszy. – Ciebie mi brakowało. Potrzebuję cię, Desdemono, tak bardzo cię potrzebuję...

Nigdy przedtem nie powiedział jej nic czulszego, nic, co mogłaby uznać za wyznanie miłości. Nie wiedziała, czy Stark kiedykolwiek się na to zdobędzie. Ale dla kogoś takiego jak on słowa, które wypowiedział, wystarczyły. Były konkretne. Były namacalne.

– Kocham cię, Stark – wyszeptała mu w ramię. – Kocham cię.

Drgnął jak porażony prądem i gwałtownym, niekontrolowanym dźgnięciem wszedł w nią jeszcze głębiej. Poczuła, że wstrząsa nim silny dreszcz i usłyszała jego głośny krzyk, krzyk boleści, a może triumfu.

Przywarła do jego twardych, napiętych ramion. Nie wiedziała, czy usłyszał jej ciche wyznanie. Nie miała czasu się nad tym zastanawiać, bo oszalały wir zmysłów cisnął ją na sam szczyt doznań. Jej przewodnikiem był mężczyzna, który zawiódł ją na krawędź chaosu.

Powoli wracał do rzeczywistości. Celowo tę chwilę przedłużał, bo wciąż tkwił w ciele kochanki, a przyjemność z tego płynąca, przyjemność bycia częścią Desdemony, była zbyt wielka, by ją gwałtownie przerywać.

I wciąż słyszał te dwa słowa: kocham cię. Kocham cię.

Otworzył oczy. Jego wzrok spoczął na rozjarzonym ekranie monitora. Dopiero po kilku sekundach uświadomił sobie, że komputer wyświetla komunikat.

Szybko nałożył okulary…

I ogarnęła go druga fala satysfakcji, niemal tak samo odurzającej i zmysłowej jak ta, którą odczuwał przed chwilą.

ARCANE, jego genialny program, zrobił swoje.

Jednak bywają dni zdecydowanie lepsze od innych.

– Mam cię – szepnął.

Rozdział 16

Ale co to znaczy? – spytała.

Pochylała się nad nim tak nisko, że już dawno powinna spaść mu na kolana. Nie miałby nic przeciwko temu, bo namiętność nie do końca z niego wyparowała, bo pewien niepokorny organ ciała wyraźnie ożywał.

Było mu tak dobrze. Czuł się tak… tak na miejscu. To samo wrażenie odnosił tylko wówczas, gdy stał na progu zrozumienia skomplikowanego wzoru. Chwile takie jak ta odpychały granice chaosu.

Włosy miała potargane, usta opuchnięte od pocałunków. Naciągnęła dżinsy i zapięła bluzkę, lecz jej ciało wciąż było wilgotne, ciepłe i w pewnych miejscach nabrzmiałe. I wciąż łączyła ich ta niewidzialna, zmysłowa nić.

Z trudem skupił wzrok na ekranie.

– „Ubezpiecz.txt" – przeczytał na głos. – Nazwa ukrytego pliku. Spójrz na ilość bajtów. Jest ich dokładnie tyle, ile brakowało na początku operacji.

– Może to tylko zwykły plik, w którym zapisywał składki ubezpieczeniowe?

– Może. Ale wątpię. Widziałaś, jak mieszkał, poznałaś właścicielkę domu. Nie przypuszczam, żeby należał do ludzi, którzy wykupują polisy ubezpieczeniowe czy wypełniają skomplikowane formularze.

– No to dlaczego tak go nazwał?

– Zaraz sprawdzimy. – Wcisnął klawisz.

Ekran zgasł, a po kilku sekundach ukazała się na nim wiadomość poprzedzona adresem poczty komputerowej. Sam adresat był anonimowy, a wiadomość bardzo krótka.

`Zamówienie zrealizowane. Druga połowa umówionej kwoty w ciągu pięciu dni od dzisiaj. Odbiór towaru po płatności.`

Desdemona zmarszczyła brwi.

– Ten ciąg liter i cyfr na górze ekranu to adres, tak?

– Tak. Anonimowego serwera.

– Co to jest anonimowy serwer?

– To system automatycznej poczty komputerowej, który przesyła i odbiera wiadomości od ludzi, którzy chcą zachować anonimowość.

– Którzy się nie znają? – spytała zdumiona. – Vernon miałby utrzymywać kontakt z kimś, kogo nawet nie znał? Po co?

– Istnieje wiele powodów, dla których ludzie wolą występować incognito. Zobaczmy, co jeszcze ukrył.

Wcisnął klawisz i na ekranie ukazała się następna wiadomość. I tę poprzedzał adres anonimowego odbiorcy.

`Cena kości tysiąc dolarów. Dostawa pierwszego.`

– Kości? – spytała. – Handlował kośćmi?!

– Kośćmi z układami scalonymi – wyjaśnił. – Taka kość to serce komputera.

Trzecia wiadomość była chyba listem do Vernona.

`Rozumiem, że może pan dostarczyć wiadomy program. Cena?`

– Chyba zaczynam rozumieć – mruknął Stark.

– Na miłość boską, czym on się zajmował?

– Wygląda na to, że był kimś w rodzaju pośrednika handlu programami i częściami komputerowymi. Hackerem, który za odpowiednią cenę dostarczy klientowi to, co klient sobie zażyczy. Prowadził ten interes za pośrednictwem anonimowego serwera.

Wbiła paznokcie w jego ramiona.

– Chcesz powiedzieć, że kradł te… te kości i programy na zamówienie?

– Niewykluczone.

– Sądząc po tym, jak mieszkał, to chyba niezbyt opłacalny interes.

– Nie daj się zwieść pozorom. Na koncie mógł mieć setki tysięcy dolarów.

– Skoro tak dobrze zarabiał jako pośrednik, po co chciał pracować u mnie?

– Przychodzi mi do głowy bardzo prosta odpowiedź...

– O mój Boże... – szepnęła. – Wykorzystał mnie. Mnie i moją firmę.

– Na to wygląda.

– Chciał namierzyć ciebie – mówiła rozsierdzona – i wykorzystał pracę w Bon Appetite, żeby do ciebie dotrzeć.

– Pewnie dostał zamówienie na ARCANE. Zobaczymy. Może przy odrobinie szczęścia znajdę w pliku konkretne szczegóły.

– A to przebrzydła gnida – warknęła ze zwężonymi oczami. – Tak go lubiłam, był taki solidny. Solidniejszego pracownika nigdy nie miałam.

– Spokojnie, Desdemono, spokojnie.

– Nic nie rozumiesz. Ja mu ufałam.

– I co na to słynna intuicja Wainrightów? – wymamrotał cicho.

– Ha! Właśnie udowodniłeś, jak niewiele z tego rozumiesz. Jeśli chodzi o Vernona, nigdy nie miałam co do niego żadnych przeczuć. Po prostu go lubiłam. Sprawiał wrażenie człowieka miłego, spokojnego i nieszkodliwego.

– Tak to już jest. Może następnym razem będziesz trochę ostrożniejsza i nie zaufasz komuś tylko dlatego, że punktualnie przychodzi do pracy.

– Proszę cię. – Skrzyżowała mu ręce na piersi i spojrzała na niego błagalnie. – To nie pora na zgryźliwe wykłady.

– Biorąc pod uwagę fakt, że miałem być ofiarą pana Tate'a, udzielenie ci nauczki leży w moim interesie. Mam nadzieję, że coś dzisiaj zrozumiałaś.

Wyrzuciła do góry ręce.

– Błagam cię, tylko nie popadaj w jeszcze większą paranoję. Musisz przyznać, że to była zupełnie wyjątkowa sytuacja.

Wzruszył ramionami i nic nie odpowiedział. Uważał, że fakty mówią same za siebie. Nie zdziwił się, że Desdemona nie chce podejść do nich logicznie. Ostatecznie była jedną z nich, jedną z Wainwrightów.

Rozpromieniła się.

– Wiesz, co to oznacza, prawda?

– No? – spytał znużonym głosem. Znał tę charakterystyczną minkę i poczuł się nieswojo.

– To oznacza, że twoja misja dobiegła końca.

– Moja misja?

– Praca, którą wykonywałeś na moje zlecenie. Ba! Posunąłeś się nawet o krok dalej. Nie tylko wykryłeś innego podejrzanego, ale udowodniłeś, że w dniu przyjęcia Vernon Tate zamierzał podprowadzić ARCANE.

Nie miał na to żadnych kontrargumentów.

– Teraz trzeba odpowiedzieć na pytanie, kto go zabił i dlaczego.

– Uważasz, że jego śmierć ma związek z działalnością, którą prowadził? – spytała, nie ukrywając zdziwienia. – Dlaczego? Myślę, że przypuszczenia policji są słuszne. To przypadek. Tate znalazł się w nieodpowiednim miejscu w nieodpowiednim czasie. Tamtego ranka przyszedł do firmy i zaskoczył włamywacza. Tak samo jak ja.

– Nie wierzę w przypadki – odrzekł. – Ty miałaś powody, żeby przyjść wcześnie do pracy, ale wciąż nie wiemy, dlaczego znalazł się tam Vernon.

– Odrzucasz możliwość, że po prostu pomylił dni? – Nagle o czymś sobie przypomniała. – Czekaj. Mój komputer.

Pokręcił głową.

– Wierz mi, człowiek taki jak Tate nie interesowałby się twoim komputerem i zainstalowanymi w nim programami. Jego sprzęt i oprogramowanie są o całe niebo bardziej wyrafinowane.

– Nie o to chodzi – odrzekła szybko. – Zapomniałam ci powiedzieć, że kiedy dziś rano włączyłam komputer, na ekranie zobaczyłam komunikat o straconych plikach i pytanie, czy chcę je odzyskać. Taki komunikat pojawia się wtedy, gdy dochodzi do nagłej przerwy w pracy komputera, prawda?

– Owszem, ale co z tego?

– O ile mi wiadomo, żadnej awarii prądu ostatnio nie było. Kiedy męczyłam się nad tymi straconymi plikami, zadzwonił Tony. Pomógł mi je odzyskać. Uważa, że ktoś bawił się komputerem i wyłączył go, nie wychodząc uprzednio z programu.

– To możliwe.

– Skoro „ktoś", to dlaczego nie Vernon? – spytała podekscytowana. – Włamywacz go zaskoczył i Tate natychmiast wyłączył komputer.

– Pamiętasz czas ostatniego zapisu?

Zmarszczyła czoło.

– Nie, niestety.

Spojrzał na nią.

– Co było w tym odzyskanym pliku?

Zagryzła wargę.

– Bełkot. Litery i cyfry bez żadnego związku.

– Skasowałaś go?

Pokręciła głową.

– Jeszcze nie.

Stark wstał.

– Chyba powinienem na to spojrzeć.

Wskazała ekran monitora.

– A co z tym?

– Zbadanie zawartości dysku zajmie mnóstwo czasu. Później się tym zajmę. – Wyłączył komputer i uświadomił sobie, że ma rozchełstaną koszulę. Odruchowo zaczął ją zapinać. – Pojedziemy do Bon Appetite. Chciałbym zerknąć na ten plik. I sprawdzić, kiedy go zapisano.

Spoważniała.

– Sprawa się komplikuje, co?

– Owszem. – Robi się coraz bardziej złożona, poprawił ją w myśli. Niebezpiecznie złożona.

Zaparkował w uliczce dochodzącej do Pioneer Square, wysiadł i poszedł za Desdemoną. Prowadziła go alejką wiodącą do siedziby Bon Appetite.

Do lśniącej czystością kuchni weszli tylnymi drzwiami. Był tak głęboko pogrążony w myślach o Vernonie Tacie i o problemach z nim związanych, że dopiero po kilku sekundach uświadomił sobie, iż pośród znajomych Wainwrightów zajętych sprzątaniem pomieszczenia dostrzega obce twarze.

Tak go to zaskoczyło, że omal nie wpadł na Desdemonę, która widząc przybyszów, nagle przystanęła.

– Desdemono, spójrz tylko, kto do nas zawitał! – krzyknęła Julia z drugiego końca kuchni.

Desdemona roześmiała się radośnie i z wyciągniętymi ramionami popędziła w stronę gości.

– Mamo! Tato! Co wy tu robicie?!

Stark stał w progu i obserwował powitanie. Julia, ciotka Bess i wuj August otoczyli Desdemonę i jej rodziców. Wszyscy mówili naraz. W kuchni rozbrzmiewał śmiech i gwar podekscytowanych głosów.

Po raz kolejny ogarnęło go uczucie wyobcowania. Nić intymnego porozumienia łącząca go z Desdemoną pękła.

Z wieloletnią wprawą zdusił w sobie mroczną samotność i skupił uwagę na matce Desdemony i jej ojczymie.

Z Celii Wainwright bił wprost namacalny czar. Była kobietą ładną, nawet atrakcyjną. Miała na sobie letnią sukienkę, długą – sięgała kostek – i półprzezroczystą, przypominającą w stylu te, jakie nosi się na południowym zachodzie kraju. Sukienkę zdobił skórzany pasek nabijany srebrem i turkusami.

Była niższa niż pozostali Wainwrightowie; wzrostem dorównywała córce. Siwiejące rude włosy związała w elegancki kok z tyłu głowy. Jej piękne osobliwe oczy, przypominające kolorem oczy Desdemony, studiowały Starka z poważnym zainteresowaniem.

Benedykt był mężczyzną wysokim i siwowłosym. Miał wyraziste, charakterystyczne dla Wainwrightów rysy twarzy; dopiero niedawno zaczęły się nieco rozmywać, z wiekiem. Sprawiał wrażenie człowieka, który dokonał świadomego wyboru i postanowił, że pozostałą część życia spędzi, odgrywając rolę starzejącego się arystokraty światowca. Gdy Desdemona uwolniła go z objęć, spojrzał na Starka. Bez względu na rolę, jaką sobie wyznaczył, patrzył na niego ze zdumiewająco wnikliwą uwagą i zdolnością postrzegania najdrobniejszych szczegółów.

Głos miał tak głęboki i dźwięczny, jakby mówił przez ukryty głośnik.

– Proszę, proszę. Więc to pan skradł serce mojej małej córeczce.

Desdemona się zarumieniła.

– Tatusiu, proszę cię, przestań.

Benedykt nie zwracał na nią uwagi. Z wdziękiem wyciągnął do Starka rękę.

– Benedykt Wainwright.

Stark spojrzał na jego dłoń, podszedł bliżej i mocno ją uścisnął.

– Stark.

– To jest moja żona Celia. – Pełnym galanterii ruchem wskazał matkę Desdemony.

Celia obdarzyła Starka czarującym uśmiechem.

– Mówiono mi, że wszyscy zwracają się do pana per Stark.

– Tak. – Układnie skłonił głowę. – Bardzo mi miło, pani Wainwright. Nie wiedziałem, że mieliście państwo przyjechać.

– Nie, zrobili nam niespodziankę. – Desdemona wysunęła się z objęć matki. – Co się dzieje? Wzięliście urlop?

Benedykt pokręcił ze smutkiem głową.

– Zamknięto teatr. – Westchnął. – Trzy dni temu. Bez żadnego uprzedzenia.

– Ale dlaczego? – spytała Desdemona.

– Wygląda na to, że Cactus Theater był na progu bankructwa, o czym kierownictwo nie raczyło nas uprzedzić – wyjaśniła Celia. – W poniedziałek rano przyjechał szeryf, wszystko pozamykał i oświadczył, że sąd musi rozstrzygnąć sprawę spłaty zaciągniętych kredytów.

– To straszne – powiedziała Desdemona.

Stark spojrzał na nią, odnotowując, że w jej głosie nie ma ani śladu zdziwienia czy smutku. Przypuszczał, że tego rodzaju tragedie są w ich światku czymś najzupełniej normalnym, że musiała do nich przywyknąć.

– Cóż, zdarza się – skonstatował filozoficznie Benedykt. – Wróciliśmy do Seattle z częścią zespołu. Trzy dni to trwało, wyobrażacie sobie? Przyjechaliśmy godzinę temu i od razu przyszliśmy tutaj. I czego się dowiadujemy? Szokujące, naprawdę szokujące.

– Tak, działy się tu straszne rzeczy – wymamrotał wuj August.

– Nie możemy się z tego otrząsnąć – wyznała ciotka Bess. – Pomyśleć tylko, że biedna Desdemona zamknęła się w chłodni z trupem tego nieszczęśnika.

– Boże, przecież ten morderca mógł cię zabić – wyszeptała przerażona Celia. – Na pewno nic ci się nie stało, córeczko?

– Nie, mamo, nic. Stark podarował mi na urodziny taki maleńki komputerek, którym można wysyłać pocztę. No wiesz, pocztę komputerową. Krótko mówiąc, wysłałam mu wiadomość. Napisałam, że jestem zamknięta w chłodni. No i Stark mnie uratował.

August zmrużył oczy.

– Przypomina mi to podobną sytuację – mruknął. – Tony też cię…

– Nie teraz, kochanie – przerwała mu łagodnie ciotka Bess. – Nie teraz.

Celia przeniosła wzrok na Starka.

– Bardzo chcieliśmy pana poznać. Moja córka nieczęsto zakochuje się…

– Mamo. – Desdemona spiekła raka i niespokojnie zerknęła na Starka. – Na miłość boską, czy musimy o tym rozmawiać?

– Celia ma rację, moja droga – oznajmił złowieszczo Benedykt. – Najwyższa pora, bym przyjrzał się człowiekowi, którego zamierzasz poślubić.

– Tatusiu, my się tylko spotykamy – odrzekła zdesperowana Desdemona. – Wcale nie myślimy o ślubie.

– Bess mówiła co innego – zauważyła cicho Celia.

– Ciocia się myli – odparowała Desdemona.

Ciotka Bess uniosła brwi.

– Czyżby? – spytała lekko zdziwiona.

Julia przewróciła oczami.

– Daj spokój, Desdemono. Wszyscy wiemy, że łączy cię z nim coś poważnego.

Benedykt sposępniał.

– Coś poważnego? – powtórzył.

– Jak to wszyscy? – odrzekła głośno Desdemona. – To, co jest między Starkiem a mną, to nasza osobista sprawa i byłabym bardzo wdzięczna, gdyby rodzina się do tego nie mieszała.

– Chwileczkę, córeczko. – Zakłopotany Benedykt zmarszczył królewskie brwi. Popatrzył na Desdemonę, potem na Starka i spytał: – Czy doszło tu do jakiegoś nieporozumienia? Mówiono nam, że to poważna sprawa.

– Poważna? – Desdemona odwróciła się do Starka z promiennym uśmiechem na twarzy. – Nie. Jesteśmy przyjaciółmi. Łączą nas interesy i od czasu do czasu się widujemy. Prawda, Stark?

Czuł, jak lodowate szpony bólu szarpią mu wnętrzności. Słowa, które wyszeptała, drżąc w jego ramionach tamtego wieczoru, zapadły mu głęboko w duszę. Zdał sobie sprawę, że cały czas chronił je niczym gorące węgle podczas mroźnej zimy.

Kocham cię.

Teraz uświadomił sobie, że wypowiedziała je, nic do niego nie czując.

Kocham cię.

Że były to tylko słowa – słowa roznamiętnionej kobiety wyszeptane w chwili uniesienia, nic więcej.

Kocham cię.

Zaszokowany i zdezorientowany, miotany lodowatymi podmuchami zmiennych wichrów, stanął na skraju chaosu. Wzór był zbyt skomplikowany. Nie mógł go pojąć.

– Oczywiście – odrzekł układnie. – Skoro tak mówisz…

– Fiuuu… Mało brakowało. – Szybko zamknęła drzwi, odwróciła się i oparła o szklane przepierzenie. – Przepraszam za tę żenującą scenę z moimi rodzicami. Oni już tacy są.

– Nie szkodzi.

– Czasami ich ponosi. To u nas rodzinne.

– Nie szkodzi – powtórzył.

Obserwował ją. Podeszła do biurka. Usiadła. Właściwie czego oczekiwał? Była jedną z nich. Z facetem jego pokroju mogła umawiać się na randki, ale na tym koniec.

Przeszyła go zirytowanym spojrzeniem.

– Przestań z tym „nie szkodzi". Właśnie, że szkodzi. Ostatnią rzeczą, jakiej bym pragnęła, to cię w to wrobić.

– Wrobić? W co?

Westchnęła.

– Mam na myśli te wszystkie gadki na temat naszego poważnego, zaangażowanego związku.

Spojrzał na czarny ekran komputerowego monitora.

– Myślałem, że nasz związek taki jest.

– Oczywiście, że jest.

– Naprawdę? – Nic z tego nie rozumiał. Takie rozmowy zawsze go dobijały. Mimo to jej słowa rozpaliły w nim nikłą iskierkę nadziei.

Usiadła w fotelu, wycelowała w niego palec i zmrużyła oczy.

– Wiesz, na czym polega twój największy problem?

– Nie. – Przeniósł na nią wzrok i w skupieniu czekał.

– Bierzesz wszystko zbyt dosłownie. – Uśmiechnęła się. – Zróbmy mały eksperyment. Dokładnie się sobie przyjrzyj.

Popatrzył na przypięte do ściany karteluszki, sztywne podkładki ze spinaczami, na zdjęcia.

– Nie mogę. Nie ma lustra.

– No widzisz? Znowu to samo. Rozumiesz, o co mi chodzi? Masz zbyt precyzyjny umysł. Bardzo niewielu ludzi mówi dokładnie to, co myśli.

Zmarszczył czoło.

– Zauważyłem.

– Musisz szukać znaczeń ukrytych za słowami. Komunikacja międzyludzka jako problem teorii chaosu. Tak powinieneś o tym myśleć.

– Problem struktur złożonych, nie chaosu. Poza tym nie specjalizuję się w praktycznych zastosowaniach teorii komunikacji.

Otwartymi dłońmi trzasnęła w blat biurka.

– Znowu to samo. Przerywasz dyskusję na ważny temat i poprawiasz mnie tylko dlatego, że użyłam określenia, które uważasz za nieodpowiednie. To klasyczny przykład myślenia zbyt precyzyjnego. A takie myślenie przeszkadza w nawiązywaniu prawdziwego porozumienia.

Popatrzył na nią zdumiony.

– Zawsze uważałem, że je ułatwia.

– Wierz mi, że nie. – Zaczęła bębnić palcami w ramię fotela. – Wracając do podobieństw między komunikacją międzyludzką i problemami teorii chaosu, nauki o strukturach złożonych czy jak się to tam nazywa...

– Bez urazy, Desdemono, ale o teoriach wywodzących się z nauki o strukturach złożonych nie wiesz nic.

– To ty tak uważasz. Chciałam przez to powiedzieć, że powinieneś szukać wzorów ukrytych za słowami. Ich prawdziwego, nie pozornego znaczenia.

– Ludzie powinni mówić to, co mają na myśli.

– Możliwe, ale często mówią co innego. – Sondowała go wzrokiem. – Czasami inaczej nie mogą.

– Oczywiście, że mogą. – Nareszcie stanął na pewnym gruncie i mógł dowodzić swych racji z czysto racjonalnej perspektywy. Fakty były oczywiste. – Niemożliwość nawiązania pełnego porozumienia wynika z niemożności logicznego myślenia, to proste.

– No i proszę. Według ciebie większość przedstawicieli *Homo sapiens* nie umie myśleć. Człowiek, który ulega emocjom, doznaje zaćmienia umysłowego i bredzi.

Niewątpliwie dlatego powiedziała, że go kocha, dumał ponuro. Tak, namiętność zakłóciła poprawny przebieg procesów myślowych i nie wiedziała, co mówi. To oczywiste.

– Rozumiem.

– Powiedziałam rodzicom, że łączą nas interesy przeplatane okazjonalnymi spotkaniami tylko dlatego, że ich dobrze znam. Gdybym dała im do zrozumienia, że to coś więcej niż przyjaźń, gdyby doszli do wniosku, że to naprawdę poważna sprawa, pomyśleliby, że pojutrze bierzemy ślub.

– Ślub. – Odchrząknął, bo słowo utkwiło mu w gardle jak rybia ość.

– Właśnie, ślub. – Obróciła się z fotelem do ekranu monitora i jakby nagle o czymś sobie przypomniawszy, zaczęła przebierać palcami po klawiaturze komputera. – Wainwrightowie to romantycy. Dla romantyków każda miłosna przygoda jest poważnym związkiem. A poważny związek to małżeństwo.

– Rozumiem – powtórzył wpatrzony w ożywający ekran.

– Nic się nie martw. Chyba wybiłam im to z głowy. – Zerknęła na niego, ale z jej oczu trudno było cokolwiek wyczytać. – Wainwrightowie są w pewnych kwestiach bardzo staromodni. Dla nich ważna jest przede wszystkim rodzina. Pamiętasz nasze motto? Wainwright może polegać tylko na Wainwrighcie.

– Rozumiem.

– Wiem, co myślisz o małżeństwie. Nie martw się. Dopilnuję, żeby nikt tego tematu nie poruszał.

– A ty co o tym myślisz? – spytał, siląc się na obojętność.

– O małżeństwie? Cóż, pochodzę z Wainwrightów. – Uśmiechnęła się przepraszająco. – Może pewnego dnia... – Wzruszyła ramionami.

– Rozumiem.

– Ale ten dzień nadejdzie dopiero za rok, za pięć, może nawet za dziesięć lat – dodała pocieszająco. – Jeśli w ogóle nadejdzie. Tymczasem łączy nas coś... coś bardzo specjalnego, prawda?

– Tak. Coś bardzo specjalnego. – Nie miał zielonego pojęcia, o czym Desdemona mówi i zalewała go krew.

Odniósł wrażenie, że coś mu z tej rozmowy umknęło. Jakby mówiła szyfrem. Dostrzegał określony wzór, lecz nie umiał znaleźć do niego klucza.

Chryste, wolał już rozwiązywać proste, jakże nieskomplikowane problemy nauki o złożonościach.

– Jest – powiedziała, patrząc na ekran. – Zobacz, tak to wygląda: porozrzucane litery i cyfry. Tony ma rację. Mogli to wystukać Kyle i Jason. Jak myślisz?

– Sprawdźmy czas zapisu. – Głęboko wdzięczny, że zmieniła temat, dając mu możliwość wygłoszenia opinii w kwestiach bardziej zrozumiałych, wydał komputerowi odpowiednie polecenie.

Na ekranie ukazało się kilka cyfr. Plik zapisano o godzinie ósmej piętnaście.

Desdemona wbiła wzrok w ekran.

– Mniej więcej wtedy, kiedy zamordowano Vernona.

Stark myślał.

– Tak. Pytanie tylko, kto to napisał? Vernon czy zabójca?

– Ale dlaczego mieliby te bzdury pisać? Po co?

– Celne spostrzeżenie. – Patrzył na długi rząd liter i cyfr. Tkwił w tym jakiś ukryty wzór. Tak, na pewno. Wyraźnie to czuł. – To chyba coś więcej niż bełkot.

– To znaczy?

– Niewykluczone, że to zakodowany przekaz.

Wytrzeszczyła oczy.

– Szyfr?

– Tak.

– Przecież, żeby takie coś rozszyfrować, trzeba mieć odpowiedni program, prawda? Ja go nie mam.

Można załadować program z dyskietki, zakodować czy rozkodować wiadomość, a potem usunąć program z pamięci komputera.

– Ale po co mieliby zostawiać mi jakiś szyfr? – Pokręciła głową. – To nie ma sensu. Skąd by wiedzieli, że go w ogóle znajdę?

– Ten ktoś założył, że kiedy włączysz komputer i zobaczysz komunikat o straconych plikach, zechcesz je odzyskać.

– No dobrze, ale skąd mógł wiedzieć, że w tym ciągu liter i cyfr rozpoznam jakiś kod?

Odpowiedź była oczywista.

– Może wiadomość nie była przeznaczona dla ciebie.

– Przecież tylko ja korzystam z tego komputera.

– Na pewno?

– Oczywiście. – Spojrzała na niego wyczekująco. – Dasz radę to rozszyfrować?

Żałował, że z równą łatwością nie może rozszyfrować jej.

– Tak przypuszczam. Ale najpierw muszę poszukać mojego czarodziejskiego pierścienia. O ile pamiętam, schowałem go w tajnym schowku: w pudełku z płatkami kukurydzianymi.

Pół godziny później Desdemona weszła do butiku Exotica Erotica. Niosła dwa plastikowe kubki z kawą, które kupiła w Emote Espresso.

Przy ladzie stała elegancka kobieta ubrana w gustowny żakiet w jodełkę; płaciła za boa z piór, za erotyczną powieść i za paczkę różowozłotych prezerwatyw. Wychodząc, uśmiechnęła się do Desdemony. Desdemona skinęła jej głową.

– Będę musiała zamówić więcej pierza – powiedziała Kirsten, gdy klientka zamknęła za sobą drzwi. – Wszystko, co ma pióra, idzie jak gorące bułeczki.

– Racja, znam to z doświadczenia. Cały czas mam do czynienia z łabędziami. Trzymaj. Przyniosłam ci kawę.

– Zastrzyk kofeiny. Tego mi trzeba. Ledwo stoję. Przez całe popołudnie harówka nie do wytrzymania. To moja pierwsza przerwa, ale nigdzie nie mogę wyjść. Jestem sama.

– A gdzie Henry? – Desdemona postawiła wysoki kubek na ladzie. – Miał pomagać.

– Ian zaprosił go do Limelight. Mają spotkanie ze sponsorami.

– Hm... Ciekawe. Czyżby Ian zrezygnował ze Starka i znalazł sobie innego anioła?

– Dobrze wiesz, że Ian nigdy nie rezygnuje. Chce, żeby Limelight osiągnął stabilizację finansową i będzie dążył do tego wszelkimi sposobami. To cel jego życia. – Zdjęła z kubka pokrywkę i upiła łyk kawy. – Co u ciebie?

– Mama i tato wrócili. Zamknęli ich teatr. Też kłopoty finansowe.

Kirsten się skrzywiła.

– A poza tym co nowego? Przedstawiłaś im Starka?

– Godzinę temu. Chryste, mało brakowało. Tatuś natychmiast wpadł w rolę zatroskanego ojca. Głowę daję, że gdybym go w porę nie powstrzymała, spytałby Starka, czy żywi wobec mnie szlachetne zamiary.

– I dałaś radę go powstrzymać? Nie wierzę.

– Powiedziałam, że łączy nas bardzo luźny związek.

Kirsten zakrztusiła się kawą.

– Luźny związek? Tak to nazwałaś? Przecież z nim sypiasz, na Boga. I myślisz, że Benedykt się o tym nie dowie? Cała rodzina o niczym innym nie trąbi.

Zirytowała ją.

– Ach tak? Chciałabym wiedzieć, dlaczego wszyscy są pewni co do istoty moich spraw osobistych. Stark nie spędził u mnie ani jednej nocy. Ja nie spędziłam ani jednej nocy u niego. Na jakiej podstawie uważacie, że z sobą sypiamy?

Kirsten uśmiechnęła się tajemniczo.

– Do licha, sama nie wiem. Nazwij to rodzinną intuicją.

Desdemona jęknęła.

– Co ja mam robić, Kirsten? Kiedy ojciec zda sobie sprawę, że jestem zakochana, natychmiast zacznie mi dogadywać jak staromodny patriarcha rodu. Wiem, że tak będzie.

– Niech sobie gada. W tej roli jest naprawdę doskonały.

– Będzie nudził i przynudzał, a w końcu powie, że Stark musi się zdecydować. Albo ożenek, albo precz.

– Pozwól Starkowi dokonać własnego wyboru.

– Nie mogę. Nie mam odwagi nalegać. Jeszcze nie teraz. On sam nie wie, czego chce.

– Nie byłabym tego taka pewna.

Rozdział 17

Stark siedział w mrocznym gabinecie i rozmyślał nad znaczeniem słów widniejących na ekranie monitora. Rozszyfrowanie wiadomości pozostawionej w komputerze Desdemony było dla ARCANE dziecinną igraszką, lecz igranie z jej treścią mogło mieć bardzo zgubne skutki.

Do klienta: Tym liścikiem chcę ci dać znać, że wiem, kim jesteś. Próżny trud - anonimowy adres cię nie uchronił. Jako dowód, że cię zidentyfikowałem, zostawiam tę wiadomość w doskonale znanym ci miejscu. Tak, bo przecież ciągle się tym komputerem bawisz. Ceną za moje milczenie jest pięćdziesiąt tysięcy dolarów. Pieniądze przekaż jak zwykle.

Przypomniało mu się, z jaką euforią i ulgą Desdemona powitała znalezienie dowodów – bo komputerowe zapiski Vernona Tate'a uznała za bezsprzeczne dowody – wykluczających Tony'ego z grona podejrzanych o usiłowanie kradzieży ARCANE.

Bał się jej reakcji na złe nowiny. Wszystko wskazywało na to, że jej przyrodni brat tkwi w tym po samą szyję – mógł być owym tajemniczym „klientem", na którego zlecenie Vernon Tate miał wykraść ARCANE.

Desdemona myliła się, zapewniając go, że tylko ona korzysta z biurowego komputera – wszyscy wiedzieli, że korzysta z niego i Tony. Nie tylko korzysta, bo przecież często instalował i modyfikował specjalistyczne oprogramowanie. Nieudacznik i najmarniejszy aktor z rodziny Wainwrightów doskonale się na komputerach znał. A najbardziej lubił grzebać w komputerze Desdemony.

Zidentyfikowanie anonimowego klienta było bez wątpienia zadaniem niezwykle trudnym i złożonym, bo Vernon musiał przeanalizować tysiące plików, by w końcu znaleźć ten właściwy – nawet doświadczony hacker miałby z tym wiele kłopotów. Lecz gdy już go w końcu zidentyfikował, zlokalizowanie komputera nie nastręczyło mu żadnych problemów. Tym sposobem trafił do Bon Appetite.

Podniósł słuchawkę i zadzwonił do Desdemony.

– Nie ma jej tu. – Julia była trochę zdyszana, jakby biegła z drugiego końca wielkiej kuchni. – Poszła odwiedzić Kirsten. Skoro już dzwonisz, to zapraszam cię na kolację.

– Na kolację?

– Chcemy uczcić powrót wuja Benedykta i ciotki Celii. Przyjdzie tłum Wainwrightów. Przyprowadź Kyle'a i Jasona.

– Ale dokąd?

– Do tej samej restauracji, gdzie obchodziliśmy urodziny Desdemony, pamiętasz? Powiedz kelnerce, że przyszedłeś na przyjęcie Wainwrightów. Tymczasem.

Przycisnął widełki i wykręcił numer Kirsten.

Odebrała już po pierwszym dzwonku. Mówiła energicznym, pełnym entuzjazmu głosem przedsiębiorcy, który ma za sobą udany dzień.

– Exotica Erotica. Czym możemy służyć?

– Tu Stark. Szukam Desdemony.

– Jak się masz. Dobrze trafiłeś. Już ci ją daję.

– Cześć. Co się stało? Rozszyfrowałeś to? Tak szybko?!

– Tak. – Powędrował wzrokiem do ekranu monitora, zastanawiając się, jak jej powiedzieć, że według wszelkich znaków na niebie i ziemi winny jest Tony, jej ukochany braciszek. – To szantaż, Desdemono.

– Szantaż?!

Przeczytał jej list.

– Coś mi mówi, że to dzieło Vernona. Zidentyfikował swego klienta i chciał pięćdziesiąt tysięcy dolarów za milczenie. Przypuszczam, że zamordowano go zaraz po tym, jak napisał i zaszyfrował list.

– Przecież to nie ma żadnego sensu. Po co Vernon miałby zostawiać list w moim komputerze?

Milczał w coraz bardziej napiętej ciszy z nadzieją, że sama na to wpadnie. Lecz jeśli żywił jakiekolwiek złudzenia, że słynna intuicja Wainwrightów odwali za niego brudną robotę, to czekało go wielkie rozczarowanie.

– Zaraz, zaraz, już wiem! – wykrzyknęła podekscytowana. – Tate wcale nie chciał tego listu zostawiać w komputerze.

– Nie? A to niby dlaczego? – spytał łagodnie.

– Nie rozumiesz? Vernon napisał tę wiadomość tylko po to, żeby ją zaszyfrować.

– W tym punkcie się zgadzamy.

– Pewnie chciał ją później wydrukować na mojej drukarce i wysłać do swego klienta, obojętne, kim on jest...

– Hm, Desdemono...

– ...ale morderca zaskoczył go i zabił – dokończyła triumfalnie.

– Uważasz, że wziął twój komputer za maszynę do pisania? Że chciał wydrukować zaszyfrowany list i wysłać go zwykłą pocztą? – Zamknął oczy i oparł się ciężko o ramię fotela. – To znowu słynna intuicja Wainwrightów, jak przypuszczam.

– Musisz przyznać, że wszystko trzyma się kupy. – Zachichotała. – Nawet ty nie zdołasz podważyć logiki mojego rozumowania.

Podważyć? Logikę? Jaką logikę? Tę słabą, bezsensowną, tę zupełnie absurdalną argumentację nazywała logiką? Wystarczyłyby dwie sekundy i nie miałaby żadnych argumentów. Żadnych.

Musiałby tylko wytknąć, że Tate nie potrzebował używać jej komputera i drukarki. W domu miał sprzęt o wiele lepszy. Poza tym w liście wyraźnie pisał, że celowo zostawia wiadomość w miejscu często odwiedzanym przez „klienta" – w biurze Bon Appetite. A wszyscy, łącznie z Vernonem, dobrze wiedzieli, że Tony uwielbia dłubać w komputerze Desdemony.

Nasuwał się oczywisty wniosek: tajemniczym klientem Vernona Tate'a był nie kto inny jak Tony Wainwright. Natomiast jeśli założyć, że w tych okolicznościach hipoteza o przypadkowości mordu jest hipotezą mocno naciąganą, choć dla niektórych bardzo wygodną, nasuwa się wniosek następny: nie ulega wątpliwości, że pierwszym podejrzanym o morderstwo jest właśnie Tony.

Tony Wainwright miał wyraźny motyw: Vernon Tate próbował go szantażować. Obsadzenie Tony'ego w roli mordercy wyjaśniłoby również, dlaczego Desdemona ocalała. Po prostu nie był w stanie jej zabić, nie mógł się przełamać – trudno jest zastrzelić własną siostrę, nawet przyrodnią.

Po dokonaniu morderstwa, zaszokowany własnym czynem, najpewniej wpadł w panikę i złapał pierwszy samolot do Kalifornii. Próbował zatrzeć za sobą ślady, zostawiając wiadomość na automatycznej sekretarce ciotki Bess i wuja Augusta.

– Robimy duże postępy, Stark – powiedziała Desdemona. – Rozwiążemy tę zagadkę, zobaczysz.

– Tak uważasz?

– Jestem pewna. Do zobaczenia na kolacji. Powiedz Kyle'owi i Jasonowi, że podają tam pizzę.

Delikatnie odłożył słuchawkę na widełki i długo siedział wpatrzony w ekran monitora. Potem wstał, podszedł do okna i objął wzrokiem szarą zatokę.

Był głupcem, żywiąc nadzieję, że pewnego dnia Desdemona będzie wobec niego tak lojalna jak wobec swego przyrodniego brata. Bzdura. Czyż można wygrać z bohaterem dzieciństwa kobiety tak romantycznej i uczuciowej?

Wiedział, że jeśli pośle Tony'ego do więzienia, zgaśnie ostatnia iskierka nadziei. Desdemona nigdy mu nie wybaczy.

Największym wysiłkiem woli zmusił się do logicznej oceny sytuacji. Nie mógł pozwolić, żeby akurat teraz wciągnął go chaos rozedrganych emocji. Szło o zbyt wielką stawkę. Desdemona musi poznać prawdę o swoim bracie. Musi. Po prostu musi. Jeśli młody Wainwright zabił, nie jest już tylko nieudacznikiem – jest człowiekiem naprawdę niebezpiecznym. Bo człowiek, który zabił raz, może zabić ponownie.

Wiedział, co trzeba zrobić i przyrzekł sobie, że to zrobi. Wiedział też, że Desdemona mu za to nie podziękuje.

Bo nikt nie dziękuje posłańcowi za złe nowiny.

Nareszcie. Po trzeciej próbie zdołała włożyć klucz do zamka. Westchnęła z ulgą i weszła do swego zacisznego sanktuarium.

Szybko zatrzasnęła drzwi, rzuciła torebkę na najbliższy stolik, przecięła pokój i opadła na wielki czerwony fotel przy wysokim oknie.

Wciąż drżała. Od chwili rozmowy ze Starkiem nie mogła opanować silnych dreszczy.

Stark myśli, że Tony był klientem Vernona. Myśli, że go zabił. To prawda, jak dotąd nie powiedział tego wprost, ale wiedziała, że to tylko kwestia czasu. Czuła to, słyszała to w jego głosie.

Natychmiast podsunęła mu alternatywny scenariusz, ale zdawała sobie sprawę, że to tylko spekulacje, w dodatku mgliste i pełne niespójności. A skoro ona je zauważyła, Stark zauważył je na pewno.

Kilka razy głęboko odetchnęła. Rozczapierzyła palce na miękkich poręczach fotela i nakazała sobie spokój. Tak, musiała zachować spokój, wszelkim kosztem. Musiała myśleć jasno i racjonalnie. Musiała stawić czoło rodzinnej tendencji do ulegania emocjom. Nie czas na to, nie pora.

Polegając na intuicji i na znajomości cech rodzinnych, spróbowała dokonać logicznej oceny sytuacji.

Pierwszym i najistotniejszym faktem było to, że Tony nie jest złodziejem. Dlatego nie mógł być klientem Vernona Tate'a.

Fakt numer dwa: nie potrafiła tego udowodnić, lecz czuła w kościach, że jej przyrodni brat nie jest mordercą. Była realistką i rozumiała, że w pewnych okolicznościach zabić może każdy, łącznie z Tonym. Lecz Tony, jak każdy prawdziwy Wainwright, zabiłby tylko w przypływie furii albo w samoobronie. Nie popełniłby morderstwa zaplanowanego z zimną krwią. Nigdy.

Natomiast o Vernonie Tacie można było powiedzieć wszystko, tylko nie to, że mógł doprowadzić kogoś do nieokiełznanej wściekłości. Ten człowiek po prostu nie prowokował tego rodzaju reakcji – zakładając nawet, że kogoś szantażował.

Rozumowanie było logiczne i spójne. Wsparte intuicją. Ale nie mogła nic udowodnić. Tymczasem miała przerażającą świadomość, że Stark bezlitośnie sunie do przodu wzdłuż ściśle wyznaczonej trajektorii.

Musiała go z tej trajektorii wytrącić, musiała wskazać mu inny cel, zanim obarczy winą Tony'ego.

Z ponurych rozmyślań wytrącił ją jazgotliwy dzwonek telefonu.

Zwlokła się z fotela, przeszła przez pokój i podniosła słuchawkę z nadzieją, że to nie Stark. Nie była gotowa stawić mu czoła. Jeszcze nie.

– To ty, siostrzyczko?

Kurczowo zacisnęła dłoń na uchwycie słuchawki.

– Tony! Gdzie jesteś?

– W Seattle, wróciłem – wychrypiał gardłowo. – Ale nie dzwonię od siebie.

– Co się stało? Masz dziwny głos.

– Pewnie dlatego, że dzieje się tu coś dziwnego. Siostrzyczko, nie przeraź się, ale myślę, że ktoś chce mnie wrobić w morderstwo Vernona Tate'a.

– Ktoś chce cię wrobić?! – Wbiła wzrok w pustkę za oknem. – O czym ty mówisz?

– Wróciłem godzinę temu. Kiedy siedziałem jak głupi w Hollywood, ktoś był w moim mieszkaniu.

– Skąd wiesz?

– Początkowo nie miałem pewności, ale czułem, że coś jest nie tak. Wiesz, jak to jest.

– Tak, wiem. – Nie zakwestionowała jego intuicji. Ostatecznie rozmawiała z Wainwrightem.

– Rozpakowałem walizkę i chciałem wrzucić parę koszul do kosza z brudnymi rzeczami. Otworzyłem go i wtedy zobaczyłem, że zielona koszula, którą zostawiłem na wierzchu, jest wciśnięta znacznie głębiej. Głowę daję, że leżała na samym wierzchu, bo włożyłem ją do kosza tuż przed wyjazdem.

– Nie rozumiem. Była wciśnięta głębiej?

– Tak. Leżała pod innymi rzeczami.

Zmarszczyła czoło.

– Chcesz powiedzieć, że ktoś przeszukał kosz z brudną bielizną? Po co miałby to robić, na Boga?

– Nie wiem, ale się zdenerwowałem. Dokładnie obejrzałem całe mieszkanie, żeby sprawdzić, czy coś nie zginęło. Nie zginęło. Mało tego, coś przybyło.

– Tony, nie obraź się, ale to nie jest ostatni akt kiepskiej sztuki sensacyjnej. Nie każ mi zgadywać. Co przybyło?

– Rewolwer. Trzydziestkaósemka. Leżał na dnie kosza.

– Chryste...

– Vernona zastrzelono z trzydziestkiósemki, prawda?

– Tak mówił jeden z policjantów. – Ledwo stała. Drżały jej kolana.

– Broni, z której go zabito, jak dotąd nie znaleziono?

– Nie – odszepnęła. – Tak przynajmniej słyszałam.

– No to zgadnij, gdzie ją mieli znaleźć – powiedział ze smutkiem.

– Boże... – Ktoś chce go wrobić w morderstwo, myślała. W morderstwo! – Ale kto ją miał znaleźć? I kiedy?

– Skąd mam wiedzieć, do diabła? Może policja miała odnaleźć ją później? Najpierw zebraliby wystarczające dowody, żeby mnie obciążyć i wydać nakaz rewizji, a podczas rewizji znaleźliby spluwę.

– Dowody?

– Tak, dowody, siostrzyczko, sfabrykowane dowody. Jestem pewien, że ten rewolwer to dopiero początek.

Przeszedł ją zimny dreszcz.

– To by wyjaśniało, skąd się wziął ten list w moim komputerze.

– Postanowiłem przywarować. Pozbyłem się rewolweru. Jestem w motelu przy Aurora Avenue. Zameldowałem się pod nazwiskiem Stone Morgan.

– Na miłość boską, Tony, przecież to nazwisko postaci, którą miałeś grać w tym serialu telewizyjnym!

– Nic innego nie mogłem wymyślić. Posłuchaj, siostrzyczko. Mam lekkiego pietra. Nie mów nikomu, że jestem w Seattle, dobra?

Absolutnie nikomu, nawet rodzinie. Muszę mieć trochę czasu, żeby znaleźć z tego jakieś wyjście.

– Tony, mama i tato wrócili. Są w mieście od kilku godzin. Wiedzą, że miałeś przyjechać. Im chyba mogę powiedzieć?

– Nie. Nie mów nikomu. Niech wszyscy myślą, że jestem w Los Angeles. Dobrze wiesz, jak by zareagowali, gdyby dowiedzieli się, że mam kłopoty.

– No tak, ale...

– Na razie nie chcę nikogo alarmować ani powodować zamieszania. – Znacząco zawiesił głos. – A już na pewno bym nie chciał, żeby ktoś chlapnął nieodpowiedniej osobie, że próbują mnie wrobić w morderstwo i że ja o tym wiem.

– Nieodpowiedniej osobie? – powtórzyła zdezorientowana. – To znaczy komu?

– Zgadnij – odrzekł zgorzkniałym głosem.

– Chcesz powiedzieć, że wiesz, kto za tym stoi?

– Owszem. Jedyna osoba, która może za tym stać: twój przyjaciel Stark.

Zabrakło jej tchu.

– Nie.

– Tylko Stark ma motyw. On mnie nienawidzi, Desdemono. – Głos mu złagodniał. – Przykro mi, siostrzyczko. Wiem, że to boli.

– Nie wierzę, żeby Stark mógł coś takiego zrobić.

– To jedyne logiczne wytłumaczenie – upierał się Tony. – Nie rozumiesz? Stark chce się mnie pozbyć i zrobi wszystko, żeby postawić na swoim.

– Uważasz, że jest zazdrosny? To śmieszne, Tony. Stark nie należy do mężczyzn chorobliwie zazdrosnych.

– Jest zazdrosny, jest, ale to jeszcze nie wszystko. Nie zapominaj, że Stark uważa mnie za złodzieja, że podejrzewa mnie o usiłowanie kradzieży tego pieprzonego programu. Tacy faceci nie zapominają i nie przebaczają. Postanowił upiec dwie pieczenie na jednym ogniu: chce się zemścić i nas poróżnić.

– Daj spokój, Tony. Zaczynasz mówić jak bohater marnej sztuki.

– Wiesz, co powiadają: życie naśladuje sztukę, sztuka naśladuje życie.

Zamknęła oczy i usiłowała myśleć.

– Musimy porozmawiać. Musimy spisać wszystkie fakty i spokojnie je rozważyć. Spokojnie, racjonalnie i trzeźwo. Stark jest w tym bardzo dobry.

– Na litość boską, siostrzyczko! Wszystko, byle tylko nie to! Nie wiem, co zamierzasz zrobić, ale nie mów Starkowi, że jestem w Seattle. On chce mnie udupić! On działa według własnego planu! Czy ty tego nie rozumiesz?

– Uspokój się, Tony. Obiecuję, że nie zrobię nic bez porozumienia z tobą. – Wzięła kartkę papieru i długopis. – Podaj mi adres tego motelu. Wieczorem jest rodzinna kolacja. Jeśli nie przyjdę, wszyscy zaczną się zastanawiać, gdzie jestem. Ale jak tylko będę wolna, natychmiast do ciebie przyjadę. Porozmawiamy.

– Dobra. Tylko bądź ostrożna, siostrzyczko. Stark to bardzo niebezpieczny typ.

– On też bardzo cię ceni.

– A gdzie Tony? – spytał Henry, wchodząc z Kirsten do sali na zapleczu restauracji. – Myślałem, że do tego czasu zdąży wrócić.

Stark zobaczył, że Desdemona odwraca się szybko do drzwi i promiennie uśmiecha.

– Właśnie mówiłam, że nagrał się na mojej sekretarce. Jest w Los Angeles. Nie mógł dostać taniego biletu powrotnego. Sam wiesz, że te kupowane w ostatniej chwili są koszmarnie drogie. Spróbuje wykombinować coś tańszego. Przyleci jutro, najdalej pojutrze.

Stark patrzył na nią przez stół. Nie miał najmniejszych wątpliwości, że Desdemona kłamie, że szczerzy swoje piękne białe ząbki i kłamie jak najęta.

Uśmiechnęła się do niego niepewnie, odwróciła wzrok, pochyliła głowę i zaczęła rozmawiać z siedzącym obok Kyle'em. Kyle zdawał jej szczegółową relację z kolejnego sukcesu *Potwora pod łóżkiem*.

Stark patrzył na wdzięczny łuk jej szyi.

Kłamała. Na sto procent.

Kontemplował ten bezsprzeczny fakt, siedząc cicho pośród tłumku rozgadanych Wainwrightów. Odciął się od wesołego gwaru, wyłączył dźwięk i nagle zdał sobie sprawę, że Desdemona skłamała nie tylko jemu, ale i całej rodzinie.

Na całym świecie istniała tylko jedna osoba, która mogła ją do tego zmusić.

Nikt nie zauważył, że Stark milczy. Naturalna wesołość i wylewność cechująca Wainwrightów oraz cienkie głosiki Kyle'a i Jasona znakomicie go maskowały. Zresztą i tak nie należał do ludzi gadatliwych.

Jadł metodycznie, aż zjadł wszystko. Soczysty pstrąg otoczony chrupiącą warstewką aromatycznych ziół z dodatkiem cytryny był przepyszny, lecz jemu smakował jak trociny.

Wiedział, że Tony jest w Seattle. W domu uruchomił komputer, sprawdził rejestr przylotów i znalazł go na liście pasażerów. Młody Wainwright wrócił późnym popołudniem. I przepadł jak kamień w wodę.

Pytanie: dlaczego Desdemona kłamała? Domyślał się odpowiedzi. Kłamała, bo zrobiłaby wszystko, żeby ochronić przyrodniego brata.

Dochodziły go fragmenty rozmów toczących się wokół stołu. Rejestrował je automatycznie, jakby część mózgu odbierała fale innej częstotliwości.

...Ian twierdzi, że kogoś ściągnie. Musi mu wystarczyć na sfinansowanie przynajmniej jednej sztuki w Limelight. Co za człowiek. On nigdy nie rezygnuje, prawda? Głowę daję, że zrobiłby wszystko, żeby tylko uratować teatr....

...Makbet powiedział mnie i Kyle'owi, że jak chcemy, to weźmie nas do następnej sztuki. Mówi, że teraz jesteśmy prawdziwymi zawodowcami...

...Agent zawiadomił nas, że w pewnym małym teatrze na Eastside zamierzają wystawić współczesną wersję *Poskromienia złośnicy*. Uważa, że Celia i ja nadajemy się do ról Kate i Petrurchia. Musimy tę propozycję dokładnie rozważyć...

...Cieszę się, że zdążyłaś doprowadzić firmę do ładu, Desdemono. Wciąż nie mogę uwierzyć, że spotkałaś się oko w oko z mordercą i że przesiedziałaś tyle czasu ze zwłokami jego ofiary. Jak pomyślę, że zatrzasnęłaś się w tej chłodni, to ciarki mnie przechodzą...

...Exotica Erotica to piękny sklep, moja droga. Jak to miło, że tak dobrze ci idzie. Pomyśleć tylko, że oto drugi członek naszej rodziny ma stałe dochody. To takie użyteczne...

Kolacja ciągnęła się w nieskończoność. Stark zdawał sobie sprawę, że jest jedynym autsajderem, jedyną osobą, która tkwi poza niewidzialną taflą odcinającą go od zgromadzonych przy stole. Był tylko postronnym obserwatorem. Patrzył i widział. Nic więcej. Wainwrightowie adoptowali nawet Kyle'a i Jasona. Wciągnęli ich do rozmowy, przeprowadzili na drugą stronę niewidzialnej tafli, uznali za swoich.

Tak. Kyle i Jason stanowili teraz część wzoru. Natomiast on stał na krawędzi chaosu.

Od czasu do czasu Desdemona zerkała w jego stronę, lecz nie zrobiła nic, żeby go rozruszać.

I wcale nie był zdziwiony, gdy nagle oświadczyła, że musi już iść.

– O siódmej mam pobudkę – wyjaśniła, wstając z demonstracyjną niechęcią. – Moglibyście przegadać całą noc, ale na mnie czeka firma.

Julia nie ukrywała zaskoczenia.

– Przecież jutro nic się w firmie nie dzieje, Desdemono.

– To prawda, ale mam mnóstwo roboty przy porządkowaniu papierów. – Zdjęła z wieszaka brązową kurtkę. – Dobranoc wszystkim. Do jutra.

Stark odsunął się z krzesłem i wstał. Spojrzeli na niego wyczekująco.

– Odprowadzę cię do domu – powiedział cicho.

Zatrzepotała powiekami.

– Nie musisz, naprawdę. Kelner sprowadzi mi taksówkę.

– Jestem samochodem.

– Ale w taksówce będę zupełnie bezpieczna...

Benedykt zmarszczył brwi, co było oznaką ojcowskiego zatroskania.

– Stark ma rację, moja droga. Nie ma powodu, żebyś wracała do domu sama. Lepiej pozwól się odprowadzić.

– Dobranoc, kochanie – powiedziała wesoło Celia.

Desdemona się zawahała. Milczała, lecz Stark niemal słyszał jej myśli: rozpaczliwie szukała wyjścia z sytuacji. I nie znalazła.

– No dobrze. – Uśmiechnęła się, lecz tylko ustami. – Skoro nalegasz...

– Owszem.

– Zaraz go wam odeślę, chłopcy. – Pomachała na pożegnanie Kyle'owi i Jasonowi.

Stark kiwnął im głową.

– Wracam za kilka minut.

– Dobra, Sam – odrzekł Kyle.

– Mogę zamówić jeszcze jeden deser? – spytał Jason.

Stark przystanął.

– Ile już zjadłeś?

– Tylko dwa.

– To wystarczy. – Ruszył za Desdemoną.

Gdy weszli do głównej sali, wziął ją pod rękę. Czuł, że jest bardzo spięta, że cała drży. Wyprowadził ją z restauracji. Milczała.

– Trochę dziś chłodno, prawda? – spytała z udawaną swobodą, gdy podeszli do samochodu.

– Rzeczywiście. – Zaczekał, aż Desdemona wsiądzie i zamknął drzwi.

Gdy siadał za kierownicą, obrzuciła go ukradkowym spojrzeniem.

– Wygląda na to, że Kyle i Jason bardzo polubili teatr, prawda?

– Chyba tak. – Uruchomił silnik. Ruszyli.

– Podobasz się im.

– Kyle'owi i Jasonowi?

– Nie, mamie i tacie.

– Naprawdę?

– Naprawdę. Czytam to z ich twarzy.

Nie odpowiedział. Zapadło niezręczne milczenie.

Zastanawiał się, czy Desdemona ukrywa Tony'ego w swoim mieszkaniu. To by do tego sukinsyna pasowało: wykorzystać siostrzyczkę do końca.

Mieszkała niedaleko, więc jazda trwała krótko. Zaparkował w podziemnym garażu. W windzie jak zwykle ją objął, lecz nadal była spięta i wyraźnie zdenerwowana. Ciekawiło go, czy pozwoli odprowadzić się do drzwi.

O dziwo, pozwoliła, wcale nie próbowała go powstrzymywać. Ale przy drzwiach dała mu jednoznacznie do zrozumienia, żeby sobie poszedł.

Przekroczyła próg, tuż za progiem odwróciła się i obdarzyła go sztucznym uśmiechem.

– Dzięki, Stark. Szkoda, że nie możesz zostać. Ale wiem, że musisz wracać po Kyle'a i Jasona.

– Niestety. – Kurczowo ścisnął samochodowe kluczyki i szybko zlustrował wnętrze mieszkania. Tony mógł schować się w łazience albo w szafie, lecz uznał, że to mało prawdopodobne. Desdemona nie sprawiała wrażenia zdenerwowanej. Nie. Po prostu chciała zostać sama.

Wzrok jej złagodniał. Rozchyliła usta i myślał, że zaraz coś powie, ale nie: stanęła na palcach i miękkimi wargami dotknęła jego warg.

– Dobranoc, Stark.

– Dobranoc.

Mógłby przysiąc, że jest przejęta, rozemocjonowana i poruszona. A może tylko zniecierpliwiona? Nie wiedział. W przeciwieństwie do niej, nigdy nie umiał czytać z twarzy.

Nie odrywał od niej wzroku. Poczuł na policzku delikatne muśnięcie jej palców i drzwi cichutko się zamknęły.

Stał przez chwilę bez ruchu. Potem wrócił do windy i zjechał do garażu.

Wsiadł do samochodu, podniósł słuchawkę telefonu i wyjeżdżając na ulicę, zadzwonił do restauracji.

Odebrała jedna z kelnerek.

– Chciałbym rozmawiać z panem Makbetem Wainwrightem. Jest w sali na zapleczu.

– Chwileczkę – mruknęła kobieta. – Zaraz poproszę.

Usłyszał cichy trzask i dobiegł go głos Makbeta.

– Tak?

– Mówi Stark. Słuchaj, mógłbyś zabrać chłopców do domu i zostać z nimi przez kilka godzin?

Zachichotał.

– Nie ma sprawy. Czułem, że zadzwonisz. Możecie się żegnać, jak długo chcecie. Zajmę się nimi.

– Dzięki.

– Nie ma za co. Nie spiesz się. Wrócisz, kiedy wrócisz.

– Na razie. – Stark odłożył słuchawkę.

Zaparkował w bocznej uliczce wychodzącej na jej dom, tak że widział stamtąd metalowe drzwi garażu.

Nie musiał długo czekać. Niecałe dziesięć minut później drzwi uniosły się i z podziemi wyjechała czerwona toyota Desdemony. Skręciła na północ.

Stark ruszył za nią.

Przed chwilą dostał odpowiedź na dręczące go od dawna pytanie: gdy kończyły się niewinne przepychanki i lada moment miała wybuchnąć groźna bijatyka, lojalność, jaką Desdemona żywiła wobec przyrodniego brata, brała górę nad uczuciami, jakimi darzyła kochanka.

Zaskoczony? Nie. Rozgoryczony? Też nie. Już dawno wiedział, jak go Desdemona sklasyfikowała.

Zdumiewały go tylko uczucia, jakie w nim nagle ożyły. Uczucia mroczne i rozedrgane. Pokrywa kotła z chaosem uniosła się i spadła. Wiedział, że wypływająca z czeluści samotność wkrótce go pochłonie.

Rozdział 18

Zaparkowała między starym buickiem a poharatanym fordem i ogarnęła wzrokiem spelunkowaty motel, który Tony wybrał na swoją kryjówkę. Nie ulegało wątpliwości, że kiedyś był to zajazd ładny, zaciszny i względnie tani, że zatrzymywali się tu młodzi małżonkowie i podróżujący biznesmeni. Lecz w którymś mrocznym momencie swej przeszłości podupadł i zaczął przyciągać podejrzaną klientelę.

Obdrapany, kiepsko oświetlony budynek znakomicie nadawał się na kryjówkę dla kogoś, kto złamawszy prawo, chce przeczekać burzę pod przybranym nazwiskiem. Cały Tony. Cały Wainwright. Zawsze umiał wybrać miejsce z odpowiednią atmosferą i scenografią. Otworzyła drzwi i wysiadła.

Parking przed motelem był prawie pusty. Gdy szła do drzwi pokoju numer 6, na jego drugim końcu rozbłysły światła samochodu. Odruchowo przycisnęła torebkę do boku.

Z samochodu wysiadł przysadzisty mężczyzna w jasnych spodniach, luźnym swetrze i w butach z getrami. Wyglądał tak, jakby przed chwilą wrócił z pola golfowego albo zszedł z pokładu jachtu. Był łysy. Od łysiny odbijały się promienie mglistego światła. Mężczyzna przystanął i niespokojnie potoczył wokoło wzrokiem.

Tuż za nim wysiadła chorobliwie wychudzona kobieta z ogromniastym turbanem na nieprawdopodobnie złotych włosach. Miała na sobie mikroskopijnej wielkości sukieneczkę, która prawie nie zakrywała biustu i ledwie sięgała bioder, długie buty na dziesięciocentymetrowym obcasie, a do kompletu czarny pas do pończoch. Na jej twarzy malowało się coś na kształt stoickiej rezygnacji i niewysłowionej nudy.

– Siódemka, skarbie – wychrypiała znużonym, do cna przepalonym głosem. – Płacisz z góry i będzie z gumką. Jasne?

– Dobrze, dobrze. Mów ciszej. – Łysy zobaczył Desdemonę, drgnął i szybko odwrócił wzrok.

– Co jest, kotku? – spytała kobieta. – Boisz się, że z krzaków wyskoczy żoneczka?

– Ciszej, do cholery – wymamrotał mężczyzna.

Desdemona stanęła przed wejściem do pokoju numer 6 i zapukała.

– Kto tam? – usłyszała głos Tony'ego.

– To ja, Desdemona. A kogo się spodziewasz?

Tony uchylił drzwi.

– Jesteś sama?

– Oczywiście, że sama.

– Właź. – Wpuścił ją do środka. – Chryste, jak to dobrze, że przyjechałaś. Mówiłaś komuś, gdzie jestem?

Stanęła pośrodku obskurnego pokoiku, zlustrowała go wzrokiem i wykrzywiła twarz.

– Nie. Przecież obiecałam, że bez porozumienia z tobą nic nikomu nie powiem. Tony, musimy porozmawiać. To czysty obłęd. Przecież nie możesz się ciągle ukrywać.

– Nie mam pieniędzy, żeby wyjechać z miasta. – Położył rękę na klamce i zaczął zamykać drzwi. – Ten twój sukinsyn wykręcił mi niezły numer, siostrzyczko. Wrobił mnie w morderstwo.

Odwróciła się do niego.

– Nie nazywaj go sukinsynem. Nie wierzę. To do niego nie pasuje.

– Może i nie pasuje, ale mnie wrobił. – Patrzył na nią, zamykając drzwi. Jego ładną, wyrazistą twarz wykrzywiał wściekły grymas. – To jedyne wytłumaczenie.

– Błąd – rzekł od progu Stark. – Jest jeszcze drugie. Ty go naprawdę zabiłeś.

– Kurwa mać! – Tony rzucił się na drzwi, chcąc je zatrzasnąć.

Za późno. Desdemona zerknęła w dół i zobaczyła, że Stark zablokował je nogą.

– Wpuść go, Tony.

– Zwariowałaś?! Ten facet mnie zamorduje! – Zacisnął zęby, ze wszystkich sił napierając na drzwi.

Tymczasem Stark napierał na nie od zewnątrz.

– Na miłość boską, wpuść go! – krzyknęła rozsierdzona. – To bezsensowne. Przecież już wie, że tu jesteś.

Tony odwrócił się i podparł drzwi plecami. Ciężko dyszał, nabrzmiały mu szyja i kark.

– Ten sukinsyn chce mnie zabić! Nie rozumiesz?! Pomóż mi, do cholery!

– To śmieszne, Tony. Wpuść go.

– Po czyjej ty jesteś stronie, co? – Obcasy jego butów zaczęły ześlizgiwać się po wyliniałym dywanie. Tony tracił grunt pod nogami.

Chwilę później drzwi rozwarły się z trzaskiem na oścież. Tony stracił równowagę i grzmotnął w ścianę.

Stark wszedł do pokoju i spokojnie zamknął drzwi.

Tony prychnął, zacharczał jak dziki zwierz i runął na niego jednym skokiem. Stark zrobił zwinny unik, płynnym ruchem chwycił go za ramię i cisnął Wainwrighta na przeciwległą ścianę.

Tony zwalił się z hukiem na podłogę.

– Przestańcie! – krzyknęła Desdemona. – Obaj! Słyszycie?! Dość tego!

Zignorowali ją. Tony wstał i znowu rzucił się na Starka. Ten wyczekał do ostatniej chwili, odskoczył w bok i zrobił unik. Tony podniósł ręce i skrył się za gardą.

Zderzyli się z sobą, objęli jak zapaśnicy i ciężko upadli.

Desdemona cisnęła torebkę, podbiegła do łóżka, ściągnęła wyblakłą kapę i zarzuciła ją na walczących. Kapa nakryła sczepione, kotłujące się ciała, tłumiąc odgłosy ciosów, dzikie posapywanie i pochrząkiwanie.

– Przestańcie! – Zerwała z łóżka brudne prześcieradło, potem cienki koc i rzuciła to wszystko na skłębioną i podrygującą kapę.
– Przestańcie! – wrzasnęła, nie poznając własnego głosu.

Wielki tłumok na podłodze drgnął, dźwignął się po raz ostatni, wreszcie znieruchomiał.

Oszołomiona gwałtownym wybuchem przemocy patrzyła, jak spod zmiętego prześcieradła wysuwa się wielka ręka Starka. Odrzucił koc, popatrzył na nią nic niemówiącym wzrokiem, wstał i spojrzał na Tony'ego.

Tony jęknął, wykopał się spod sterty pościeli i przyklęknął na jedno kolano. Szczęki miał zaciśnięte, oczy zwężone jak rozjuszony ryś.

– Ty skurwysynu – wysapał. – Ty pieprzony skurwysynu. Wiem, co chcesz zrobić.

– Czyżby? – spytał Stark.

Desdemona uświadomiła sobie, że cała się trzęsie.

– Proszę – szepnęła – przestańcie. Musimy porozmawiać.

– Dlaczego go tu sprowadziłaś, Desdemono? Mówiłem ci, że ten sukinsyn chce mnie uziemić. Jak mi to mogłaś zrobić, siostrzyczko? Tak ci ufałem.

– Nikogo nie sprowadzałam. – Usiadła niepewnie na krześle i splotła ręce, żeby zapanować nad drżeniem palców. – Nie miałam pojęcia, że… – Urwała, bo nagle ją olśniło. – Śledziłeś mnie, prawda?

Stark spojrzał jej w oczy.

– Tak.

– Wiedziałem! – zawył Tony. – Wiedziałem! Pewnie łaził za tobą cały czas albo innym kazał łazić. Czekałeś, aż zaprowadzi cię do mnie, tak? To część twego planu, co?

Zdegustowana wyrzuciła ręce do góry.

– Chryste, uspokój się, Tony, i posłuchaj. Stark przyjechał za mną, bo się o mnie niepokoił. Tak było, Stark?

Stał pośrodku obskurnego pokoiku niczym wielki granitowy blok.

– Można tak to określić.

Uśmiechnęła się ze znużeniem.

– Wyczułeś, że coś jest nie tak, kiedy się żegnaliśmy. Wiedziałam…

– Wyczuł?! – Tony odegrał scenkę pod tytułem „Człowiek niepomiernie zdumiony". – On miałby coś wyczuć?! O czym ty gadasz? Celowo za tobą tu przylazł. Wykorzystał cię, żeby mnie dopaść.

– Nie, nie, Tony, wszystko poplątałeś. Prosiłeś, żebym nikomu nie mówiła, gdzie jesteś, więc nic nikomu nie powiedziałam. Ale tak bardzo się ze Starkiem zżyliśmy, że potrafimy wyczuć, kiedy któreś z nas się czymś zamartwia. Prawda, Stark?

– No jasne – odrzekł drwiąco. – Telepatia.

– Coś w tym rodzaju – potwierdziła z uśmiechem.

Tony łypnął na niego spode łba.

– Telepatia? Chyba zwariowałaś.

– Nie, to prawda – zapewniła go Desdemona. – Dzisiejszego wieczoru nie musiałam nic mówić. Stark natychmiast wyczuł, że mam kłopoty i że nie mogę o nich mówić. Pewnie bardzo się o mnie niepokoił.

– Powiedzmy, że nie mógłbym zasnąć, dopóki nie dowiedziałbym się, co jest grane – mruknął Stark.

– Widzisz, Tony? – powiedziała Desdemona. – To zupełnie naturalne, że za mną pojechał. Na jego miejscu zrobiłabym dokładnie to samo. Wiesz, jak to jest, gdy człowiek się zakocha.

Stark nawet nie mrugnął. Patrzył na nią i milczał.

Tony nie wytrzymał. Frustracja i gniew musiały znaleźć ujście.

– Zakochany?! – wrzasnął. – Odbiło ci?! Ten facet cię nie kocha! Chce cię wykorzystać! Wykorzystywał cię od samego początku! Ślepa jesteś czy co?!

– Tony, wiem, że jesteś zdenerwowany – łagodziła Desdemona. – Ale nie musisz popadać w kompletną paranoję.

– Jestem wkurwiony, nie zdenerwowany. – Zacisnął pięści. – I rzeczywiście, może popadam w lekką paranoję. Winisz mnie za to, że niepokoję się o siostrę, która wbiła sobie do łba, że kocha komputer uchodzący za człowieka?

Desdemona straciła cierpliwość. Zerwała się na równe nogi i stanęła przed bratem.

– Dość. Wystarczy. Słyszysz? Wiem, że jesteś przerażony i wiem, że czujesz się jak w potrzasku, ale to jeszcze nie powód, żeby obrażać mężczyznę, którego kocham.

– Ten sukinsyn cię nie kocha – wysyczał Tony przez zaciśnięte zęby. – On ma swój plan i realizuje go punkt po punkcie. Twoim kosztem, siostrzyczko. Twoim kosztem.

– Jaki plan?! – prychnęła.

– Kto wie. – Rozjuszony, obrzucił Starka posępnym spojrzeniem. – On coś knuje. Jak Boga kocham, to wszystko zaczyna wyglądać na jakiś spisek. Może ma konszachty z ludźmi handlującymi zastrzeżonymi technologiami komputerowymi. Może opycha im coś, czego obce mocarstwa nie mogą oficjalnie kupić. A może po prostu szuka kozła ofiarnego.

– Ciekawy scenariusz – zauważył Stark. – Bardzo podobny do tego, nad którym ostatnio pracuję.

Tony zmrużył oczy.

– Taa?

– Taa. Główną rolę przydzieliłem w nim tobie.

– Przestańcie – upomniała ich Desdemona. – To wszystko nieprawda.

Tony się naburmuszył.

– Skąd wiesz? Spójrz tylko, przylazł tu za tobą jak... jak podstępna glista. Mężczyzna, który naprawdę kocha, nie śledzi swojej wybranki. Gdyby cię kochał, do głowy by mu nie przyszło, że dokądkolwiek zamierzasz iść. Zaufałby ci.

Desdemona spiorunowała go wzrokiem.

– Stark mi ufa. Mówiłam ci, pojechał za mną, bo się o mnie niepokoił, a nie dlatego, że mi nie ufa. A teraz zechciej się zamknąć i usiądź. Musimy porozmawiać o tym rozsądnie.

Tony opadł na krzesło.

– Dobra. Chcesz rozmawiać, rozmawiajmy. Ciekawe, co ma do powiedzenia nasz android.

Desdemona zaczerpnęła tchu.

– Przepraszam cię, Stark. Rodzinne kłótnie Wainwrightów są czasami bardzo zażarte.

– Zauważyłem – odrzekł.

– I przepraszam cię, że nie mogłam ci wcześniej zdradzić, o co w tym wszystkim chodzi. Tony prosił mnie, żebym trzymała język za zębami. – Uśmiechnęła się drżącym uśmiechem. – Mimo to wiedziałeś, że coś mnie dręczy. Jesteś bardzo domyślny.

Stark zerknął na Tony'ego i natychmiast przeniósł wzrok na Desdemonę.

– Powiesz mi, o co tu chodzi? – spytał.

– Kiedy Tony był w Hollywood, ktoś podrzucił do jego mieszkania rewolwer. Obawiamy się, że to trzydziestkaósemka, z której zastrzelono Vernona Tate'a.

– Co ty powiesz? – wymamrotał Stark.

Z oczu Tony'ego biły błyskawice.

– Co zrobiłeś z tym rewolwerem? – spytał Stark.

– Dwie godziny temu wsiadłem na prom do Bainbridge – odrzekł nadspodziewanie cicho. – Pośrodku zatoki wyrzuciłem go za burtę.

– Czy przy okazji pozbyłeś się również innych cennych dowodów rzeczowych? – zapytał grzecznie Stark.

– Sukinsyn.

Desdemona zignorowała ten drobny wtręt.

– Myślę, że Tony ma rację co do jednego: zaczynam wierzyć, że ktoś chce go wrobić w morderstwo. Najpierw zwabiają go podstępnie do Hollywood, żeby wyglądało na to, że uciekł z miejsca zbrodni. Jego nieobecność w Seattle jest dla mordercy tym korzystniejsza, że daje mu okazję do podrzucenia rewolweru. Potem w moim komputerze znajduję list szantażujący…

Tony poderwał głowę.

– Jaki list?

– Pamiętasz, pomagałeś mi odzyskać ten stracony plik.

– Pamiętam. No i?

– Myślałam, że to ciąg liter i cyfr bez żadnego związku, tymczasem okazało się, że to zaszyfrowany list, w którym nadawca szantażuje kogoś, żądając od niego pięćdziesięciu tysięcy dolarów za nieujawnianie jego nazwiska.

– Zaszyfrowany list? Kto tak twierdzi? – spytał Tony.

– Stark. On go rozszyfrował.

– Czyżby? – Tony spojrzał zaczepnie na Starka. – A może dla swoich celów wyssał wszystko z palca? Skoro oryginalna wiadomość była zupełnie niezrozumiała, skąd wiesz, czy tego listu nie sfabrykował?

Desdemona wzniosła oczy do nieba.

– Proszę, tylko bez niczym nieuzasadnionych zarzutów. Mamy na głowie ważniejsze rzeczy. Uważajcie. Obaj. Stark, bardzo się cieszę, że za mną pojechałeś. Zaoszczędzimy mnóstwo czasu.

Stark uniósł brwi.

– Naprawdę?

Usiadła.

– Tak, bo po rozmowie z Tonym zamierzałam ci wszystko wyjaśnić. Teraz już nie muszę.

– Czyżby? – spytał niebezpiecznie obojętnym głosem.

– Nie rozmawiaj z nią w ten sposób – warknął ostrzegawczo Tony.

Desdemona zmarszczyła brwi.

– Wiem, że po tej idiotycznej bójce obaj jesteście naładowani testosteronem, ale byłabym wdzięczna, gdybyście zechcieli zapanować nad swoimi hormonami, przynajmniej na chwilę. Próbuję tę naradę jakoś ukierunkować.

– Nazywasz to naradą? – spytał Stark.

– Z braku lepszego słowa. – Założyła nogę na nogę i obrzuciła ich wzrokiem. – Podsumujmy. Sytuacja jest co najmniej dziwna. Wygląda na to, że ktoś wynajął Vernona Tate'a i polecił mu wykraść ARCANE. W dniu przyjęcia w domu Starka Vernon podjął próbę kradzieży. Próba się nie powiodła. I nagle biedny Vernon ginie, a w moim komputerze pojawia się list szantażujący tak zwanego klienta.

Tony spochmurniał jeszcze bardziej.

– Dlaczego zostawiono go akurat w twoim komputerze? – spytał.

– To oczywiste – odrzekła. – Ten ktoś chciał, żeby uznano cię za klienta Vernona Tate'a. Za człowieka, który zapłacił mu za wykradzenie ARCANE.

– Cholera jasna – mruknął Tony. – A w mieszkaniu znajduję spluwę. Wiedziałem. Ktoś chce mnie wrobić.

– Istnieje prostsze rozwiązanie. – Zastygły w bezruchu Stark drgnął, podszedł do ściany i oparł się o nią ramieniem. – Sam się w to wrobiłeś.

– Sukinsyn – wysyczał Tony.

Desdemona skarciła ich wzrokiem.

– Nie chcę słyszeć ani jednej bezproduktywnej uwagi. Czy to jasne?

Spojrzeli po sobie bez słowa.

– Tak jest znacznie lepiej. – Próbowała zebrać myśli. – No więc, jak mówiłam, gdy mi tak niegrzecznie przerwano, wygląda na to, że ktoś zamordował Vernona Tate'a i próbuje obciążyć winą Tony'ego. Zabójcą był prawdopodobnie tajemniczy klient Vernona. Czy się jak dotąd zgadzamy?

– To tylko teoria – burknął Tony. – Ale jeśli ją przyjmiemy, musimy zadać sobie pytanie, dlaczego tak zwany klient zlikwidował Vernona.

Stark wzruszył niedbale ramieniem.

– Możliwe, że Tate go zidentyfikował i naprawdę mu groził. Stąd list.

– Ale dlaczego zostawił go w moim komputerze? – spytała szybko Desdemona.

Wydawało się, że Stark nie ma ochoty kontynuować wątku. Sam go rozpoczął, ale odniosła wrażenie, że tego żałuje.

– List nie musiał być wysłany z twojego komputera – wyjaśnił niechętnie. – Możliwe, że klient rzeczywiście otrzymał wiadomość od Vernona, ale pewnie dotarła do niego jak inne informacje: pocztą komputerową.

Wytrzeszczyła oczy, uświadamiając sobie, co to oznacza.

– To znaczy, że wiadomość, którą znalazłam w komputerze, jest podpuchą, że zostawiono ją tam po dokonaniu morderstwa, żeby sfabrykować wiarogodny motyw i wrobić Tony'ego.

– Powiedziałem tylko, że to możliwe – zastrzegł się Stark i zirytowany spojrzał na Tony'ego. – Choć mało prawdopodobne – dodał zgryźliwie.

– Rzeczywiście, bardzo mało prawdopodobne – prychnął Tony. – Wystarczy przerobić nasz scenariusz i obsadzić cię w roli głównej. Wtedy intryga będzie znacznie ciekawsza. I logiczniejsza.

– Żaden z was nie jest głównym bohaterem tego scenariusza – oświadczyła z naciskiem Desdemona. – Kontynuujmy. Głównego bohatera już mamy. To ktoś, kogo jeszcze nie zidentyfikowaliśmy. I musimy to zrobić.

Zdumiony Stark uniósł brwi.

– My? Od tego jest policja. Za to im płacą.

Skrzywiła się z niesmakiem.

– Nie bądź idiotą, Stark. Na tym etapie sprawy nie możemy pójść na policję. Mogliby wyciągnąć pochopne wnioski.

– Chcesz powiedzieć, że mogliby obciążyć winą twojego brata? – Skinął poważnie głową. – Rzeczywiście. Mogliby to zrobić. Nie pomyślałem o tym.

– Palant – burknął Tony.

– Jak już mówiłam – konytuowała z uporem Desdemona – na policję jeszcze nie pójdziemy. Najpierw musimy znaleźć klienta Vernona Tate'a. Prawdziwego klienta. – Spojrzała wyczekująco na Starka.

On też na nią spojrzał, ale twarz miał jak z kamienia.

– No więc? – rzekła zachęcająco.

– No więc co? – Nic z tego nie rozumiał.

– Jak zamierzasz ustalić, kto był klientem Vernona Tate'a? – spytała cierpliwie. – Kto go zamordował?

– Dlaczego na mnie patrzysz?

– To chyba jasne: jesteś ekspertem od komputerów.

– Szlag by to trafił – mruknął Stark.

Uśmiechnęła się z ulgą.

– Wiedziałam, że zgodzisz się pomóc.

Fakt, był ekspertem od komputerów. I ostatnim idiotą. Bezmyślnym kretynem. Zjeżdżając za nią do podziemnego parkingu, klął w duchu jak szewc i po raz setny zadawał sobie te same pytania: Jakim cudem dał się w to wciągnąć?! Jak ona to zrobiła? Jak go do tego zmusiła? Miał pomóc jej kochanemu braciszkowi. Temu durniowi, temu nieudacznikowi. Chryste...

Sprawiła, że złamał swoją najświętszą zasadę: wyłączył racjonalnie myślącą część mózgu i przestał działać jak człowiek rozumny. Dał się ponieść emocjom. A emocje to chaos bulgoczący w czarnoksięskim kotle. W chaosie nie ma logiki. Każdy krok jest pułapką. Każdy krok grozi nieprzewidywalnymi następstwami.

Zmroziło go, gdy przypomniał sobie, jak Tony próbował wmówić Desdemonie, że to on, że to arcymistrz Stark jest twórcą tej złożonej intrygi.

Faktycznie. Dopiero teraz uświadomił sobie, że wystarczy tylko odpowiednio naświetlić sprawę i można by uznać, że to on za tym wszystkim stoi, nie Tony.

Mało tego.

Postronny, zupełnie neutralny obserwator mógłby z całym przekonaniem stwierdzić, że to przecież Stark – no bo ostatecznie kto tu jest ekspertem? – zna ludzi zajmujących się międzynarodowym – i nielegalnym – handlem zastrzeżonymi technologiami komputerowymi.

Poza tym Stark zna się na komputerach znacznie lepiej niż Tony Wainwright. Owszem, Tony może być w tym niezły, ale w porównaniu z szefem Stark Security Systems jest początkującym amatorem.

I spostrzeżenie najistotniejsze: to on, Stark, zawarł z Desdemoną kontrakt na obsługę imprez towarzyskich organizowanych przez jego firmę, a następnie ją uwiódł, rozpoczynając tym samym tę przeklętą grę.

Musiał przyznać, że młody Wainwright ma trochę racji. Było bezsprzecznym faktem, że dwa przełomowe dla sprawy wydarzenia – nieudana próba wykradzenia ARCANE oraz zabójstwo Vernona Tate'a – miały miejsce po tym, jak nawiązali romans. Jeśli spojrzeć na całą sprawę z tej perspektywy, Stark mógłby z powodzeniem uchodzić za typa nader podejrzanego.

Jednym z klasycznych motywów morderstwa jest zazdrość. Wiedział, że zazdrosny nie jest, ale wątpił, czy ktoś by mu uwierzył.

Dzięki Bogu, Desdemona nie interesowała się ani jednym, ani drugim scenariuszem.

Wjechał do garażu, zaparkował i wyłączył silnik. Przez chwilę siedział za kierownicą i patrzył, jak Desdemona wysiada z toyoty. Pomachała mu ręką.

Patrzył i patrzył, i nagle ogarnęło go niesamowite uczucie. Mięśnie stężały mu jak przed walką z niewidzialnym przeciwnikiem.

Obłęd. Był zazdrosny jak jasna cholera!

Świadomość nowo odkrytego faktu wstrząsnęła nim do cna. Otworzył drzwi i wysiadł.

– Masz czas na filiżankę kawy? – spytała, idąc ku niemu przez pusty garaż.

Zerknął na zegarek.

– Chyba tak. Chłopcy są z Makbetem.

Przystanęli przed windą.

– Naprawdę cieszę się, że za mną pojechałeś. Dzięki temu nie muszę już tłumaczyć Tony'emu, że twoja pomoc jest konieczna. To straszliwie uparty chłopak.

Wcisnął guzik przy drzwiach.

– On uważa, że to ja za tym wszystkim stoję. Że próbuję go wrobić, bo jestem zazdrosny.

– Nic się nie martw. Strzelał na oślep, jak zwykle. Poniosło go, i tyle. – Przyjechała winda. Desdemona weszła do kabiny. – Zresztą, wcale mu się nie dziwię, bo wygląda na to, że naprawdę ktoś chce go wrobić w morderstwo.

– Możliwe.

– Dzięki Bogu, że uprzedził policję i znalazł ten rewolwer. Gwarantuję, że nasz klient chciał im dać cynk. Anonimowy, rzecz jasna.

– Niewykluczone.

Raptem zesztywniała. W jej oczach zagościł strach.

– Jezus Maria, policja może go w tej chwili szukać.

– Nie. Jeśli zaczną go szukać, dowiesz się o tym pierwsza. Zawsze zaczynają od przesłuchania najbliższej rodziny.

– Słusznie. Cóż, skoro jak dotąd nikt nas o nic nie pytał, musimy założyć, że klient Vernona przywarował i czeka na rozwój wydarzeń.

Żaden komentarz nie przychodził mu do głowy, więc objął Desdemonę i przytulił. Tym razem trochę się odprężyła. On też.

W milczeniu dojechali na piąte piętro.

Poprowadziła go korytarzem i otworzyła drzwi. Weszli do środka.

– Zaparzę kawę.

Stark zamykał drzwi powoli i z namysłem. Musiał powiedzieć jej prawdę. Musiał wyłożyć karty na stół.

– Desdemono…

Uśmiechnęła się do niego przez ramię.

– Tak?

– Pojechałem za tobą nie dlatego, że się o ciebie niepokoiłem. I nie dlatego, że odebrałem jakiś telepatyczny sygnał. Pojechałem za tobą, bo wiedziałem, że skłamałaś, mówiąc, że Tony nie wrócił. – Włożył ręce do kieszeni kurtki. – Pomyślałem sobie, że próbujesz go chronić.

– Bo próbowałam. – Obeszła ladę ze szklanych cegiełek i włączyła lśniący ekspres. – A skoro wiedziałeś, że kłamię, musieliśmy nadawać na tej samej fali, bo nikt z rodziny nic nie podejrzewał. To dowodzi, jak bardzo jesteśmy zżyci.

– Cholera jasna, usiłuję ci coś wytłumaczyć.

Spojrzała na niego pytająco.

– Nie bardzo rozumiem co.

Przeczesał ręką włosy zdenerwowany, że nie potrafi ująć tego w słowa.

– Sam nie wiem.

Uśmiechnęła się.

– Biedactwo. Podchodzisz do tego zbyt intelektualnie.

– Tak myślisz?

– Dokładnie. Spokojnie, Stark. Ostatnio mieliśmy niezłą nerwówkę. Postaraj się skupić na jednym: na odszukaniu klienta Vernona Tate'a.

Aż zamrugał z wrażenia.

– Ty mi każesz się skupić?!

– Właśnie. – Ekspres zasyczał. – Jesteś roztrzęsiony. Masz, napij się kawy. Zastrzyk kofeiny dobrze ci zrobi.

– Nie jestem roztrzęsiony. Nie bywam roztrzęsiony. Nigdy w życiu nie byłem roztrzęsiony.

– Wszystko jedno. – Postawiła przed nim filiżankę.

Usiadł na stołku i objął dłońmi małe naczynko.

– Desdemono, co będzie, jeśli okaże się, że mordercą jest Tony?

– A nie jest?

– Do diabła, pytam, co będzie, jeśli udowodnię, że nim jest?

Znieruchomiała. Spuściła oczy.

– Nie wiem.

– Znienawidzisz mnie za wykrycie prawdy? – Pytanie ledwo przeszło mu przez gardło.

– Miałabym cię znienawidzić? – Zmarszczyła brwi. – Dlaczego? Nasz związek nie zależy od winy czy niewinności mojego brata.

– Nie?

– Stark, wygadujesz głupoty. Tony jest niewinny. Ale gdyby, hipotetycznie mówiąc, był winny, uczucia, jakie do ciebie żywię, nie uległyby najmniejszej zmianie.

– Posłańców, którzy przynosili złe nowiny, oddawano katu – mruknął znużony. – Niewiele się od tamtych czasów zmieniło.

Upiła łyk kawy.

– Będziesz mi musiał zaufać.

Zacisnął palce na kruchym naczyniu.

– Wyjdziesz za mnie?

Drgnęła. Po jej filiżance spłynęło kilka kropel kawy. Chyba tego nie zauważyła. Patrzyła na niego i milczała.

– Dlaczego? – spytała po chwili.

– Dlaczego? A cóż to za odpowiedź? – Nagle wpadł w złość. – Zadałem ci proste pytanie, jak w kwizie. Tak albo nie. Chcę tylko jednego: konkretnej odpowiedzi.

– Dobrze.

– Co dobrze? Wyjdziesz za mnie czy udzielisz mi konkretnej odpowiedzi?

– Uspokój się. Powiedziałam dobrze, prawda?

Patrzył na nią spod na wpół przymkniętych powiek.

– To znaczy, że za mnie wyjdziesz?

Uśmiechnęła się dziwnym, pełnym zadumy uśmiechem.

– Skoro nie masz wątpliwości, że chcesz się ze mną ożenić, to za ciebie wyjdę.

Ulżyło mu. Boże, jak mu ulżyło. Próbował zwalczyć nagłe zawroty głowy i uczucie niesamowitej lekkości, bo gdyby mu uległ, zacząłby skakać po ścianach albo zrobiłby coś równie głupiego.

Nie. Musiał zachować spokój. Musiał myśleć trzeźwo i rzeczowo.

Powiedziała, że za niego wyjdzie, ale w każdej chwili mogła zmienić zdanie. Znał to z autopsji. Ostatecznie dwa razy puszczono go w trąbę. Filiżanka, którą ściskał w ręku, zabrzęczała, uderzając w spodeczek. Szybko ją postawił.

– Nie mam żadnych wątpliwości. – Z trudem panował nad własnym głosem. Chwycił filiżankę i jednym haustem wypił kawę. Potem spojrzał na zegarek. – Robi się późno. Chyba już pójdę.

– Chwileczkę. – Popatrzyła na niego zwężonymi oczyma. – To wszystko, co masz mi do powiedzenia?

I znowu nic z tego nie rozumiał.

– O co ci chodzi?

– O ile sobie przypominasz, przed chwilą zgodziłam się za ciebie wyjść – cedziła słodko. – Może się mylę, ale czy nie powinieneś wpaść teraz w zachwyt? Wypowiedzieć choć kilka miłych słów? Może nawet coś wykrzyknąć? Albo wyrecytować upojny sonet własnego autorstwa?

Czuł, że się czerwieni.

– Przepraszam – odrzekł sztywno. – Nie umiem pisać sonetów.

– Stark, ja zdania nie zmienię...

Uśmiechnął się smutno i wstał.

– Nie?

– Nie. Posłuchaj, wiem, że masz bogate doświadczenie, jeśli chodzi o zaręczyny i śluby, ale dla mnie to coś zupełnie nowego.

W porównaniu z tobą jestem początkującą amatorką: pierwszy raz w życiu przyjęłam oświadczyny. Zdaję sobie sprawę, że amatorzy zawsze wyobrażają sobie Bóg wie co, ale naprawdę oczekiwałam czegoś więcej.

– Rozumiem – odrzekł niepewnie. – A konkretnie czego?

– No cóż, wyobrażałam sobie scenę, że tak powiem, bardziej monumentalną. – Zakreśliła w powietrzu wielki łuk. – No wiesz, róże, szampan… Ty, oczywiście, na kolanach. Chyba przydałby się również księżyc i może trochę więcej wylewności z twojej strony. Wylewności i uczucia.

– Może i mam doświadczenie, ale w oświadczynach nigdy nie celowałem.

– Ha! Boisz się, co? Cały czas myślisz o swoich spektakularnych klęskach ślubnych i masz tremę jak aktor przed premierą. Przyznaj, że tak jest.

Obszedł ladę i objął dłońmi jej twarz.

– Doprowadzę cię do ołtarza siłą. Zadzwonię do Bon Appetite i zamówię pełną obsługę ślubnego przyjęcia. Wtedy na pewno przyjdziesz.

– A guzik. Nie będę harowała na własnym ślubie.

– Tego się obawiałem. Chyba nie pozostaje mi nic innego jak uwierzyć ci na słowo.

– Trochę wiary, Stark. Zaufaj mi. – Uśmiechnęła się tajemniczo. – Jak ja ufam tobie.

Nie wiedział, co na to odpowiedzieć, więc ją pocałował.

Odstawiła filiżankę i oddając pocałunek, zarzuciła mu ręce na szyję. Poczuł urokliwy zapach jej ciała.

Gdy cichutko westchnęła, odprężył się i uspokoił. Była taka ciepła, taka słodka, taka zapraszająca. Fakt, czasami nie wiedział, jak z nią rozmawiać, lecz kiedy trzymał ją w ramionach, porozumiewali się idealnie…

Rozdział 19

Dane usiadł wygodniej, wyciągnął nogi i z rozbawionym wyrazem twarzy obserwował pogrążonego w pracy Starka.

– Nie wierzę. Trzeci raz?

Stark zerknął na niego znad wielkiej płachty wstępnej kalkulacji cen i niechętnie zmienił częstotliwość odbioru.

– Co trzeci raz?

– Nie mogę uwierzyć, że poprosiłeś ją o rękę. Od twojego ostatniego ślubu minęły raptem dwa miesiące. I co? I znowu chcesz wypożyczać frak? Na pewno do tego dojrzałeś?

– Nie muszę wypożyczać. Pamela nalegała, więc kupiłem. Byłem w nim na tym balu dobroczynnym. Mogę go włożyć jeszcze raz.

– Przecież wiem. – Dane podniósł ręce. – Tylko żartowałem.

– Bardzo zabawny żart. – Skupił uwagę na rzędach liczb. – Co to jest, do diabła? Skąd ten Lancaster to wytrzasnął? Miał skalkulować promocyjne ceny ARCANE, a wypisuje mi tutaj jakieś bzdury.

– Tego się obawiałem – wymamrotał Dane.

– Skoro się obawiałeś, to dlaczego nie wybiłeś mu tego ze łba? – Wziął czerwony mazak i precyzyjnym pociągnięciem skreślił cały rząd liczb. – Ile razy mam powtarzać, że ceny muszą być umiarkowane. Bardzo umiarkowane, do cholery.

– Lancaster chodzi z głową w chmurach. To urodzony optymista.

– Jeśli główny specjalista od spraw finansowych jest optymistą, to marnie z nami. Czułbym się o wiele bezpieczniej, gdyby przedstawił mi scenariusz bardziej pesymistyczny.

– Każę mu skalkulować to jeszcze raz.

– Koniecznie. Powiedz, że jak chce zejść z tych chmur na ziemię, to z przyjemnością go stamtąd ściągnę.

– Widzisz, mówiąc, że się tego obawiałem, miałem na myśli nie Lancastera, tylko twoje zaręczyny.

– Moje zaręczyny? – Spojrzał na kolejny rząd liczb i znowu zmarszczył czoło.

– Nie mogę uwierzyć, że poprosiłeś o rękę taką kobietę.

Stark podniósł wzrok.

– Co chcesz przez to powiedzieć?

W kącikach usta Dane'a błądził leciutki uśmieszek.

– Nic. Po prostu zastanawiam się, czy w końcu wpadłeś.

– Gdzie?

– Chryste, czy się naprawdę zakochałeś.

– McCallum, jak na człowieka inteligentnego, czasami zadajesz debilne pytania. – Wykreślił kolejny rząd liczb.

– Wiem. Ale z drugiej strony, to ty jesteś mózgiem firmy, nie ja. Ja się tylko dobrze załapałem.

– O czym ty gadasz?

– O tym, że Stark Security Systems to twoje dziecko. Ty jesteś ojcem sukcesu. Bez ciebie firma nic nie znaczy.

– Bzdura – mruknął, nie odrywając oczu od kolumny cen. – Jeden człowiek nie pokieruje przedsiębiorstwem tej wielkości. Niemożliwe.

– Mylisz się – odrzekł cicho Dane. – Dokądkolwiek los cię rzuci, wszędzie jesteś gwiazdą przedstawienia. Tak było w instytucie, tak jest teraz. Zawsze będziesz tym najlepszym. Jakie to uczucie?

Puścił pytanie mimo uszu. Interesował go tylko następny rząd wziętych z sufitu cen.

O jedenastej tego samego wieczoru Tony Wainwright chodził po gabinecie Starka niczym tygrys w klatce.

– Cholera jasna. Dlaczego dałem się namówić? Po co tu przylazłem? Ostatnia głupota. Wezwałeś już policję?

– Gdybym chciał wciągnąć cię w pułapkę – odrzekł Stark – nie musiałbym nic robić. Sam byś w nią wpadł. Dowodów przeciwko tobie przybywa w zastraszającym tempie, i to od samego początku. Masz rację, któregoś dnia po ciebie przyjdą. To tylko kwestia czasu.

Łypnął na niego jak rozjuszony byk.

– A ty z przyjemnością otworzysz im drzwi, co?

– Błąd, panie Wainwright. Nie musiałbym nawet wstawać z fotela. Znając ciebie, pewnie sam byś je otworzył. Masz wrodzony talent do włażenia w najgłębsze błoto. Dać ci nienabity rewolwer, a i tak postrzelisz się w stopę.

– Mówią, że cholerny bystrzak z ciebie, a wiesz, co ja o tobie myślę?

– Nie mam zielonego pojęcia.

– Myślę, że jesteś niebezpiecznym sukinsynem, który uwielbia wykorzystywać ludzi.

– Masz prawo do własnego zdania. – Stark wystukał na klawiaturze polecenie i ARCANE wgryzł się w następną warstwę pozornie chaotycznych złożoności w poszukiwaniu ukrytych wzorów.

– Pewnie, że mam. – Tony podszedł bliżej i stanął za Starkiem. – Co ty właściwie tu robisz?

– Uruchomiłem program, który bada zawartość plików w anonimowym serwerze. Szukam kodu łączącego komputerowy adres pocztowy naszego anonima z jego prawdziwym adresem.

Tony pochylił się, żeby lepiej widzieć.

– Myślisz, że uda ci się złamać kod i znaleźć adres klienta Tate'a?

– Może. O ile ARCANE zechce mi pomóc...

Tony potarł czoło.

– Właściwie gdzie jest ten anonimowy serwer?

– Nie wiem. Może być wszędzie. W Europie. Na Karaibach. W południowej Kalifornii. Jego właściciel obsługiwał pewnie coś w rodzaju punktu kontaktowego między chciwymi hackerami, takimi jak świętej pamięci Vernon Tate. Zachowywał pełną anonimowość. Kontakty z klientami nawiązywał i utrzymywał za pośrednictwem poczty komputerowej. Kradziony towar dostarczano zapewne przez anonimowych posłańców.

– Co zrobisz, jak się to skończy? Zawiadomisz policję?

– Tak.

Tony chwilę milczał.

– Twoja firma... Specjalizujecie się w tego rodzaju pracach?

– Tak.

– Nawet interesujące.

– Owszem. A teraz zamknij się wreszcie i usiądź, dobra? Nie mogę się skupić.

– Już mnie nie ma. – Przeszedł na drugą stronę gabinetu i usiadł w fotelu. – Właściwie po co mnie tu zaprosiłeś?

– Bo twoja głowa leży na pniu, a Desdemona dostałaby lekkiej migreny, gdyby ktoś ci ją ściął.

– Równie dobrze mogliby ściąć głowę tobie.

– Tak, ale to nie nade mną stoi kat. Temu, kto podrzucił ci spluwę, chodziło o ciebie.

– Istnieje bardzo duże prawdopodobieństwo, że to ty chcesz mnie wrobić – wymamrotał. – Nadal tak uważam.

Stark westchnął.

– Posłuchaj, zawrzyjmy umowę. Jeśli przez kilka najbliższych godzin zapomnisz o teatrze i zamiast grać, spróbujesz logicznie pomyśleć, przestanę wytykać ci przy każdej okazji, że tkwisz w tym bagnie po samą szyję.

Tony sondował go wzrokiem.

– Dlaczego miałbyś mi pomagać?

– Mówiłem już, ale chętnie powtórzę. Robię to dla Desdemony, nie dla ciebie.

Wainwright złożył ręce jak do modlitwy.

– Nie wiem, co ona w tobie widzi.

– Cóż, powiadają, że miłość jest ślepa. – Nie wiadomo dlaczego (to absurd, pomyślał, czysty absurd) ta myśl sprawiła mu olbrzymią przyjemność.

– Dziwne, bo jak dotąd nigdy nie narzekała na wzrok. Szczerze mówiąc, żyła jak zakonnica.

– Innymi słowy, prowadziła klasztorne życie…

– Właśnie. Nic z tego nie rozumiem. – Otwartą dłonią trzasnął w poręcz fotela. – Przecież ty się dla niej nie nadajesz. To takie oczywiste. Dlaczego ona tego nie widzi?

Stark nie mógł zebrać myśli i wiedział, że już ich nie zbierze. Obrócił się z fotelem i spojrzał w pochmurną twarz Tony'ego.

– Wainwright, dlaczego nie spróbujesz stawić czoła rzeczywistości? Twoja siostra musiała się kiedyś zakochać.

– Ale dlaczego akurat w tobie?

– Wiesz, co ci powiem? Zachowywałbyś się dokładnie tak samo bez względu na to, kogo by wybrała. Naprawdę myślałeś, że do końca życia będziesz ją trzymał w lodówce?

– Nie trzymam jej w lodówce. – Wstał i podszedł do okna. – Próbuję ją tylko ochronić.

– Desdemona nie jest już małą dziewczynką.

– Wiem, ale jest tak dobra, tak miła, że nie chcę, żeby spotkało ją coś złego. – Odwrócił się, drżąc z gniewu. – Czy ty tego nie rozumiesz? Jestem jej bratem. Zawsze się o nią troszczyłem. Uratowałem jej życie.

– Tak mi mówiono – odrzekł ostrożnie Stark. – To jeden z powodów, dla których próbuję ci pomóc. Tyle jestem ci winien.

– Nic mi nie jesteś winien, sukinsynu. Nie chcę twojej wdzięczności. Chcę, żebyś zostawił ją w spokoju.

– Tego zrobić nie mogę.

– Pasujesz do niej jak pięść do nosa. Czy ty tego nie widzisz? Ona potrzebuje kogoś ze świata Wainwrightów, ze świata teatru. Kogoś, kto ją zrozumie, kto mówi tym samym językiem. Kogoś, kto będzie pasował do rodziny.

– Kogoś takiego jak ty?

Wyglądało na to, że pytanie do niego nie dotarło.

– Jak ja? Ja i Desdemona? Zwariowałeś?! Jestem jej bratem.

– Przyrodnim.

Wzruszył ramionami.

– Zawsze byłem dla niej tylko starszym bratem. Tym, który uratował jej życie. Ale nie mogę stać z założonymi rękami i patrzeć, jak dziewczyna rzuca się w ramiona palanta, który jej nie docenia.

– Na jakiej podstawie twierdzisz, że jej nie doceniam?

– Ty? – Spojrzał na niego z wyraźnym obrzydzeniem. – Człowieku, w twojej duszy nie ma za grosz poezji.

– Może Desdemona sięga wzrokiem trochę głębiej niż ty?

– Gówno prawda. Niech sobie sięga, ale nic tam nie zobaczy. Chcesz powiedzieć, że pod tym idiotycznym pudełkiem na długopisy bije serce twórczego, wrażliwego człowieka? Że zamiast kilku procesorów masz duszę, która wie, co to szczere uczucie? Daruj sobie, Stark.

Stark siedział bez ruchu.

– Ty wcale nie chcesz jej chronić, Wainwright. Wprost przeciwnie. To ona chroni ciebie przed prawdą. Dlatego jej potrzebujesz.

Zacisnął usta.

– Przed jaką prawda?

– Przed taką, że jesteś nieudacznikiem. Obejrzyj się za siebie, popatrz na swoje życie. Klęska za klęską. Aktor z ciebie marny. Jako menedżer teatralny też się nie sprawdziłeś…

Tony odrzucił głowę do tyłu, jakby nagle oberwał w twarz.

– Słyszałeś o tym?

– Tak. Wiem, że oskarżano cię o malwersację.

– Nie sprzeniewierzyłem ani centa!

Stark nie zwracał uwagi na jego gorące zapewnienia.

– Ostatnio miałeś być gwiazdą serialu telewizyjnego, ale i to nie wyszło. Jedyne, co ci kiedykolwiek wypaliło, to uratowanie życia Desdemonie. Dlatego nie pozwalasz jej odejść, zgadłem?

Patrzył na niego bez słowa.

– O czym ty gadasz, do cholery?

– Potrzebujesz jej. Musi być stale w pobliżu, żebyś miał namacalny dowód na to, że nie jesteś życiowym fajtłapą. Kiedyś, bardzo dawno temu, zrobiłeś coś, co przyniosło ci chlubę, a Desdemona jest jedynym wspomnieniem tej podniosłej chwili.

Zesztywniał.

– Uratowałem jej życie, do diabła!

– Tak, wiem. I od tamtego czasu siostra spłaca dług, prawda?

– Nic nie rozumiesz. Bo niby jakim cudem mógłbyś cokolwiek zrozumieć? Nie należysz do rodziny.

– Może właśnie dlatego rozumiem. Kiedy jest się postronnym obserwatorem, wszystko widać wyraźniej. – Odwrócił się do ekranu monitora.

W gabinecie zaległa cisza. Stark dziękował za to Bogu.

Ale po chwili Tony znowu się odezwał:

– Zrobiła ze mnie bohatera.

Stark go zignorował. Wydał komendę i ARCANE zagłębił się w labirynt tajemnych przejść wiodących do anonimowego serwera.

– Prawdziwego bohatera – szepnął Wainwright. – To nie był teatr. To było życie, namacalna rzeczywistość. Wyrwałem ją z rąk tego szalonego skurwysyna. Chciał ją zabić.

Stark się zawahał.

– Co się właściwie wtedy stało?

– Były mąż Celii, George Northstreet, polował na swoją rodzinę, na żonę i córkę. Od jakiegoś czasu było z nim coraz gorzej. Mówili, że mu kompletnie odbiło. Zanim zrobił to, co zrobił, musiał je podchodzić wiele dni. Najpierw dopadł Desdemonę.

Stark ani drgnął.

– Gdzie?

– Na parkingu przed teatrem. – Tony patrzył w okno i widać było, że dostrzega tam tylko przeszłość. – Stałem niedaleko. Uczyłem ją jeździć na rowerze. Kazali mi jej pilnować, bo reszta rodziny miała próbę jakiegoś musicalu. Northstreet nie zwracał na mnie uwagi. Pewnie myślał, że w niczym mu nie przeszkodzę. Chwycił Desdemonę i wepchnął ją do bagażnika.

– Klaustrofobia... – wymamrotał cicho Stark.

– Tak, dlatego siostra ma klaustrofobię. Wepchnął ją do bagażnika i odjechał. Zacząłem wrzeszczeć, wołać pomocy, ale nikt mnie nie słyszał. Zanim bym dobiegł do teatru i powiadomił rodzinę, Northstreet zdążyłby uciec.

– I co zrobiłeś?

– Wiedziałem, którędy pojedzie do głównej ulicy. Wskoczyłem na rower i popedałowałem na skróty, przez podwórka i boisko szkolne. Wpadłem na skrzyżowanie w chwili, gdy Northstreet zwalniał przed światłami.

– I? – zachęcał Stark, bo Tony nagle zamilkł.

– Zajechałem mu drogę i upadłem tuż przed samochodem. – Uśmiechnął się smutno. – Zrobiło się koszmarne zamieszanie, a wtedy dałem najlepszy występ w życiu. Dziecko na rowerku potrącone przez samochód. Bomba. Ruch zamarł, zrobił się korek, wielkie zbiegowisko. Ktoś pognał do sklepu, żeby zadzwonić na pogotowie.

– Pięknie – mruknął Stark z aprobatą. – Jak na małego chłopaka, miałeś znakomity refleks. Nie każdy dorosły by na to wpadł.

– Jak już publiczność się zeszła, cudownie ozdrowiałem, obiegłem samochód i zacząłem walić rękami w bagażnik. Desdemona krzyknęła, a ludzie zażądali, żeby Northstreet otworzył klapę. W końcu zjawiła się policja. Otworzyliśmy bagażnik i uwolniliśmy Desdemonę. Northstreeta aresztowano. Później popełnił samobójstwo.

– I tak zostałeś bohaterem.

– Właśnie. To ona zrobiła ze mnie bohatera.

– Nie, Wainwright, nie ona. Nikt nie może zrobić z kogoś bohatera, tak samo jak nikt nie może zrobić z kogoś tchórza. Dokonuje się tego samemu.

Tony spojrzał na niego i zmarszczył czoło.

– To znaczy?

– To znaczy – tłumaczył cierpliwie Stark – że ratując siostrę, własnym sprytem i własnymi rękami zrobiłeś z siebie bohatera. Dokonałeś tego sam.

Nastąpiła długa chwila ciszy.

– Nigdy o tym tak nie myślałem – wyznał w końcu Tony.

– I właśnie na tym polega twój problem, Wainwright. Ty nie myślisz. Ty grasz. Chodź tutaj. Zobacz.

– Masz coś?
– ARCANE wychwycił jakiś wzór. Widzisz? To szyfr.
Tony podszedł do komputera i spojrzał na ekran monitora.
– Poważnie?
– Wierz mi, Wainwright. W dziewięćdziesięciu dziewięciu przypadkach na sto mówię poważnie.
– Na żarty pozwalasz sobie tylko w jednym?
– Nie. Ten jeden zostawiam sobie na sen.

Celia spojrzała na Desdemonę łagodnymi, zatroskanymi oczyma.
– Chcesz za niego wyjść? Boże, córeczko, tego się obawiałam. Czy jesteś absolutnie pewna, że to mężczyzna dla ciebie?
– Tak, mamo. – Desdemona ogarnęła wzrokiem lśniącą czystością kuchnię Bon Appetite. Wszystko wróciło do normy i czekał ją pracowity tydzień. Między innymi musiała zaplanować i zorganizować swoje przyjęcie zaręczynowe. Chciała, żeby wypadło fantastycznie. Od początku do końca.
Telefon dzwonił od samego rana. Z przyczyn, których nie umiała zgłębić, fakt, że w Bon Appetite popełniono morderstwo, nie wpłynął ujemnie na interesy. Wprost przeciwnie, bo wyglądało na to, że zyskała dzięki temu znakomitą reklamę.
– Nie zrozum mnie źle, córeczko – dodała szybko Celia. – Benedykt i ja bardzo pana Starka lubimy. Chodzi po prostu o to, że jest zupełnie inny niż mężczyźni, z którymi się dotychczas spotykałaś.
– Niż wszyscy trzej?
– Jestem pewna, że było ich więcej, kochanie.
Desdemona zachichotała.
– Możliwe. Ale skoro Stark różni się od innych, to pewnie dlatego, że znalazłam go sama, bez pomocy kochanej cioci Bess i Julii.
– Przecież wiesz, że chcą dla ciebie jak najlepiej.
Desdemona objęła matkę i mocno ją przytuliła.
– Nic się nie martw, mamo. Wszystko będzie dobrze. Wiem, co robię.
– Na pewno? Tony uważa, że pan Stark nie jest najlepszym kandydatem.
– Wiesz, jacy są starsi bracia. Tony zdyskwalifikowałby wszystkich jak leci.

– Ale w tym przypadku Bess i Julia się z nim zgadzają. Nawet Henry ma wątpliwości. Martwią się, że pan Stark nie jest w twoim typie. Twierdzą, że jest... zimny.

– I bardzo się mylą, mamo. Wierz mi, można o nim powiedzieć wiele rzeczy, ale nie to, że jest zimny. – Wzięła z lady stertę garnków z nierdzewnej stali i zaniosła ją do zlewu. – On po prostu nie okazuje uczuć w sposób tak wylewny i ostentacyjny jak członkowie naszej rodziny. I nie zapominaj, że w przeciwieństwie do nas, nie zaliczył żadnego kursu gry scenicznej.

– Kirsten uważa, że on wcale ich nie okazuje.

– To nieprawda. Okazuje, tylko robi to bardzo subtelnie. – Trzasnęła garnkami.

– No to dlaczego te wszystkie kobiety, które chciał poślubić, porzucały go przed ołtarzem? – spytała Celia. – Przecież musiał być jakiś powód, kochanie.

– Był. – Zdjęła z półki książkę kucharską. – Nie rozumiały go. Stchórzyły, kiedy kazał im podpisać intercyzę.

– Intercyzę?! – Celia osłupiała. – Ależ to straszne! I jakie nierycerskie. Okropne. Nic dziwnego, że go zostawiły. Zrozumiały, że ich nie kocha.

– Mamo...

Celia zastrzygła oczami.

– Tobie też kazał podpisać? – spytała podejrzliwie.

– Jeszcze nie. – Desdemona otworzyła książkę. – Przypuszczam, że jest trochę zdenerwowany. Nabrał doświadczenia, ostatecznie dwie intercyzy ma już za sobą, i tym razem zwleka do ostatniej chwili.

– Dlaczego?

– Bo wmówi sobie, że musi być przebieglejszy. Dwa razy mu nie wyszło, więc cierpliwie zaczeka, wyciągnie intercyzę przed samym ołtarzem i nie będę miała czasu się wycofać. Tak przynajmniej myśli.

Celię dosłownie poraziło.

– Desdemono, chyba nie mówisz tego poważnie. Na miłość boską, dlaczego miałabyś poślubiać tak wyrachowanego mężczyznę?

– Ponieważ on wcale nie jest wyrachowany – odrzekła cierpliwie Desdemona.

– Przed chwilą powiedziałaś, że każe ci podpisać intercyzę.

– Owszem, ale tak naprawdę wcale nie będzie chciał tego zrobić. Rozumiesz?

Celia osłupiała po raz drugi.

– Skąd wiesz? Kochanie, nie mogę pozwolić, żebyś popełniła taki sam błąd, jaki popełniłam ja, wychodząc za George'a Northstreeta. Proszę, posłuchaj matki.

– Spokojnie, mamo. Może go dobrze nie znam, ale gwarantuję ci, że nie jest drugim Northstreetem i na pewno nie zwariuje.

– Tony mówi, że to android, komputer w ludzkiej skórze.

– Stark nie jest androidem. I są na to dowody.

– Jakie dowody?

– Choćby takie, że przyjął na lato dwóch przyrodnich braci, których dotąd na oczy nie widział. Ich rodzice się rozwiedli, a Stark doskonale rozumie, jak to może na nich wpłynąć.

– Tak, słyszałam. Bess mi powiedziała. Przyznaję, to bardzo miło jego strony.

– On wcale nie chciał być miły, mamo – odrzekła. – W tym cała rzecz. Stark myśli zupełnie innymi kategoriami. Ten gest nie miał nic wspólnego ze świadomą dobroczynnością. Przyjął ich na lato, bo uznał, że tak powinien postąpić. Taki już jest.

Celia się zamyśliła.

– Przyjął ich, bo Jason i Kyle należą do rodziny?

– Nie, też nie dlatego. Nie sądzę, żeby myślał w ten sposób. Stark prawie nie utrzymuje kontaktów z krewnymi. Ujmując to intelektualnie, powiedziałabym, że jest trochę podejrzliwy, jeśli chodzi o zacieśnianie więzów rodzinnych. Uważa, że członkowie rodziny wykorzystują się wzajemnie i manipulują innymi.

– No to dlaczego ich przyjął?

Desdemona uśmiechnęła się triumfalnie.

– Bo ma zdrowe odruchy.

– I chcesz za niego wyjść tylko dlatego, że ma zdrowe odruchy? A jeśli się mylisz?

Oderwała wzrok od przepisu na krem oliwkowoserowy.

– Nie mylę się, mamo. Spokojnie, nad wszystkim panuję.

– Córeczko, chcę, żebyś była ze mną absolutnie szczera. Czy on cię naprawdę kocha?

– Myślę, że nauczy się mnie kochać – odrzekła dyplomatycznie.

– Dobry Boże. Nawet ci tego nie powiedział?!

– Powie. Kiedyś powie. – Trzymam kciuki, mamo, trzymam kciuki, pomyślała. – To bardzo inteligentny człowiek. Szybko się uczy.

Celia westchnęła.

– Desdemono, Desdemono... Dlaczego nie mogłaś zakochać się choćby w tym miłym Iversie?

– Kawy? – Tony postawił dzbanek na biurku.

– Dzięki. – Stark nie odrywał oczu od ekranu monitora. Z labiryntu cyfr i literek zaczynały wyłaniać się konkretne wzory.

Jason siedzący obok brata – wzrok wbity w ekran, głowa podparta, łokcie na blacie – zerknął na Wainwrighta i oznajmił:

– Sam mówi, że to już zaraz. Mówi, że to czuje.

– Ciiii – syknął Kyle. – Próbuje się skupić.

Tony usiadł. Popijał kawę i razem z Jasonem i Kyle'em obserwował uważnie Starka. Stark wystukał na klawiaturze polecenie. Na ekranie zajaśniał rząd liter i symboli.

Tony zerwał się z krzesła.

– Cholera jasna, to przecież kolejny adres poczty komputerowej. – Stanął przy biurku, żeby lepiej widzieć.

Kyle i Jason przepychali się za nim.

– Daj popatrzeć, daj popatrzeć!

– Czy to prawdziwy adres tego anonimowego klienta? – spytał Jason.

– ARCANE twierdzi, że tak. – Stark przetarł oczy i znowu spojrzał na ekran. Na ekranie widniał napis:

`anon SSS.com`

– Ale tam jest słowo „anon" – zauważył przytomnie Jason. – To chyba kolejny anonim.

– Nazwiska klienta wciąż nie znamy – wyjaśnił Tony. – Ale wiemy już, skąd wysyłał pocztę. Dobrze mówię, Stark?

– Owszem.

– Te trzy literki „S" i wyraz „com" oznaczają miejsce, gdzie jest jego komputer? – spytał Jason.

– Tak – mruknął Stark.

Kyle zabębnił palcami w blat.

– Ale jak to miejsce znajdziemy?

– To łatwe – odrzekł Stark.

Tony drgnął.

– Znasz ten adres?

– Czy znam? To komputerowy adres Stark Security Systems.

– A żeby to…

Stark zdjął okulary, zamknął oczy i potarł krawędź nosa.

– Nie kończ. Ja też tak uważam.

O siódmej wieczorem w mieszkaniu Desdemony zaterkotał domofon. Podniosła słuchawkę.

– Tak?

– To ja – powiedział Stark.

Poczuła ulgę.

– Dzięki Bogu. Martwiłam się, że coś się stało. Zdajesz sobie sprawę, że od wczoraj nie raczyłeś zadzwonić?

– Desdemono, może byś tak…

– A gdzie Tony? Jest z tobą?

– Nie. Przynajmniej nie w tej chwili. Desdemono, otwórz…

– A gdzie jest?

– Wpuść mnie i zaraz…

– Naprawdę mógłbyś mnie informować na bieżąco. Ostatecznie mamy z sobą współpracować. Zapomniałeś, że zawarliśmy umowę?

– Nie zapomniałem. Desdemono, może byś otworzyła te cholerne drzwi i wpuściła mnie na górę, co? Wszystko ci opowiem. Ja tu moknę. Leje jak z cebra.

– A rzeczywiście. Przepraszam. – Wcisnęła guzik.

Gdy usłyszała cichy trzask oznaczający, że Stark wszedł do budynku, przebiegła przez pokój, otworzyła drzwi i wychyliła się na korytarz, czekając, aż przyjedzie winda.

Nim przyjechała, minęły całe wieki. Wysiadł. Był zmęczony, potargany i nieogolony. Szedł i patrzył na nią w ponurym skupieniu.

Całe rozdrażnienie natychmiast z niej wyparowało. Zapomniała, że przez cały dzień milczał jak zaklęty, i bez słowa wpadła mu w ramiona.

Przytulił ją tak mocno, że jeden z długopisów sterczących z nieśmiertelnego przybornika na piersi dźgnął ją w policzek. Nie zwróciła na to uwagi.

– Co się dzieje? – tchnęła w sztruksową kurtkę. – Coś złego?

– ARCANE znalazł adres naszego anonima. To Stark Security Systems.

– O mój Boże...

– Wejdźmy do środka. – Objął ją ramieniem. – Wszystko ci opowiem.

– Gdzie Tony?

U mnie. Został z Jasonem i Kyle'em. Padam na twarz, więc zrobiłem sobie przerwę. I chciałem się z tobą zobaczyć. Mam dwie godziny. Muszę spokojnie pomyśleć.

– Jadłeś kolację?

– Nie. – Potarł policzek, wyczuwając pod palcami szczeciniasty zarost. – Tony, Kyle i Jason zamówili pizzę. Nie wytrzymałem i uciekłem.

– Zrobię ci spaghetti. – Wyślizgnęła się spod jego ramienia i zamknęła drzwi. – Usiądź.

Zdjął mokrą kurtkę, rzucił ją na krzesło, usiadł na stołku przy kuchennej ladzie i podparł się łokciami.

Desdemona otworzyła lodówkę.

– Rozumiem, że nie masz pojęcia, kim jest nasz pan Anonim ze Stark Security Systems?

– Nie. Może nim być każdy pracownik. Cholera, przecież nawet moja sekretarka ma komputer i umie obsługiwać pocztę tak dobrze jak ja. Może nim być nawet stróż, bo niby dlaczego nie? Nocą ma od groma czasu, mógł się nauczyć.

– O Chryste...

– Mało tego. To jeszcze nie koniec listy podejrzanych. Nasz anonim wcale nie musi u mnie pracować. Siedzi sobie na Karaibach, podłączył się do jednego z naszych komputerów za pomocą modemu i sprawa załatwiona.

Spojrzała na niego zdumiona.

– Chcesz powiedzieć, że może z nich korzystać każdy, kto będzie wystarczająco sprytny, żeby rozgryźć zabezpieczenie sieci Stark Security Systems?

– Zgadza się. Programy, jakie opracowujemy, to łakomy kąsek. Każdy hacker chętnie położyłby na nich łapę.

– Więc jak chcesz go znaleźć?

– Godzinę temu zastawiłem pułapkę.

Nalała do garnka wody i postawiła go na kuchence.

– Jak to?

– Wysłałem do niego wiadomość.

Zaczęła kroić grzyby.

– Jaką?

– Podałem się za hackera. Napisałem, że chcę zrealizować kontrakt, na którym wyłożył się Tate. Zaproponowałem mu zniżkową cenę. Jeśli odpowie, będę go miał.

Znieruchomiała z nożem w ręku.

– Stark, to zaczyna być niebezpieczne.

– Trzeba wywabić go z ukrycia. Żeby to zrobić, muszę nawiązać kontakt.

Zadrżała.

– Wcale mi się to nie podoba.

– Mnie też nie – odrzekł z posępnym uśmiechem. – Ale popatrz na to z innej strony. Dałem się w końcu przekonać, że Tony jest niewinny.

Zmarszczyła nos.

– A nie mówiłam?

– Fakt, mówiłaś. – Spojrzał na zegarek.

– Śpieszysz się?

– Nie. Liczę, ile zostanie nam czasu. Najpierw kolacja... Myślisz, że zdążę cię potem uwieść?

– Za dziesięć minut spaghetti będzie na stole – odrzekła z afektowaną skromnością.

Zmęczenie minęło, Stark był wyraźnie ożywiony.

– Świetnie. Zjem je w osiem.

Tylko dzięki wielkiej determinacji i uporowi zdołali przejść przez pokój i dotrzeć do łóżka, gdzie dali upust fali fizycznego pożądania.

Trzy kwadranse później Desdemona była już na chybotliwej krawędzi spełnienia, a Stark rozkoszował się cudownym drżeniem jej ciała. Przywarła do niego, wchłaniała go, wsysała coraz głębiej i głębiej, prosto w otchłań szalejącej burzy.

– Stark... Stark!

Wsparty na łokciach, zafascynowany widokiem jej twarzy i lśniącej od potu skóry, patrzył na jej rozchylone usta i czuł, jak kochanka wbija mu paznokcie w ramiona.

Była piękna. Niemożliwie piękna i zmysłowa. Jak wytwór czarów. I miała go poślubić.

Jęknął, gdy zadygotała, gdy wessała go jeszcze głębiej. Wysiłkiem woli wstrzymał się, chcąc maksymalnie opóźnić swój orgazm, by jak najpełniej przeżyć jej własny.

Gdy znalazła spełnienie, zaczął się w niej rytmicznie poruszać.

– Nie. – Pocałowała Starka w szyję, otworzyła oczy i pchnęła go w ramię. – Teraz moja kolej.

– Na co?

– Ciii. Pozwól mi to zrobić. – Pchnęła go mocniej.

Powstrzymał się w ostatniej chwili. Nie wiedział, jak zareagować, bo wyjście z jej ciasnego, wilgotnego wnętrza było ostatnią rzeczą, jakiej w tym momencie pragnął.

Lecz wyczuł jej zdecydowanie, odkrył, że dostarcza mu ono głęboko erotycznych podniet i niechętnie przewrócił się na plecy. Usiadła na nim i wsunęła go w siebie. Jej oczy rzucały w mroku złociste cienie. Ciało miała tak gorące, że dziwił się, dlaczego jeszcze nie spłonął.

Ujeżdżała go rozkosznie, z namiętnością tak dziką, że aż zapierającą dech w piersi.

I dostrzegł wzory na granicy chaosu i złożoności. I przez ułamek sekundy je rozumiał.

– Stark? – Ubierała się za matowym *shoji*.

– Tak? – Podniósł koszulę, którą zostawił na podłodze między kuchnią a łóżkiem, spojrzał na mleczny parawan i zobaczył wyraźną sylwetkę jej nagiego ciała.

– Mówiłeś, że klient Vernona otrzymywał pocztę za pośrednictwem jednego z komputerów w twojej firmie.

– Na to wygląda.

– I powiedziałeś, że teoretycznie może nim być ktoś spoza firmy. Ktoś, kto złamał system zabezpieczający sieć, tak?

– Tak. – Pochyliła się nad łóżkiem. Nie mógł oderwać wzroku od apetycznej krągłości jej bioder.

– W takim razie musi się na tym znać, prawda? I to nieźle.

– Owszem. Ale kiedy zainstalujesz w komputerze modem i podłączysz komputer do sieci, doskonały system zabezpieczający przestaje istnieć. Wszystkie komputery Stark Security Systems mają słabe punkty. Dlatego nowe programy zawsze opracowuję w domu na komputerze niepodłączonym do sieci.

– Wiesz, tak sobie myślę... Czy ty masz jakichś wrogów?

Jej tchnący erotyką cień przesuwał się za matowym szkłem. Podniosła wysoko ręce i jej delikatnie zarysowane piersi zakołysały się prowokująco. Nagle poczuł, że jego ciało zaczyna drżeć – drżało z nienasycenia.

– Gdybym dobrze pomyślał, ze dwóch może bym znalazł. – Zapiął czwarty guzik koszuli. – Dlaczego?

– Nie wiem. Coś mi chodzi po głowie. Jakieś dziwne przeczucie. – Wyszła zza parawanu, zawiązując pasek japońskiego kimona. Oczy miała zatroskane.

– Czy to kolejny przejaw słynnej intuicji Wainwrightów? – spytał rozbawiony.

– Może. W tej sytuacji jest coś... bardzo intymnego. Rozumiesz, o co mi chodzi?

Spojrzał na jej drobniutkie palce nóg i ogarnął go smutek. Do diabła, że też musi wyjść...

– I to doskonale.

– Stark, miałam na myśli człowieka odpowiedzialnego za próbę kradzieży ARCANE. Ten, kto wynajął Vernona Tate'a, a potem go zabił, bardzo dużo wie. Nie tylko o tobie, ale i o mnie. O nas. Nie wpadłeś na to?

Jego palce znieruchomiały na ostatnim guziku koszuli.

– Chcesz powiedzieć, że ten, kto za tym stoi, wysłał Vernona do Bon Appetite i kazał mu udawać speca od rzeźbienia w lodzie?

– Tak. Ten ktoś wiedział o nas tyle, że gdy sprawy przybrały zły obrót, mógł wrobić Tony'ego w morderstwo. Wiedział na przykład, że Tony zna się na komputerach i że jest... no wiesz...

– Rodzinnym nieudacznikiem. Masz rację. Ale to niewiele zmienia – zauważył spokojnie. – Lista podejrzanych jest wciąż długa. Figuruje na niej choćby moja sekretarka.

– Chyba tak.

– Chcesz powiedzieć, że to nie wrogów powinienem się obawiać, a przyjaciół. Rozumiem.

– Może to moich przyjaciół trzeba sprawdzić – szepnęła w zadumie. – Niektórzy z nich znają się na komputerach tak dobrze jak twoja sekretarka. Wszyscy wiedzieli, że jesteśmy z sobą blisko i że szukam nowego rzeźbiarza. No i nie da się ukryć, że kilku z nich bardzo potrzebuje pieniędzy.

Stark zapiął pasek.

– Masz na myśli Iana?

Spojrzała na niego ze smutkiem w oczach.

– Niestety.

– Spuść parę. To nie Ivers.

– Jesteś pewien?

– Absolutnie. Ja też mam intuicję.

Rozdział 20

Późnym popołudniem następnego dnia zza drzwi gabinetu Desdemony wychynęła głowa Julii.

– Fajrant. Wszyscy już poszli. Podłogi zmyte, lady wyczyszczone, idę na próbę.

– Dzięki. – Desdemona przeglądała projekt przyjęcia ślubnego i nawet na nią nie spojrzała. – Nie zapomnij, że jutro mamy bankiet na cele dobroczynne.

– Pamiętam.

Rzuciła okiem na zaplanowany jadłospis.

– Wiesz, czytam to i czytam i dochodzę do wniosku, że to przyjęcie aż się prosi o kilka lodowych rzeźb. Myślisz, że ten Larry Easenly, ten, który rzeźbił dla Vernona, zechciałby przyjąć zamówienie?

– Osobiście za nimi nie tęsknię i mogę ich nie oglądać do końca życia – odrzekła Julia. – Jak jakąś widzę, od razu przypomina mi się Vernon i cały ten koszmar.

– Mnie też. – Desdemona odłożyła długopis i usiadła wygodniej. – Jak się to wreszcie skończy, będę skakała z radości.

– Wszyscy będziemy… – Julia urwała. – Co to za dźwięk?

Biiip-biiip-biiip – usłyszały ciche, jakby stłumione, mimo to przenikliwe popiskiwanie.

Desdemona spojrzała podejrzliwie w stronę wieszaka, gdzie wisiał jej żakiet.

– To chyba mój nowy, śliczny i jakże przydatny komputerek.

Julia się skrzywiła.

– Pewnie chce ci podać najświeższą prognozę pogody.

– Albo wyniki ostatniego meczu Marinersów. – Desdemona sięgnęła do kieszeni żakietu i wyjęła PDA.

– Co cię zapewne cholernie interesuje. Powiedz szczerze, Desdemono, naprawdę chcesz wyjść za mąż za faceta, który uważa, że najlepszym prezentem urodzinowym jest miniaturowy komputer? Chryste.

– Liczy się pamięć i zamysł. Nie zapominaj, że gdyby nie prezent od Starka, tkwiłabym w tej chłodni z biednym Vernonem Bóg wie jak długo.

– Fakt – potwierdziła Julia z uśmiechem. – Ale baw się tym cackiem sama. Ja idę robić karierę aktorską. Pa.

– Pa. – Desdemona położyła PDA na biurku.

Julia pomachała jej na pożegnanie i chwilę później kuchenne drzwi Bon Appetite się zamknęły.

W gabinecie zaległa cisza. Przerywało ją tylko natarczywe biiip-biiip-biiip miniaturowego urządzenia. Desdemona miała nadzieję, że potrafi je wyłączyć.

Przeczytała napis na ekranie.

`POCZTA! POCZTA! POCZTA!`

Dostała od kogoś wiadomość. Może od Tony'ego. A może od Starka. Zmienił plany? Wcisnęła maleńki klawisz z napisem ENTER. Ekran zamigotał.

`Desdemona: Mam nadzieję, że to zadziała. Henry ma bombowe nowiny. Znaleźli z Ianem sposób na ustabilizowanie sytuacji finansowej Limelight. Chcą się z nami spotkać w teatrze, i to zaraz. Przychodź. Do zobaczenia za kilka minut. Kirsten.`

Chciała wysłać odpowiedź tą samą drogą, ale doszła do wniosku, że przez telefon będzie łatwiej i wykręciła numer Exotica Erotica.

Nikt nie podnosił słuchawki. Zerknęła na zegarek. Kilka minut po wpół do szóstej. Kirsten musiała już zamknąć sklep i wyjść do Limelight.

Kto wie, myślała, może Ian i Henry rzeczywiście znaleźli jakiegoś sponsora, który zechce dofinansować teatr w nadchodzącym sezonie.

Włożyła PDA do kieszeni żakietu, wzięła torebkę, zamknęła gabinet i weszła do kuchni, żeby po raz ostatni sprawdzić, czy wszystko jest na swoim miejscu.

Widok błyszczących lad i lśniących czystością kafelków sprawił jej olbrzymią satysfakcję. Przystanęła pośrodku kuchni i obróciła się wolno dookoła, badając wzrokiem swoją prywatną, intymną scenę. Wszystko wróciło do normy. Była gotowa do kolejnej premiery.

Uśmiechnęła się do siebie, wyszła i starannie zamknęła drzwi.

Nad Pioneer Square zapadł długi, ciepły letni wieczór. Z licznych butików i galerii wychodzili tłumnie ostatni klienci. W tawernach i klubach panował jeszcze spokój. Miały się zapełnić o wiele później.

Skręciła w boczną uliczkę, doszła do nabrzeża, za rogiem skręciła pod wiadukt, minęła długi rząd starych, ponurych magazynów i wreszcie dotarła do Limelight. Przed rampą wyładunkową służącą za wejście do teatru nie parkowały żadne samochody. Henry i Kirsten musieli przyjść piechotą, jak ona. Rozejrzała się. Nie dostrzegła nikogo. Jedyną oznaką życia był ryk samochodów pędzących autostradą na wiadukcie.

Załomotała w czarno-białe drzwi, ale nikt jej nie otworzył. Henry i Kirsten musieli już być w sali. Nic dziwnego, że nie czekali na zewnątrz – hałas był chwilami ogłuszający.

Otworzyła drzwi i weszła do słabo oświetlonego holu. Korytarz prowadzący do sali dla publiczności oświetlała pojedyncza żarówka.

– Kirsten? Henry?

Zamknęła drzwi. Hałas natychmiast ucichł. Dźwiękoszczelne wykładziny, którymi Ian kazał wyłożyć ściany, zdumiewająco skutecznie tłumiły hałas. W holu panowała głucha cisza.

– Ian? – Końcówki nerwów wysyłały do mózgu dziwne sygnały. Sygnały bardzo nieprzyjemne, wprost paskudne. Intuicja? Krótka rozmowa ze Starkiem. Wczoraj, tuż przed jego wyjściem.

– Masz na myśli Iana?

– Niestety.

– Spuść parę. To nie Ivers.

– Jesteś pewien?

– Absolutnie. Ja też mam intuicję.

Wiedziała, że Stark takie rzeczy wyczuwa. Gdyby miał jakiekolwiek podejrzenia w stosunku do Iana, natychmiast przystąpiłby do działania. Zresztą, to nie Ian ją tu wezwał, tylko Kirsten.

Wzięła się w garść, chwyciła ciężką czarną zasłonę oddzielającą hol od maleńkiej sali dla publiczności i rozsunęła ją silnym szarpnięciem.

Scena tonęła w słabym, żółtawym świetle rampy. Światło padało na nieruchome ciało mężczyzny. Leżał tyłem do Desdemony, ale natychmiast rozpoznała charakterystyczny kucyk i złoty kolczyk w uchu.

– Ian! Boże, Ian! – Ogarnięta trwogą, pobiegła przejściem między krzesłami. Myśl, że miałaby oglądać kolejne zwłoki, była nie do zniesienia.

Wskoczyła na scenę, przestąpiła przez rząd reflektorów i szybko nachyliła się nad Iversem.

W tym samym momencie Ian jęknął. A więc żył! Żył! Poczuła wielką ulgę.

– Nie ruszaj się. – Ukucnęła przy nim. – Sprawdzę tylko, czy nie krwawisz i zadzwonię na pogotowie.

W poszukiwaniu rany pochyliła się jeszcze bardziej i omal nie krzyknęła. Zobaczyła jego wybałuszone oczy, oczy w których widziała nieme ostrzeżenie. Nie mógł mówić, bo usta miał zaklejone szeroką taśmą.

– Chryste, ręce... – Ręce miał związane. Drżącymi palcami zerwała samoprzylepną taśmę.

Głęboko zaczerpnął tchu, zacharczał.

– Uciekaj stąd! Uciekaj, Mona! Policja. Wezwij policję!

Z trudem wstała.

– Już lecę.

W scenę uderzył snop światła, światła tak białego, tak intensywnego, że oślepiona i zdezorientowana, znieruchomiała w jego kręgu jak w pułapce.

– Obawiam się, że za późno na heroiczne czyny. – Dudniący głos, głos celowo zniekształcony prostym trikiem systemu nagłaśniającego. Głos robota. Mechaniczny i zupełnie nierozpoznawalny. – Zebraliśmy się tu dzisiaj, żeby odegrać krótką jednoaktówkę. Dopóki kurtyna nie opadnie, nikt stąd nie wyjdzie.

– Kurwa mać – mruknął Ivers i w geście rezygnacji grzmotnął głową o deski sceny. – Mogłem się domyślić, że wciąż tu jest.

– Kto? – szepnęła.

– Cholera go wie. Nie widziałem go. Zaszedł mnie od tyłu.

Przesłoniła ręką oczy, żeby w oślepiającym świetle cokolwiek zobaczyć. Na próżno. Spojrzała w stronę kabiny oświetleniowca i poraził ją upiorny blask. Odruchowo zacisnęła powieki. Nie widziała dosłownie nic.

– Nie wiem, kim pan jest – powiedziała głośno – ale lepiej niech pan stąd ucieka, dopóki pan jeszcze może. Zaraz przyjdą tu moi przyjaciele.

– Kuzyn Henry i jego żona Kirsten? Płonne nadzieje, panno Wainwright. To ja panią tu zaprosiłem, nie oni. Pani krewni nic o tym nie wiedzą.

Próbowała zwalczyć strach skręcający jej wnętrzności.

– Czego pan chce? Jeśli pieniędzy, to źle pan trafił. Ani Ian, ani ja nie mamy gotówki. Limelight jest na skraju bankructwa, a swoje oszczędności zainwestowałam w firmę.

Ian drgnął.

– Jeszcze nie zbankrutowaliśmy – mruknął. – Mam nowy plan.

Desdemona nie zwróciła na niego uwagi.

– Nie chodzi o pani pieniądze, panno Wainwright – zadudnił zniekształcony głos z budki oświetleniowca. – Bankructwo teatru pana Iversa też mnie nie interesuje. Pan Ivers miał pecha, przyszedł nie w porę. Chodziło mi wyłącznie o panią. I panią mam.

– Nie rozumiem.

– Wiem, że pani nie rozumie. – Głos metalicznie zawibrował. – Ale Stark na pewno zrozumie.

– Stark? – Serce waliło jej jak młotem. – Co to ma wspólnego ze Starkiem?

– Bo tak naprawdę zależy mi tylko na nim, panno Wainwright. A konkretnie na czymś, co Stark ma.

– Chodzi panu o ARCANE, tak?

– Oczywiście – odrzekł głos. – Chodzi mi o ARCANE. Od początku chodziło mi o ARCANE.

– I co dalej? – spytała.

– Nic. Zaczekamy.

– Na co?

– Raczej na kogo. Zaczekamy, aż Stark przyniesie mi ARCANE.

– Zwariował pan? On tego nie zrobi. Nigdy.

– Myli się pani, panno Wainwright. Stark wręczy mi ARCANE z wielką chęcią. W zamian za panią.

Głośno przełknęła ślinę.

– Po to mnie pan tu zwabił, tak? Jestem zakładniczką?

– Zechce pani usiąść na scenie. Przed chwilą wysłałem wiadomość do Starka. Zanim tu dotrze, upłynie trochę czasu.

– Przyjedzie z policją, zobaczy pan – ostrzegła go Desdemona.

– Nie sądzę. Napisałem mu, co się z panią stanie, jeśli zrobi jakieś głupstwo. Stark uwielbia być gwiazdą, ale tym razem zagra rolę statysty. Bo tym razem reżyserem jestem ja, i ja wydaję polecenia.

– No więc, co się ze mną stanie? – warknęła.

– Zabiję panią, panno Wainwright. – Mechaniczny głos odbił się od ścian i sala odpowiedziała lodowatym echem. – Tak samo jak zabiłem Vernona Tate'a. A przy okazji poczęstuję kulką pana Iversa. A teraz siadaj!

Ostatnie słowa zabrzmiały jak ogłuszająca salwa. Desdemona skuliła się, zasłoniła uszy i przycupnęła obok Iana.

W kręgu gorącego, jaskrawego światła – czekali.

Czekając, rozważała możliwości ucieczki. Znalazła ich sporo, ale każdy scenariusz miał dwie podstawowe wady. Wszystko zależało od tego, czy zdążyłaby wyskoczyć z kręgu światła i skryć się w mroku, zanim mężczyzna z kabiny nacisnąłby spust. Druga wada polegała na tym, że w każdym przypadku musiałaby zostawić Iversa na scenie i tym samym oddać go w ręce mordercy. A tego zrobić nie mogła.

Podciągnęła nogi, opuściła głowę i wsparła ją na kolanach. Tylko w ten sposób mogła uciec od natarczywego światła.

Nie zauważyła, kiedy przyszedł, i dopiero gdy odezwał się do niej z drugiego końca sali, poderwała głowę.

– Wszystko w porządku, Desdemono?

– Stark! – Odruchowo wstała i ruszyła w kierunku rampy.

– Stój! – zagrzmiał wibrujący głos. – Ani kroku dalej, panno Wainwright.

Zamarła na krawędzi świetlistego kręgu. Próbowała wypatrzeć Starka, ale nie mogła. – Tak, nic mi nie jest.

– Świetnie. – Był coraz bliżej i w końcu zobaczyła jego masywną sylwetkę: szedł ku nim przejściem między krzesłami.

– Właź na scenę – rozkazał mechaniczny głos. – Szybko! Nie mam czasu.

Stark przestąpił rząd reflektorów, wszedł w krąg światła i jego twarz wyłoniła się z półmroku. Desdemona posłała mu drżący uśmiech. Jego widok – swojska, wygnieciona sztruksowa kurtka, dżinsy i adidasy – natchnął ją otuchą. Poczuła się znacznie pewniej niż przed chwilą. W ręku trzymał mały komputer wielkości walizeczki.

– Przepraszam – szepnęła. – Wysłał mi wiadomość i wpadłam w bagno po szyję.

– Rozumiem. – Otaksował ją wnikliwym spojrzeniem, jakby sprawdzając, czy rzeczywiście nic jej nie jest. Przeniósł wzrok na Iana. – Co ty tu robisz, do diabła?

Ivers wykrzywił twarz.

– Wpadłem w to samo bagno tylko kilka minut wcześniej. Ten sukinsyn czekał za kurtyną i przygrzał mi w łeb. Zamroczyło mnie, ale nie odpłynąłem. Związał mnie, zakneblował i wciągnął tutaj.

– Mieliście urozmaicony wieczór – zauważył ze stoickim spokojem.

– Stark – zadudniły głośniki – gdzie ARCANE?

Stark podniósł komputer.

– Załadowałem go do laptopa.

– Muszę sprawdzić, czy to nie jedna z twoich zmyślnych sztuczek. Włącz komputer, wywołaj program i pokaż mi ekran.

– Służę. – Stark podszedł do krawędzi świetlistego kręgu i przyklęknął na jedno kolano.

Postawił komputerek na scenie, otworzył go i czubkami palców wystukał na klawiaturze odpowiednią komendę.

Desdemona stała nieco dalej i nie widziała ekranu, ale z głośników dobiegł ją wyraźny odgłos gwałtownie wciąganego powietrza. Stark nie oszukiwał – rzeczywiście przyniósł ARCANE.

W ciemnym końcu sali usłyszała jakiś ruch. Przerażona odwróciła głowę i zdała sobie sprawę, że mężczyzna o dudniącym metalicznym głosie wyszedł z budki oświetleniowca i z mikrofonem w ręku zmierza ku nim przejściem między krzesłami. Widziała tylko jego czarną sylwetkę, bo reflektor wycelowany w scenę wciąż ich oślepiał.

– Bardzo dobrze – rzekł robot z satysfakcją w głosie. – Wiedziałem, że nie zaryzykujesz. Ostatecznie stawką jest jej życie, prawda?

– Słusznie – odpowiedział Stark.

– W przeciwieństwie do ciebie, dobrze znam się na ludziach. Wiem, co ich bierze, jakie motywacje nimi kierują.

– Na to wygląda.

Sylwetka mordercy zamajaczyła między pierwszymi rzędami krzeseł.

– Przesuń komputer na brzeg sceny i cofnij się o trzy kroki.

Stark przesunął nogą komputer poza krąg światła i stanął przy Desdemonie.

– Dziękuję za współpracę – dodał wzmocniony echem głos.

Z mroku wyłoniła się dłoń w czarnej rękawiczce. Sięgnęła do laptopa, dotknęła metalowej pokrywy i...

W tej samej chwili ciszę panującą w sali teatru rozdarł przeraźliwy krzyk, a może raczej wrzask, wrzask tak upiorny i zgrzytliwy, że Desdemona podskoczyła i odruchowo zatkała rękami uszy.

– O żesz kurwa... – wyszeptał Ian.

Kącikiem oczu zauważyła, że Stark robi szybki krok do przodu, odbija się od sceny i skacze w mrok – prosto na mordercę, który nie wiadomo dlaczego runął jak długi na podłogę i wił się między krzesłami.

Skoczył i spadł na niego jak rozjuszony tygrys. Trzasnęło drewno, coś głucho zadudniło, potem głośno zaklekotało.

– Rewolwer! – krzyknęła Desdemona i zbiegła ze sceny.

Gdy tylko opuściła krąg białego światła, ogarnęła ją aksamitna ciemność. Przystanęła i szybko zamrugała, żeby oczy przywykły do nowych warunków.

Spomiędzy krzeseł pierwszego rzędu dobiegły ją odgłosy gwałtownej walki. Odwróciła głowę i...

Zobaczyła sczepione i rozedrgane sylwetki dwóch mężczyzn turlających się po podłodze. Dźwignęli się w zwarciu i runęli na krzesła drugiego rzędu. Słyszała głuche odgłosy uderzeń, dzikie charczenie i zdławione pojękiwanie.

Postąpiła krok naprzód i zawadziła butem o jakiś przedmiot.

Szybko przykucnęła, zaczęła macać wokoło rękami, w końcu dotknęła zimnej stali rewolweru. Podniosła go ostrożnie, zdumiona jego ciężarem.

Z sekundy na sekundę widziała coraz lepiej. Ponad krzesłami dostrzegła głowę i ramiona Starka, zobaczyła jego wzniesioną do ciosu pięść, zobaczyła, jak…

Uderza.

Morderca mówiący metalicznym głosem robota bezdźwięcznie westchnął i runął na betonową podłogę.

W teatrze zaległa przenikliwa cisza.

– Stark? Nic ci nie jest?

– Zapal światło. – Wstał i spojrzał na leżącego przed nim mężczyznę. – Szybko.

Spojrzała na Iana.

– Gdzie są włączniki?

– W kabinie oświetleniowca, z tyłu.

Zostawiła rewolwer na krześle, popędziła do schodów, wbiegła na górę, wpadła do budki i ogarnęła wzrokiem tablicę rozdzielczą.

Tablica była usiana przełącznikami i przyciskami. Desdemona nie wiedziała, które należy wcisnąć, więc przerzucała dźwigienki i wciskała guziki jak popadnie, aż w sali rozbłysły wszystkie światła. Wtedy wyjrzała przez okienko.

Stark zawlókł swoją ofiarę na krzesło w przednim rzędzie. Mężczyzna opadł na nie jak ogłuszona ryba. Był odwrócony tyłem do niej, widziała tylko jego ramiona i głowę. Zmarszczyła czoło. Było w nim coś znajomego…

– Kto to? – spytała.

Stark spojrzał w jej stronę i zdziwiony uniósł brwi.

– Myślałem, że wiesz.

– Nie. Nie widzieliśmy jego twarzy.

– Bo nie chciał, żebyście go rozpoznali. – Przeniósł wzrok na mordercę. – Miałeś nadzieję, że nie będziesz musiał znowu zabijać, prawda? Tak, zabić nie jest łatwo. Ale po co ci to mówię. Dobrze o tym wiesz.

– Ten sukinsyn spieprzył robotę i próbował mnie szantażować. – Teraz, gdy głośniki zamilkły, mówił tak cicho, że ledwo go słyszała. – Skontaktował się ze mną. Oczywiście za pomocą anonimowego serwera. Twierdził, że wie, kim jestem. Łgał, ale wtedy nie zdawałem sobie z tego sprawy.

– Tate węszył, węszył, aż wywęszył: znalazł cię w Stark Security System – odrzekł Stark. – Tak samo jak ja. Potem zablefował, a ty połknąłeś haczyk.

– Spanikowałem. Kazałem mu czekać w Bon Appetite, powiedziałem, że przyniosę pierwszą ratę. Na wszelki wypadek się przebrałem.

– I zabiłeś go. Potem usiłowałeś wrobić w morderstwo młodego Wainwrighta. W morderstwo i w próbę kradzieży. Wiedziałeś, że go podejrzewam.

– To partacz i pechowiec, klasyczna ofiara. Był mi potrzebny, musiałem zwalić na kogoś winę. Pasował idealnie.

– Gdy wychodziłeś z Bon Appetite, wpadłeś na Desdemonę…

– Nie chciałem jej zabijać. Chciałem ją tylko nastraszyć. Wiedziałem, że mnie nie rozpozna. Pomyślałem sobie, że jak przywaruję, nic mi nie zagrozi. Ale tamtego wieczoru wszystko szlag trafił. Włączyłem komputer, przeczytałem list i wyczułem, że jest źle, że to pułapka.

– I miałeś rację – odrzekł Stark. – W takim razie dlaczego próbowałeś jeszcze raz? Dlaczego nie zniknąłeś? Mogłeś już być za granicą.

Uniósł głowę.

– Bez ARCANE? Nic z tego. Wszedłem z kimś w układ.

– Z kimś, kogo znam?

Chwilę milczał.

– Z Kilburnem – mruknął.

– Z Kilburnem? Z tym złodziejem? Z tym zdrajcą z Rosetta Institute? Głupiec z ciebie, stary. Układ z Kilburnem to szambo.

– Cholera jasna, to był mój pomysł, nie jego! – krzyknął, nieoczekiwanie rozdrażniony, niemal wściekły. – To ja opracowałem cały plan, to ja się z Kilburnem skontaktowałem, to ja znalazłem Vernona i wepchnąłem go do Bon Appetite. Pomyślałem o wszystkim. Plan był wspaniały, idealny, błyskotliwy…

– I runął jak domek z kart – dokończył cicho Stark.

Pokonany, zwiesił głowę.

– Zawsze byłeś mózgiem firmy.

– Mylisz się – odrzekł Stark. – Aż tak bystry nie jestem. Przecież ci zaufałem. Prawda, McCallum?

Martwiła się o Starka.

Późnym wieczorem tego samego dnia, skulona w swoim ulubionym fotelu z czerwonej skóry, obserwowała ukradkiem jego posępną, nieprzeniknioną twarz, gdy odpowiadał na pytania rodziny Wainwrightów, Iana i swoich braci.

Ponury, melancholijny nastrój ogarnął go na długo przed przyjazdem policjantów, którzy zakuli McCalluma w kajdanki i zabrali go na przesłuchanie.

Nie chciał powiedzieć, co mu jest, ale wcale nie musiał. Desdemona wiedziała, że Stark obwinia siebie za to, że naraził ją na niebezpieczeństwo.

Nie miała pojęcia, jak mogłaby mu pomóc, jak go pocieszyć. Stark należał do ludzi twardych, wymagających od siebie znacznie więcej niż inni.

– Coś ty, do diabła, wykombinował? – spytał Henry. – Ian mówi, że laptop zadziałał jak pistolet paraliżujący.

– Bardzo podobnie. – Stark wyciągnął nogi, włożył ręce do kieszeni i ogarnął wzrokiem tłumek zaciekawionych słuchaczy. – Przekonstruowałem go w taki sposób, że komenda uruchamiająca ARCANE wyzwalała ładunek elektryczny dużej mocy. Każdego, kto dotknąłby później metalowej pokrywy komputera, poraziłby silny prąd.

– Sprytne – przyznał Henry ze szczerym podziwem. – Jak scena z filmu z Jamesem Bondem.

– Z tym że Stark nie wystąpił jako Bond, a raczej jako Q, facet, który konstruuje te wszystkie skomplikowane zabaweczki – dodał zgodnie Benedykt.

Tony usiadł okrakiem na krześle i objął rękami oparcie.

– Stark przygotował laptopa po południu, jak tylko zdał sobie sprawę, że Tate działał na polecenie McCalluma, że to McCallum był mózgiem operacji.

– Pomagałem mu – chwalił się Kyle. – Jason też. Prawda, Sam?

– Nie dałbym bez was rady.

Desdemona poruszyła się niespokojnie w fotelu.

– Myślę, że Dane był zazdrosny o Starka, dlatego to zrobił. Chciał dowieść, że jest inteligentniejszy, może sprytniejszy. Że może być gwiazdą przedstawienia.

Stark zmarszczył czoło.

– Skąd wiesz?

Wzruszyła ramionami.

– Słyszałam, co mówił. I w jaki sposób. To było oczywiste.

Chwilę rozważali to w milczeniu. Potem odezwał się Tony:

– Wiedziałeś, że prędzej czy później złodziej spróbuje jeszcze raz i chciałeś być przygotowany. Wszystko wypaliło, prawda?

– Wypaliło – odrzekł Stark – ale nie tak, jak chciałem. Nie wziąłem pod uwagę możliwości, że McCallum posłuży się Desdemoną jako zakładniczką.

– Przecież nie mogłeś o tym wiedzieć – wtrąciła szybko Desdemona. – Stark, nie możesz obwiniać się za to, co zaszło.

Spojrzał na nią pustym wzrokiem. Serce w niej zamarło.

Wuj Benedykt splótł ręce i skupiony spytał:

– Kiedy doszedłeś do wniosku, że to McCallum?

Stark zdjął okulary i potarł nos.

– Desdemona uświadomiła mi, że człowiek, który zamordował Vernona Tate'a, wiedział bardzo dużo na temat mojego życia osobistego. Mojego i jej.

Desdemona się zaczerwieniła.

– Zaczęłam wpadać w paranoję – wyznała. – Podejrzewałam nawet Iana.

– Mnie?! – Ivers był urażony.

Kirsten wytrzeszczyła oczy.

– Boże, Iana?!

– Miała ku temu pewne podstawy. – Stark nałożył okulary. – Lista ludzi, którzy mogli rozgryźć system zabezpieczający sieć Stark Security Systems, nie miała końca, natomiast lista tych, którzy wiedzieli o moim związku z Desdemoną i znali waszą rodzinę, a przy tym umieli sprawnie obsługiwać komputer, była znacznie krótsza.

– Rano zaczął tę listę przeglądać i na pierwszym miejscu umieścił Dane'a McCalluma – wyjaśnił Tony. – Właśnie wtedy wpadł na pomysł z laptopem, bo list, który miał zwabić mordercę, wysłał wcześniej. No i ryba połknęła przynętę.

– Tak, tylko nie wiedziałem, że ryba przypłynie na spotkanie z własnym haczykiem. – Stark spojrzał na Desdemonę. – Chcę mocno podkreślić, że to, co się stało później, nie było częścią mojego planu.

– No to mi ulżyło – mruknął Ivers, macając się ostrożnie po głowie. – Na szczęście nic takiego się nie stało…

– Ale mogło – przerwał mu Stark. – Za to, co się wam przydarzyło, winę ponoszę tylko ja, nikt inny. Mam u ciebie dług, Ivers.

Ian natychmiast się rozpromienił.

– Skoro tak, to może...

– U Desdemony też – dodał Stark.

– Nie ma oczym mówić. Odbiorę go później. – Dotknęła jego ręki z nadzieją, że palce Starka zacisną się na jej dłoni, lecz nie, Stark nie zareagował.

– Jesteś bohaterem – zauważył cierpko Tony. – Nic na to nie poradzisz.

Stark zacisnął szczęki. Nie odpowiedział.

– Najważniejsze, że nic już nam nie grozi – skonstatowała Desdemona. – Koszmar się skończył.

– Niezupełnie – mruknął Stark.

Spojrzeli na niego zdezorientowani.

– Chcę dorwać Kilburna – wyjaśnił cicho. – McCallum twierdzi, że ten sukinsyn przylatuje dzisiaj po ARCANE.

Tony zmarszczył brwi.

– Jak się dowie, że McCallum wpadł, nie wyściubi nosa.

– Nie dowie się – odrzekł Stark. – Sprawę przejęli federalni i uzgodniliśmy, że do jutra nie pisną słowa.

– Federalni? – spytał Henry. – Dlaczego?

– Rzecz dotyczy usiłowania kradzieży zastrzeżonych technologii i próby wywiezienia ich poza terytorium Stanów Zjednoczonych.

– No więc co teraz? – spytał zaciekawiony Tony.

– Zastawimy jeszcze jedną pułapkę – odrzekł Stark.

Młody Wainwright wyprostował się na krześle.

– Pułapkę?

Jason zaczął podskakiwać jak mała piłeczka.

– Jaką? Jaką?

– Policja federalna chciałaby przyłapać Kilburna na gorącym uczynku – wyjaśnił Stark – w chwili dokonywania transakcji. Potrzebują dobrego aktora. Kogoś, kto podszyje się pod McCalluma, zmyli Kilburna i sprzeda mu ARCANE.

Tony błysnął zębami w szerokim uśmiechu.

– To już go mają. Tak się składa, że odpoczywam przed kolejnym angażem.

Zatrwożona Celia spoglądała to na Tony'ego, to na Starka.

– Czy to niebezpieczne? – spytała.

– Gdzieee tam – odrzekł Tony. – Nie ma powodów do niepokoju, prawda, Stark?

– Nie mogę niczego gwarantować – odparł powściągliwie. – Przypuszczam, że równie niebezpieczne, jak każda akcja tego typu. McCallum twierdzi, że do wymiany ma dojść dziś w nocy, na Sea Tac Airport. Kilburn przyleci, odbierze ARCANE i godzinę później odleci za granicę. Federalni obstawią lotnisko i aresztują go w chwili dokonywania transakcji.

– Kaszka z mleczkiem – oznajmił Tony.

– Zawsze byłeś świetny w roli bohatera – skonstatowała żartobliwie Desdemona.

Młody Wainwright się uśmiechnął. Po raz pierwszy od wielu tygodni Stark nie dostrzegł w jego oczach ani zgryźliwości, ani goryczy.

Rozdział 21

Chociaż był na to przygotowany, widok Tony'ego, który kilka minut po północy wkroczył do sali przylotów Sea Tac Airport, całkowicie go zaskoczył.

Jasna peruka, wąsy, okulary, elegancki, idealnie dopasowany srebrzystoszary garnitur – Wainwright do złudzenia mu kogoś przypominał.

Stark cichutko zagwizdał.

– Jasny gwint – mruknął do siedzącego obok Benedykta. – McCallum, jak żywy.

– Zawsze mówiłem, że chłopak ma talent – odszepnął Benedykt zza gazety, którą ostentacyjnie czytał.

– Nawet chodzi jak Dane, dokładnie tak samo.

– Sposobem poruszania się dobry aktor potrafi przekazać znacznie więcej niż najlepszą charakteryzacją. – Demonstracyjnie przewrócił stronicę. – Mówiłeś, że ten Kilburn spotykał się z McCallumem?

– We trójkę pracowaliśmy w Rosetta Institute, ale Kilburn nie widział McCalluma od trzech lat. Zresztą przedtem też nie utrzymywali bliskich kontaktów. Najczęściej spotykali się przypadkowo, w korytarzach, w holu. Kontrakt na wykradzenie ARCANE zawarli za pośrednictwem poczty komputerowej. Przy odrobinie szczęścia wąsy i ciemne okulary mogą Kilburna zwieść, przynajmniej chwilowo.

– Trzy lata to kawał czasu – zauważył Benedykt. – Człowiek się zmienia. – Wzruszył ramionami. – Tony ma rację, kaszka z mleczkiem.

Młody Wainwright krążył wokół kiosku z gazetami. W ręku trzymał walizeczkę z laptopem. Stark uznał, że oznaki lekkiego zdenerwowania, jakie okazywał, idealnie pasują do tej specyficznej sytuacji.

Trzy minuty później brama przylotów wypluła tłum pasażerów. Jako jeden z pierwszych wyszedł Kilburn z dużą dyplomatką w ręku; najwyraźniej nieźle mu się powodziło, bo podróżował pierwszą klasą, czego Stark nie omieszkał zauważyć.

Kilburn przytył i nawet krój drogiego garnituru nie maskował pokaźnego brzucha, który z trudem mieścił się pod napiętą koszulą. Twarz miał wciąż dobroduszną i wesoło zaokrągloną, ale dorobił się podwójnego podbródka i obwisłych policzków.

Przystanął i niecierpliwie zlustrował wzrokiem salę. Jego uwagę przykuł blondyn w srebrzystoszarym garniturze stojący tyłem do niego.

– Zauważył Tony'ego – wymamrotał Benedykt. – Wygląda na to, że ryba połknie haczyk.

Ku wielkiej uldze i satysfakcji Starka Kilburn ruszył w stronę kiosku z gazetami.

Poklepał Tony'ego po ramieniu, ale Wainwright się nie odwrócił. Skinął głową i szybkim, zdecydowanym krokiem zaprowadził go w pobliże męskich toalet. Przystanęli w półmroku.

Kilburn rozejrzał się niespokojnie, zerknął przez ramię i... szybko wymienili walizeczki. Kilburn otworzył laptopa, pochylił głowę i wystukał na klawiaturze komendę wywołującą ARCANE. Tony sprawdził zawartość dyplomatki i usatysfakcjonowany kiwnął głową.

Gdy transakcja dobiegła końca, Wainwright uścisnął mu nawet rękę.

W tym samym momencie do akcji wkroczyło trzech agentów FBI, którzy krążyli po sali, udając biznesmenów w podróży.

Dopiero teraz Kilburn uświadomił sobie, co się święci. Spiorunował wzrokiem otaczających go mężczyzn, skoczył na Tony'ego i zamachnął się laptopem. Wainwright błyskawicznie przykucnął, podstawił mu nogę i…

Kilburn runął ciężko na podłogę. Jeden z agentów ubranych w stonowane garnitury przyklęknął i szybko założył mu kajdanki.

Akcja dobiegła końca.

– Chodźmy – rzekł Stark.

Benedykt odłożył gazetę i wstał. Podeszli bliżej.

Przy toaletach zebrał się tłumek gapiów.

Kilburn potoczył wzrokiem po ich twarzach i zauważył Starka.

– Ty sukinsynu – wysyczał dławiony wściekłością. – Wiedziałem, że jesteś kurewsko sprytny. Ty sukinsynu, ty parszywcu zasrany…

– Mam cię – szepnął Stark.

Dwadzieścia minut później stali w toalecie. Stark oparł się o ścianę, wsunął kciuki za pasek dżinsów i patrzył, jak Tony zdejmuje perukę i zmywa charakteryzację.

– Pierwszorzędnie to załatwiłeś – stwierdził.

Benedykt promieniał.

– Mój chłopak.

Tony wzruszył obojętnie ramionami, lecz uśmiechu powstrzymać nie mógł. Spotkali się wzrokiem w lustrze.

– Dzięki.

– Chcesz u mnie pracować?

Aż zamrugał z wrażenia.

– U ciebie?

– Planuję rozszerzenie działalności Stark Security Systems o usługi śledczo-badawcze. Potrzebuję kilku ludzi znających się na komputerach, którzy występowaliby pod przykrywką i działając w terenie, zbieraliby dla mnie informacje. Interesuje cię to?

Benedykt był tak zdumiony, że oniemiał. Patrzył na syna, czekając, co odpowie.

– Owszem, czemu nie – odrzekł powściągliwie Tony, z trudem ukrywając podniecenie.

– Dobra. W takim razie zgłoś się rano do mojej sekretarki. Wciągnie cię na listę płac.

– Tak po prostu?

– Dlaczego nie? To moja firma.

Tony zmrużył oczy.

– Czy to nie jest przypadkiem sprytny wybieg? Wyślesz mnie w teren, a sam będziesz spokojnie uwodził Desdemonę, co?

– Bierzesz tę robotę czy nie?

Wybuchnął śmiechem i zerwał sztuczne wąsy.

– Biorę.

Następnego ranka wuj August odstawił styropianowy kubek z kawą – a zrobił to z wystudiowaną powagą – i ogarnął wzrokiem zebranych.

– Ostatnio młode pokolenie Wainwrightów wykazuje narastający trend do podejmowania stałej pracy. Wcale nie jestem pewien, czy to pochwalam.

Desdemona, Celia, ciotka Bess i Kirsten siedzące przy dwóch stolikach w Emote Espresso wydały chóralny jęk.

– Na miłość boską, kochanie. – Ciotka Bess poklepała Augusta po ramieniu, próbując dodać mu otuchy. – To praca dzienna. Wieczorami Tony będzie miał dużo czasu, żeby kontynuować karierę aktorską.

– Pytanie tylko, czy zechce – mruknął posępnie wuj August. – To mnie właśnie martwi. Od wczoraj mówi tylko o szpiegostwie komputerowym. Żaden inny temat nie istnieje.

– Tony jest Wainwrightem – zripostowała spokojnie ciotka Bess. – Nigdy nie zarzuci aktorstwa.

– Jeśli spojrzeć na to z odpowiedniej perspektywy, jego praca w Stark Security Systems to swego rodzaju aktorstwo – zauważyła Kirsten. – Stark powiedział, że Tony mu zaimponował. Naprawdę.

– I pomyśl tylko, że dzięki Tony'emu nasza rodzina osiągnie wreszcie stabilizację finansową – podkreśliła Celia.

– I właśnie to mnie martwi – odparł nieprzekonany wuj August.

– Tony podchodzi do tego z wielkim entuzjazmem – stwierdziła ciotka Bess. – Powiedziałabym nawet, że jest wprost pijany ze szczęścia. Bądźmy szczerzy. Wszyscy wiemy, że od lat był sfrustrowany. A dziś rano rozmawiam z nim i co? To zupełnie inny człowiek.

Celia kiwnęła głową.

– Benedykt też tak uważa.

– Owszem, nie przeczę, to ważne – przyznał wuj August. – Przypuszczam, że wszystko jakoś się ułoży. Jakkolwiek by na to patrzeć, Stark zostanie członkiem rodziny. Tony nie będzie pracował u obcych.

Desdemona nie mogła dłużej wytrzymać. Chwyciła chusteczkę i wybuchnęła płaczem.

Popatrzyli na nią ze zdumieniem i zatroskaniem.

– Co się stało, kochanie? – spytała zdenerwowana Celia.

– Przedślubne spazmy – zawyrokowała ciotka Bess.

– Nie, to nie to. – Desdemona wytarła oczy. – Zresztą, sama nie wiem. Martwię się o niego.

– O Starka? – spytała ciotka Bess.

– Już myślałam, że nauczył się ufać ludziom, a ten koszmarny McCallum wszystko zepsuł.

Julia wbiła palce we włosy.

– O czym ty, do licha, mówisz?

– Stark czuje się odpowiedzialny za to, co zaszło w Limelight – wychlipała zza przemoczonej chusteczki. – Uważa, że ufając McCallumowi, popełnił straszliwy błąd, że niewiele brakowało i zapłaciłabym za to najwyższą cenę.

– Mój Boże... – szepnęła ciotka Bess.

Desdemona zmięła chusteczkę.

– Incydent z McCallumem przekonał go, że miał rację, że słusznie ludziom nie ufał. Teraz będzie dużo ostrożniejszy i powściągliwszy niż przedtem.

Kirsten wytrzeszczyła oczy.

– Chcesz powiedzieć, że nawet tobie nie ufa?

– Nie o to chodzi. Rzecz w tym, że on nie ufa samemu sobie.

– To znaczy?

Desdemona spojrzała na zmiętą chustkę.

– Nie rozumiecie? Dopóki nie przekona się, że drzemią w nim ludzkie uczucia, że ma ludzkie potrzeby, że może popełniać błędy jak każdy człowiek, dopóki tego nie zaakceptuje, nikogo nie pokocha i nie da się pokochać innym.

– Chcesz nam powiedzieć, że doszłaś w końcu do wniosku, że prawdziwego Wainwrighta z niego nie będzie? – spytał Henry.

– Nie wiem. – Wbiła wzrok w niedopitą kawę. – Przez lata wmawiano mu, że jest androidem, komputerem w ludzkiej skórze. Myślę, że w to uwierzył. Komputer nic nie czuje. Komputerowi nikt nie zagrozi. Komputer nie kocha. To bezpieczne.

Kirsten popadła w zadumę.

– Chyba cię rozumiem – szepnęła.

Desdemona przywołała na usta smutny uśmiech.

– Biedny Stark. Wie, że jest superinteligentny i że ludzie go za to szanują. Ale nie chce przed sobą przyznać, że Bóg obdarzył go również emocjami i uczuciami. Ilekroć dawał się im ponieść, spotykał go wielki zawód.

Kirsten upiła łyk kawy.

– Rozumując w ten sposób, zapewne doszedł do wniosku, że zaufawszy McCallumowi, popełnił kolejne głupstwo.

– Właśnie – potwierdziła Desdemona. – Zaufał mu i sami widzicie, ja się to skończyło.

– Boisz się, że McCallum zepsuł to, co do tej pory zrobiłaś, żeby wydobyć ze Starka najbardziej ludzkie cechy, prawda? – spytała łagodnie Kirsten.

– Tak. – Posępnym wzrokiem spojrzała w okno. – On jest jak nieukończone dzieło. Jak lodowy blok, z którego ma powstać piękny łabędź. Już widać przyszły kształt, lecz zarysy są jeszcze zamglone, nierówne...

– I zimne? – spytała cicho Celia.

Desdemona przypomniała sobie wyraz jego oczu. Zadrżała.

– Tak, zimne.

W oczach Celii pojawiła się matczyna troska.

– Musisz być z sobą szczera, kochanie. Nie czas na błędy. Chodzi o twoją przyszłość. Chcesz za niego wyjść? A może masz wątpliwości?

Bess nachmurzyła czoło.

– Jeśli tak, to odpowiednia chwila, żeby się z tego wycofać.

Desdemona powiodła wzrokiem po ich zmartwionych twarzach, wiedząc, że ciotka ma rację. Świadomość, że musi podjąć ostateczną decyzję, poraziła ją niczym oślepiające światło.

– Boże – westchnęła przerażona. – Tamte dwie też musiały przez to przechodzić.

Obserwował przyszłego teścia. Stojący przy oknie Benedykt był ucieleśnieniem staromodnego ojcowskiego zatroskania. Gdyby nie paskudny nastrój, który go gnębił, i gdyby nie pewność, że Benedykt nie gra, Stark uznałby, że ojczym Desdemony jest nader zabawny.

– Nie przeczę, że od początku miałem co do ciebie wątpliwości, synu – oświadczył. – Zawsze uważałem, że moja córka powinna wyjść za mąż za kogoś podobnego do siebie.

– Niech zgadnę. Chciał pan, żeby poślubiła kogoś z duszą artysty? – spytał uprzejmie Stark.

– Niekoniecznie. – Benedykt patrzył na odległą zatokę. – Chodziło mi tylko o to, żeby była szczęśliwa. Uznałem, że najszczęśliwsza będzie z mężczyzną o pokrewnych cechach charakteru. Z mężczyzną tolerującym kobiety głęboko uczuciowe, emocjonalne i wrażliwe. Z kimś, kto jest do tych uczuć zdolny.

– Z kimś o duszy poety?

– Trafnie to ująłeś – pochwalił go Benedykt. – Bardzo trafnie.

Stark zabębnił palcami o poręcz fotela.

– Może z kimś ze świata teatralnego?

– Nie przeczę, miałem taką nadzieję. Ale uznałem, że to niekonieczne. Możesz ją uszczęśliwić, synu.

Stark znieruchomiał.

– Ja?

Benedykt odwrócił się od okna.

– Myślę, że będziesz dla niej dobrym mężem.

Stark spojrzał mu w oczy.

– Dziwię się, że mówi pan to po tym, co zaszło w Limelight.

– Pozwól, że to przeformułuję. Będziesz dla niej dobrym mężem pod warunkiem, że przestaniesz obarczać się winą za ten nieszczęsny incydent.

– Dlaczego miałbym przestać? To przeze mnie do tego doszło.

Krzaczaste brwi Benedykta nerwowo zafalowały.

– Myślisz, że jesteś jedynym człowiekiem na świecie, który nie zdołał ochronić swojej ukochanej?

Stark zacisnął ręce na poręczy fotela.

– Nie.

– W takim razie przestań się katować. – Benedykt podszedł do krzesła i usiadł. – Jesteś tylko człowiekiem. Zrzuć to z siebie, synu.

Nie twierdzę, że kiedyś o tym zapomnisz, ale musisz to z siebie zrzucić. Jeśli tego nie zrobisz, poczucie winy zeżre cię żywcem. A jeśli do tego dopuścisz, zniszczysz wszystkie szanse na szczęśliwe pożycie z Desdemoną.

– Mówi pan z wielką pewnością siebie.

– Tak, bo wiem, przez co przechodzisz.

– Czyżby?

Benedykt obserwował go chwilę spod na wpół przymkniętych powiek.

– A jak, twoim zdaniem, musiałem się czuć, kiedy Northstreet porwał Desdemonę?

Stark milczał. Zabrakło mu argumentów.

Stary aktor uśmiechnął się smutno.

– Nie ochroniłem jej. I nie miałem żadnych wymówek. Po prostu nie zdawałem sobie sprawy, że Northstreet był tak groźny. Nie powziąłem wystarczających środków ostrożności, nie ustrzegłem mojej córki. To przeze mnie ją porwał. Najpierw zamierzał porwać ją, potem Celię.

– Przeglądałem akta sprawy. Northstreet był człowiekiem chorym umysłowo. Nie mógł pan wiedzieć, że przed popełnieniem samobójstwa zamierza porwać Desdemonę i jej matkę.

– Nie, ale wmówiłem sobie, że powinienem był to przewidzieć. Wierz mi, bardzo długo nie mogłem sobie wybaczyć. Przez wiele miesięcy nie zaznałem spokoju ducha. Wciąż myślałem, że tak niewiele brakowało i mógłbym stracić przybraną córkę. Bałem się, że Celia już nigdy mi nie zaufa, że już nigdy nie odzyskam ani jej, ani Desdemony.

Stark patrzył na elektroniczny kalendarz, lecz widział tylko pustkę.

– I jak pan z tego wybrnął?

– Dzięki Celii. Uświadomiła mi, że jestem człowiekiem, nie supermanem. Że nie mogę brać odpowiedzialności za wszystko, co w życiu złe. Powiedziała, że gdyby tak było, nie mogłaby ze mną żyć.

Stark oderwał wzrok od kalendarza.

– Nie rozumiem.

– Człowiek, który bierze na swoje barki odpowiedzialność za wszystkie nieszczęścia, jakie przydarzają się jemu i jego bliskim, bardzo szybko popada w manię przesadnej samokontroli. Staje się sztywny. Brak mu giętkości. – Zawiesił głos. – Można go porównać do komputera.

Stark opanował drżenie rąk.

– Czy to Desdemona pana do mnie przysłała?

– Nie. Dlaczego?

Stark przypomniał sobie, że rozmawia z aktorem.

– Nieważne. Do czego pan właściwie zmierza?

– Chcę ci uświadomić, że człowiek wymagający od siebie za dużo, staje się kłopotliwy dla innych. Jego bliscy dochodzą do wniosku, że skoro nie jest w stanie zadowolić sam siebie, to oni tym bardziej go nie zadowolą. I po pewnym czasie zaczynają się od niego odsuwać.

– I?

– I zostaje na świecie sam.

– Chce pan powiedzieć, że jeśli nie przestanę się zadręczać, Desdemona ode mnie odejdzie?

Benedykt uśmiechnął się lekko.

– To moja córka. Jest lojalna, ale niegłupia. Będzie tłukła głową o ścianę, ale po jakimś czasie... Żal mi jej.

– Rozumiem – szepnął, czując znajome zawirowania chaosu w mrocznym kotle duszy.

– Posłuchaj mnie, synu. Świat jest wystarczająco okropny. Nie spędzaj reszty życia w samotności.

Samotny w chaosie.

Stark spojrzał w czarną, bezdenną otchłań.

Dwa dni później Desdemona postawiła na stole talerz gorącej tortilli.

– Zapuszczajcie silniki, panowie. Każdy przyrządza swoje ulubione taco.

– Ja wolę bez chilli – oznajmił Jason.

– Świetnie – odrzekła. – Będzie więcej dla mnie. Przepadam za chilli.

Kyle się skrzywił.

– Lubisz chilli?

– Uwielbiam.

Usiadła i wzięła z talerza wielki placek. W tym samym momencie Stark też wyciągnął rękę i niechcący musnął palcami jej palce. Przelotne dotknięcie sprawiło, że Desdemona zadrżała. Uniosła głowę i z trudem przywołała na usta promienny uśmiech.

Ale Stark zachował kamienną twarz. Przeszył ją wzrokiem – przez chwilę nie była w stanie oderwać od niego oczu. I widziała mroczne cienie zasnuwające jego duszę, i dygotała z bijącego od nich chłodu.

Bo Stark ją rozgryzł, wyczuł jej wahania, wiedział, że straciła pewność co do mądrości swych ślubnych planów. Jak inne. Jak tamte.

Nałożyła na placek chilli, polała go ostrym sosem, mimo to smakował jak drewno.

I raptem ogarnęła ją fala dziwnego spokoju. Nie, nie może go zostawić. Nie może go rzucić na pastwę samotności. Przecież go kocha. Bez względu na ryzyko, nie przerwie rozpoczętego dzieła. Nie. Dokończy je za wszelką cenę.

– Stark prosił nas, żebyśmy byli jego drużbami – wymlaskał Jason z ustami pełnymi meksykańskiego placka.

– Naprawdę? – spytała. – Dwóch drużbów? To dość niezwykłe.

– Chce, żebyśmy wystąpili we frakach – dodał Kyle. – I musimy dopilnować, żeby nie spóźnił się przed ołtarz.

– Wielka odpowiedzialność. – Udawała, że pochłania ją jedzenie.

– A kto ma dopilnować, żeby panna młoda dotarła do ołtarza? – spytał Jason.

Omal się nie zakrztusiła.

Stark sondował ją wzrokiem.

– Panna młoda musi dotrzeć do ołtarza sama.

Desdemona przełknęła kęs taco i spojrzała mu prosto w oczy.

– O pannę młodą nie musicie się martwić – odrzekła stanowczo. – Na pewno przyjdzie. Na Wainwrightach można polegać. Nikt z naszej rodziny nie spóźniłby się na premierę.

Stark badał wzrokiem jej twarz i zauważyła, że oczy ma jakby inne, że mącące je ból i udręka powoli znikają. I uśmiechnął się – po raz pierwszy od chwili aresztowania McCalluma.

– Tak powiadają.

Zadzwonił dzwonek do drzwi.

– Zobaczę, kto to. – Stark wstał i wyszedł z kuchni.

– Możesz mi podać ser? – poprosił Kyle.

Ich uwagę przykuł niewyraźny kobiecy głos dochodzący z foyer.

– Jezu, to przecież mama! – Jason rzucił placek, odsunął krzesło i zerwał się na równe nogi.

– Mama tutaj?! – Łyżka z tartym serem opadła z powrotem do miseczki. – Mam nadzieję, że przyjechała bez tego świrołapa.

Stark wrócił do kuchni, zanim chłopcy zdążyli podejść do drzwi. Towarzyszyła mu atrakcyjna ciemnowłosa kobieta w wieku trzydziestu siedmiu, trzydziestu ośmiu lat. Miała na sobie elegancki kostium koloru kawy z mlekiem i marszczoną bluzkę.

I była bez łapiducha.

– Cześć, mamo! – Zawołał Jason. – Myślałem, że jesteś na wakacjach.

– Postanowiłam wrócić wcześniej – odrzekła Alison. – Chciałam was odwiedzić.

Kyle przedstawił matkę Desdemonie:

– To jest nasza mama. Mamo, to jest pani Desdemona Wainwright. Za kilka tygodni zostanie żoną Sama.

Alison uśmiechnęła się do niej.

– Naprawdę?

– Tak – odrzekła z mocą Desdemona.

Stark popatrzył na nią uważnie. Oczy miał jasne i czyste.

– Zjesz z nami, Alison? – spytał.

– Dlaczego nie?

Dwie godziny później Desdemona, Alison i Stark zostali w kuchni sami. Jason i Kyle w końcu się najedli i poszli oglądać telewizję.

Desdemona zaparzyła kawę. Starała się im nie przeszkadzać, bo czuła, że Alison chce powiedzieć Starkowi coś ważnego.

– Wygląda na to, że Jason i Kyle są bardzo zadowoleni – skonstatowała Alison, dolewając sobie śmietanki.

Stark wziął filiżankę z rąk Desdemony.

– To dobrzy chłopcy.

– Tak. – Zamieszała kawę. – Przez kilka ostatnich miesięcy było im ciężko, a i teraz nie będzie lekko. Ich ojciec nie wróci.

– Nie. – Stark upił łyk gorącego naparu.

– Przypuszczam, że wiesz o tym lepiej niż inni.

Stark nie odpowiedział.

Alison wbiła wzrok w filiżankę.

– Chłopcy potrzebują ojca.

Stark milczał.

– Jason i Kyle sprawiają wrażenie szczęśliwszych niż kiedykolwiek. Myślę, że doktor Titus ma rację. Zastąpiłeś im Hudsona.

Stark i tego nie skomentował.

– Potrzebują cię – dodała Alison.

Stark spokojnie popijał kawę.

Alison spojrzała na Desdemonę, szukając u niej wsparcia.

Desdemona dodała jej otuchy wesołym uśmiechem.

– Stark znakomicie zastępuje im ojca. Ma do tego talent.

Zerknął na nią zdumiony.

– Dużo ostatnio myślałam – wyznała Alison. – Sam, co byś powiedział, gdybym przeniosła moją firmę do Seattle?

Wzruszył ramionami.

– Twoja sprawa.

– Mam tu sporo klientów. Nie zaczynałabym od zera.

Kiwnął głową.

Alison zaczerpnęła tchu.

– Ale to by znaczyło, że Jason i Kyle chcieliby się z tobą widywać, i to często. Co ty na to?

– Dobra – odrzekł i zamilkł.

Desdemona uśmiechnęła się do siebie.

Alison była wyraźnie skonsternowana tak krótką i lakoniczną odpowiedzią.

– Wiem, że to nie twoja sprawa i nie twoja odpowiedzialność, ale widzę, że chłopcy za tobą szaleją, że stałeś się dla nich kimś ważnym, więc…

Stark zmarszczył brwi.

– Powiedziałem, że dobrze.

Alison nie wiedziała, co o tym sądzić i spojrzała na Desdemonę, szukając wyjaśnienia.

Desdemona dolała jej kawy.

– Alison, Stark powiedział, że dobrze. To znaczy, że chętnie powita cię w Seattle i chętnie będzie widywał się z chłopcami. Stark rozumie, że rodzina jest ważna. Możesz mu zaufać. On zawsze mówi szczerze.

– Rozumiem... – Alison uśmiechnęła się drżąco, ale napięcie widoczne w jej oczach i w kącikach ust zniknęło. – Dobrze o tym wiedzieć.

– Owszem – odparła Desdemona. – Nawet bardzo.

Jak mogła mieć wątpliwości?! Jak mogła się wahać?! Przedślubne spazmy, nic tylko przedślubne spazmy. Na szczęście minęły, na szczęście odzyskała pewność siebie.

Uśmiechnęła się do niego. Wyciągnął swoją wielką rękę i zacisnął ją na jej dłoni.

W progu stanął Jason.

– Mamo, przyjdziesz jutro na nasze przedstawienie?

– Chętnie.

Jason rozciągnął usta w szerokim uśmiechu.

– Wiedziałem. Słuchaj, a co porabia nasz psychoanalityk?

– Już się z nim nie widuję – odrzekła powściągliwie Alison.

– Pogadam z ciocią Bess i Julią. Może kogoś dla ciebie znajdą.

Alison zaniemówiła.

– Niezły pomysł, Jason – przyklasnęła mu Desdemona, krztusząc się ze śmiechu. – Jak już wyjdę za mąż, ciotka i Julia będą musiały znaleźć inną ofiarę.

– Chyba tak – potwierdził Stark. – Chyba tak...

Następnego dnia w południe wpadła do sekretariatu Stark Security Systems.

– Jest czy wybył?

Maud Pitchcott uśmiechnęła się serdecznie.

– Jest, panno Wainwright, jest, a jakże. Zawiadomię go, że pani przyszła.

– Dziękuję. – Desdemona zaczęła chodzić nerwowo po pokoju.

Maud obserwowała ją, informując Starka, że ma gościa.

– Naturalnie, proszę ją wpuścić. – Choć interkom zniekształcał głos, Desdemona wyczuła, że Stark jest zajęty.

– Proszę wejść, panno Wainwright. – Maud promieniała. – Chciałabym tylko nadmienić, że z radością powitałam nowinę o państwa zaręczynach. Wszyscy pracownicy Stark Security Systems są naprawdę szczęśliwi. Zawsze powtarzam, że do trzech razy sztuka. Dużo szczęścia, panno Wainwright.

– Dziękuję pani.

– Przyszłość jaśnieje najpiękniej dla tych, którzy stawiają jej czoło z sercem przepełnionym miłością.

– Moje słowa. – Desdemona otworzyła drzwi gabinetu.

Stark nie oderwał wzroku od ekranu monitora.

– Coś się stało?

Oparła dłonie o blat biurka.

– Właśnie rozmawiałam z Ianem. Mówi, że zgodziłeś się sfinansować wystawienie *Rozpadu*.

– Uhm. – Śledząc wzrokiem rząd migoczących cyferek, wcisnął klawisz.

– Jesteś pewien, że chcesz to zrobić?

– Potraktuj to jako mój osobisty wkład w dzieło rozwoju teatru współczesnego.

– To śmieszne, Stark. Przecież teatr cię w ogóle nie interesuje.

– Jestem Ianowi coś winien. Przeze mnie oberwał w łeb.

– Bez przesady. Jego łeb nie jest aż tyle wart.

– Możliwe. W takim razie powiedzmy, że to przedsięwzięcie... rodzinne.

Zamurowało ją.

– Rodzinne?

– Ian obiecał obsadzić tylu Wainwrightów, ilu się tylko da. Pomyślałem sobie, że nawet jeśli nie będzie to cenny wkład w rozwój teatru współczesnego, to na pewno zrobię coś pożytecznego dla ustabilizowania sytuacji finansowej rodziny. Oczywiście zakładając, że *Rozpad* nie rozpadnie się już na premierze.

Desdemona wybuchnęła śmiechem, obeszła biurko i usiadła mu na kolanach.

Nie będąc w stanie dalej pracować, odchylił się do tyłu i położył rękę na jej udzie.

– Czy czegoś ode mnie chciałaś?

– Owszem. – Bawiła się guzikiem jego koszuli. – Ale chyba mogę zaczekać do wieczora. Wiem, że jesteś ekspertem od świadomie opóźnianej gratyfikacji.

Oczy mu rozbłysły.

– Moja nowa polityka głosi, że pewne gratyfikacje należy opóźniać jak najrzadziej.

Wstał, wziął ją na ręce, podszedł do drzwi i przekręcił klucz.

– Boże, Stark, co powie pani Pitchcott?! – spytała, gdy posadził ją na biurku.

– Nie wiem. – Rozpiął pasek. – Nie jestem pewien. Pewnie coś o robieniu lemoniady.

– Lemoniady?! – Spojrzała na niego zdumiona. – Co, u licha, ma z tym…

Nie dane jej było dokończyć.

– Zawsze lubiłam lemoniadę – wymruczała kilka minut później.

– Ja też.

Stark zatrzasnął triumfalnie drzwi do mieszkania Desdemony i mocno przytulił prawowitą małżonkę.

– Czy zdajesz sobie sprawę, że od dzisiaj będziemy mogli spędzać razem każdą noc? I to całą?

– Ten fakt nie uszedł mojej uwagi – odrzekła z uśmiechem, gdy brał ją na ręce. Biała suknia ślubna przelała się lśniącą kaskadą po rękawach jego czarnego fraka. – A czy przyszło ci na myśl, że tej nocy poślubnej nie będziesz potrzebował nadmuchiwanej, anatomicznie idealnej lalki?

– Owszem. Poza tym, udało mi się zawrzeć wyjątkowo korzystną umowę na obsługę przyjęcia ślubnego. To chyba mój szczęśliwy dzień.

– Na pewno.

Roześmiał się. Uświadomiła sobie, że pierwszy raz słyszy jego śmiech. Brzmiał dobrze, dźwięcznie, donośnie i szczerze. Doskonale wróżył na przyszłość.

Neony i księżyc za oknami oświetlały panoramę miasta. W dyplomatce Starka leżały dwa bilety: czekały ich Hawaje, ale samolot odlatywał dopiero nazajutrz.

Noc poślubną mieli spędzić u Desdemony, bo jego szklanobetonowa forteca uległa najazdowi Starków – mieszkali w niej Jason, Kyle i Alison. Podczas ich miodowego miesiąca Alison zamierzała znaleźć dom dla siebie i dzieci.

Niósł Desdemonę w stronę zasłoniętego *shoji* łóżka. Trzymał ją w ramionach i nie ukrywając zachwytu, powiedział:

– Jesteś piękna. Czy mówiłem ci już, że przypominasz mi…

– Wzór fraktalny – dokończyła. – Tak, ale możesz to powtórzyć. – Pocałowała go w szyję i zaczęła rozwiązywać czarną muszkę. – A czy kiedykolwiek mówiłam ci, że wspaniale ci we fraku?

– Chyba nie, nie pamiętam. – Położył Desdemonę na łóżku, nachylił się i zamknął ją między wyprostowanymi ramionami jak w klatce.

– Więc powiem: dobrze ci we fraku i bardzo cię kocham.

– Dlatego, że dobrze mi we fraku?

– Nie. Dlatego, że ty to ty. – Szarpnęła za końce muszki i pociągnęła go na siebie.

Nie protestował. Legł na niej i zakrył jej usta pocałunkiem, w którym pobrzmiewało echo przysięgi złożonej przed ołtarzem.

Godzinę później podparła się na łokciu i spojrzała na Starka. Jego oczy błyszczały w półmroku.

– O czymś sobie przypomniałam.

– Tak? – Czubkiem kciuka obrysowywał kształt jej piersi.

– Zapomniałeś o intercyzie.

– Nie zapomniałem.

– Przecież nic nie podpisywałam.

– Dałaś słowo honoru. Przyrzekłaś kochać, szanować i dbać o mnie, dopóki śmierć nas nie rozłączy.

Uśmiechnęła się.

– I to wystarczy?

– Twoje słowo, wystarczy. – Silnymi dłońmi objął jej głowę. Był skupiony i poważny. – Kocham cię, Desdemono.

– Wiem – szepnęła. – Nie musisz nic mówić.

– Wierz mi, będziesz te słowa słyszała codziennie, do końca życia.